Los Trenes del Azúcar

Mayelen Fouler

Editado por Harlequin Ibérica.
Una división de HarperCollins Ibérica, S.A.
Núñez de Balboa, 56
28001 Madrid

© 2018 María Rosa López
© 2018 Harlequin Ibérica, una división de HarperCollins Ibérica, S.A.
Los trenes del azúcar, n.º 152 - 26.4.18

Todos los derechos están reservados incluidos los de reproducción, total o parcial. Esta edición ha sido publicada con autorización de Harlequin Books S.A.
Esta es una obra de ficción. Nombres, caracteres, lugares, y situaciones son producto de la imaginación del autor o son utilizados ficticiamente, y cualquier parecido con personas, vivas o muertas, establecimientos de negocios (comerciales), hechos o situaciones son pura coincidencia.
® Harlequin, HQN y logotipo Harlequin son marcas registradas por Harlequin Enterprises Limited.
® y ™ son marcas registradas por Harlequin Enterprises Limited y sus filiales, utilizadas con licencia. Las marcas que lleven ® están registradas en la Oficina Española de Patentes y Marcas y en otros países.
Imagen de cubierta utilizada con permiso de Fotolia.

I.S.B.N.: 978-84-9170-879-7
Depósito legal: M-2974-2018

En primer lugar quiero dedicar *Los Trenes del Azúcar* a los lectores de *En Tierra de Fuego*, porque han sido el verdadero motor que me ha llevado a escribir esta nueva novela y, de una forma muy especial, a esas maravillosas personas que me acompañaron en tantas presentaciones: a Mercè, por su gran generosidad y por compartir su talento, a Xavi, ese gran maestro al bandoneón, a Josep Maria, por regalarnos su maravillosa voz y cómo no a Àngels por plasmar en imágenes tantos momentos inolvidables. Pero en el camino encontramos a nuevos y buenos amigos: Mònica, Anna, Jordi…

Al equipo de HarperCollins Ibérica por su cariño y dedicación, en especial a María Eugenia y Elisa, mi editora.

Y cómo no, a esas dos lucecitas que siempre están en el horizonte: mis padres.

*La piel humana separa al mundo en dos espacios:
el lado del color y el lado del dolor.*
Paul Valery

PRIMERA PARTE

Rosas de plata

CAPÍTULO 1

Cuba, febrero de 1895
Plantación de azúcar El Guaurabo
Cerca de Ciudad Trinidad (provincia de Santa Clara)

El cielo entero se estaba desplomando sobre la plantación. La lluvia era tan fuerte e intensa que la tierra era incapaz de absorberla. Con cada trueno, los esclavos, que esperaban al otro lado de la verja del pequeño cementerio de los blancos, se encogían sobresaltados, abriendo aún más los ojos, pensando que aquello era un mal, mal presagio. ¡Mal presagio desenterrar el cuerpo de un muerto después de tantos años! El cielo lo anunciaba. Miraban con recelo aquel pedazo de tierra que tenían que excavar. El día se había hecho noche de repente.

La casa principal de la hacienda era de planta cuadrada. Una amplia galería de arcos, que descansaban sobre numerosos pilares, adornaba sus cuatro costados, flanqueando el patio central al que daban todas las estancias. Una imponente escalera de piedra daba acceso a la planta superior, reservada a las recámaras privadas de la familia. Willhelm Baßler se sentó en la cama para acabar de calzarse las altas botas, después se levantó y se caló el sombrero hasta las cejas, con esa forma tan peculiar con la que él solía hacerlo, por último, se cubrió con una capa que poco iba a protegerle del intenso aguacero.

El gran ventanal de la habitación estaba abierto y el fuerte viento, proveniente del Atlántico, hacía que sus puertas danzaran una y otra vez sobre sus goznes, haciendo que las cortinas de algodón se mecieran a su antojo.

Willhelm se acercó para cerrarlas, ajustó el ventanal y también las contrapuertas.

Desde la atalaya natural que ofrecía la vivienda, construida sobre la cima de la colina, podía contemplar el batey, la gran plaza que albergaba un bello jardín, plagado de altas palmeras, robles y plataneros que, en los días cálidos de la época seca, ofrecían la sombra necesaria para disfrutar de las fuentes.

Pasado el batey se distribuían el resto de edificaciones de la hacienda: los chamizos de los esclavos, la casa del administrador, la del maestro del azúcar, la del personal técnico, la enfermería, los potreros, los almacenes, la gran torre-campanario, la factoría y, a lo lejos, el cementerio de los esclavos y el embarcadero... Todo rodeado por un alto muro de piedra que confería a la plantación el aspecto de una gran fortaleza, aunque todo aquello que veía no fuera más que una parte de su vasto imperio económico.

Willhelm miró con preocupación hacia el río, de momento el Guaurabo se mantenía en su cauce. El sistema de represas que había instalado recientemente parecía ser efectivo. Salió de su recámara y atravesó, con paso decidido, el largo pasillo que rodeaba la galería del segundo piso, abajo le esperaba su administrador, a quien todos llamaban el Catalán. El sonido de sus botas sobre el piso de losa anunciaba su llegada.

Josep, el administrador, lo recibió resguardado del temporal en el corredor de la planta baja. Willhelm era un hombre alto, acostumbrado al ejercicio físico, fuerte, de aspecto duro, igual que sus modales, bruscos, cortantes. El ala de su sombrero apenas le tapaba aquella cicatriz que le atravesaba la ceja derecha y que continuaba en su sien. Por su actitud, estaba claro que no habría nada que lo disuadiera, ni siquiera aquella gran tormenta. Los dos hombres se saludaron con un leve gesto de cabeza y cruzaron el arco de la puerta, el que separaba el recinto de la gran casa del resto de la plantación.

Se dirigieron a pie hasta el pequeño cementerio familiar, los esclavos, instintivamente, se apartaron a ambos lados para abrirles paso. Todas las miradas se clavaron en el suelo, intentando evitar que el amo les asignara la tarea de arrancar la caja de un muerto a la madre tierra. Willhelm los miró furioso, no tanto por aquella muestra de cobardía sino por la rabia que sentía en su interior.

Allí reposaba el cadáver de su padre, estaba enfadado con él. No le perdonaba que jamás le hubiera contado la verdad sobre su pasado. Pero eso ya no importaba, se dijo. Bajo el peso de su cuerpo las botas se hundían en la tierra empapada, atravesó el pasillo de esclavos seguido de su administrador, ya junto a la tumba, marcada con una sencilla cruz de madera en el suelo, se agachó para recoger las palas. Se giró y repartió dos entre los hombres más cercanos, casi tuvo que empujarlos para que entraran en el pequeño camposanto, temblaban como hojas y no se decidieron a cavar hasta que el propio Willhelm empezó a hacerlo.

A cada palada se escuchaba el rumor callado de las negras voces que invocaban protección. Lo hacían a sus dioses, a sus orishas, y lo hacían con su otro yo, aquel que aún conservaba el nombre Ndowé, el que no podía ser mancillado ni humillado, el que era libre. ¡Invocaban a Oyá, la diosa del cementerio, la dueña de los vientos!

Josep, el administrador, también cavaba. La tierra húmeda cedía fácilmente al empuje de la pala. El sonido de un golpe seco frenó a los hombres, era el sonido de una pala contra una caja de madera.

—¡Llevadla a las caballerizas! —ordenó Willhelm—. Vamos a terminar esto. —Hizo un gesto a Josep para que lo siguiera.

Los esclavos se dirigieron a las caballerizas casi corriendo, hundiendo sus pies descalzos en la tierra, deseando librarse de su funesto peso, de aquel ataúd que contenía el cuerpo del anterior amo, un hombre al que temieron y odiaron por igual. Después Willhelm les mandó retirarse, quedándose a solas con el administrador. Otro ataúd, de más grandes dimensiones, reposaba vacío al lado del recién llegado. Willhelm lo abrió, aquel féretro, hecho de plomo y revestido de roble, permitiría que el cuerpo de su padre hiciera la larga travesía que le esperaba sin que emanara olores.

Al otro extremo del batey, la santera, que observaba la escena desde su cobertizo, meneó la cabeza. Era hora de encender una vela por los muertos presentes y otra más por los venideros, pero antes cerró los ojos en señal de respeto a los espíritus que presentía a su alrededor.

Antes de entrar en el salón, Willhelm y el administrador se deshicieron de las capas empapadas y sacudieron con fuerza sus sombreros en un intento vano de zafarse del agua. Sus pasos impregnaron de barro el camino hasta el centro del salón, en el que les esperaba el Viejo, como llamaba Willhelm a su *Großvater*, su abuelo.

El Viejo preparaba unas generosas copas de ron que les harían entrar en calor enseguida. Josep se fijó en el gran parecido del abuelo con Willhelm, aunque este último era aún más alto. Era su estampa de joven, un cuerpo fuerte y musculado, rizado pelo negro y ojos azules.

—¿Dónde lo habéis dejado? —preguntó el abuelo, que se movía lentamente.

—En las caballerizas —respondió Willhelm, haciendo una pausa para saborear el gusto del ron.

—Veo que estás completamente decidido a emprender tu viaje —medió Josep.

Willhelm tomó asiento y los dos hombres le imitaron.

—Sí —respondió él—, ahora que mi abuelo ya está repuesto, es el momento. Quiero cumplir con el último deseo de mi padre, aunque sea después de tantos años. —Su voz estaba cargada de reproche. Él no estuvo presente cuando su padre murió, hacía ya casi diez años, pero el Viejo sí, y fue a él a quien le confió su última voluntad. A él le pidió que le contara la verdad sobre su vida a su hijo, pero el abuelo prefirió callar. Y si no hubiera sido porque hacía unos meses, el Viejo se había visto a las puertas de la muerte, estaba seguro de que tampoco se la habría revelado. Willhelm tomó otro trago.

–Ya no puedo retrasar más mi viaje a Barcelona –añadió Willhelm–, necesito comprobar que la casa está acabada según mis instrucciones, debo poner en marcha la planta transformadora de azúcar y recibir la entrega de las embarcaciones. ¡Los barcos de vapor son el futuro! –Willhelm miró su copa, extrañado de que ya estuviera vacía.

–Todo eso te llevará meses. –El Viejo intentó disimular su desagrado ante la posibilidad de no volver a ver a su nieto. Se sentía muy, muy cansado, aunque hacía un gran esfuerzo para que no se le notara.

–Lo sé, no es que pretenda instalarme allí, pero ya veis cómo está la situación aquí. Llevamos treinta años de guerra encubierta, desde que se produjo el Grito de Yara en 1868, la firma de la Paz de Zanjón resultó papel mojado –precisó–. Es necesario diversificar nuestros intereses en diferentes empresas y en varios países. Es importante no concentrarlo todo en Cuba, podríamos perderlo todo. –Willhelm se enderezó un poco sobre el sillón.

Los dos hombres asintieron al escucharle. El bautizado como Grito de Yara dio inicio a la Guerra de los Diez Años, desde 1868 a 1878, y terminó con la firma del general Martínez Campos. Una guerra que costó más de 100.000 vidas y que acabó con los caudillos militares cubanos en el exilio, en Jamaica y Costa Rica, donde permanecían aún.

–Barcelona –continuó Willhelm– es una ciudad que está en plena expansión económica, muchos de los que allí llaman indianos están volviendo a su país, buscando diversificar sus negocios. ¡Esa es la clave para sobrevivir en estos tiempos! Ya lo hicieron los Vidal Quadras, los Xifrè... Dejaron en marcha sus negocios en Santiago de Cuba, pero ellos se trasladaron hace tiempo a Barcelona, están más cerca de Londres. ¡No podemos aislarnos! –enfatizó Willhelm–. El futuro de Cuba cada vez es más incierto. – Willhelm estaba convencido de que en cualquier momento podría producirse un nuevo alzamiento, una nueva revuelta contra los españoles.

Josep asintió, sabía que tenía razón, además, la formación académica que Willhelm recibió en Estados Unidos le había dotado de una amplia visión para los negocios. Desde que tomó las riendas de la plantación las mejoras habían sido evidentes. Tenía muchas y buenas ideas para rentabilizar la explotación de la caña de azúcar, había implantado modernos sistemas para el transporte y la producción, como el ingenio semimecanizado o la reconversión de la plantación a central, acogiendo la producción de otros colonos, aunque también sabía que, para llevar a cabo algunas de sus ideas, debería enfrentarse a su abuelo, como la de su voluntad de conceder la libertad a los esclavos.

–¿Te llevarás a alguien? ¿Servicio para la casa quizá? –preguntó Josep, aunque su curiosidad iba por otro lado.

El abuelo esperó expectante la respuesta de su nieto.

–Viajaré con la tripulación del barco, y quizá algunas muchachas para que atiendan la casa. ¡Pero no, no me llevaré a Mbeng! –aclaró rotundo. Los dos hombres le miraron.

–Ella espera que la lleves –dijo Josep.

–Me lo ha pedido, pero ya le he dicho que no –contestó Willhelm, que pareció no escuchar la queja de su abuelo–. No es más que una chiquilla caprichosa.

–Así es como tú la ves –intervino Josep–, pero es palmario que ella te mira como hombre. Y sí, es muy bella, pero es una muchacha muy altiva y ambiciosa. –Y muy soberbia, dijo para sí.

Al Viejo no le había pasado inadvertido el interés de Mbeng por su nieto, pero tenía claro que, aunque no fuera una esclava, ya que el padre de la muchacha «compró la barriga» pagando la libertad de su hija, jamás permitiría que la sangre de los Baßler se mezclara con sangre negra. ¡Por muy blanca que fuera su piel! ¡Mbeng no era más que una mulata! ¡La hija de una esclava!

—Mi nieto tendrá oportunidad de conocer a muchas señoritas en su viaje a España. Damas de buenas familias, ¡blancas! —subrayó—, que podrán darme un bisnieto *blanco* —remarcó de nuevo—. ¡Un digno heredero para El Guaurabo!

El Viejo intentó arrellanarse de nuevo en el sillón, a pesar de que le costaba acostumbrarse a todos los cambios que estaba introduciendo Willhelm, se enorgullecía de su nieto. Recordó su juventud, cuando luchó por sustituir el viejo trapiche, aquel antiguo molino movido por la fuerza animal, por el ingenio que funcionaba por la fuerza del agua. Y ahora era el turno de su nieto. ¡Por eso aguantaba!, aunque sabía que día a día aquel mal se lo comía por dentro. Sentía cómo le mordía con rabia, haciendo que se doblara por el dolor, arrancándole incluso alguna lágrima. ¡Pero aguantaría hasta la vuelta de su nieto! ¡Aguantaría!

Willhelm reparó por primera vez en el emblema de la plantación, una rosa negra, ahora comprendía… Ahora entendía tantas cosas… Su mano se fue instintivamente a su llavero, a aquella W de plata cuya tira de cuero ataba una pequeña llave, la que guardaba los secretos de su padre, o, mejor dicho, de su anterior vida. La sangre le hervía por dentro cada vez que pensaba en la confesión moribunda de su padre. Sí, cumpliría con su voluntad y ¿con algo más?, se preguntó.

Miró a su administrador, Josep, un hombre culto, trabajador, sin vida propia. Pasaba los cincuenta años de edad, pero conservaba toda su energía. En todos esos años había ganado algún kilo y perdido algo de pelo, pero era leal. Más de treinta años de lealtad a su familia. Podía irse tranquilo, dejaba al Viejo en buenas manos. Josep pareció adivinar sus pensamientos. Cuando el abuelo se retiró, lo tranquilizó.

–No te preocupes, estaré pendiente de él. Aunque lo veo muy recuperado –apostilló el administrador.

–¿Tú lo sabías? –le preguntó a bocajarro, cambiando de tema. A sus 32 años, para Willhelm fue una gran sorpresa conocer el pasado de su padre.

Josep respiró profundamente antes de contestarle.

–No me correspondía a mí decir nada –le dijo.

Willhelm asintió, tenía razón, era un secreto que pertenecía a su padre y solo a él le correspondía revelarlo.

CAPÍTULO 2

Ciudad de Westminster, Londres
Charing Cross

El carruaje estaba a punto de terminar su recorrido desde el centro de Londres hasta la antigua aldea de Charing, un camino antaño plagado de viejas posadas que acogían a los exhaustos viajeros en su recorrido hasta el palacio de Westminster.

El coche pasó cerca de donde, siglos atrás, estuviera La Cruz de Oro, la famosa posada inmortalizada por Charles Dickens en varias de sus obras. Poco a poco el trote de los caballos minoraba, finalmente el carruaje se detuvo delante de la estación de ferrocarril, anexa al majestuoso hotel Charing Cross. Lisel Sagnier miró a su amiga Georgina, instándola a salir.

–Hemos llegado –le anunció Lisel, ansiosa por lo que le esperaba.

Georgina respiró temerosa antes de abandonar la seguridad del carruaje. Tras pagar al cochero, Lisel retiró, con un gesto elegante, su capa para buscar en la limosnera el pliego en el que llevaba apuntada la dirección de aquella mujer que practicaba la cartomancia. Desplegó el papel de cartas grabado con sus iniciales y comprobó una vez más la dirección: número siete de Villiers Street. Se dirigió a la estrecha bocacalle situada en el flanco izquierdo del hotel, una callejuela cuya inclinación parecía empeñarse en abocarlas directamente al Támesis. Un humilde farolillo iluminaba tímidamente el camino empedrado y poco uniforme. Lisel notó la humedad del río en su cuerpo.

—No lo entiendo —se quejó Georgina—. Si es tan reconocida y tantos nobles la visitan, ¿cómo es que se hospeda aquí? —Su cara mostraba todo el miedo que le daba el lugar y la avanzada hora de la tarde. La poca visibilidad que ofrecía la espesa neblina hizo que se encogiera aún más.

—Precisamente por eso —contestó resuelta Lisel—. Un lugar como este ofrece intimidad, privacidad. Vamos —le espetó—, no tenemos toda la noche.

Lisel caminó de forma decidida hasta llegar a la altura del número siete. Alzó la vista, la estrecha casa necesitaba algunos arreglos en la fachada. Un alto escalón la separaba de la puerta. Miró un instante hacia atrás, asegurándose de que su amiga la seguía antes de tocar.

Una diminuta mujer les invitó a seguirla, se adentraron por el pasillo, como en procesión, hasta que les abrió la puerta de una de las varias salas de espera dispuestas para los visitantes. Sobre la pequeña mesa de centro reposaba un juego de té, seguramente para entretener la espera. Las dos jóvenes tomaron asiento mientras veían salir a aquella diminuta mujer de la estancia.

—¿Y dices que te la recomendó lady Mersey? —susurró Georgina—. ¿Y qué le vas a preguntar? —Su nerviosismo era más que evidente—. Yo no pienso entrar —sentenció. Georgina juntó sus manos, apretándolas contra sí.

—No puedo demorar por mucho tiempo mi elección por alguno de los nobles que me pretenden. La temporada ya se ha iniciado y hay nuevas debutantes. Pero necesito estar segura de mi decisión —añadió Lisel desprendiéndose de sus finos y carísimos guantes.

Georgina sintió un escalofrío al ver entrar de nuevo a aquella mujer en la sala. Admiraba a su amiga, tan resuelta, decidida, con aquella chispa de vida siempre en los ojos. Envidiaba su carácter impulsivo, pensaba en algo y enseguida lo llevaba a cabo, en cambio ella...

—¿Quién quiere entrar primero? —preguntó la mujer.

Ante la mirada temerosa de Georgina, Lisel se levantó, decidida a seguirla.

Al perderse por aquel pasillo, levemente iluminado por velas dispuestas en diferentes peanas, Lisel percibió un suave olor a canela que la tranquilizó. De pronto la mujer se paró, invitándola a entrar en una sala cuyas paredes estaban cubiertas por cortinas formadas por numerosas tiras de seda, de vivos colores, engarzadas por pequeños aros de cristales.

Madame Bodleian observó con atención a su visitante, era una joven de belleza serena, de piel cuidada, casi nacarada, sus ojos, de un color que no sabría definir, quizá violeta, estaban enmarcados por unas cejas anchas en su nacimiento que se iban perfilando a medida que dibujaban un bonito arco. El labio superior dejaba entrever sus dientes, ofreciendo una sensual boca. Su pelo, ligeramente rizado, mostraba destellos cobrizos a la luz de las velas, pero lo que más le llamó la atención de la joven fueron sus manos. Las más bellas que había visto jamás.

Lisel tomó asiento frente a ella, la pequeña mesa que las separaba estaba cubierta por un tapete de color morado, sobre él, en el centro, reposaba un mazo de cartas tapado con un antiguo pañuelo de encaje. Madame Bodleian comprobó con la mirada que todo estuviera dispuesto antes de empezar la sesión. A su derecha, prendidas, sus velas: la blanca, símbolo de la espiritualidad; la verde, asociada a la esperanza, a la salud; la roja, que representaba las pasiones y sus consecuencias, y la amarilla, alegoría del bienestar, utilizada también para atraer el dinero. El vaso de agua estaba servido. Su mirada se deslizó a la izquierda, donde reposaban sus amuletos: una pirámide, un péndulo y un cuarzo rosa.

Mientras tanto, Lisel se fijó en ella, madame Bodleian era una mujer de pelo negro, ojos profundos, expresivos y una boca algo grande que albergaba una sonrisa tranquilizadora. Vestía una amplia túnica y, sobre ella, de su cuello, colgaba un dije de oro. Los dedos de sus manos también estaban regiamente adornados.

–Le explicaré en qué consiste la sesión –le explicó madame Bodleian–. Haré una tirada, la de la cruz –aclaró–, le contaré lo que dicen las cartas, después podrá preguntarme. Es importante que permanezca tranquila, que no cruce las piernas para no cerrar los caminos y que se concentre en lo que quiere saber, eso me ayudará. –Sus manos se elevaron hacia arriba, abriendo el campo de energía.

Madame Bodleian descubrió el mazo, lo barajaba sin prisas, dando pequeños golpes en la mesa de madera. Toc, toc... A Lisel le pareció que aquel sonido podría invocar a los espíritus.

Las cartas esperaban boca abajo. Madame Bodleian las tomaba de una en una y las descubría en la mesa. Empezando por la izquierda colocó tres cartas, después, sobre la central dispuso una arriba y otra abajo, formando una cruz. Miró a la joven, las cartas le hablaban de ella, de un pasado en el que había perdido a alguien muy querido, a su madre, seguramente siendo niña, pero a pesar de ello había disfrutado de una vida holgada, cómoda, feliz. Le hablaban de una joven a la que le importaba mucho su seguridad económica, su posición social.

Madame Bodleian deslizaba su mano suavemente por las cartas mientras avanzaba en su explicación. Aquellas tres cartas, dispuestas horizontalmente sobre el tapete, le estaban hablando. ¡La emperatriz, el mundo, la estrella! Lisel se sentía atraída por aquella atmósfera, mitad mágica mitad inquietante. El humo de las velas ascendía, dejando un fino halo que la atrapaba con su perfume a canela. Los dibujos de las cartas eran de carácter medieval, su fuerte colorido le recordaba a las hermosas vidrieras de las iglesias góticas.

–Las cartas anuncian un viaje próximo. Está en tu presente –madame Bodleian la tuteó–. Se ve muy, muy cercano –prosiguió–. A través de ese viaje podrás alcanzar tus sueños, tus objetivos. Podrás conseguir lo que te propongas. –Miró a Lisel como si a través de su mirada pudiera leer más que lo que las cartas le indicaban. Continuó–: Aparece en tu destino la esperanza de un amor. Tu futuro está lleno de cambios, de grandes cambios –insistió–. Vivirás una renovación interior. –Hizo una pausa que a Lisel le pareció interminable–. Ahora, puedes preguntarme. –Madame Bodleian recogió las cartas y las barajó de nuevo. Las dejó boca abajo sobre la mesa y las cubrió de nuevo con el fino pañuelo de encaje. Inesperadamente tomó las manos de Lisel.

–Quiero saber –empezó Lisel– si el marido que elija me proporcionará la vida que espero, con una buena posición económica, un buen título nobiliario, contar con el reconocimiento social de la Corte, aquí en Londres…

Madame Bodleian detuvo su plática con un ademán. Apretó algo más sus manos sobre las de la joven, inclinó levemente la cabeza y respiró profundamente antes de contestar.

–Hay oro y plata en tu camino –hizo una pausa–. Sí, lograrás todos tus objetivos, tendrás una buena posición económica, incluso veo un título nobiliario. Sin embargo –en esta ocasión la pausa fue más larga–, vas a tener que andar un largo camino antes de conseguirlo. Deberás recorrer un largo y desconocido camino –repitió–. Ahora, debes retirarte, debes prepararte. Tu viaje está a punto de iniciarse.

Lisel se levantó extrañada, no tenía previsto ningún viaje, como no fuera el que solían hacer en verano a la campiña. Aún no había alcanzado la puerta de la sala cuando oyó de nuevo la voz de madame Bodleian. Esta vez le pareció inquietante:

–Recuerda: ¡oro y plata! Las cartas son solamente una guía, tu destino está en tus manos. –La vio salir finalmente–. ¡Tu nombre está en las monedas! –susurró para sí madame Bodleian.

CAPÍTULO 3

Barcelona

Tía Cati caminaba apresurada, sentía curiosidad por lo que tenía que decirle su cuñado. Estaba agradecida con él, no podía ser de otra forma desde que la acogiera en uno de sus pisos en el centro de Barcelona. Su matrimonio por amor no le trajo más que penurias económicas. Mientras vivió su esposo su vida fue cómoda, gracias a las rentas de su trabajo, pero al morir él tan joven, ella quedó desprotegida. A pesar de que su prima, la esposa del insigne banquero Francesc Sagnier, hacía años que había muerto, él le seguía transfiriendo una asignación mensual. Tocó a la puerta de la mansión y se retocó el sombrero mientras esperaba.

–¡Muchacha!, ¿dónde te habías metido? –se quejó–. ¡Has tardado una eternidad! Vamos, anúnciame al señor. –Tía Cati entró casi sin esperar a que la doncella se apartara.

Mientras hablaba, sus pasos cruzaron el umbral, miró hacia la escalera que tenía frente a sí y que llevaba a las habitaciones. Bajó el par de escalones que daban acceso a la amplia sala de estar, donde recibían a las visitas. La muchacha desapareció diligentemente, encaminando sus pasos al despacho del señor.

Apenas se había sentado en el sofá cuando la doncella apareció de nuevo para anunciarle que el señor Sagnier la esperaba en su despacho. Tía Cati encontró a su cuñado enfrascado en la lectura de *La Vanguardia*, mirando con atención la esquela que aparecía en primera página, una costumbre muy arraigada entre los pudientes, consultar a primera hora las esquelas por si tenían que acudir a algún sepelio. Él alzó la mirada y se levantó rápidamente. El hombre delgado que caminaba envarado, con bigote y exquisitamente vestido, se le acercó para saludarla ceremoniosamente con un beso en la mano.

–Cati, ¿cómo estás? –preguntó. Tía Cati lo miró con atención, parecía preocupado, avejentado desde la última vez que se vieron–. Toma asiento, por favor –le indicó él. Pasaron unos segundos antes de que iniciara la plática.

–Te preguntarás por qué te he hecho venir –él carraspeó, intentando aclarar su voz–. Lisel vuelve a casa –le anunció–. Por supuesto, en el momento en que ella llegue, las puertas de esta casa estarán abiertas para ti, no será necesario que vivas sola, con ella aquí estará bien visto que te mudes con nosotros, con tu sobrina, como antes de que la enviase a vivir a Londres. Tras la muerte de Amalia fuiste un gran consuelo para ella.

–No entiendo, cuñado. –Aunque en realidad su parentesco con Amalia fuera el de primas, Francesc Sagnier y ella siempre se trataron como cuñados, sobre todo desde que tía Cati se hiciera cargo de Lisel por unos años–. Lisel no viene desde hace años. Creía que ella aceptaría una buena proposición de matrimonio en Londres y que se instalaría definitivamente allí con su esposo. –La cara de tía Cati expresaba su sorpresa.

–No podrá ser. Los negocios no han ido bien últimamente. –Sagnier bajó un instante la cabeza–. No puedo seguir costeando su estancia en Londres. La residencia para señoritas, las costosas clases de piano, su altísimo presupuesto en ropa…

Tía Cati tragó saliva, pensó en ella, en su subsistencia.

–¿Estás arruinado? –No alcanzaba a comprender, él era el dueño del Banco de Barcelona, tenía varias propiedades inmobiliarias y se codeaba con lo más granado de la sociedad barcelonesa.

—¡No, claro que no! —replicó Sagnier molesto por la sola mención—. Pero debo controlar los gastos. Si Lisel permanece en Londres acabará comprometiéndose con algún noble, y lo que no puedo permitirme es pagar una dote de ese coste. Por supuesto, como te he dicho, tú te instalarías con nosotros. Aquí estarás más cómoda —sus manos señalaron la estancia—, y contarás con servicio.

—¿Lisel ya lo sabe? —preguntó tía Cati algo inquieta ante los cambios que parecían avecinarse.

—No, tampoco es necesario preocuparla. Le he enviado un telegrama para que venga a pasar una temporada. Espero que en breve todo se solucione. —Sagnier vació su copa—. Te agradecería que te ocuparas de preparar la casa para recibirla.

—¡Por supuesto, cuenta con ello! Habrá que anunciar su vuelta a la sociedad, y publicitar los días en que se recibirán las visitas en la casa. —En la cabeza de tía Cati ya se arremolinaban mil ideas.

—Escoge una habitación para ti, y no te preocupes, podemos ir organizando tu traslado para que esté todo preparado cuando llegue Lisel.

—Claro, claro. —Tía Cati se levantó, se dirigió al amplio espejo y se retocó de nuevo el sombrero, con cuidado de no estropear los tirabuzones que adornaban sus sienes. Se despidió de su cuñado. No le gustó la honda preocupación que había visto reflejada en su rostro. Sintió un pellizco en su corazón.

CAPÍTULO 4

El Valle de los Ingenios

Fue el 5 de marzo de 1762 cuando una expedición inglesa salió, secretamente, del puerto de Portsmouth rumbo a Cuba. Pero fue en el mes de octubre, poco después de que las tropas británicas, capitaneadas por George Pocock, entraran triunfantes en la ciudad de La Habana, cuando un joven alemán, apellidado Baßler, llegó a la isla de Cuba con el propósito de dedicarse al cultivo del tabaco.

Ahora Willhelm, en su despacho, contemplaba aquel viejo mapa de pergamino que empezara a dibujar su antepasado en el siglo XVIII. Lo desplegó, con cuidado, sobre la amplia mesa de madera de majagua. El primer Willhelm Baßler dibujó, con trazo firme, los límites de la provincia de Santa Clara, enclavada en el corazón de la isla de Cuba. La tinta, ya algo borrosa por el paso del tiempo, señalaba un enclave, un valle, al este de Ciudad Trinidad. ¡El Valle de los Ingenios! Bautizado con ese nombre por el gran número de ingenios, molinos dedicados a la producción de la caña de azúcar. Los hacendados, en muchos casos pertenecientes a la alta aristocracia criolla, poblaron ese triángulo tan floreciente conformado por los valles de San Luis, Santa Rosa y el Valle de Agabama-Méyer.

Con los años, y después de largas jornadas de trabajo, aquellas primeras hectáreas de tabaco se ampliaron, aquel primer Baßler compró más tierras a este y oeste y, contagiado por la fiebre del azúcar, considerado como el oro blanco, la producción de tabaco dejó paso a la primera plantación de azúcar de su familia.

Fue su abuelo, Willhelm Baßler II, quien decidió arriesgarse y adquirir toda la tierra disponible al oeste de Ciudad Trinidad, un auténtico vergel, una gran selva, que incluía el curso del río Guaurabo. Una tierra que compró por poco más de 500 pesos por caballería[1] y que reunía las condiciones necesarias para asentar en ella una factoría dedicada a la producción de azúcar: tierra fértil, fácil acceso al puerto y un gran bosque, cuyas maderas proporcionarían el material necesario para levantar edificios, construir los trapiches y contar con la leña necesaria para la zafra. También disponía ya de un mínimo número de esclavos, que serían los encargados de tirar de los trapiches, al menos en aquellos primeros años, antes de que él iniciase la modernización de la factoría con la introducción de maquinaria.

El Guaurabo era sin duda la mayor plantación de toda la isla, e incluso más extensa que cualquier otra que pudiera existir en Virginia. En el mapa ya se había incluido el nuevo territorio Baßler, se señalaba el curso del río, la posición de la torre-campanario y la ubicación de la vivienda principal. Una línea doble, pero interrumpida en su trazo, marcaba el sendero del Camino Real, que se iniciaba a la salida de Ciudad Trinidad, atravesaba la plantación y, pasando por la vivienda, iba a morir a El Guaurabo.

Él había dibujado la última incorporación en el mapa: la estación de ferrocarril que conectaba las instalaciones de la zona fabril con el puerto, el puerto de La Boca. Una línea férrea que cruzaba la plantación, de este a oeste, y de norte a sur, facilitando así la recogida de la caña de azúcar en los campos. Podría decirse que la plantación El Guaurabo era autosuficiente, gracias a sus campos de cultivos de verduras y a la crianza de ganado que se aprovechaba para

---

[1] Caballería: medida agraria usada en la isla de Cuba, equivalente a 1.343 áreas. (RAE)

alimentar a una población de casi 2.500 esclavos. Eran los mayores productores de azúcar del mundo. Sobrepasaban las 85.000 arrobas.

Willhelm tomó un sorbo de café. El toque de las campanas anunciaba el fin de la jornada de trabajo, al menos para algunos esclavos, para otros se iniciaba el turno. La factoría no paraba más que un día de cada diez para llevar a cabo los trabajos de limpieza de la maquinaria. El repique coincidió con la entrada en el despacho de su administrador. Josep observó extrañado la mesa cubierta de documentos y el viejo mapa extendido sobre ella.

–¿Buscas algo en concreto? ¿Puedo ayudarte? –se ofreció.

Willhelm negó con la cabeza.

–Repasaba las cuentas de la plantación. Necesito saber cuál es el beneficio neto de la producción antes de poner en marcha todos los cambios que quiero llevar a cabo. –Willhelm frunció el ceño y con el dedo índice se frotó la cicatriz que le cortaba la ceja.

–Entiendo –asintió Josep con la cabeza–. Sabes que te puedes crear muchos enemigos si haces lo que tienes pensado. Te colocarás en una posición muy delicada. –El pensamiento del administrador se trasladó en el tiempo, hasta 1868, concretamente al diez de octubre, día en el que el hacendado Carlos Manuel de Céspedes, dueño de La Demajagua, liberó a sus esclavos y les arengó para que se unieran a él en la lucha contra España, contra el colonialismo.

–Lo sé –respondió Willhelm–. Sé que si libero a los esclavos se me echarán encima el resto de hacendados esclavistas, también la cohorte de españoles que siguen beneficiándose con su tráfico ilegal. Lo sé –asintió de nuevo.

–¿Y bien?, ¿lo ves viable? El liberarlos, me refiero –preguntó el administrador señalando el libro contable.

–Sí. ¡Aunque hay tanto por hacer! –Willhelm se puso en pie–. No podemos seguir contabilizando el número de esclavos, su coste de mantenimiento, el gasto en comida, ropa y demás en el mismo libro en el que apuntamos los gastos de los animales. ¡Son personas y aquí figuran como si fueran un activo inmovilizado! –Dejó caer con repulsión el libro sobre la mesa.

El administrador asintió, aunque preveía un futuro complicado.

–Tus antepasados han mantenido el estilo de vida y costumbres de la tierra –dijo Josep–. Tu abuelo, sin ir más lejos.

Willhelm asintió, algo avergonzado.

–Esa es la misma cantaleta que esgrimen los estados del sur de Estados Unidos para perpetuar la esclavitud. Pero una plantación es una empresa, y como tal debe dar los suficientes beneficios para mantener y pagar a sus trabajadores, aunque ello signifique ingresar menos. Aun así, sigue siendo viable –Willhelm apoyó las manos en la cadera.

–Tus años de estudio en el norte han hecho que te identificaras con el abolicionismo, con unas ideas que son contrarias a las prácticas del lugar en que vives –señaló Josep–. No te saldrá gratis cambiar y desterrar esta forma de vida. A los Estados Unidos les ha costado una guerra de secesión.

–Y aquí llevamos años encadenando pequeñas guerras, Josep, primero por liberarnos del colonialismo, después entre esclavistas y abolicionistas. Pero no lo vamos a solucionar tú y yo ahora. ¿Vamos? –Willhelm se puso el jipijapa e invitó al administrador a seguirlo. Juntos atravesaron en silencio el extenso patio del batey. Ese día había amanecido claro, una luz intensa había tomado el relevo al aguacero. La tierra empezaba a recuperar ya su color rojizo. Cruzaron el arco de entrada y caminaron hasta los bohíos de los esclavos, que ya estaban formando en el patio central, alrededor de las construcciones de paja y adobe en las que vivían.

Como un acto simbólico de lo que sería el nuevo rumbo en la plantación, Willhelm abrió el candado de la puerta del barracón de castigo. Los esclavos miraban entre temerosos y expectantes, vigilados por los ayudantes del mayoral, que mantenían prestas sus armas.

Willhelm llamó a Iyanga para que se acercara, mientras que el administrador señaló a cuatro hombres más para que hicieran lo mismo. Iyanga, un negro algo más alto incluso que Willhelm, avanzó con la cabeza erguida y los puños apretados, aguantando su orgullo. Los dos hombres se miraron, frente a frente, no como amo y esclavo, sino como aquellos dos niños que años atrás compartieron juegos y algo más. Iyanga pudo contemplar de cerca aquella cicatriz en el rostro de Willhelm, la marca que hacía tanto los separó. El grupo de hombres entró en el barracón y Willhelm les pidió que sacaran todo lo que había dentro, que no dejaran nada y que lo apilaran en el centro del patio, a la vista de todos.

A buen ritmo sacaron los grilletes con los que tantas veces les habían inmovilizado por los pies, los látigos que habían despellejado tantas espaldas, incluso de embarazadas, aunque con estas últimas se tomaban precauciones para no estropear a la cría que había de nacer. Willhelm recordaba cómo su padre le obligaba a presenciar esos castigos, cómo hacía que se excavaran agujeros en el suelo para tumbar boca abajo a las embarazadas y así preservar a la nueva cría mientras las castigaban.

Todavía le parecía percibir el olor a sangre mezclada con los alaridos de dolor. Seguía fresca, en su mente, la imagen de las subastas con los gritos de aquella jauría de hombres y mujeres que pujaban por hacerse con carne fresca, con esclavos recién llegados que, expuestos sobre un entarimado, se mostraban casi desnudos, exhibiendo sus buenas condiciones y sus posibilidades como mano de obra.

A medida que iban sacando aquellos instrumentos de

tortura, las imágenes de recuerdos pasados asaltaban su mente. Allí seguían aquellas piezas de madera en las que se obligaba a los esclavos a meter las manos y la cabeza, para dejarlos así días y días expuestos al sol. Y aquellas horquillas, también de madera, con las que los sujetaban por la cabeza además de con cadenas para trasladarlos desde los puntos de subasta, cuando los adquirían en el mercado, hasta la plantación, o para llevarlos a otras haciendas y venderlos, separando a las familias como castigo.

Cuando hubieron terminado, Willhelm se acercó a la macabra pila y prendió fuego. Sobraban las palabras, todos entendieron. A pesar de que los esclavos que trabajaban en el campo consideraban a los domésticos, aquellos que servían en la casa principal, como una clase más elevada, por su cómoda vida, sus vistosos uniformes, hechos de buenas telas, y su mejor alimentación, los utilizaban como fuente de información. Sabían qué pasaba en otras plantaciones gracias a las conversaciones que los negros domésticos tenían con los de los hacendados que los visitaban, incluso les llegaban noticias sobre revueltas y levantamientos de esclavos en otros puntos de la isla. Se decía que algunos amos estaban liberando a sus negros y que el joven amo quería hacer lo mismo en El Guaurabo.

Miraron esperanzados el humo que ascendía hacia el cielo mientras que, debajo de sus ropas, las antiguas heridas en su piel parecían volver a sangrar al recordar, a pesar de que las rugosas cicatrices estaban ya cerradas. Las campanas volvieron a tocar, llamaban al silencio.

—¿Avisaste a los hombres? —preguntó Willhelm al administrador mientras contemplaba aquella columna de humo—. Quiero hablarles antes de partir.

—Están todos avisados, el mayoral y sus ayudantes. No te preocupes. A las ocho y media están citados en la plaza del batey. ¿Miramos el terreno? —preguntó el administrador, a sabiendas de que tendría que emplearse a fondo durante la ausencia de Willhelm.

–Sí –dijo. Willhelm sacó un papel del bolsillo del pantalón en el que había dibujado, de forma sencilla, las nuevas construcciones–. Como ves mantendremos la gran plaza en la que se ubicarán las casas del mayoral, la del maquinista y la del maestro de azúcar. Necesitaremos otra para los ingenieros y para el médico, pretendo buscar uno en España –le aclaró–. Así crearemos dos grandes zonas, una para los blancos; y la otra, con calles alineadas con pequeñas casas para las familias negras; los que estén solos pasarán a los barracones, pero en ellos habrá habitaciones con puertas y un patio común en el que dispondrán de cocina y lavadero.

Josep, el administrador, intentaba memorizar todos los detalles que Willhelm le explicaba.

–Será necesario –siguió Willhelm– echar abajo todos estos bohíos. La enfermería, la escuela, la guardería y el colmado deben ocupar el centro, formando una gran plaza, al lado de la torre-campanario y la iglesia –le señaló en el papel–. Habrá que hacerlo todo en diferentes fases, no podemos dejar sin techo a ningún esclavo. Dotaremos a las casitas y a los barracones de camastros, nada de dormir en el suelo y hacinados, como en esos chamizos. Y quiero otro barracón para el aseo, bien, dos, uno para mujeres y otro para hombres. Ah –añadió–, y una sastrería.

El administrador tomó el papel entre sus manos, prestando atención a sus palabras.

–Admiro tu resolución, Willhelm –le dijo–. Cuando esto acabe, la plantación se habrá convertido en una ciudad. Todo el sistema de alcantarillado está ya completado y con la planta de energía se podrá poner en marcha la nueva maquinaria.

–Hay mucho trabajo por delante. Siento dejarte solo con todo, pero mi viaje es necesario –se excusó Willhelm que, mientras hablaba, inspeccionaba con la mirada el estado exterior de la Casa de la Purga, la de las calderas y los tejares, donde se fabricaban los ladrillos.

—Sí, sí, no te preocupes, me las apañaré. —A Josep le gustaban los retos, y ese era uno que compartía con Willhelm, a pesar de no ser del agrado del Viejo, que no veía necesaria aquella inversión solo por acomodar mejor a los esclavos.

—Antes de irme necesitaré el listado de todos los esclavos —le pidió Willhelm—, haré que me preparen las cartas de libertad en Barcelona. —Los dos hombres seguían caminando por entre los chamizos, imaginando las medidas de los nuevos edificios—. El arquitecto quedó en venir en estos días. —Willhelm se detuvo un momento para pararse frente al administrador. Lo observó con atención—. ¿Qué ocurre? ¿Por qué esa cara? —le preguntó.

—No creo que a los hombres les gusten estos cambios. Están acostumbrados a usar la fuerza para mantener el orden.

—Bien, en un rato tendremos ocasión de averiguar cómo reaccionan. El que no esté de acuerdo tiene las puertas abiertas. Y otra cosa importante —añadió Willhelm.

—¿Qué? —El administrador frunció el ceño.

—No quiero más abusos a las mujeres. A partir de ahora no quiero que ningún hombre las obligue a estar con ellos. Esa práctica se acabó en esta plantación. —Willhelm caminaba decidido, tomando notas mentalmente de todos los detalles que aún quería repasar antes de zarpar.

El administrador se caló un poco más el sombrero, en un gesto inconsciente de protegerse de lo que venía.

—¿Entras conmigo? —le pidió Willhelm—, prepararemos el texto de los telegramas que hay que enviar a Ciudad Trinidad y La Habana. Quiero que todo esté listo para mi vuelta. Mi propósito es atracar en La Habana, antes de volver a El Guaurabo, cuando regrese de España.

—Sí, será mejor que nos pongamos manos a la obra y aprovechemos lo que resta de día —dijo el administrador.

CAPÍTULO 5

El regreso

Lisel echó una ojeada a su habitación antes de cerrar la puerta. Había pasado unos meses deliciosos en compañía de lady Mersey, su hospitalidad había significado tener acceso directo a las mejores y más distinguidas familias de Londres. Con ella había aprendido mucho más que en años de educación en Hamilton. Tomó aire y empezó a bajar la escalera.

Lady Mersey la esperaba en el amplio vestíbulo, frente a ella, en perfecta formación, estaba el servicio al completo, que acababa de cargar los baúles en el carruaje. Se abrazó a lady Mersey, un abrazo sentido, de maestra a pupila, de amigas... A Lisel aún le costaba digerir lo que estaba pasando. Al día siguiente de su visita a madame Bodleian, Cristine, una de las doncellas de Hamilton, llegó a la mansión Mersey para entregarle un telegrama. Un telegrama de su padre en el que le instaba a volver a casa, con carácter urgente. Se asustó, ¿le habría pasado algo a él o a tía Cati?

Con ayuda de lady Mersey preparó rápidamente la vuelta, el pasaje, el equipaje... La joven recordó las palabras de madame Bodleian: «Tu viaje está a punto de iniciarse». Lisel en aquel momento pensó que se referiría a un viaje de novios, tras un futuro enlace. Pero tener que irse ahora, en plena temporada...

Le preocupó la sola idea de que tuviera que abandonar, aunque fuera por unos meses, su plácida vida en Londres, que ahora, con el inicio de la temporada, y amadrinada por lady Mersey, consistía en acudir a tomar el té en las casas más relevantes de la capital, donde siempre le pedían que tocara el piano, incluso tenía su propio calendario de conciertos. Algunos entendidos la consideraban una pianista excepcional. Después, a mediados de agosto, a punto ya de finalizar la temporada, siempre era invitada a pasar unas semanas en la agradable y fresca campiña inglesa.

Su vida, sus costumbres, sus ademanes, todo en ella era ya muy inglés, hasta tenía un ligero y suave acento cuando hablaba en castellano. Apenas pudo despedirse de Georgina. Entregó a lady Mersey algunas cartas que la excusaban de las invitaciones que ya había aceptado.

«Un viaje, un viaje próximo». A Lisel le pareció escuchar de nuevo la inquietante voz de madame Bobleain.

Ya en el carruaje se despidió con la mirada de la mansión Mersey, enclavada en el prestigioso barrio de Park Lane. Por un tiempo también podría olvidarse de sus agradables paseos por Regent Street y Oxford Street, y de sus tardes de compras en Whiteley's, en Westbourne Road.

CAPÍTULO 6

La llegada

En las últimas semanas las visitas de tía Cati a la mansión de los Sagnier fueron diarias. Había hecho que las criadas descolgaran las cortinas, tanto de la habitación de Lisel como de la que ella había escogido para sí, también mandó sacudir las alfombras, limpiar a fondo los muebles, abrir y airear los armarios... Un ritmo frenético se había apoderado de la casa.

–A partir de ahora recordad que la merienda se servirá a las cinco en punto: té y hojaldres de limón –puntualizó–. Si hubiera visitas se servirá también café y otras pastas. –A tía Cati le gustaba comer, y más si podía hacerlo en compañía, la hora de la merienda era sagrada. Echó un vistazo a la alacena de la cocina, inspeccionando que estuviera bien surtida–. Y, sobre todo –apostilló–, mantened bien abrillantada toda la plata, principalmente la bandeja del recibidor, donde se dejan las tarjetas de visita y la correspondencia. Es lo primero que se ve en una casa.

Las criadas asintieron. Tendrían que contratar una cocinera, se dijo, hasta ahora su cuñado comía y cenaba en el club, pero ya volverían a ser una familia. El sonido de los cascos de caballos reclamó su atención, debían ser varios carruajes, pensó. Se asomó a la ventana y ahogó una exclamación. ¡Lisel! Tía Cati abrió la puerta, no sin antes avisar al servicio.

–¡Vamos, deprisa! –les jaleó–. Es la señorita Lisel y hay que entrar todo su equipaje. ¡Avisad a los hombres! ¡Que salgan también!

–¡Lisel, sobrina! –Salió a su encuentro.

La joven descendía en ese momento del carruaje, se sentía algo cansada después del largo viaje desde Londres, así que agradeció poder estirar las piernas. Su tía Cati se aproximaba a ella con los brazos abiertos. Como temía, su abrazo casi la dejó sin aire.

–¡Tía Cati! –En esos años la correspondencia entre ellas había sido muy fluida.

–Pasemos dentro, sobrina, el servicio se encargará de entrar todo tu equipaje y de pagar a los cocheros. –Tía Cati se colgó de su brazo.

Ambas se acomodaron en la sala mientras observaban cómo transportaban los pesados baúles.

–Ordenaré que nos sirvan un refrigerio, estarás cansada y sedienta. Estás preciosa, mírate, hecha una señorita –añadió tía Cati, que transmitía en su voz el alborozo que le producía tener de nuevo a Lisel con ella. Su sobrina se había convertido en una preciosa joven, su pelo rojizo brillaba con intensidad, el tono violeta de sus ojos era más fuerte de lo que recordaba, y mostraba una sonrisa hermosa. Sus ropas, confeccionadas a medida, realzaban una figura perfectamente moldeada.

–Dime, tía, ¿tú sabes por qué me ha hecho volver mi padre? –Lisel la miró, esperando una respuesta.

–Tu padre no tardará en llegar. Espera a que él te lo explique. Tendrá ganas de pasar un tiempo con su hija, supongo. Llevas muchos años fuera, Lisel. –Tía Cati evitó su mirada.

–Sí, supongo. ¿No estará enfermo? –Lisel sintió una punzada en el pecho.

–¡No, no! Claro que no. –La tranquilizó–. Déjame ordenar el refrigerio otra vez, estas muchachas siempre se demoran...

Francesc Sagnier tomó aire e intentó controlar sus nervios antes de subir la escalera que le conduciría hasta el despacho de su amigo de infancia, Robert Baltrà, ahora capitán general de Cataluña. Pero la preocupación seguía reflejándose en su cara, a su pesar.

–El capitán general no tardará en llegar, señor Sagnier. Me dijo que fuera tan amable de esperarlo –le dijo el soldado antes de retirarse de la estancia.

Sagnier asintió con la cabeza. En efecto, a los pocos minutos Robert apareció en el despacho, cerrando la puerta tras él. El capitán general caminaba al tiempo que se retiraba el barboquejo de la barbilla para liberarse del bicornio. La incipiente papada hacía que le apretara. Robert lucia barba, ahora ya completamente blanca. Su rostro dibujaba continuamente un gesto de desprecio. Su boca mostraba la línea de una sonrisa invertida. El poder le daba una prepotencia que no se cansaba de ejercer en todos los ámbitos de su vida. Al sentarse tuvo que desabrocharse un par de botones de la chaqueta. Su mirada parecía helada, sin vida, una mirada que siempre iba acompañada de un gesto serio, adusto. Un ligero apretón de manos sirvió de saludo entre ambos. Por último, el capitán general se liberó de su espada.

–Me sorprendió tu llamada, Francesc, ¿va todo bien? –Aunque por su cara intuía que no.

–Mi hija está a punto de volver de Londres. Le he tenido que pedir que regresara –balbuceó torpemente–. Tengo problemas, Robert, serios problemas –repitió, aliviando un poco la apretura que le producía la lazada que adornaba su cuello.

–No será para tanto, siempre te ha gustado exagerar. Tomemos una copa y me explicas lo que ocurre. –El capitán general se levantó y, tras servir dos generosas copas de brandy, le ofreció una a su amigo. Tomó asiento de nuevo, haciendo un ademán que invitaba a iniciar la charla.

–El banco está al borde de la quiebra –miró a su amigo antes de proseguir–, hice algunas operaciones arriesgadas que no han salido como esperaba. También he concedido muchos préstamos a importantes viticultores... ¡Era un gran negocio, un negocio seguro! –recalcó–. Se estaba exportando mucho. ¡Pero la maldita filoxera…!

–Se suponía que las autoridades habían establecido un cordón sanitario en la frontera con Francia –Baltrà frunció el ceño–. Tenía entendido que se habían quemado casi todas las viñas de l'Empordà, por seguridad, como medida preventiva. –Lo miró, extrañado por su explicación.

–No me han podido devolver los créditos, y hablo de grandes sumas. El banco necesita una inyección importante y urgente de dinero. –Las ojeras que se reflejaban en su rostro y la sequedad de su boca evidenciaban su angustia ante la situación. Con el pañuelo secó las gotas que se empeñaban en aparecer en su frente.

–¿Esperas que te preste dinero? –preguntó el capitán general algo molesto.

–No, no, claro que no –aunque sería una solución, pensó Sagnier–, pero si tuviera la oportunidad de conocer a uno de esos indianos que regresan cargados de dinero… si consiguiera uno como cliente para mi banco, podría superar el bache. –Esperó una respuesta.

–Ya entiendo. –El capitán general adoptó una expresión pensativa–. Precisamente vengo de un acto en el que estaba Güell, ya sabes, ese que compró toda la manzana de edificios para construirse un palacio, en la calle Conde de Asalto. –Sus manos se abrieron en el aire, dibujando la extensión de la construcción.

–¿Necesita un banquero? –preguntó ansioso Sagnier.

–No, no, él no. Pero en la reunión ha hablado de un conocido suyo. Un tal Baßler, o algo parecido, un alemán. Ha comentado que posee la mayor plantación de caña de azúcar de Cuba, tanto que fue su hacienda la que representó a la isla en la Exposición Universal de Viena de 1873. La tiene en el famoso Valle de los Ingenios. Al parecer abrirá las oficinas de su naviera aquí, próximamente, y no de veleros de altura, no, hablamos de barcos de vapor. Parece ser que en estos días le entregan dos o tres aquí, en los astilleros.

—¿Pero ya está aquí, en Barcelona? —preguntó, intentando controlar su impaciencia. Un extraño calor le invadía la cara.

—No lo sé a ciencia cierta. Al parecer Güell le vendió unos extensos terrenos en la Montaña Pelada —Sagnier asintió interesado—. Eso ocurrió hará casi un año, en una visita relámpago de ese Baßler a Barcelona por negocios —Robert Baltrà tomó otro trago—. Se ha hecho construir todo un palacio en La Rambla, casi enfrente del de Güell, has tenido que verlo, al estilo indiano, ya sabes, con un gran jardín con altas palmeras, fuentes de agua y qué sé yo cuántas tonterías más. A esa gente le gusta aparentar y mostrar el dinero que tiene. Como te digo, parece que ha venido a recibir la entrega del palacete y a hacer inversiones. ¡Un mirlo blanco para ti!

—¿Cómo puedo conocerlo? ¿Puedes hacer que Güell nos presente? Tú eres una gran autoridad, estará interesado en tratarte. A mí no me importa el origen de las fortunas de esos indianos. Me da igual si la han amasado traficando con esclavos. —Sagnier miraba expectante al capitán general.

—Cierto, a pesar de que han prohibido su tráfico, mientras no se llegue a abolir la esclavitud y los sigan usando como mano de obra en las plantaciones, se mantendrá su venta, aunque sea de forma clandestina. Déjame ver qué puedo hacer. —El capitán general se levantó, dando por concluida la reunión.

—Gracias, Robert. —Sagnier le ofreció la mano, algo más aliviado.

La mirada helada de Robert Baltrà se clavó en su amigo hasta que este desapareció de su despacho. Se sirvió otra copa y con ella en la mano se arrellanó en el sillón. Tomó un trago y, mirando por la ventana, viendo el constante movimiento y bullicio que se vivía a diario en el puerto, con barcos cargados de mercaderías provenientes de América, pensó en su situación. Tenía un importante cargo, capitán general de Cataluña, lo que venía a ser equivalente a los antiguos virreyes del reino, pero su fortuna se limitaba a su paga de militar y a algunas prebendas que conllevaba su cargo, provenientes de aquellos que buscaban congraciarse con él. Pero los dueños de aquellos barcos, esos indianos, nadaban en la abundancia, malgastaban en palacios, caprichos, invertían en fábricas, navieras...

Algo le rondaba por la cabeza desde hacía tiempo. Debía hacer alguna cosa para ser uno de ellos y no limitarse a codearse en sus fiestas con su uniforme de gala. Sí, tenía poder, pero ese poder no iba acompañado de riqueza.

Él ya estaba en la reserva cuando unos años atrás, en octubre de 1890, se promulgó el real decreto que permitía que los tenientes generales, con brillante y notorio servicio a la patria como él, pudieran ser nombrados capitanes generales si el Gobierno de su majestad lo apreciaba. Era una gran merced para acabar su vida militar, pero desde que ocupaba esta plaza en Barcelona se codeaba con dueños de ingentes fortunas, y él, ¿qué tenía él?, se preguntaba. Tenía una joven esposa, aunque algo alelada, una casa más bien modesta y su pírrica paga de militar. Además, echaba de menos la acción cada vez que leía las noticias que se publicaban sobre la guerra en Cuba.

CAPÍTULO 7

El Grito de Baire

En la casa grande de la plantación El Guaurabo los tres hombres disfrutaban de una copa de ron, la que el Viejo, Josep y Willhelm acostumbraban a tomar después de las comidas. La llegada de caballos les sorprendió. Willhelm se asomó al ventanal para ver de quién se trataba.

—¡María Antonia y su capataz! —dijo, girándose hacia donde estaban el Viejo y el administrador.

Sus caras no parecían ser portadoras de buenas noticias, ni la hora escogida indicaba que aquella fuera una visita de cortesía. Los saludos fueron breves. María Antonia entró en el salón con paso decidido, quitándose los guantes. Su caminar estaba lejos de ser elegante, de hecho, únicamente su vestimenta era la que indicaba que era una gran señora, al menos, una de esas pudientes. María Antonia era una cuarterona de sangre que se había casado con un viejo indiano y que, a su muerte, heredó toda su fortuna.

—Sentaos, por favor. ¿Ha pasado algo? ¿A qué se debe vuestra visita? —preguntó Willhelm extrañado.

—¡Ah! —exclamó María Antonia—. Antes necesito una copa de buen ron. Saca esa botella de Bacardí. ¡Y sé generoso, muchacho! —indicó.

Willhelm sonrió.

—¿Qué sucede? —preguntó el Viejo algo preocupado.

Tras un par de tragos María Antonia se decidió a hablar.

—¡Ha vuelto a ocurrir! —exclamó María Antonia—. Igualito que pasó en La Demajagua. –Miró al Viejo, él seguro que recordaba bien ese día, el 10 de octubre de 1868, cuando se dio el primer paso para conseguir la independencia de España.

–Yo también recuerdo ese día –afirmó Josep, el administrador.

–El dueño de La Demajagua, Carlos Manuel de Céspedes, convocó una gran concentración de hacendados para proclamar la independencia, y lo hizo ordenando el toque de la campana, liberando a sus esclavos, a los que animó a sumarse a su lucha –recordó el Viejo.

–Pero todo aquello fue destruido –Willhelm frunció el ceño.

–Sí, por supuesto –continuó María Antonia–. Pero ahora no ha sido en La Demajagua. Estábamos –señaló al capataz– disfrutando del primer día del carnaval en Baire, el día veinticuatro de febrero, cuando de repente escuchamos disparos. Era el hacendado Saturnino Lora que, para hacerse escuchar ante la multitud, se lio a tiros, disparando al aire, y empezó a gritar: ¡Viva Cuba libre!

–Pero por lo visto no ha sido solo en Baire –añadió su capataz–. Dicen que ha habido levantamientos en más de 35 poblaciones.

–Parece ser que Saturnino Lora había contactado con anterioridad con los cabecillas exiliados del anterior levantamiento, los que estaban en Jamaica y Costa Rica, para que volvieran, y así todos juntos levantarse por fin en armas contra los españoles –María Antonia acabó su trago y señaló su vaso a Willhelm para que lo volviera a llenar.

–¿Y sabéis si han vuelto del exilio? –preguntó Willhelm mientras le llenaba de nuevo la copa–. Hablamos de Máximo Gómez y Antonio Maceo, supongo.

–Sí, de esos mismos. Dicen que José Martí ha contactado con ellos –confirmó María Antonia.

–Lo único que hemos podido averiguar es que al levantamiento en la parte oriental se han sumado toda clase de hombres, desde obreros a abogados. Muchos están abandonando sus plantaciones –añadió el capataz.

–¡Yo no pienso dejar que quemen mi plantación! –María Antonia se levantó acalorada al pensar en esa posibilidad.

–La famosa táctica de la tierra quemada –dijo Willhelm–. No querrán que, llegado el momento, el ejército español encuentre nada que puedan aprovechar.

–Todo esto acabará igual que La Demajagua. –El Viejo se levantó, no sin esfuerzo–. Todos esos acabarán perseguidos y, o bien serán desterrados, en el mejor de los casos, o los fusilarán.

–No sé, Viejo –le respondió Willhelm–. Si han dado ese paso, si se han atrevido a regresar del exilio, será porque tienen todos sus movimientos muy medidos.

–Yo voy a armar a mis hombres, incluidos los esclavos. No pienso entregar mi plantación así como así. –María Antonia negaba con la cabeza.

–Es una buena idea –dijo Josep mirando a Willhelm. Algo que hacía tiempo ya contemplaban. Contar con un arsenal propio en la plantación.

–¿Cuándo partes para España? –quiso saber María Antonia.

–Mañana al amanecer. Aunque tengo intención de que sea un viaje corto, más aún con las noticias que traéis. –Sus ojos se clavaron en el Viejo, hacía rato que notaba su mirada inquieta sobre él.

–Pues nosotros debemos partir ya. –María Antonia hizo una señal a su capataz, que se puso en pie.

–Quedaos a pasar la noche –ofreció Willhelm.

María Antonia negó con la cabeza.

–Prefiero amanecer en Ciudad Trinidad. Hace días que faltamos de la plantación y el capataz ya está nervioso –respondió ella.

–¿No te fías de tus hombres? –quiso saber Josep.

–Sí, pero ya sabes lo que dicen… «El ojo del amo engorda el ganado» –dijo casi al unísono con Josep.

–Está bien, como prefiráis. –Al Viejo no se le olvidaba el origen de María Antonia, por muy dueña de una hacienda que fuera. Aunque solo fuera en una cuarta parte, tenía muy presente que sangre negra corría por sus venas.

Al escuchar sus voces en el zaguán de la entrada Mbeng se asomó a la puerta de la cocina que daba al patio del batey, desde allí podría ver salir a la visita. Observó con atención a aquella señora, vestía ricas ropas, un llamativo sombrero, era algo entrada en carnes y siempre la acompañaba aquel hombre blanco que la seguía como si fuera su perrito faldero.

–¡Espabila, muchacha! –le gritó Gaetana, la gobernanta de El Guaurabo–, será mejor que dejes de soñar despierta. ¿Crees que no sé qué estás pensando? Seguro que te ves como esa gran señora, pero de momento tienes que ganarte el sustento, así que agarra ese cubo y ponte a baldear el patio trasero –le ordenó.

Mbeng se giró hacia ella rabiosa, clavándole su mirada más afilada.

–¡Algún día yo seré la esposa de Will! ¡Seré la dueña de todo esto! –Su mano derecha dibujó un círculo en el aire–. Y cuando llegue ese día –se acercó a Gaetana amenazante– haré que te echen de aquí.

Mbeng salió de la cocina escupiendo a los pies de la gobernanta. Ella sabía que llegaría ese día. ¿Por qué no? La María Antonia esa no era más que una muchachita del pueblo, con una cuarta parte de sangre negra, solo que tuvo la suerte de enamorar a aquel viejo indiano, Casimiro Arquer, y ahora, ya viuda, era la todita dueña de la plantación Arquer, igual que ella lo sería de la de El Guaurabo.

CAPÍTULO 8

El jipijapa

Lisel caminaba por la calle Princesa de Barcelona de esa forma elegante y femenina con que solía hacerlo. A cada paso que daba las amplias faldas de su vestido se balanceaban de tal forma que parecía que se deslizara por el piso. Estaba disfrutando de su paseo, del limpio aire de la soleada mañana. Sentir aquellos tenues rayos de sol en su cara, al retirar por un instante su sombrilla, le recordó a las mañanas de Londres, su neblina, aquel frío que se calaba de repente.

Cuando reparó en las grandes cristaleras de la sombrerería Ferreri pensó en que necesitaría comprarse toda una colección de sombreros, sombreros más apropiados para un sol más fuerte, pero ese pensamiento pronto se disipó. Su atención se centró en el interior del comercio, de espaldas a ella un hombre alto, de aspecto fornido, vestido de una forma elegante, pero a la americana, le sorprendió. Portaba un conjunto de pantalón y chaqueta de color claro, entre blanco y crema. En su chaleco, del mismo tono, destacaban los botones de color plata. Una cadena indicaba el camino hacia donde guardaba su reloj de bolsillo.

En ese momento, con su mano derecha, aquel hombre agarró la copa del sombrero para cubrirse, después, en un acto rápido, con destreza, la pasó por encima de su cabeza, sujetando la parte posterior del ala, mientras que con la mano izquierda agarraba la parte delantera del sombrero. Inclinando levemente la cabeza, acabó de acomodárselo con ambas manos.

¡Había algo tan viril en la forma en la que aquel hombre se caló el sombrero que la estremeció por dentro! Antes de que él levantara la cabeza y pudiera ver cómo lo observaba, se dio la vuelta para seguir caminando, pero su paso se vio interrumpido bruscamente. Un pillastre, que venía siguiéndola, vio el momento perfecto para empujarla duramente al tiempo que tiraba de su abultada limosnera y salía corriendo.

El encontronazo hizo que lanzara un pequeño grito, Lisel notó que perdía el equilibrio, el golpe en la cabeza contra el quicio de la puerta de entrada al establecimiento la dejó algo aturdida, levantó las manos intentado asirse a la puerta, pero la nublada visión le impedía encontrarla.

Willhelm Baßler levantó la cabeza buscando con la mirada el origen de aquel grito ahogado. Al otro lado del cristal, desde el interior de la sombrerería, vio cómo aquel ladronzuelo empujaba con fuerza a la mujer, al tiempo que tiraba de su bolsa. Reparó de nuevo en ella, su sombrerito, que se había desplazado con el golpe contra la puerta, dejaba ver su pelo, de un tono rojizo oscuro. Su figura se veía realzada por el uso del polisón, que le ahuecaba la falda por detrás. Esa imagen, intensamente femenina, aun perdiendo el equilibrio, le cautivó.

Willhelm corrió hacia la puerta, llegando en el momento exacto para impedir que la joven cayera al suelo. La sujetó por la cintura desde atrás. Con el empuje el polisón se le clavó en el vientre, lo que le provocó un calor que le sorprendió. La joven apoyó su brazo sobre el de él buscando estabilidad, seguía mareada, así que el hombre decidió cargarla en brazos para llevarla hasta el interior del establecimiento.

El encargado ya había dispuesto una butaca y, diligentemente, vertía agua en un vaso. Una doncella entró acalorada tras de ellos.

—¡Señorita! ¿Está usted bien? —preguntó la doncella agitada. No quería ni pensar en lo que le dirían la tía de la señorita y el señor si le pasaba algo en su primer día de paseo. Margarita juntó las manos de forma nerviosa, paseando su mirada entre aquel hombre vestido de blanco y su señorita.

—¡Tranquila, está bien! —la calmó Willhelm, que en ese momento ofrecía agua a Lisel.

Lisel se esforzó en tomar un sorbo de agua, intentando pensar en qué había pasado. Sentada en aquella butaca todavía le parecía sentir el calor de las manos de aquel desconocido en su cuerpo. De repente notó un dolor en la sien. Era la mano de aquel hombre que, con su pañuelo, secaba un pequeño hilillo de sangre.

—No es nada, una pequeña rozadura, no le quedará señal —le aclaró él. Su voz sonó profunda, grave, cortante, con un ligero acento que no se atrevió a identificar.

Lisel asintió, se fijó en la cicatriz que marcaba su cara, aun con el sombrero puesto se veía. Hizo un intento por levantarse, pero su cuerpo no le respondió como ella esperaba y se tambaleó, el hombre la sujetó bruscamente.

—Mi carruaje está aquí mismo, permítame que la acompañe hasta su casa —Willhelm observó el rostro de la joven, reparó en el color de sus ojos, apretó la mandíbula.

—No es necesario. —A Lisel le molestó que la mirara tan fijamente.

—No está en condiciones de andar por la calle. Su doncella vendrá con nosotros. —Willhelm estaba acostumbrado a dar órdenes. Antes de salir del establecimiento dejó su tarjeta al encargado para que le hiciera llegar el pedido.

Tía Cati esperaba en la sala la llegada de su sobrina. Consultó de nuevo el reloj de pared, empezaba a preocuparse, no consideraba a Margarita demasiado espabilada.

Un carruaje paró frente a la casa, situada al principio del suntuoso Paseo de Gracia. Tía Cati levantó con disimulo el visillo, un hombre alto, fornido, de unos treinta años, bajó de él. ¡Ah! Suspiró, tantos años de viudedad... Pero, ¡oh!, se sorprendió, aquel hombre agarraba a su sobrina por la cintura. ¡Lisel!, exclamó para sí. Dejó su labor sobre la mesita y se dirigió a la puerta. Margarita fue la primera en entrar en la casa.

—¡Señora, su sobrina! —Su gesto acongojado le impidió seguir hablando.

—¡Oh!, ¿qué ha pasado? —preguntó, mientras señalaba el camino hacia la sala a aquel hombre—. Acompáñela al sofá, por favor. —Veía a su sobrina aturdida.

—Un muchacho se abalanzó sobre ella para robarle y al empujarle hizo que se golpeara contra una puerta. Está un poco conmocionada, no será nada, pero no estará de más que la revise un médico —le explicó aquel hombre que vestía de blanco. Su tono era autoritario.

—Estoy bien —protestó Lisel, que estaba acostumbrada a valerse por sí misma. Le molestaba la confianza que se permitía aquel hombre con ella.

—Permítame, señora. Willhelm Baßler. —Él se presentó, inclinando levemente la cabeza y descubriéndose. Tomó la mano de tía Cati e hizo ademán de besarla.

—¡Oh! Tome asiento, por favor, señor Baßler, pediré que nos sirvan un café o... —A tía Cati le pareció un hombre de un gran atractivo, a pesar de aquella cicatriz en la ceja que le cubría parte de la sien. Le extrañó el color de su piel, tan tostada... quizá acababa de hacer una larga travesía en barco. Le pareció muy alto.

—No —respondió él tajantemente—, en otra ocasión. Tengo una cita de negocios. Solo quería asegurarme de que la señorita...

—Permítame que le presente a mi sobrina, ella es la señorita Lisel Sagnier.

La cara de Willhelm se tensó al oír aquel apellido. Miró de nuevo el color de sus ojos, si podría decirse que eran de un tono violeta. ¿Sería...? Echó un rápido vistazo al salón.

—¡Buenas tardes, señoras! Espero que se recupere pronto.

Las mujeres lo observaron mientras se dirigía a la puerta, allí se paró un instante para dejar su tarjeta en la bandeja de plata y, tras ponerse de nuevo el sombrero, abandonó la casa.

–¡Qué suerte haberte encontrado con un caballero como él que te auxiliara, Lisel! –Tía Cati no podía evitar ser romántica.

–¿Suerte? –respondió su sobrina–. ¿No te has dado cuenta, tía? Es un grosero, me has presentado y ni siquiera ha hecho ademán de besarme la mano. Además, se ha ido sin despedirse adecuadamente. –Lisel hizo un gesto de reprobación–. ¡Está claro que no es el caballero que quiere aparentar! ¡No estoy acostumbrada a tratar con esa clase de hombres!

–Al parecer tenía prisa, pero habrá que agradecerle el gesto. Hablaré con tu padre. ¿Y qué le habrá pasado en la cara? ¿Te has fijado en su cicatriz? –Tía Cati intentaba encontrar alguna explicación.

–¡Quién sabe, tía, alguna pelea de taberna! –pensó Lisel convencida.

Lisel reparó en el pañuelo que aquel hombre había dejado, tenía marcadas las iniciales W.B. Tomó la campanilla y la zarandeó ligeramente, reclamando al servicio. Depositó el pañuelo manchado de sangre sobre la mesa auxiliar e hizo el ademán de limpiarse las manos.

Cuando Francesc Sagnier llegó a su casa lo primero que hizo, como de costumbre, fue revisar la bandeja de la entrada, tomó la correspondencia y las tarjetas y con ellas se dirigió al salón, donde escuchó hablar a su hija con tía Cati.

–¡Cuñado! –reclamó tía Cati.

–Tía, no tiene importancia, no le preocupes. –La voz de su sobrina se oía algo débil.

–¿Qué ocurre? ¿Qué te ha pasado? –preguntó Sagnier al ver el rostro de su hija.

—¡Han asaltado a tu hija, le han robado y se ha golpeado la cabeza! Por suerte un caballero la auxilió y la ha acompañado en su carruaje hasta aquí. Ahí tendrás la tarjeta. —Tía Cati señaló el paquete de cartas y tarjetas que Francesc llevaba en las manos.

Sagnier revisó las tarjetas hasta que una captó su atención. Leyó el nombre: *Willhelm Baßler*. ¡Willhelm Baßler! No podía creerlo, el indiano del que le habló Robert.

—¿Ha estado aquí? —preguntó, contrariado por no haber estado presente.

—Sí —contestó Lisel—, me acompañó en su carruaje, aunque en realidad no hubiera sido necesario. —Lisel abrió la mano, pidiendo a su padre que le dejara ver la tarjeta. Era de diseño sencillo, el nombre rezaba en el centro y en el ángulo inferior derecho constaba la dirección: «Quinta Baßler», en plena Rambla.

—Fue muy amable, yo creo que deberíamos agradecerle el gesto, ¿no te parece Francesc? —insistió tía Cati, deseosa ya de organizar algún evento social.

—Por supuesto —contestó Sagnier—. Le escribiré una nota ahora mismo —dijo mientras se dirigía a su despacho. No podía creer en su buena suerte.

Lisel se dirigió a su tía, no podía entender qué veía tan fascinante en aquel hombre.

—Parece que ese «caballero» te ha cautivado, tía, pero te aseguro que no es tal. Un verdadero caballero, que ha sido presentado a una señorita, nunca dejaría su tarjeta si antes no le han ofrecido la oportunidad de seguir cultivando su amistad. Y eso es algo que te correspondería hacer a ti, en nombre de mi madre. Pero ese hombre —continuó Lisel—, además de irse sin despedirse adecuadamente, no ha sido invitado por nadie a seguir frecuentando esta casa, por lo que no debería haber dejado su tarjeta.

Tía Cati movió la cabeza.

—¡Sobrina! –dijo con las manos sobre su desaparecida cintura–, creo que la estancia en Londres te ha afectado para mal. Aquí no somos tan estrictos con esas formalidades. Después del detalle que ha tenido ese «caballero» –señaló– contigo, no necesita ser invitado. Pero eso me recuerda que... tenemos que sentarnos a confeccionar una lista de amistades y personalidades a las que debes cumplimentar con una visita.

Lisel hizo un mohín de fastidio.

—Dame tiempo, tía. Aún tengo que acabar de acomodar todo mi equipaje y pedir que laven de nuevo toda mi ropa blanca. Quiero que recupere su blancor, necesito que la tiendan al sol. –Lisel miró despectivamente aquel pañuelo que le recordaba el tacto de las manos de su dueño sobre ella. Debía cambiarse de ropa, pensó.

—Sí, sí –tía Cati insistió–, pero ya sabes que lo educado, al volver del extranjero, es visitar a todas las personas de rango. En cuanto tengamos tus tarjetas de visita, iremos.

—Mañana mismo las encargaré –le contestó Lisel para tranquilizarla.

CAPÍTULO 9

Jana

Tras un abrazo efusivo Jana y Lisel entraron en la chocolatería Fargas de la calle del Pi. Tenían tanto de que hablar que prefirieron aderezar la tertulia con un buen té y pastas. Una campanita anunció la entrada de las amigas. El intenso aroma a chocolate les hizo mirarse y sonreír ante la placentera merienda que les esperaba.

Tomaron asiento y fue entonces cuando Lisel reparó en su amiga, su cabello rubio parecía haber languidecido, lo llevaba recogido hacia atrás sin mucho estilo. Las facciones de su cara tenían solo la belleza que ofrecía la juventud, solo eso, aunque ella le dotaba de un aire de tristeza que la sorprendió. Su ligera capa, que usaba para disimular su embarazo, apenas tenía nada que ocultar, estaba tan delgada que no parecía que estuviera de encargo, pensó Lisel.

Jana le tomó las manos, invadida por cierta nostalgia, nostalgia de la vida, de la que parecía haberse retirado hacía mucho. Necesitaba escuchar de Lisel cómo era el mundo ahí fuera, cómo era Londres, qué había hecho en esos años, a quién había conocido…

–Lo cierto es que lloré mucho cuando mi padre decidió enviarme a Inglaterra –suspiró Lisel recordando–, y sé que lo hacía para que tuviera una buena educación, aunque creo que también hubiera estado bien al lado de tía Cati. –Sonrió con cierta tristeza–. Pero ahora soy feliz con mi vida, Jana. –La cara se le iluminó de repente–. En Hamilton me he sentido como en mi propia casa, y desde que tuve la suerte de conocer a lady Mersey todo cambió, se convirtió en mi tutora, en mi mentora. De su mano debuté en Londres, me abrió las puertas de las mejores mansiones y me ha presentado a lores, marqueses, duques… La más alta aristocracia de Londres.

Jana la escuchaba embelesada, como si a través de sus palabras fuera ella misma la que bailaba en aquellos lujosos salones, la que departiera con elegantes caballeros, la que participara en la caza del zorro o en los grandes bailes de inicio y fin de la temporada social.

–Me dijo tu tía que dejas a todos embelesados cuando tocas el piano.

–¡Mi tía! –Sonrió Lisel–. Lo cierto es que empecé a tomar clases de piano, igual que de canto, de costura…, aprendí a bordar, a servir el té según los más estrictos cánones… pero el piano. ¡El piano es mi pasión, Jana! Siento que me vibra el corazón cuando lo toco. –Lisel se llevó una mano al pecho–. Empecé por amenizar las reuniones sociales en la mansión de lady Mersey y, poco a poco, he sido el centro de atención allí donde se me invitaba. Hasta ofrecí varios conciertos.

–Tienes unas manos preciosas, Lisel –dijo Jana. Ahora que se había desprendido de los guantes podía apreciarlas. Eran unas manos blancas, de dedos finos y ágiles, y se percibía su suavidad incluso antes de tocarlas.

En la mesa ya les esperaban un par de tazas de chocolate caliente y pastas, al notar una presencia a su lado Lisel pensó que sería de nuevo el camarero. Levantó la mirada hacia él.

–¡Buenas tardes, señoritas! –El rostro de Willhelm mostraba seriedad. Con un leve gesto de cabeza las saludó–. ¿Cómo se encuentra?

A Lisel le pareció que lo preguntaba simplemente por educación. Fue una pregunta brusca, escueta, y su cara no expresaba simpatía.

–Permítame presentarle a la señora Baltrà –le aclaró

Lisel. Willhelm hizo ademán de besarle la mano mientras se presentó–. Estoy totalmente recuperada, muchas gracias por su interés, señor Baßler–. Pronto le haré llegar el pañuelo a su casa.

–No hay prisa, a no ser que quiera conservarlo –le sugirió él, aunque el frío tono de la voz de Lisel le mostraba claramente que no sería así.

–Estoy bien servida de pañuelos, no es necesario, señor Baßler. –Su pronunciación fue perfecta. Se sentía molesta y pretendía dejárselo claro con su educada ironía.

Antes de retirarse Willhelm volvió a fijarse en aquel color de ojos violeta. Ella era una Sagnier, una bella mujer de cabellos color rojizo y de labios entreabiertos, como una invitación sin fecha a ser besados. Pero era una Sagnier, se recordó.

–Salude a su tía de mi parte. Señoras… –Hizo una leve inclinación y se retiró.

–¿Lo conoces? ¿Sabes quién es? –Jana miró curiosa a su amiga.

Lisel negó con la cabeza.

–En realidad no lo conozco. Ayer me robaron la limosnera y al empujarme me golpeé en la cabeza. –Lisel mostró su sien levantando el rizo que le cubría la herida–. Ese hombre me auxilió y me acompañó a casa en su carruaje.

–¡Oh! Qué romántico –exclamó Jana, que hasta entonces había vivido el amor en las páginas de las novelas que leía.

–¡Nada romántico, créeme! Me dolía espantosamente la cabeza y no sé por qué, pero no me gusta ese hombre –le explicó Lisel–. Siento un escalofrío cada vez que se me acerca.

–¿Cómo puedes decir eso? El señor Baßler es muy apuesto, fíjate en su cuerpo, y su rostro. ¡Tiene unos intensos ojos azules! Sería un gran partido para ti. Pronto tendrás que desposarte –le contestó animada Jana.

Lisel hizo un gesto de desagrado.

—¡No! Además, yo pronto volveré a Inglaterra. —Sus ojos se cerraron un instante recordando su vida allí—. Pienso casarme y establecerme allí. Todas mis amistades me esperan, y también mis pretendientes. —Una sonrisa pícara afloró en su cara—. ¿Y tú conoces a ese hombre? —preguntó, refiriéndose a Willhelm.

—De oídas, al escuchar su nombre he recordado que mi esposo se ha referido a él en alguna ocasión. Parece ser que es un indiano, que posee una inmensa fortuna en Cuba. Dicen que tiene una gran plantación de caña de azúcar, y que además es dueño de una naviera, ¡de barcos de vapor! —le aclaró.

—¡Todo lo que quieras! —exclamó Lisel dirigiendo sus ojos, a través del espejo de la pared, hacia la mesa en la que Willhelm tomaba café. Un ejemplar de *La Vanguardia* era su única compañía. Sus ojos se encontraron por un instante—. He oído hablar de esos indianos, eran todos unos muertos de hambre, sin educación, sin clase, que emigraron a las Américas y que creen que, por haberse hecho ricos, ya son como nosotros. ¡Unos igualados! ¡Eso es lo que son! —clamó Lisel—. Como te he dicho, yo me casaré con un verdadero caballero, con educación, un hombre culto, de modales exquisitos y que sea capaz de ofrecerme la clase de vida que merezco. —Tomó un poco de chocolate para endulzar su plática, que la estaba encendiendo ante la idea de tener algo que ver con aquel hombre—. Pero dejemos de hablar de él y cuéntame de ti. ¿Para cuándo el bebé? Apenas se te nota —dijo Lisel cambiando de tema.

—Estoy ya de seis meses —contestó Jana tocándose discretamente el vientre.

—¿Eres feliz? Me sorprendió mucho la noticia de tu boda con el capitán general. ¿Por qué un hombre tan mayor? Tiene la edad de mi padre. Podrías haber escogido a otro, Jana. —El rostro de Lisel expresaba su extrañeza.

Jana negó con la cabeza.

—Yo no soy como tú, Lisel. Mírame, nunca he sido bonita y tampoco contaba con una gran dote que me hiciera más atractiva a los hombres. Robert llevaba tiempo viudo y su ilusión era tener un heredero, por eso su afán por casarse con una jovencita y, bien, supongo que tampoco él tenía una gran fortuna que le hiciera aspirar a nada mejor.

A Lisel se le encogió el alma escuchando a Jana.

—No te menosprecies, Jana —le dijo.

—No, no lo hago —respondió, aunque una diminuta lágrima se empeñaba en aparecer en sus ojos.

—¿Y qué me cuentas de Marina? ¿Se casa pronto? —preguntó Lisel.

Jana negó de nuevo con la cabeza. Nunca le cayó bien Marina, la sobrina de su esposo.

—Aún no, aunque creo que anda algo entusiasmada con un oficial que trabaja con mi esposo. Pero sigue igual de caprichosa e insoportable. Le gusta coquetear y jugar con todos, ya me entiendes. Hace poco me preguntó por ti, sabe que nos carteamos.

—¿Sigue viviendo con vosotros? —Lisel hizo un gesto de pesar solo de pensarlo.

—Sí. Está con nosotros desde que murió la hermana de mi esposo. ¡Ella y su esperpéntica nana!

Las dos rieron al recordarla.

—Yo creo que Marina acabará con uno de esos viejos indianos que están regresando para morir en su tierra. Se construyen auténticos palacetes. ¿Te acuerdas de Merceditas y de Aurora? —le preguntó Jana sin esperar su respuesta—. Las dos se han casado con hombres que podrían ser sus abuelos. Dentro de pocos años serán unas viudas jóvenes y muy ricas. Dime, Lisel, ¿organizarás algún evento ahora que has vuelto? —preguntó Jana con ganas de tener algo de vida social.

—Supongo que sí. Tía Cati habló de invitar a... ¿Las Damas del Ropero? ¿Se llaman así?

—¡Ah, sí, sí! —exclamó Jana—, entonces conocerás a la señora Leonor Biarnés, la presidenta de Las Damas del Ropero. Es la piedra angular de nuestra sociedad. No hay fiesta, recepción, ni pequeña reunión de la que no esté al tanto. Conoce a todo el que es alguien en la alta sociedad de Barcelona. Te gustará, tiene un carácter muy afable, es buena conversadora y una perfecta anfitriona.

Lisel escuchaba con atención, aunque se sentía inquieta bajo la mirada de aquel hombre.

—¿Te incomoda su presencia? —preguntó Jana refiriéndose a Willhelm—. Dicen que, durante semanas, en su casa de la Rambla, se recibían cajas y cajas con las porcelanas, las vajillas y las cristalerías más finas de Francia. Que los muebles de su palacio, o quinta, como la llaman ellos, son importados de Inglaterra, las alfombras de Oriente... Todo traído por barco. —El tono de Jana dejaba entrever la admiración que le causaba todo aquello.

—¿Cómo puedes saberlo si apenas sales? —preguntó con curiosidad Lisel.

—Me lo cuenta Dorita, mi criada. Su hermana Fe trabaja en la casa. Parece que emplearon a decenas de muchachas para que prepararan el palacete para su llegada. —Con una discreta mirada se refirió a Willhelm—. Dicen que trae todo un séquito de servidumbre negra, esclavos, supongo —dijo bajando la voz.

Lisel escuchaba con atención.

—Pero tenía entendido que los indianos que volvían eran oriundos de aquí —se extrañó Lisel— y ese hombre, no tanto por su acento, sino por su nombre y apellido, parece de origen alemán.

—Robert dice que muchos de esos indianos se están instalando en Barcelona porque ahora mismo es una ciudad con un gran futuro. Algunos son del norte, o del centro de España. Eso sí, muchos llegan con títulos de nobleza. —Jana tomó un poco más de chocolate que aderezó con una pasta antes de seguir hablando—. Compran títulos a golpe de chequera. Barcelona se ha llenado de marqueses, condes y duques vestidos de blanco y con un jipijapa en la cabeza.

—¿Un qué? —Lisel rio, nunca había oído antes ese término, le pareció muy gracioso—. ¿Jipi... qué?

—Un jipijapa. Es como llaman al sombrero blanco que suelen usar los indianos, supongo que por estar hecho de paja. Parece ser que en esas tierras hace tanto calor que se ven obligados a usar telas ligeras y de colores claros para combatirlo. ¡Oh, ya se va! —Jana siguió con la vista a Willhelm.

Lisel, en un acto reflejo, miró hacia el espejo, alcanzando a ver la leve inclinación que aquel hombre hizo con la cabeza, tocándose el ala del sombrero a modo de despedida.

CAPÍTULO 10

L'Eixample

Tras casi tres años de trabajos, Willhelm estaba satisfecho de cómo se habían ejecutado las obras de su quinta, en la Rambla de Barcelona. Contaba con una superficie construida de algo más de tres mil metros cuadrados y con un jardín que constituía un verdadero oasis en medio de la ciudad. Toda una manzana de antiguos edificios, comprados uno a uno, dieron lugar a ese inmenso espacio cuya entrada era una amplia avenida, formada por altísimos plataneros, que parecían dar la bienvenida al visitante y guiarlo por el camino trazado, hasta la fachada de la casa. Robles, tilos, palmeras y castaños de indias daban sombra a los diversos bancos que se distribuían por el jardín delantero.

La fachada era de corte clásico. Una imponente escalera de piedra blanca, como el resto del edificio, conducía al elegante porche cuyo frontal se adornaba de arcos. Dos torreones se situaban a ambos extremos de la gran casona. La salida de la parte trasera conducía a otro jardín, un verdadero vergel, con diversos senderos que se perdían entre la vegetación y que conducían a un cenador, a una cascada artificial, construida para refrescar las tardes de verano, y a una gran plaza, en cuyo centro se erguía un surtidor de corte francés. La entrada lateral daba acceso al pabellón de las caballerizas.

Su interior también diferiría en gran manera de la típica construcción que seguían las casas señoriales, en las que las habitaciones del servicio y las cocinas estaban en el tercer piso. En la Quinta Baßler un espacioso y luminoso distribuidor enfrentaba al recién llegado a una majestuosa escalera que se bifurcaba a derecha e izquierda, para dar acceso, en el segundo piso, a la parte noble de la casa.

El ala izquierda de la planta baja albergaba el salón de juego, cuyo centro lo ocupaba una lujosa mesa de billar. A su alrededor se distribuían diversas mesas auxiliares en las que jugar a cartas o tomar un licor, también daba acceso a una amplia pieza donde recibir a las visitas, anexa a una gran sala de música, cuya puerta corredera ofrecía la posibilidad de convertirse en un gran salón de baile. Otra de las puertas llevaba al despacho, en el que ya se había instalado Willhelm y donde le esperaba el correo y el periódico de la mañana.

La cocina y las habitaciones del servicio se encontraban a pie de planta, para que pudieran atender la puerta de entrada y permitir una mayor intimidad a los señores en los dos pisos superiores. También así se facilitaba el servicio de comidas en el salón de la planta baja y la atención a los invitados en la sala de té o cuando se celebrasen bailes o sesiones musicales.

Willhelm revisó el correo con rapidez hasta que un nombre captó su atención: Francesc Sagnier. Entornó los ojos, pensativo. Era una invitación para agradecerle la atención que tuvo con su hija. Pensó en Lisel. Le vino a la mente su imagen, aquella figura, tan femenina, elegantemente vestida. Revivió el movimiento de sus manos cubiertas por los guantes de cabritilla, el baile de sus cabellos cuando la cargó entre sus brazos y aquella fragancia que despedía su piel. A vainilla, identificó. Y aquellos labios entreabiertos. ¡Una Sagnier, se repitió! ¡Ella era una Sagnier!

Repasó los titulares de la prensa y salió hacia su cita en el despacho de abogados. Con paso firme cruzó el camino, escoltado por los altos plataneros que amortiguaban un poco la añoranza de no estar en la plantación. Al otro lado de la calle se erigía un enorme edificio cuya fachada estaba cubierta de hermosos azulejos cerámicos, el palacio Güell. Alabó el gran trabajo realizado por Gaudí, esa mezcla de arte mudéjar y nazarí, los arcos mitrales, el enrejado de las puertas de entrada, el uso combinado de la piedra calcárea en la base del edificio con el ladrillo visto. ¡Un bello y espectacular edificio!

Esa tarde tenía una cita con Eusebi Güell, lo que le daría la oportunidad de saludarlo de nuevo. Su abuelo fue amigo del padre, de Joan Güell, al que conoció en Cuba. El Viejo le habló de él, un indiano que amasó una gran fortuna y ahora, su hijo, en Barcelona, seguía su estela al convertirse en un gran empresario, fundador de El Vapor Vell, empresa dedicada a la fabricación de panas. Pero su interés se centraba más en la conocida como Colonia Güell, la gran colonia obrera textil. Sentía curiosidad por conocer su funcionamiento, su planificación, la especialización de los obreros…, sin duda interesantes ideas que podría poner en práctica en la plantación.

Willhelm paseaba sin prisas, disfrutando de una fresca mañana en la conocida como la París del Sur, la ciudad de Barcelona. Iba rumbo a esa nueva zona, la que llamaban *l'Eixample*, el Ensanche, una parte de la ciudad abierta al mar como consecuencia del intenso comercio que existía entre Cataluña y las colonias.

El puerto era un continuo tráfico de barcos que partían y llegaban de Cuba. «Ultramar», hermosa palabra, se dijo, una palabra que cambiaba la vida a los hombres, a los más jóvenes, sobre todo, a aquellos que no dejaban nada atrás y que, en muchas ocasiones, tras años de duro esfuerzo y sacrificio, lograban amasar inmensas fortunas. Su nombre: «Indianos». Una nueva raza de hombres curtidos que al regresar a sus lugares de origen buscaban el reconocimiento de los suyos y de la sociedad, mostrando toda su riqueza, concertando matrimonios de conveniencia con jovencitas de buena familia y esforzándose en adornar su árbol genealógico con un título nobiliario. Nobleza y dinero se unían, una nobleza empobrecida y unos antiguos muertos de hambre ahora adinerados.

Pero también estaban aquellos otros, los que no conseguían volver, los que pasaban sus días tras un mostrador, horas y horas trabajando para simplemente sobrevivir, frustrados y avergonzados por no haber conseguido la fortuna esperada, lo que significaba que jamás volverían.

Dejó atrás el edificio de la Aduana, frente a él se erigía la Lonja, a cuya puerta se arremolinaba un grupo de hombres trajeados. Se dirigió al edificio conocido como los Porxos d'en Xifré, reconoció en su arquitectura el estilo de construcción del trópico. Su planta fortificada era ideal para evadir el sol, al estilo de los que había en La Habana. Su fachada mostraba una decoración profusa, con elementos que representaban un tributo al comercio, como el cuerno de la abundancia y el caduceo. Josep Xifré, recordó Willhelm, otro «americano» que empezó vendiendo baúles en La Habana y que acabó distribuyendo los productos de otros indianos en Boston y Nueva York.

En una de aquellas viviendas de alquiler de lujo tenía su despacho la firma de abogados Montagut. El uniformado portero, que lo miró con curiosidad debido a su altura y a cómo resaltaba el azul de sus ojos con aquella piel tan tostada por el sol, le abrió la puerta servilmente.

Willhelm lo saludó, rozando levemente el ala de su sombrero con la mano mientras se perdía escalera arriba, hasta el tercer piso. La puerta estaba entreabierta. Tocó levemente y entró.

–Baßler, Willhelm Baßler –se anunció–. El señor Montagut me espera. –El joven se levantó de un respingo y, aunque le invitó a sentarse con un gesto, se apresuró a tocar la puerta del despacho, en el que se encontraba el abogado. Entró sigilosamente y salió del mismo modo para dirigirse al recién llegado.

–Puede pasar, señor Baßler. –El muchacho se hizo a un lado.

Willhelm entró en una antesala en la que había una gran mesa redonda con sus correspondientes sillas. Las paredes estaban forradas de madera wengué, una gran puerta corredera, también de madera, daba paso al despacho. La mesa de trabajo estaba al fondo de la estancia, flanqueada a su espalda por una extensa librería. Los muebles eran de buena madera. En una mesa auxiliar reposaba una botella de licor y copas. Al fondo un sofá hacía compañía a una mesa bajita, un rincón donde acomodarse y aflojarse la corbata para hablar sin ambages de los temas más delicados.

Eduard Montagut se levantó para estrechar la mano al recién llegado.

–Señor Baßler –dijo dirigiéndose a él. Le tendió la mano sin abandonar el gesto serio y adusto que siempre le acompañaba.

–Bassler –le repitió Willhelm sonriendo–, la «Eszett» alemana es como una doble «s». En realidad, mi nombre se pronuncia «Viljem Bassler» –le aclaró.

Eduard asintió, aunque evitó pronunciarlo de nuevo.

–Tome asiento, por favor –le pidió–. Me da gusto saludarlo en persona. –Eduard Montagut esperó a que Willhelm tomara asiento primero. Él era un hombre muy estricto y seguidor de los buenos modales.

–En realidad esperaba encontrar a su padre. –Se extrañó Willhelm.

–Mi padre falleció la semana pasada. –Montagut intentó que no se le quebrara la voz.

Fue entonces cuando Willhelm reparó en la banda negra que adornaba la manga de su chaqueta, instintivamente su mirada se dirigió hacia el sombrero que reposaba en el colgador, prendido en él lucía un diminuto crespón negro.

–Mis condolencias –le expresó Willhelm.

–Gracias, no he tenido tiempo de comunicárselo, pero no se preocupe, estoy al tanto de todas las gestiones que mi padre hacía para usted –le tranquilizó el abogado–.

¿Está satisfecho con la casa? Todo se ha ejecutado tal y como pidió, hasta el último detalle.

Willhelm asintió.

—También podemos ir a visitar la fábrica transformadora de azúcar cuando quiera. Y como ya sabrá, por la nota que le envié, para esta tarde le he concertado una reunión con el señor Güell, como me pidió.

—Me alegra comprobar que es usted tan diligente, señor Montagut. Preciso a alguien de confianza aquí. No sé el tiempo que permaneceré en Barcelona, seguramente poco —precisó—, por eso necesito saber que mis negocios estarán bien atendidos cuando regrese a Cuba. —Willhelm se incorporó un poco en el sillón antes de seguir—. Le hice una propuesta a su padre, quería que trabajara en exclusiva para mí. Ahora se la ofrezco a usted.

—Pues durante el tiempo que mi padre estuvo enfermo me hice cargo, de forma exclusiva, de todos sus asuntos, mi padre me lo encargó muchísimo. Y de hecho al enfermar él derivamos todos los casos pendientes a otros bufetes, para así disponer del tiempo suficiente que requería poner en marcha todos sus proyectos. Por supuesto que estaría encantado de trabajar para usted. —Montagut asintió.

—¡Pues bienvenido al barco, Eduard! —Willhelm le tendió la mano nuevamente. Ambos sintieron una corriente de simpatía.

—Y hablando de barcos —Eduard Montagut esbozó una tímida sonrisa—, las oficinas de la naviera están listas para ser recibidas. Ahora mismo, si gusta, podemos visitarlas. Ya están amuebladas y, de hecho, solo faltan pequeños detalles.

—¡Claro! —Willhelm se sentía muy satisfecho con la diligencia de Eduard, un hombre que, a pesar de su juventud, debía tener su misma edad, mostraba un gran sentido de la responsabilidad y del compromiso—. Podemos seguir hablando de camino allí —le propuso—. Pero hay algo…, me interesa mucho contactar con los hombres más relevantes de la ciudad. Quiero estudiar posibles alternativas antes de invertir en otros negocios. ¿Puede sugerirme cómo? –preguntó Willhelm.

–¡Un baile! –respondió el abogado.

–¿Cómo dice? –Willhelm creyó que no había escuchado bien. Él le hablaba de negocios importantes y Montagut le proponía que organizara un baile.

–La alta sociedad de esta ciudad es muy amante de la buena vida, de actos sociales, tertulias, tés, de citarse en el club de polo… En esos lugares es donde se cierran los mejores negocios en esta ciudad. Si quiere entrar con buen pie no hay nada mejor que reunirlos a todos en un baile. Además, tiene una excusa perfecta: presentar su palacete.

–Me parece una buena idea –le contestó después de oír su razonamiento–. ¿Podría encargarse de elaborar una lista de invitados? –pidió Willhelm.

–Desde luego, cuente con ello –Montagut lo anotó.

–Incluya a la familia Sagnier, viven en Paseo de Gracia.

–¿Los conoce? –preguntó Montagut.

–Solo a la señorita Sagnier y a su tía –aclaró–. Pero recibí una invitación para acompañarlos a la comida del domingo.

–No sé si lo sabe, pero el señor Sagnier es el dueño del Banco de Barcelona, el único que emite billetes en papel, aunque solo de uso en la provincia.

–Hábleme de esa familia, me interesa todo cuanto sepa, y de los negocios del señor Sagnier, quiero saber cuáles son sus intereses. –Willhelm entornó los ojos, el destino le había puesto en bandeja de plata lo que andaba buscando.

CAPÍTULO 11

Cruce de caminos

—¡Sobrina! —exclamó tía Cati al verla entrar desde el jardín—. Date prisa, mira qué hora es. ¡El señor Baßler debe estar a punto de llegar! —Tía Cati revoloteaba nerviosa por el salón—. ¡Vamos, vamos! —Se dirigió a la doncella—. Sube y ayuda a la señorita a cambiarse. ¡Vamos, vamos! —repitió. Sus pasos se dirigieron de nuevo a la cocina para supervisar que todo estuviese a punto para la comida.

Lisel asintió y subió escalera arriba sin perder su elegancia a pesar de las prisas.

—El de color verde manzana —pidió a la doncella, mientras sacaba su pañuelo de la limosnera—. Deprisa, ayúdame a quitarme este vestido.

Lisel se refrescó un poco el cuello y se lavó las manos antes de meterse en su *hourglass dress*, nombre con el que se conocían en Londres a los vestidos en forma de reloj de arena. Se había acostumbrado ya a llevar con naturalidad aquel cuerpo tan ceñido que le realzaba el busto y marcaba su cintura, no solo por el efecto del corsé, sino también por cómo le levantaba la parte posterior el polisón. Decidió adornar su escote con una fina cadenita de oro blanco. Su último toque eran siempre unas gotitas de su fragancia, aroma a vainilla, que se aplicaba con el tapón del perfumador.

Unos minutos después, al bajar la escalera, Lisel escuchó la voz de su padre y la de otro hombre en la sala. Descendió con elegancia los dos peldaños que separaban el amplio distribuidor, levantando con un leve y casi imperceptible gesto su falda con la mano derecha, como le habían enseñado en Hamilton. Tenía tantas costumbres y hábitos ya incorporados de cómo resultar elegante, de cómo debía sentarse una dama, sin apoyar jamás la espalda en el respaldo de la silla, tantas y tantas habilidades, que debía mostrar en público que ya lo hacía de forma natural.

Los dos hombres se pusieron en pie al notar su presencia. Lisel sintió los ojos de Willhelm clavados en ella, era una mirada extraña que la hacía sentir incómoda. Se acercó a ellos con pasos cortos, como correspondía a una dama.

–Señorita Sagnier. –Willhelm dio un paso hacia ella, le tomó la mano haciendo ademán de besársela, pero Lisel notó cómo se la apretaba y demoraba el tiempo antes de dejarla ir. Al levantar la cabeza él se fijó en la hermosa piel que ofrecía aquel escote, después sus fríos ojos azules se centraron en los de ella nuevamente. Su gesto se había endurecido de tal forma que sentía la piel de la cicatriz más tirante.

–¡Bienvenido a nuestra casa, señor Baßler! –Ella levantó la cabeza para dirigir su mirada a sus ojos. Intentó no reparar en aquella marca que le cruzaba la ceja y parte del rostro. Tenía que reconocer que era un hombre que cuidaba su aspecto, su barba estaba perfectamente recortada y había cambiado su atuendo colonial por un elegante traje oscuro de estilo inglés. Reconoció el pantalón tipo chimenea, más estrecho a medida que bajaba por la pierna, pero no podía olvidar cómo la había cargado entre sus brazos, se sintió como si fuera un fardo. Aquel hombre no era más que un bárbaro vestido de caballero. Debajo de aquella elegancia no podía ocultar su verdadero origen, por muy buenos que ahora fueran sus modales. Por suerte, pensó Lisel, aquel almuerzo no duraría más de media hora, alargarlo sería una descortesía. Se armó de paciencia y dibujó una sonrisa en su bello rostro, aunque no fue capaz de transmitir sinceridad en ella.

La puerta de la sala se abrió, el criado se adelantó un par de pasos y pronunció las palabras que todos esperaban:

–La comida está servida. –El sirviente inclinó la cabeza y se hizo a un lado para ceder el paso a la familia y a su invitado.

–Bien, ya podemos pasar al comedor –sugirió Sagnier, cuyo tono de voz dejaba ver lo entusiasmado que estaba con la presencia de su invitado en su casa.

Tía Cati había dispuesto que, como la mesa era extremadamente alargada, los cuatro ocuparan la parte central, ella frente a su cuñado y el invitado frente a Lisel.

–Me ha dicho su padre que acaba de llegar de Londres –comentó Willhelm.

Lisel demoró un instante su respuesta, prefirió concentrarse en desprenderse de los guantes y colocar la servilleta, en forma de faja, sobre su regazo. Cuando hubo acabado fue cuando miró a su invitado. Era su forma de darle a entender que los hábitos sociales debían respetarse, al menos cuando estuviera con ella.

–Sí, así es –le contestó por fin–. He venido a pasar unos meses, pero pronto regresaré a Londres, allí tengo mis amistades, de hecho –añadió–, es el país en donde he pasado más años de mi vida.

Tía Cati y Sagnier cruzaron una mirada. Willhelm la escuchaba con atención, su voz era juvenil, entusiasta, pronunciaba las palabras con una corrección exquisita, aunque le pareció notar un leve, leve acento inglés. Su esmerada educación la hacía parecer fría, pero aquella chispa que lucían sus ojos le hacía sospechar que, debajo de aquella bella fachada, existía otra mujer.

–¿Y usted, está de paso o piensa afincarse aquí? –preguntó ella intentando ser cortés.

–He venido por negocios, pero creo que me quedaré una temporada, al menos hasta que ponga en marcha varios proyectos que tengo entre manos. –Él seguía mirándola fijamente, con un gesto de seriedad en su rostro.

Sagnier abrió los ojos al escuchar sus planes. Tenía que conducir la conversación hacia ese tema, intentar que lo involucrara en sus proyectos, al menos que contara con su banco.

La presencia del criado, vestido con suma pulcritud con frac y guantes blancos, creó una pausa en la conversación. Comenzó a servir a Lisel, como anfitriona de la casa.

—Parece que todos se han puesto de acuerdo, los indianos me refiero —aclaró Lisel con intención y cierto desdén—. Tengo entendido que una vez que se han enriquecido vuelven a su tierra natal, pero usted no es de aquí. —Se esforzaba por parecer educada y ejercer como una buena anfitriona. Con suerte, después de aquella comida no tendría que volver a coincidir con aquel hombre.

—No, no soy de aquí. —En eso no mentía, se dijo Willhelm—. Mi familia es de origen alemán, aunque estamos afincados en Cuba desde la segunda mitad del siglo XVIII, cuando la isla estaba en manos de los ingleses.

—¿Cuba fue alguna vez inglesa? —preguntó sorprendida Lisel.

—En efecto —asintió con la cabeza Willhelm, que se apartó un poco para que el criado le sirviera—. En 1762 los ingleses tomaron La Habana, y aunque su ocupación duró apenas once meses, su influencia fue muy favorable para la isla.

—¿En qué sentido? —preguntó interesado Sagnier.

—Impulsaron el desarrollo de la agricultura e implantaron una política de libre comercio que favoreció muchísimo la expansión de la industria azucarera —explicó Willhelm.

—¿Pero el azúcar sigue siendo un buen negocio? He escuchado en ciertas tertulias acerca de las dificultades de algunos hacendados —dijo Sagnier.

—Es cierto —asintió Willhelm—. Muchos hacendados se han visto obligados a vender sus tierras por no poder hacer frente a los costos que supone la mecanización de los ingenios –explicó–. En mi caso transformé a tiempo mi ingenio en una central, una factoría a la que otros hacendados y colonos llevan su producción para completar el proceso. Eso me sitúa en una posición, digamos, dominante –siguió Willhelm– y me ha permitido introducir un nuevo método de pago. No abono, como hasta ahora, el precio por arrobas de caña recogida, sino que, a través de unas tablas, pago en proporción del azúcar que contenga la caña. Esto obliga, a quien quiera trabajar conmigo, a mejorar sus cultivos y me permite obtener un mejor resultado económico.

–¡Que interesante! –Se asombró Sagnier.

–Y claro, el valor de las tablas fluctúa en función de la época del año, no se paga lo mismo en un mes que en otro, la zafra, la recolección –aclaró–, comprende casi diez meses. La clave del éxito es llevar una buena administración. Pero será mejor cambiar de tema o aburriremos a las damas –propuso Willhelm, que estaba más interesado en saber de Lisel.

–¿Y su esposa no le acompaña? –quiso saber tía Cati, que no percibió cómo su sobrina se azoraba.

–No estoy casado. –Su mirada se dirigió lentamente hacia Lisel y después hacia la mujer del cuadro que lucía sobre la chimenea. Tenía los mismos ojos que Lisel, al menos el color, y un ligero parecido en el rostro. Aguantó la respiración un segundo.

–Era mi esposa, Amalia –le aclaró Sagnier al ver la atención que le produjo el cuadro–. Llevábamos casi diez años casados cuando llegó Lisel. Amalia murió cuando ella –señaló a Lisel– era muy pequeña.

–Su esposa, claro –repitió Willhelm para sí. Ahora sus ojos estaban fijos en el emblema, ya casi borrado, de la corona que lucía en el frontal de la chimenea.

–Mi sobrina heredó el color violeta de los ojos de su madre –tía Cati se dirigió a Willhelm, aunque no estaba segura de que le hubiera escuchado: su mirada parecía perdida y su rostro inescrutable.

—¿Tiene alguna afición, señorita Sagnier? —preguntó él cortando la charla de tía Cati.

Lisel se sorprendió por su brusquedad.

—¡Mi sobrina es una gran pianista! —se adelantó tía Cati—. Está muy solicitada en los más importantes salones de Londres, ha ofrecido muchos conciertos. —La voz de tía Cati transmitía su orgullo.

—He visto un piano en el salón, quizá después de la comida me regale un poco de música, me gustaría escucharla tocar, Lisel. —Willhelm apeó el tratamiento de señorita expresamente, se había dado cuenta de que ella estudiaba meticulosamente su comportamiento, esforzándose en encontrar detalles que demostraran que no era un verdadero caballero. ¿Por qué no darle la razón? En su interior sonrió, se dejó caer sobre el respaldo de la silla adrede, eso sería un signo evidente de que no conocía la etiqueta.

Lisel hizo una señal que significaba que la comida había acabado, dejó su servilleta en el lado izquierdo del plato y se levantó.

—No me gustaría entretenerle, señor Baßler —le contestó—, seguramente debe estar usted muy ocupado con sus negocios. —Lisel lo miró desafiante y algo molesta por la petición.

—¡En absoluto! —contestó él sosteniéndole la mirada—. Ya reservé el día de hoy para disfrutar de su compañía y de la de su encantadora familia.

—Yo también tengo ganas de escucharte tocar, hija —añadió su padre—. Has estado fuera tantos años.

—Pues no se hable más, pasemos al salón. Haré que nos sirvan allí el café y el té —dijo tía Cati. Lisel se aguantó el disgusto, no le apetecía complacer en nada a aquel arrogante hombre.

Ahora Willhelm tuvo el tiempo suficiente para recrearse en la decoración del salón, la pared del fondo tenía pintado un gran paisaje, le vino a la mente la vegetación de la plantación. Una serie de jardineras, con flores artificiales, se repartían por la estancia, acompañadas de unas butacas cerca de la ventana que daba al exterior y una mesita en el centro que, con un sofá y un par de sillones a juego, se utilizaba para la ceremonia del té, tan de moda aquellos días entre la clase alta, que solía darse cita en la lujosa Maison Dorée.

El tictac del reloj, al dar las cinco, pareció sumarse al grupo anunciando la hora oficial del té, cuyo servicio, compuesto por una tetera de la mejor plata y por porcelana china, exquisitamente decorada, les esperaba. Tía Cati ajustó la puerta de acceso al jardín.

–Hace años que no toco un piano de este tipo –se excusó Lisel–, en Inglaterra, en casi todas las casas, disponen ya de un Steinway.

–Tu padre ya mandó afinarlo –aclaró tía Cati–. Vinieron los que están en la calle Ancha, los Bernareggi. Estuvieron toda una tarde con el piano –añadió, queriendo dar a entender que debía sonar bien.

Lisel miró un poco avergonzada el aspecto del piano, era de madera de palo santo, de un aspecto sencillo, sin ningún adorno, aunque a su favor tenía que era de siete octavas con barrado y clavijero de hierro, pero aun así no pudo evitar que sus mejillas se azoraran ante el invitado.

Willhelm se acomodó en el sillón más cercano a ella, desde allí tenía una bella imagen de aquella mujer, su cuello ligeramente inclinado sobre el piano le ofrecía una perfecta visión de su despejada nuca. Un par de mechones se balanceaban hacia delante con el leve movimiento que ella imprimía a su cuerpo al dejarse llevar por la interpretación.

Lisel empezó con la Sonata nº 12 para piano (II Adagio) de Mozart, una bella pieza que conocía casi de memoria, a esa le siguió la Sonata nº 17 en D menor de Beethoven, *La tempestad*. A Lisel le gustaba conocer todos los detalles sobre las piezas que tocaba, la vida de su autor, en qué momento la escribió, en qué circunstancias... Pensaba que conocer todos esos aspectos le ayudaban a interpretarla, a ejecutar los símbolos y los ornamentos tal y como los imaginó el compositor. ¡Era su forma de sentir y vivir la música!

Willhelm contemplaba cómo las delicadas manos de aquella mujer se deslizaban por las teclas del piano, como una caricia en la piel de un hombre. De repente tragó saliva y se incorporó en su sillón, aquella sensación lo sorprendió.

A Lisel pronto se le olvidó su incomodidad por la presencia de aquel hombre, la música tenía aquella magia que la transportaba a otra dimensión. ¡Olvidaba las notas, las teclas, incluso el sencillo piano! ¡Se olvidaba incluso de ella misma! En su interior ya sentía el siguiente acorde, antes incluso de ejecutarlo, y parecía que la música vivía por sí sola hasta que, el sonido de alguien tocando a la puerta, la desconcentró. Su ejecución se interrumpió bruscamente, invadiendo el salón de un mudo vacío.

–¡Que extraño! –exclamó tía Cati–. No esperamos más visitas.

CAPÍTULO 12

Habanera

Los sonidos de aquel piano hicieron que el comandante Gerard de Marmany detuviera por un instante el gesto de tocar a la puerta. Sin duda se trataba de un gran pianista. Eran las cinco de la tarde, y aunque lo educado hubiera sido llegar sobre las tres, la hora correspondiente a la etiqueta de más ceremonia, no quería retrasar un día más el objeto de su visita a aquella casa. Sentía curiosidad por ponerle rostro a la dueña de aquella limosnera.

El criado lo precedió en silencio en su camino hacia el salón. Una vez allí, haciendo gala de una gran ceremonia, lo anunció como marqués de Marmany, un título que ostentaba desde hacía poco. El recién llegado sostenía su sombrero entre las manos, a la espera de que la señora de la casa le hiciera el consabido gesto que lo invitara a dejarlo sobre una silla. El marqués de Marmany hizo un saludo general a los asistentes y después otro a tía Cati, creyéndola la señora de la casa. Lisel se fijó en que llegaba desprovisto del guante derecho. Sin duda era todo un caballero.

–Comandante Gerard de Marmany, marqués de Marmany –se presentó–. Disculpen mi atrevimiento presentándome así, he venido para entregar este bolso, creo que pertenece a la señorita Sagnier –explicó.

–Sí, así es. –Lisel se encaminó hacia él con una sonrisa en los labios. El recién llegado era un hombre apuesto, de cabello castaño oscuro y ojos color miel, a quien el uniforme militar le favorecía–. ¿Y cómo ha sabido encontrarme, marqués? –preguntó ella, curiosa–. ¡Oh!, permítame presentarle a mi padre, él es el señor Francesc Sagnier; ella mi tía Cati; y nuestro invitado, el señor Willhelm Baßler.

–Lo encontré hace unos días tirado en la calle y lo recogí –explicó Gerard de Marmany tomando asiento–. Más tarde vi que las iniciales de su papel de cartas coincidían con un anuncio que había leído en los ecos de sociedad sobre la señorita Sagnier, recién llegada de Londres. En el periódico rezaba que recibía los primeros y cuartos jueves de cada mes, y a pesar de ser hoy domingo decidí aventurarme. El bolso lo encontré vacío a excepción de ese papel de cartas. Ha sido un golpe del destino –añadió, admirando la belleza de Lisel.

–¡Qué casualidad –exclamó tía Cati– que coincidan el señor Baßler, que te auxilió tras el asalto, y el marqués, que encontró tu bolso! Estábamos escuchando a mi sobrina, ¡una gran pianista!, pero –consultó el reloj de pared de la sala–, voy a encargar que nos sirvan una merienda. ¿Gusta acompañarnos, marqués? Lisel, ¿nos puedes obsequiar con otra pieza? –Tía Cati tocó la campanilla.

–¿Es usted alemán? –preguntó el comandante a Willhelm.

–Sí, mi familia es de origen alemán, aunque está afincada en Cuba desde la época de los ingleses –le aclaró–. El primer Willhelm Baßler llegó a la isla, procedente de Hamburgo, una ciudad con fuertes vínculos con Cuba por el comercio tabaquero –aclaró–. A finales del siglo pasado se exportaba muchísimo tabaco en rama a Hamburgo, y eso animó a muchos alemanes a abrir factorías en La Habana, aunque yo nací en Ciudad Trinidad.

–¡Ah! Cerca de Trinidad tenemos un importante emplazamiento militar –apuntó el comandante.

–Sí, en Cienfuegos –reconoció Willhelm.

–¿Y qué puede contarnos de la situación allí? ¿Cree que deberíamos ser más contundentes con los insurrectos?

Al menos eso opina mi superior, el capitán general de Cataluña, Robert Baltrà. Quizá lo conozca –apuntó Gerard de Marmany sin quitarle la vista de encima.

Willhelm negó con la cabeza.

–¿El capitán general Baltrà? ¡Qué casualidad, es el esposo de mi amiga Jana! –contestó Lisel.

–Y un gran amigo mío –añadió Sagnier.

Un par de doncellas entraron con bandejas en las que se disponía té, café y pastas. Tía Cati continuaba ejerciendo de anfitriona.

–Sí, he tenido el gusto de saludar en alguna ocasión a la señora Baltrà –contestó Gerard, contento de tener algún lazo de unión con aquella señorita. El comandante aprovechó el momento en que estaban de pie para acercarse a Lisel.

–¿Qué tocaba? –le preguntó él mientras aspiraba su exquisita fragancia.

–Mozart y Beethoven. ¿Le gusta la música, comandante, o debería llamarle marqués? –Ella le regaló una sonrisa, consciente de que su otro invitado la observaba.

–Soy un entusiasta de la buena música, señorita Sagnier. ¡Por supuesto, me encantaría oírla tocar! –le contestó.

–Merendemos primero –pidió tía Cati, que ya había echado el ojo a los hojaldres de limón. Los cinco tomaron asiento de nuevo.

–¿Y a qué se dedica usted, señor...? –El comandante se dirigió a Willhelm.

–¡Baßler! Se pronuncia como si fuera una doble «s», Bassler –explicó Willhelm–. Mi familia abandonó el negocio del tabaco por el de la caña de azúcar. Dirijo una plantación, una central –aclaró– cerca de Ciudad Trinidad, aunque también me dedico al comercio naval. De hecho, estoy aquí para poner en marcha mi naviera: La Antillana, Compañía Transatlántica. Por supuesto, están todos invitados a la inauguración, a la botadura de los barcos.

–¿Veleros? –preguntó Marmany.

—No —negó con la cabeza Willhelm—. ¡Vapor, barcos de vapor! Ofrecen más ventajas —respondió.

—¿La rapidez? —preguntó el comandante.

—Sí, por supuesto —contestó Willhelm—. Las máquinas de vapor mejoran la producción, se gana en potencia y ahorran carbón. Además, el casco es de hierro, lo que nos permite aumentar la carga del buque y, por supuesto, está la hélice —destacó—, no se puede comparar con las antiguas ruedas de paletas —aclaró Willhelm.

—Pero usted no debe viajar en ellos, supongo —dijo Lisel, que no pudo evitar comparar el físico de aquellos dos hombres. El comandante Marmany, con su pelo trigueño peinado hacia atrás y sus ojos color miel, a pesar de su uniforme, parecía más un caballero acostumbrado a alternar en reuniones sociales que un militar dispuesto para la lucha; en cambio, el señor Baßler lucía el pelo ensortijado, negro, rebelde, como debía ser su carácter, supuso ella. Su piel tostada, aquella cicatriz y sus manos acostumbradas al trabajo le hacían más apto para la batalla.

—Sí, lo hago. —Willhelm la miró fijamente—. Soy capitán de barco —le aclaró él—. En los últimos años he viajado bastante, pero ahora necesito dedicarme un poco más a la plantación y a dirigir mis negocios.

Tía Cati no podía evitar verlos como dos perfectos galanes para su sobrina, en especial a Willhelm, que podía ofrecerle una buena situación económica. Willhelm sonrió al ver cómo tía Cati iba dando cuenta de los hojaldres de limón a medida que avanzaba la conversación.

—¿Y qué rutas hace? ¿Con qué comercia? —quiso saber Sagnier.

—Actualmente..., ¡gracias! —Willhelm tomó la taza de café que le ofrecía tía Cati, mientras observaba cómo Lisel se la servía al comandante—. Actualmente —continuó— tengo en marcha tres rutas. Mis barcos salen de Barcelona cargados con vino, que envío a Buenos Aires y Montevideo, allí embarco el tasajo...

—¿Tasajo? —preguntó Lisel extrañada.

—El tasajo es carne seca, se vende en su mayor parte a las plantaciones, para el sustento de los esclavos —le aclaró—. Como les decía, el tasajo se lleva hasta Cuba y desde allí la siguiente ruta pasa por Nueva Orleans y Charleston, donde adquiero algodón en rama que vendo aquí, en Barcelona.

—¡Caramba! Una ruta perfectamente diseñada para no hacer ningún trayecto de vacío —exclamó el comandante, presumiendo que aquel hombre debía manejar una gran fortuna.

—¿Escuchamos una pieza más? —preguntó tía Cati—. ¿Qué vas a interpretar ahora, Lisel?

—Pues para celebrar esta estupenda merienda y en honor a nuestro invitado, el señor Baßler —le dedicó por primera vez una sonrisa algo coqueta—, me gustaría dedicarle una pieza más alegre, una habanera. Por si añora su tierra.

—¡Estupenda idea, Lisel! —A Sagnier le interesaba granjearse la amistad de su invitado, lo necesitaba demasiado.

Willhelm y Gerard se levantaron para acercarse al piano, al cruzar sus miradas los dos hombres entendieron al instante que tenían intereses en común.

Lisel interpretó con todo su sentimiento, sabiéndose observada por aquellos dos hombres que aquella tarde de domingo el destino había llevado hasta ella. Las notas del piano se hacían más íntimas en momentos para después eclosionar con una alegría contagiosa. Sus dedos parecían recorrer las teclas con una suerte de magia, como si solo con rozarlas la música saliera a su encuentro. Los aplausos le hicieron darse cuenta de que ya había acabado su interpretación, levantó la mirada y se encontró aquellos ojos azules que, como en otras ocasiones, la observaban como si quiera descubrir alguna respuesta en los suyos.

A desgana el comandante tuvo que despedirse, aunque en su interior se dijo que no sería la última vez que se encontrara con aquella mujer. Sagnier se ofreció a acompañarlo hasta la puerta mientras tía Cati se las apañó para desaparecer del salón. Por primera vez Willhelm y Lisel quedaron a solas.

–¿Me enseña el jardín? –le pidió él, dirigiéndose al ventanal de acceso. Ella le siguió, casi obligada.

–Una interpretación sublime, Lisel –le dijo Willhelm mientras empezaron a caminar por el sendero–. ¿Conoce la versión original de la pieza que ha interpretado? –preguntó inclinándose hacia ella.

–¡He interpretado la habanera de Bizet, de su ópera *Carmen*! –contestó Lisel achacando su pregunta a la falta de cultura musical.

–Lo sé, –admitió él–, pero pocos saben que el verdadero autor de esa habanera, que por cierto se llama *El arreglito*, es un español, Sebastián de Iradier –le explicó–. La compuso durante su estancia en La Habana, con motivo de una gira internacional que realizó por América. Bizet simplemente la copió.

La cara de Lisel expresó todo su asombro, su doble asombro, por un lado, por el hecho de que un maestro como Bizet hubiera plagiado una pieza, y más aquella que lo había hecho tan famoso, y por otro, el que Willhelm poseyera más cultura de la que ella le había atribuido. Él prosiguió con el paseo.

–Y dígame, ¿qué aprendió en Londres? ¿Estaba con familiares? –le preguntaba a bocajarro.

–No, no, estudié en el prestigioso instituto para señoritas Hamilton –le contestó ella, pensando que con su explicación él se daría cuenta de las grandes diferencias sociales que había entre ellos–. Es un centro muy reconocido en Londres, donde acuden las hijas de las mejores familias de Inglaterra. Ofrecen, como habrá visto, una excelente formación musical, además de conocimientos en otras facetas artísticas. Poseen una gran biblioteca.

–¿Le gusta la lectura? –quiso saber él.

–¡Por supuesto! –Como si alguien pudiera dejar pasar un día sin lectura, pensó ella.

—¿Habla idiomas?

—Inglés y francés, además de castellano —respondió ella—. ¿Me está interrogando? —Empezaba a sentirse molesta. Se giró, calculando cuánto se habían alejado de la casa.

—Pensaba que en esos sitios se limitaban a darles un «barniz cultural», ya sabe, lo suficiente para dotarlas de las artes necesarias para cazar a un buen marido. —Él buscaba conocer su pensamiento.

—¡Pues ya ve que no, señor Baßler! —Lisel lo miró desafiante. Aquel hombre la irritaba profundamente, sobre todo porque su apreciación no estaba muy alejada de lo que siempre les repetía su tutora en Hamilton, intentad disimular vuestra inteligencia ante un hombre, mostraos tímidas, dadles la razón. De repente, algo que creía tener asumido le revolvía por dentro. Necesitó respirar profundamente para controlar su carácter impulsivo.

—Por favor, llámeme Willhelm, o Will, si lo prefiere. —Su tono ahora era amable, pero su semblante permanecía serio, tenso.

—Señor Baßler me parece más correcto —replicó ella contrariada—. No le tengo la confianza suficiente como para llamarle por su nombre y no creo que la vida nos lleve a eso. —Lisel destiló ironía en sus palabras.

—Pues yo a usted sí —le contestó él—. Recuerde que ya la he tenido entre mis brazos.

Lisel quería cambiar el tema de la conversación antes de que su temperamento la traicionara y le dijera a aquel hombre lo que pensaba de él.

—Y dígame, ¿hay vida social en la colonia? —Lisel suponía que la isla estaba dedicada por completo a la producción de azúcar, café y tabaco y no podía imaginar que existiera una sociedad como tal.

—Por supuesto. Se asombraría de cómo es Cuba. Se vive la calle, la vida…, tanto ricos como pobres. Frecuentemente se organizan bailes al aire libre en la plaza de Armas, o veladas culturales en los cafés. También se gusta de visitar a los amigos en sus cafetales, en sus ingenios o haciendas –le explicaba Willhelm–. La Habana le cautivaría, su música, el malecón, las casas de colores… Hay una gran vitalidad comercial. Allí puede encontrar los mejores y más actuales modelos que se lucen en Europa, incluso me atrevería a decir que los mejores sastres y modistas.

–¿Las damas siguen nuestra moda? –preguntó interesada.

–Sí y no. Es decir, en celebraciones de fuste sí, pero en el día a día visten más cómodamente. Allí hace mucho calor y las mujeres, perdón, las damas –se excusó acercándose un poco más a ella– usan tejidos de colores claros y suprimen el uso del corsé...

Lisel se sofocó ante la mirada descarada del hombre a su pecho.

–Allí son más partidarias de mostrar sus encantos. –Willhelm fijó de nuevo sus ojos en el escote del vestido de Lisel–. Las mujeres lucen vestidos más escotados y llevan el pelo suelto. A los hombres nos atrae mucho una bonita cabellera. Ellas son más naturales.

–Pues no entiendo cómo aún no se ha casado con alguna de esas beldades locales –contestó Lisel algo molesta al oírle hablar con tanta alabanza de otras mujeres en su presencia. No era elegante, se dijo.

Él paró la caminata para posar sus ojos en ella. Aquella fría mirada azul se tomó su tiempo, recreándose en las facciones de su cara. El rostro de Lisel era ligeramente ovalado y estaba enmarcado por un cabello que lucía recogido. Un pequeño hoyuelo se empeñaba en florecer en su mejilla derecha cuando hablaba o sonreía. Pero eran sus labios los que retuvieron más tiempo su mirada. En su mente la comparó con las mujeres de La Habana, de piel color oliva y pelo negro… y sin saberlo, al tenerla frente a él, sintió que quizá era la clase de mujer que siempre había esperado conocer, con su fino talle que realzaba aún más sus caderas, aquella hermosa cabellera pelirroja que le gustaría liberar y acariciar, del mismo color rojo que el de sus labios.

Le atraía aquel contraste que ella mostraba, con su apariencia de dama refinada, dulce, y la suave ironía que destilaba cuando se dirigía a él. Ardía de ganas de hacerla salir de sus casillas, de provocarla, de conocer a la mujer que, estaba seguro, Lisel se empeñaba en controlar.

–Señor Baßler, será mejor que volvamos a la casa –le pidió ella, inquieta por aquella observación.

Él no contestó, se limitó a caminar a su lado cediéndole el paso antes de cruzar el umbral de la puerta. Tía Cati y Sagnier les esperaban en el salón.

–Bien –dijo Willhelm–, les espero a todos el viernes en el muelle para el bautizo oficial de los barcos. Lisel, ¿me hará el honor de ser la madrina de la botadura? –Él le tomó la mano, una de aquellas manos que parecían atesorar el secreto de su femineidad.

–¡Señor Baßler, será un honor para mi hija, y para mi familia acompañarle! –Sagnier se adelantó a la posible respuesta de su hija.

–Claro, será un honor, señor Baßler –recalcó Lisel algo resignada. Había decidido disfrutar de su corta estancia en Barcelona y aquella era una oportunidad de que los días pasaran más rápidamente y, por otro lado, tendría la ocasión de coincidir de nuevo con el apuesto comandante Marmany, o mejor dicho, con el marqués de Marmany.

Willhelm le soltó la mano después de hacer el ademán de besársela para despedirse, pero en realidad sus labios acabaron rozando un trocito de aquella piel.

–Quizá le haga una visita esta semana, señor Sagnier, tengo entendido que su banco es el único que emite billetes.

–Exacto. Será un placer recibirlo en mi banco y hacer negocios juntos. –Los ojos de Sagnier chisporrotearon ante la perspectiva.

—Señora —Willhelm se dirigió a tía Cati, a la que hizo ademán de besarle la mano, aunque en esta ocasión se quedó en eso, en un simple ademán.

Lisel no pudo evitar seguir con la mirada a aquel hombre para ver cómo se cubría antes de salir de la casa. Habría visto aquel gesto miles de veces en los caballeros que frecuentaba, por eso no acababa de comprender qué había en él que lo hacía diferente. Pero aquel modo de calarse el sombrero la perturbaba más de lo que quería reconocer.

CAPÍTULO 13

El cementerio de Montjuïc

El domingo amaneció soleado, hacía rato que había salido de casa y Lisel asomó un instante la cabeza por la ventanilla del carruaje en el momento en el que otro coche, uno mortuorio, de esos que llamaban «estufa», llegaba al cementerio. Cuando abrió la portezuela una ligera brisa le refrescó la cara.

Habían pasado al menos trece años desde la última vez que estuvo allí, 1883, el mismo año en que se inauguró el cementerio en la montaña de Montjuïc. Observó cómo había cambiado en aquellos años. Lo recordaba vagamente, por eso le sorprendió la majestuosa escalinata de acceso al recinto, aquellas esplendorosas columnas que, situadas al final de los escalones, parecían abrir las puertas a otro mundo. Los cipreses, que conformaban una espesa muralla, guardaban celosamente lo que parecía ser el acceso a un bosque sagrado.

Intentó situarse mentalmente en la inmensidad de las cincuenta y seis hectáreas que ocupaba el camposanto, divididas en más de setenta calles. Llegó hasta la primera de las dos plazas y desde ahí buscó la vía que le condujera hasta la tumba de su madre. En su recorrido se sorprendió por la gran cantidad de mausoleos que encontraba a su paso, eran mausoleos lujosamente decorados con figuras de ángeles, con creativas cruces, con esculturas dignas de los más afamados museos.

Aunque ella no lo sabía, muchos de aquellos panteones pertenecían a los nuevos ricos, a esas familias que se habían enriquecido con el comercio con las colonias, a indianos que, al volver a su patria, además de invertir en el sector inmobiliario también se afanaban por buscarse un lugar, el más destacado posible, en el otro mundo.

Se hacían construir criptas por los escultores más prestigiosos del momento, como Llimona o Clarasó, haciendo que el nombre de la saga familiar ocupara un lugar relevante. Algunos de estos espacios tenían incluso su propia capilla. Esta nueva clase social disfrutaba de un palacete en *l'Eixample* o en Paseo de Gracia, una villa estival en la hermosa avenida del Tibidabo y, cómo no, buscaban reservarse un lugar destacado en el camposanto que recordara, en los tiempos venideros, lo grandes que habían sido en vida.

Pasear por aquellas calles era como hacerlo por un museo al aire libre. Era una ciudad envuelta por cipreses y decorada con palmeras. Una ciudad en la que sus únicos habitantes eran aquellas esculturas que acompañaban a los muertos, figuras inertes que cobraban vida a través de los ojos de aquellos que admiraban sus formas, sus movimientos estáticos, sus sutiles miradas vacías, sus frías manos tocando y acompañando a los muertos. Ángeles, hombres, mujeres… Por un instante Lisel se sintió como una intrusa entre ellos.

Uno de esos mausoleos le llamó tremendamente la atención, parecía recién acabado, en su puerta aún descansaban varias coronas de flores frescas, aunque no rezaba ningún nombre, ningún epitafio. Pensó que quizá no había nadie enterrado aún, pero entonces, ¿por qué las flores? Ese mausoleo no tenía figuras que lo adornaran, sus paredes eran lisas, solo una reja protegía el cristal de la puerta y una gruesa cadena lo aislaba por los lados. Y a su lado, la cripta en la que reposaba su madre, la escultura de una mujer, con las manos unidas y en aptitud de rezo, era su única compaña.

La tumba se elevaba casi un metro desde el nivel del suelo, por un instante creyó ver su interior a través del translúcido mármol de Paros que la cubría. La losa inferior se había desprendido, dejando un espacio entre el sepulcro y el suelo. Pasó sus dedos sobre el nombre: Amalia de Sagnier. Una solitaria rosa blanca, una hermosísima rosa blanca reposaba sobre la superficie.

—¡Adelante! —gritó Robert Baltrà desde el interior de su despacho.

Gerard de Marmany, tras saludar a su superior, se acomodó en el sillón. Al otro lado de la mesa, el capitán general de Cataluña, Robert Baltrà, le escuchaba con atención. Le interesaba todo lo referido a ese nuevo indiano, a Willhelm Baßler. Todo lo que pasara en su ciudad era de su incumbencia, máxime si como este iba a fijar la sede de su naviera en Barcelona.

—Sin duda habrá querido aprovechar la nueva normativa, la de la libertad de bandera, por eso abre sede aquí —argumentó el capitán general, que al tiempo que hablaba atusaba las puntas de su bigote para que siguieran manteniendo la forma hacia arriba.

—La inauguración será el viernes. La empresa se llama La Antillana, Compañía Transatlántica —precisó Marmany—. Supongo que te hará llegar la invitación.

El comandante observaba la cara del capitán general. Le resultaba difícil saber qué estaba pensando, aunque llevaba años tratándole, primero como amigo de su padre, del que fue compañero de armas, y después, al morir este, en cierta forma había heredado su amistad.

—¿Una invitación? —Marina se coló directamente en el despacho de su tío. Los dos hombres se levantaron cortésmente.

El capitán general miró algo disgustado a su sobrina. Desde que murió su hermana se había hecho cargo de ella, y por si fuera poco de la nana de esta. Tres mujeres en la casa era para volverse loco.

—Nos han invitado a la botadura de los barcos de una nueva naviera —respondió su tío.

—¡Oh! —exclamó Marina, viendo la posibilidad de compartir un rato con el apuesto comandante—. ¿Puedo acompañarte, tío? —el tono de su voz era envolvente—, apenas hay actos sociales esta semana. —Marina hizo una carantoña, aunque sus ojos se fijaron de nuevo en el joven oficial.

—Ven si quieres —se encogió de hombros—, de todas formas, no creo que Jana venga, con su embarazo debe descansar —aceptó su tío.

—¡Gracias, tío! —Marina se acercó a él y le dio un sonoro beso en la mejilla sin dejar de mirar, coquetamente, a Gerard—. Pues no os entretengo, tengo que comprarme un vestido adecuado para el viernes.

Lisel encontró a su padre en el despacho, una gran cantidad de papeles llenaba la pulida superficie de su mesa de caoba. Sagnier levantó la cabeza al oír la puerta, su gesto, normalmente adusto, era en ese momento aún más serio. Aquellos balances eran preocupantes, no conseguía deshacer el nudo que le apretaba el estómago.

—¡Lisel! ¿Cómo te ha ido? Siento no haberte acompañado al cementerio, pero era urgente que revisara estos documentos. —Sagnier se separó un poco de la mesa, ajustándose la lazada del lujoso batín que portaba sobre la camisa.

—No te preocupes, padre. En realidad, me ha ido bien ir sola. He dado un agradable paseo. ¡El cementerio se ha convertido en un increíble y bello museo! —exclamó, todavía sorprendida. Al tomar asiento Lisel se dio cuenta de lo cansada que estaba—. ¡Preciosa la rosa, padre!

—¿Qué rosa? —le preguntó él.

—La rosa blanca que haces que pongan cada día sobre la tumba de mi madre. Hablé con la limpiadora del cementerio, me acerqué a ella para pedirle un poco de agua para las flores que llevaba y me dijo que, cada día, sin faltar uno desde que mi madre muriera, aparece una rosa blanca sobre su tumba. ¡Que romántico, padre!

Sagnier palideció visiblemente.

—Padre, ¿qué tienes? —le preguntó asustada. Lisel se levantó para servirle un vaso de agua. La mano de su padre temblaba ligeramente cuando sujetó el vaso. Sus ojos estaban fijos en el vacío. Cuando Sagnier recuperó el habla, acertó a decir:

—Tengo, tengo trabajo. ¿Puedes dejarme solo? Querría acabar de revisar estos papeles antes de comer —le pidió, escondiendo la mirada.

—Claro, claro. —Lisel tomó su bolsito.

Sagnier agradeció en esos momentos contar con uno de los poco más de 400 teléfonos que la Sociedad General de Teléfonos de Barcelona había instalado. Marcó el número de la casa del capitán general Robert Baltrà.

—¿Qué estás diciendo? —A Baltrà le costaba trabajo entender a su amigo.

—Que siguen dejando una rosa blanca en la tumba de mi esposa desde que murió.

Baltrà se meció la barba lentamente intentando comprender.

—¿No había ninguna nota? —preguntó.

—¡No! Mi hija ha creído que soy yo.

—Después de tantos años es descabellado pensar en nada. Seguramente alguna amiga —le tranquilizó.

Sagnier volvió a beber agua. Le costaba respirar.

—Creo que tienes problemas más importantes de los que ocuparte que el de una estúpida rosa —le cortó molesto.

Aunque Sagnier escuchaba el sonido de la línea cortada no colgó enseguida, aquel repiqueteo le impedía escuchar la agitación que sentía en su pecho. Seguramente Baltrà tenía razón, no existían los fantasmas, pero su conciencia no parecía estar tan de acuerdo.

CAPÍTULO 14

La Antillana, Compañía Transatlántica

Esa mañana el carruaje de los Sagnier estacionó en la plaza del Duque de Medinaceli, frente al edificio que albergaba las oficinas de la naviera. Hacía rato que un numeroso grupo de personas esperaba charlando en la acera, ellos, vestidos elegantemente para el evento; y las señoras, protegidas del sol con amplios sombreros.

Lisel bajó y contempló la fachada, una placa reluciente indicaba la sede de La Antillana, Compañía Transatlántica. La leve brisa del mar hacía que el ala de su pamela se moviera ligeramente. Asió con decisión el mango de su sombrilla de encaje. Un instante después, sus ojos se concentraron en el hombre que apareció en el umbral del edificio. Willhelm iba vestido con un traje de lino blanco, a juego con su sombrero y los zapatos. «Todo un indiano», se dijo ella. Su piel tostada aún era más evidente. Él hizo un leve saludo con la cabeza y se dirigió a cada grupo de personas para indicarles a qué muelle dirigirse. Finalmente se acercó a los Sagnier.

–¡Buenos días! –El tono de Willhelm transmitía mucha vitalidad, la que le daba estar a punto de iniciar un proyecto tan ambicioso como aquel. Se tocó levemente el sombrero, saludando con la cabeza a Lisel y a tía Cati–. Gracias por acompañarme en un día tan especial.

–Es un honor ser sus invitados, señor Baßler –respondió Sagnier, a quien no le pasó por alto el grupo de hombres, también vestidos de blanco, que les iban a acompañar. Indianos adinerados, pensó. Posibles inversores.

—Buenos días. —La grave voz del capitán general de Cataluña, Robert Baltrà, hizo que todos se giraran. Llegó uniformado y acompañado del comandante Marmany y una joven.

—Señor Baßler —dijo Marmany—, permítame presentarle al capitán general de Cataluña, el señor Robert Baltrà.

—Gracias por su invitación, señor Baßler —el capitán general se giró un instante hacia su derecha—, mi sobrina, la señorita Marina Aimé.

Marina se adelantó y extendió su mano con coquetería ante aquel apuesto hombre que ya había atrapado su atención. Ahora podía apreciar su alta estatura y descubrir aquella cicatriz que hacía que su rostro aún resultara más atractivo.

—Un placer, señorita —contestó Willhelm—. Capitán general —saludó también a Gerard Marmany, aunque este no pudo corresponderle, sus ojos estaban clavados en Lisel, que lucía bellísima con un vestido blanco de tul cuyo escote, en forma de barca, dejaba al descubierto la piel sedosa de sus hombros. El comandante se apresuró a tomar su mano para besarla.

—¡Lisel! —exclamó Marina—. Sabía por Jana y mi tío que habías regresado. —Se acercó a ella y se intercambiaron un par de fríos besos, evitando que sus caras se tocaran. Lisel sintió que el mismo recelo que se tuvieron de pequeñas seguía vivo todavía.

Los ojos de Marina hicieron un recorrido lento y crítico por la figura de Lisel. El tiempo la había modelado bien, las facciones de su cara se habían vuelto hermosas y no, no le gustó que «su comandante» la saludara de aquella manera. Desde que Gerard fue destinado a las órdenes de su tío, ella había decidido que sería su marido. Hacía que la insulsa Jana lo sentara a su lado cuando era invitado a cenar en la casa. Después se las ingenió para que la acompañara a dar algún paseo por el parque de la Ciudadela y la invitara a merendar. No, no iba a permitir que una recién llegada se interpusiera entre ellos.

—Es el momento de partir —dijo Willhelm—, nos dirigiremos todos hacia el muelle, tendremos oportunidad de visitar uno de los barcos antes de la botadura. Señorita Lisel —se acercó aún más a ella—, ¿me haría el honor de acompañarme en el coche? Con la aprobación de su padre, claro.

Lisel miró a su padre con la intención de indicarle con la mirada que no, pero su advertencia llegó tarde.

—¡Por supuesto! Será un honor para mi hija —contestó contento Sagnier.

—¿Vamos? —preguntó Willhelm ofreciéndole su brazo. Lisel bajó la mirada intentando disimular la contrariedad que le suponía acompañar a aquel hombre a la vista de todos. Esperaba que su sombrero ocultara lo que realmente sentía en ese momento, eso hizo que no fuera consciente de que la última mirada de Willhelm, antes de dirigirse al carruaje, se cruzara con la del comandante Marmany.

—¡Vaya! —exclamó Marina dirigiéndose a Gerard—, parece que el señor Baßler está muy interesado en Lisel. —Se alegró de poder mortificar al comandante. Así se sentía ella al ver las atenciones que él prodigaba a la recién llegada. Lo único que la tranquilizaba era el interés que el indiano parecía tener por Lisel.

El coche de Willhelm era de dos plazas, descubierto, perfecto para un paseo a ritmo lento que les permitiría disfrutar de la hermosa mañana, pero el leve traqueteo y lo estrecho que era hacía que el brazo de Lisel rozara continuamente con el de aquel hombre, a pesar de que ella intentaba mantenerlo pegado a su cuerpo.

—¿Le espera algún pretendiente en Inglaterra? —La voz grave de Willhelm siempre conseguía sobresaltarla, al igual que lo brusco e inadecuado de sus preguntas.

—Pues ya que está tan interesado por mi vida personal le diré que sí, varios «caballeros de la más alta nobleza inglesa» —resaltó— me han mostrado su interés —le mantuvo la mirada— y esperan mi regreso.

–No lo dudo. Se percibe que es usted una mujer muy hermosa.

–¿Se percibe? –preguntó ella, extrañada por la expresión.

–Debajo de ese sombrero y esas ropas estoy seguro de que hay...

–¡De lo que no hay duda es de que no es usted un caballero! –Lisel no quería que notara su rubor por el comentario.

–Ni lo pretendo –le respondió serio–. Me conformo con ser un hombre –su boca se acercó al oído de ella–, un verdadero hombre.

–¡No es más que un igualado! Un bárbaro que de repente se ha visto con una fortuna y pretende codearse con las buenas familias de Barcelona. ¡No me roce! –le pidió, intentando no alzar la voz mientras procuraba encogerse un poco más en el reducido espacio de aquel coche de rúa.

–¿Lo ve? No me equivocaba. Me gusta la femineidad que usted le imprime a todo, a su caminar, a sus modales, a su tono de voz, también su virtuosismo con el piano, pero en una mujer también espero encontrar fuerza, garra, que sea capaz de sentir pasión. ¡Eso nos gusta a los hombres! –Volvió a acercarse a ella.

–¡Es usted un osado, señor Baßler! Lo atribuyo a su falta de educación y modales para tratar con una verdadera dama, pero le agradeceré que en cuanto acabe este acto no se vuelva dirigir a mí. –Sus ojos violetas se esforzaron por mostrarle toda la indignación y desprecio que sentía por él.

Cuando el coche frenó, Lisel abrió la portezuela con la intención de bajar rápidamente, aunque no se libró de tener que tomarle la mano para descender del carruaje ante las miradas de aquellos que esperaban. Él le dirigió una sonrisa mientras le ofrecía el brazo.

Al fondo se avistaban las cuadrillas de estibadores que iban y venían con sacos a la espalda, los acarreaban hasta las palancas que, colocadas entre el muelle y los barcos, acababan de transportar las mercancías a las bodegas. Una gran variedad de productos se embarcaban con destino a las colonias: vino, sal, aceite, aguardiente, materiales para la construcción, frutos secos…

Los recién llegados al muelle miraron hacia arriba intentando abarcar, con la mirada, aquellos tres colosos del mar que esperaban su bautizo de agua.

CAPÍTULO 15

La botadura

Lisel saludó con la mano a su padre y a su tía mientras acompañaba a Willhelm hasta el atril. Allí le presentó al que a partir de ese momento sería el gerente en la naviera, el señor Eduard Montagut.

–¡Gracias por acompañarme en esta ocasión tan especial para mí! La botadura de los tres primeros barcos de vapor de la naviera La Antillana, Compañía Transatlántica. –Willhelm hizo una pausa en su discurso–. Les presento la goleta *El Guaurabo*, llamada así por ser el río que atraviesa las tierras de mi plantación; el bergantín *Sancti Spiritu*; y, por último, la corbeta *La Antigua*, nombre con el que también se conoce a la perla de las Antillas. Me gustaría –continuó– que, antes de iniciar la ceremonia, subiéramos a *El Guaurabo* para hacer un breve recorrido. En cubierta les explicaré algunos detalles de la embarcación, después volveremos aquí para que la señorita Sagnier, que será la madrina de este bautizo, estampe las botellas de champán contra la proa de los barcos. –La mirada de Willhelm a Lisel iba cortejada por una sonrisa y un gesto educado al ofrecerle de nuevo su brazo.

Los aplausos de los asistentes se acompañaron de palabras de admiración por la envergadura de las embarcaciones. Poco a poco todos los invitados fueron ascendiendo por la escalerilla de *El Guaurabo*.

La tripulación les esperaba en cubierta perfectamente formada. Willhelm los fue saludando uno a uno con un fuerte apretón de manos, un total de quince hombres seleccionados entre los mejores de la Escuela Náutica de Barcelona y del Estudio de Pilotos de Arenys de Mar. Saludó primero al capitán, después al piloto, al agregado, para el que ese sería su primer viaje en prácticas, al nostramo, al maestro d'Aixa, a los marineros y, especialmente, al cocinero, al que encargó que cuidara bien la alimentación de los hombres. Por último, se acercó al mayordomo, al que pidió, bromeando, que llevara bien las cuentas y calculara las provisiones necesarias para el trayecto.

El capitán, al que Willhelm cedió el protagonismo en ese momento, contestó a las preguntas que los más curiosos hacían sobre el barco. Explicó que las medidas de *El Guaurabo*, con sus doscientos cincuenta pies de eslora, treinta de manga y diecisiete de puntal lo hacían aún más grande que el famoso *Great Eastern*, el lujoso transatlántico inglés que hacía la ruta de Liverpool a Nueva York.

–Como ven –tomó la palabra de nuevo Willhelm– estos tres barcos, dotados de dobles hélices, nos permitirán acortar la travesía entre España y la colonia en dos meses. En treinta días *El Guaurabo* estará llegando a La Habana y ya no será necesaria una tripulación de treinta hombres, con algo más de quince se puede manejar. –Acompañó a sus palabras de un gesto de satisfacción.

–Pero un barco así supone multiplicar los gastos, supongo –preguntó un caballero que formaba parte del grupo de indianos, estudiando las posibilidades de invertir.

–Cierto –respondió Willhelm–, no es barato, pero tenemos que pensar que reducimos el tiempo de la travesía y que estamos multiplicando la capacidad de carga en más de veinte veces. Este barco puede transportar 3.000 toneladas y puede alcanzar los treinta y cinco nudos.

Un clamor de asombro y admiración se oyó entre los asistentes.

–¿Le gustaría ver las entrañas de un barco de hierro? –preguntó Willhelm a Lisel–. Dejemos que el resto curiosee por cubierta.

—¡Sí! —respondió ella antes de darse cuenta de que lo haría con él.

—Aunque no sea lo más caballeroso, pasaré yo delante —le dijo él—. La escalerilla es angosta y empinada, y con tanta ropa en la falda...

—No se preocupe por anotarse un tanto más en su lista de falta de modales —le respondió Lisel.

Él sonrió, le divertía la ironía que ella destilaba en sus respuestas. En cuanto tocó el suelo de la bodega Willhelm se deshizo de la mano de ella, que reposaba en su antebrazo, y la tomó bruscamente por la cintura para hacer que bajara el resto de escalones a un tiempo. Lisel dejó escapar un pequeño grito de sorpresa y se aferró a él, hasta que sintió de nuevo la madera bajo sus pies. Al separarse fue cuando se dio cuenta del calor que él le había transmitido con el roce de su cuerpo. Una sensación extraña la invadió.

Lisel miró a su alrededor. Aquella bodega vacía era inmensa, así, solos los dos, con apenas luz, el espacio le recordó a la historia de *La ciudad flotante*, la novela de Julio Verne, la que escribió inspirándose, precisamente, en el lujoso transatlántico *Great Eastern*. Esperaba que, de un momento a otro, como les ocurría a los pasajeros de aquel barco, aparecería un espectro. Por un momento, aquel silencio atronador y su imaginación le hicieron notar una respiración a su lado, quizá fuera el fantasma de Elena, el personaje de Verne, que vagaba por el barco contemplando cómo se enfrentaban por ella Fabián y Drake.

—¿Sigue ahí, Lisel? —La grave voz de Willhelm pegada a su oído la asustó tanto que casi la dejó paralizada—. ¿Dónde estaba? —preguntó él, curioso—. ¿La he asustado?

Se acercó a ella y le tomó la mano. Estaba temblando, sus hermosos ojos violetas mostraban el brillo que solo daba una lágrima que ella se esforzaba en retener. Le rodeó la cintura con un brazo, intentando darle calor con su cuerpo.

—¿Está bien? Lo siento, no imaginé... —se excusó él, agradeciendo más de lo que esperaba aquel contacto con el cuerpo de ella. Notaba su suave fragancia a vainilla tan cercana, que le incitaba a saborearla.

—¿A qué huele? —preguntó Lisel zafándose de su abrazo. Parecía haber adivinado el pensamiento del hombre.

—Ah, seguramente nota el olor a volva. Es una membrana que tienen los hongos y que se utiliza para recubrir el forro de la bodega, así conseguimos que el tasajo, ¿recuerda?, la carne seca, no toque la madera y pueda estropearse —le explicó él.

—Sí, recuerdo. Será mejor que subamos y acabemos con la ceremonia, ¿no le parece? —Pero Lisel no esperó su respuesta, se dirigió hacia la escalerilla. Él la siguió, aguantándose las ganas de lo que le provocaba aquella mujer.

Ya en el muelle, frente a la proa del barco, Willhelm le entregó a Lisel una botella de Louis Roederer en cuyo cuello lucía una gran lazada roja.

—Pensé que estaría atada y solo debería aventarla —dijo ella algo contrariada.

—No se preocupe, usted tiene la fuerza necesaria para estamparla contra el casco, pero por si acaso... —él se puso tras ella y atrapó su mano con la suya— la ayudaré. Ya sabe que si la botella no se rompe augura mala suerte. A la de tres, Lisel —le susurró—. ¡Uno, dos y tres!

Willhelm le sujetó con su brazo izquierdo la cintura y con el derecho hizo que girara levemente su cuerpo para tomar impulso y lanzar la botella. Algunas gotas de aquella preciada bebida les salpicó la cara. *El Guaurabo* ya estaba bautizado. Los aplausos les acompañaron hasta la proa del segundo barco, y a la del tercero. Frente a este último les esperaban unas mesas dispuestas con copas en las que se vertía el «cristal» de Roederer y variados aperitivos servidos por Maison Dorée. Un ejército de camareros, impecablemente uniformados, se ocupaba de atender a los invitados.

—¡La fotografía, señor Baßler! —Montagut reclamó su atención—. Es para la prensa, mañana publicarán un extenso artículo. Es importante si queremos dar a conocer la naviera y...

—Por supuesto, señor Montagut. Lisel, ¿me acompaña, por favor? La madrina no puede faltar en la foto. —Él le ofreció su brazo para no darle opción a que lo rechazara ante el resto de invitados.

—Parece que Lisel ha impresionado al señor Baßler —apuntó Marina, que junto a su tío y al comandante Gerard se unieron al padre y la tía de Lisel.

Tía Cati le dio dos besos, aún no había tenido la oportunidad de saludarles.

—Marina, hace mucho que no coincidíamos. —Tía Cati miró hacia su sobrina, que en ese momento posaba junto a Willhelm para la foto—. Pues sí, el señor Baßler fue muy amable con ella cuando la socorrió, la asaltaron —le aclaró—, igual que usted, comandante Marmany —añadió—. Lisel ha tenido mucha suerte de contar con la ayuda de dos caballeros tan apuestos. Espero que pasara una agradable velada el día que nos visitó. —Esperó la reacción en la cara de Marina, conocía muy bien el recelo que siempre había sentido por su sobrina.

—¿Ya la conocías? —le preguntó esta a Gerard.

—Sí, el domingo tomé el té en su casa. Encontré el bolso que le robaron y pasé a entregárselo. Sí, señora —dijo, ahora dirigiéndose a tía Cati—, fue una velada magnífica. Oír tocar a su sobrina fue un gran regalo.

Marina torció el gesto.

—¡Felicitaciones, señor Baßler! —El capitán general Robert Baltrà ofreció su mano a Willhelm cuando él y Lisel se acercaron al grupo. Willhelm se la estrechó con rapidez y se giró hacia el barco.

—Ya van a botar los barcos —dijo—. ¡Es un momento único! —Su mirada buscó la de Lisel.

El Guaurabo, como si el barco pudiera saber que era

contemplado por una gran multitud, empezó a deslizarse orgullosamente por las gradas de madera sobre las que descansaba. Primero fue su popa la que impactó con el agua, después el casco. Su primer vaivén en el agua fue aplaudido.

Ahora sí, Willhelm tomó su copa y brindó con el resto. En su cara se veía la satisfacción.

–Permítame que me presente, señor Baßler, soy la señora Biarnés, Leonor Biarnés. Mi marido era…

–Sé muy bien quién era su marido, señora –Willhelm se inclinó levemente para hacer ademán de besarle la mano–. Me da gusto que haya podido acompañarnos.

Leonor Biarnés sonrió satisfecha al ver que el joven recién llegado la tenía en cuenta.

–Espero que también nos invite a la inauguración de su casa. Por fuera ya me ha gustado pero, y creo que coincidirán todas las señoras presentes, queremos disfrutarla por dentro –le pidió Leonor.

–Será un auténtico placer recibirlas a todas. De hecho, habíamos pensado –Willhelm guiñó un ojo a Montagut– organizar un gran baile.

–¡Oh! Sería magnífico –exclamó Marina.

–¡Por supuesto! –dijo tía Cati entusiasmada al ver que por fin podría volver a alternar en sociedad–. Cuente con nosotras si necesita ayuda para organizarlo, ¿verdad sobrina? –La mirada de Lisel fue una respuesta más que elocuente para su tía, que prefirió no darse por enterada.

–Señor Baßler –interrumpió el comandante Gerard de Marmany, algo molesto por el reconocimiento hacia aquel indiano y por el acaparamiento que este estaba haciendo de Lisel–, por qué no nos cuenta algo de lo que ocurre en Cuba. Usted acaba de llegar de allí, aunque sabemos que nuestro ejército tiene controlados a los rebeldes independentistas, pero…

–No sé si llamarlos rebeldes es lo más apropiado –le contestó Willhelm.

—¿Apropiado? —repitió Marmany. Su comentario captó la atención del capitán general, que se acercó a ellos.

—¿De qué parte está usted, señor Baßler? —preguntó Baltrà sin ambages.

Willhelm demoró un instante su respuesta. Era obvio que no debía definir claramente su posición, y menos ante aquellos militares, pero tampoco podía callar lo que pensaba.

—Yo estoy de parte de quien sienta y ame la tierra que pisa, y mi tierra por nacimiento es Cuba —dijo finalmente—. Pero respondiendo a su pregunta, capitán general, no sé si aquí en la metrópoli conocen realmente el origen del conflicto en Cuba. La sociedad se ha ido dividiendo en dos: por un lado, los criollos, en su mayoría hacendados, dueños de plantaciones de azúcar, de tabaco y café; y por otro, una gran cantidad de comerciantes, españoles, que controlan la política de la colonia.

—¿Quiénes son los criollos? —preguntó Lisel, intentando relajar un poco el ambiente.

—Son la segunda o tercera generación de los emigrantes que llegaron allí, que ya han perdido todo contacto con su país de origen y que sienten Cuba como su única patria —le explicó Willhelm.

—Y en su opinión, ¿qué ha hecho estallar la guerra entonces? —quiso saber Lisel.

—La respuesta es fácil, Lisel, los criollos se sienten marginados por la política que se practica en la colonia y que solo favorece a los comerciantes, catalanes en su mayoría. Desde hace unos años pusieron en marcha la práctica de la refacción, préstamos a altísimos intereses —aclaró— que los hacendados no pueden devolver. Les prestan dinero para adquirir maquinaria, que obviamente compran en sus comercios, y cuando no pueden liquidar el préstamo se quedan con sus haciendas.

—Pero eso es la ley de la oferta y la demanda —respondió el comandante—, es el comercio.

–Sí, si fuera libre comercio –argumentó Willhelm–, pero no cuando las leyes y las condiciones las hacen los mismos que te prestan el dinero... Hay un grupo de españoles a los que se conoce con el nombre de integristas que forman la camarilla del capitán general. Cuba ha sido y podría seguir siendo la primera potencia mundial en el comercio del azúcar si se le dejara, pero obligan a los hacendados a pagar unos aranceles altísimos, y ese dinero se trae a la península, no se invierte de nuevo en las empresas o en las infraestructuras que necesita la isla. Piensen que la construcción del ferrocarril se está costeando por los propios hacendados.

–Oyéndolo hablar diría que simpatiza usted con la causa rebelde –dijo el capitán general. Su cuerpo erguido y la mano sobre la empuñadura de su espada mostraban que estaba tenso, conteniendo la reacción que le provocaban las palabras de Willhelm.

–No estoy de acuerdo con las prácticas de tierra quemada que han hecho algunos de los que llaman insurrectos, como tampoco estoy de acuerdo en que una guerra sea la solución –replicó Willhelm.

–Se diría que tiene usted la solución –dijo el capitán general contrariado.

–Sería tan fácil como ofrecer una verdadera autonomía a la colonia, una autonomía que nos permita de verdad el libre comercio. Es duro ver a muchos hacendados convertidos en colonos en sus propias tierras. –El tono de la voz de Willhelm se hizo más grave–. La metrópoli está desahuciando económicamente a la isla.

–Me parece, señor, que tenemos puntos de vista muy diferentes sobre lo que está ocurriendo y sus causas. –El comandante lo miró desafiante.

A Lisel no le gustaba el cariz que tomaba la conversación, y a pesar de que no simpatizara con Willhelm, este no dejaba de ser el hombre que la había auxiliado cuando la atacaron, y recordó las enseñanzas recibidas en Hamilton que una anfitriona, y ella en cierta forma lo era, al ser la madrina del evento, siempre debía procurar el éxito de cualquier acto, simpatizara o no con sus invitados. La elegancia y la corrección eran lo único que importaba en cada momento.

–Por favor, señores –reclamó su atención Lisel–, me gustaría que siguiéramos disfrutando de esta inauguración y esta copa. ¡Propongo un brindis por su naviera, señor Baßler!

Sagnier levantó su copa. Hasta entonces había estado en un segundo plano, procurando que la encendida dialéctica no le fastidiara sus planes de negocios con el adinerado indiano. Y quién sabe si, a través de Lisel, este podría llegar a ser algo más. En cambio, la mirada que cruzaron Baltrà y el comandante iba cargada de significado.

–Quiero que averigües todo lo que puedas sobre este indiano, quiénes son sus amistades, por dónde se mueve, cuáles son sus negocios... Todo, ¿entendido? –ordenó Baltrà a Marmany.

–Sí. Con todo gusto. –Una mueca simuló la sonrisa de placer que le arrancó aquella orden a Marmany.

CAPÍTULO 16

Flores y chocolates

—¡Oh! Sí, sí, la señorita Sagnier es mi sobrina. Pasa, muchacho, deja todo eso ahí. —Tía Cati le indicó la mesita que ocupaba el centro del amplio recibidor de la casa. El mozo dejó con cuidado el inmenso arreglo de flores que portaba—. Gracias. —Tía Cati le despidió ofreciéndole una pequeña propina.

—¿Qué significa este alboroto? No dejan de tocar a la puerta —preguntó Sagnier, que no podía concentrarse en la lectura de la edición de mañana de la prensa.

Tía Cati bajó los escalones que separaban el recibidor de la sala.

—¡Presentes para tu hija! Sin duda ha causado sensación en su estreno social como madrina de barcos. —Tía Cati estaba alborotada.

—¿De quién son? —preguntó Sagnier echando un vistazo a las flores y a las cajas de chocolates que llenaban la mesa.

—¡Oh! No he mirado las tarjetas, pero sin duda deben de ser del señor Baßler. Supongo que querrá agradecerle que ejerciera como madrina. Hacían buena pareja, ¿no crees cuñado? —Tía Cati se aguantaba las ganas de leerlas.

—¿Lisel te ha comentado algo sobre el señor Baßler? —preguntó Sagnier, con aquel gesto de sobriedad y seriedad que siempre expresaba su cara.

—¿Comentar? ¿Sobre qué? ¿Quieres saber si ella está interesada en él? —Tía Cati cerró los ojos para pensar.

—Sí —Sagnier contuvo su impaciencia—, eso quiero saber —insistió él.

—En realidad no, o sí. —Tía Cati elevó su mirada al techo.

—¿En qué quedamos? —Sagnier pensaba que no aguantaría por mucho tiempo a su cuñada viviendo con él, le agotaba.

—Pues sí, me ha hablado de él, pero no porque esté interesada, sino todo lo contrario. Ya sabes, ella está acostumbrada a los lujos de la nobleza inglesa, al trato con caballeros de elegantes modales, de lenguaje fino, y el señor Baßler...

—¿Qué ocurre con él? —quiso saber su cuñado.

—Pues tu hija lo ve como un cualquiera, un muerto de hambre que ha conseguido amasar una fortuna. Con dinero, pero carente de educación, y sin un apellido de lustre que lo avale.

—¡Eso es un problema! ¡Un gran problema! —Sagnier miró a su cuñada fijamente—. Tienes que convencerla de lo contrario.

—¿Cómo? ¿Por qué? —quiso saber tía Cati.

—Porque necesitamos su dinero. Un enlace con ese hombre nos salvaría de la bancarrota. —Sagnier fue a servirse una copa.

—¡Ay, cuñado! ¿Tan grave es? —Ella se quedó blanca, dependía totalmente de él.

—Hice algunas inversiones en bolsa que han resultado fallidas. He perdido mucho dinero. ¡Mucho! —Sintió de nuevo aquella punzada en el pecho. La preocupación, pensó.

—¡Pero tú tienes un banco! —exclamó ella, con aquella cara de inocencia que tanto irritaba a Sagnier.

—¿Y qué crees, que puedo imprimir billetes cuando me dé la gana? —Le molestaba su ignorancia, aunque algo le vino a la cabeza, quizá, de modo temporal, por un pequeño espacio de tiempo...

La conversación se vio interrumpida de nuevo por la puerta, aunque esta vez era Lisel quien llegaba.

–¡Déjenlo todo aquí, después el servicio lo subirá a mi habitación! Muchas gracias –dijo Lisel con el rostro sofocado.

Sagnier se preocupó al ver cómo la doncella y dos muchachos entraban cargados de cajas y sombrereras.

–¿Qué es todo esto? –le preguntó a su hija viendo la cantidad de paquetes y suponiendo que debía una buena suma de dinero en varios comercios.

–Tenía que comprar sombreros nuevos –se disculpó Lisel mientras se sentaba en el sillón del salón. Se sentía algo extenuada por la intensa mañana de compras–. Aquí el sol es más fuerte y mis sombreros ingleses tienen el ala muy corta, no me tapan bien la cara y, bueno, ya aproveché para encargar algunos vestidos de fiesta de telas más ligeras.

–¡Oh! Te habría acompañado, sobrina –se quejó tía Cati.

–Es que en realidad solo iba a mirar un par de sombreros, pero después… Pero no te preocupes, tía, aún debo mirar zapatos y bolsos.

–¡No! –casi gritó Sagnier nervioso.

–¿No? –Su hija lo miró extrañada.

–Lisel, no puedes comprar así, de forma caprichosa. –Sagnier no se atrevía a decirle la verdad.

–No es un capricho, padre. Si fueras mujer, lo entenderías. –Sonrió.

Sagnier cruzó una mirada con su cuñada.

–Lisel, tengo curiosidad por ver quién te ha enviado esos presentes. ¿No vas a leer las tarjetas? –intervino tía Cati.

Lisel se acercó a la mesita. Olió el gran ramo de rosas blancas y sacó la pequeña tarjeta.

–¿De quién es? –preguntó su tía.

–Del señor Baßler. –Lisel pareció decepcionada.

—¿Y qué dice? No me hagas sacarte las palabras una a una, hija —se quejó su tía.

—Pues no es un gran poeta, la verdad —contestó la joven al ver el texto.

—Bueno, la intención es lo que cuenta, sobrina. Si el hombre se ha esforzado en escribirte unas letras...

—¡Gracias! —dijo Lisel.

—¿Por qué? —preguntó tía Cati.

—«¡Gracias!». Eso es lo único que dice su nota. Firmado: «Willhelm Baßler». Es más largo su nombre que la nota —dijo irónicamente.

—Es un hombre muy ocupado, hija —dijo Sagnier—. Pero lo importante es que te pidió que fueras la madrina de sus barcos.

Lisel hizo un mohín, tampoco esperaba más de aquel hombre. Tomó la segunda tarjeta, sonrió al leer la dedicatoria.

—¿Ahí se explaya más? —preguntó tía Cati.

—No, no —aclaró Lisel—. Esta es del comandante Gerard de Marmany. Todo un marqués y un caballero.

—¿Y ese hombre por qué te envía chocolates? —preguntó su padre, inquieto por que pudiera sentir predilección por un marqués sin blanca.

—Es un pequeño presente. Me anuncia que vendrá a visitarme esta tarde. Así tendremos oportunidad de probar los bombones.

Lisel sonrió mientras guardaba de nuevo la nota en el pequeño sobre.

—Bueno, será mejor que despejemos la entrada, sobrina. Ya casi es la hora de comer y hoy es día de visita, y aunque no es elegante que lleguen antes de las cinco, es mejor dejarlo todo preparado. ¡Fe! —llamó tía Cati—, encárgate de colocar todo esto. Los paquetes a la habitación de la señorita, las flores en un jarrón, y llévalas al salón; y los chocolates, bien, guárdalos para la merienda.

—¡Espera, tía! Aquí hay otro paquete.

—¡Ah! Puede ser. Ha habido un momento en que esto era un continuo ir y venir de mozos. Para las rosas vinieron dos chicos, ¡mira qué cantidad! ¡Ábrelo! A ver qué es. —Tía Cati se acercó curiosa.

—¡Oh! —exclamó Lisel.

—Déjame ver. —Tía Cati se acercó.

—Es como la que encontré en la tumba de mi madre, pero algo más grande. ¡Es bellísima!

—¿Qué ocurre? —preguntó Sagnier acercándose a ellas.

—Mira, padre. —Lisel le entregó la caja.

Sagnier se quedó clavado en el sitio mirando aquella solitaria rosa blanca. Cuando reaccionó, casi arrancó la caja de manos de su hija para examinar la tarjeta.

—¿Dónde está la tarjeta? —preguntó nervioso.

—Aquí —Lisel leyó—: «Para mi amada Amalia». Se habrán equivocado y en lugar de llevarla como cada día al cementerio la han traído aquí.

—¿Y dices que encontraste otra en la tumba de tu madre? —preguntó tía Cati.

—Dame esa tarjeta —ordenó Sagnier—. Esto no es más que una equivocación. —Sagnier intentó ocultar su nerviosismo.

—¡Maldita sea! —Marina Aimé estampó el periódico sobre la mesa.

—¿Qué lenguaje es ese, Marina? ¿Qué ocurre? ¿Qué te ha puesto tan furiosa? —preguntó su nana, que siempre la protegía en exceso y le consentía todo.

—¡Esa tonta de Lisel! —remarcó—. Mira la fotografía en el periódico, ahí está, sonriendo al lado del señor Baßler. ¡Como si ella fuera una gran cosa, Nana! No lleva ni una semana aquí y ya se codea con todo el mundo, y yo tengo que esforzarme para ser invitada. Tendrías que haber visto a Leonor Biarnés, qué encantada estaba con ella.

—Habrá sido cosa de su padre —le respondió la nana.

Por el banco tendrá negocios con ese hombre y pediría al señor Baßler que su hija fuera la madrina.

–En realidad no es eso lo que me tiene tan molesta –reconoció Marina.

–¿Y qué es entonces? –quiso saber.

–Que desde que ha llegado «esa» he notado que el interés del comandante Marmany por mí ha minorado. ¿Qué crees? Ya la ha visitado en su casa.

La nana la miró pensativa.

–Tienes que hablar con tu tío. Si el comandante quiere progresar en su carrera militar, más le vale estar a bien con él. Y si tú quieres a ese hombre, pues no se hable más. Por muy marqués que sea no tiene fortuna alguna, depende de su paga como militar –le aconsejó la nana.

–Mi tío no puede obligarle a que se case conmigo. – Marina frunció el ceño.

–Pero llegado el caso, nosotras sí –respondió la nana. Su mirada enigmática las llevó a compartir una sonrisa.

–¿En qué estás pensando, Nana? –Marina se sentó junto a ella, dispuesta a iniciar una conspiración.

CAPÍTULO 17

El arreglito

Mientras esperaba la llegada de Willhelm Baßler, Sagnier analizaba su situación actual. Recordaba cómo el Banco de Barcelona había subsistido a aquella locura colectiva que años atrás, allá por 1881, hizo que todos vivieran por encima de sus posibilidades, gastando lo que no tenían, viviendo a lo grande. Aquella locura que tildaron como la *Febre d'Or*, la Fiebre del Oro. Una crisis de la que aún muchos estaban pagando sus consecuencias. Pero, ¿y a él? ¿Qué le pasó? ¡La maldita filoxera!, culpó, pero también su adicción al juego. Una deuda continuada que tapaba con la siguiente partida, y así iba ocurriendo hasta que su suerte cambió. Ahora ya no tenía mucho con lo que apostar, pero ¿y si volviera su racha? Al menos una vez más. Solo una. Pero ya apenas le quedaban inmuebles con los que garantizar un pago.

Su visita interrumpió sus pensamientos. Aquel hombre, vestido al estilo colonial, rezumaba seguridad en sí mismo, la seguridad que aporta saberse dueño de una gran fortuna, de una plantación, de una naviera cuyos barcos hacían rutas que le reportaban grandes ganancias, dueño de tierras, de edificios… Deseaba como nada poder formar parte de todo aquello.

–Y, dígame, señor Baßler, ¿piensa convertir su naviera en una sociedad anónima? Aquí casi todas lo son, es la única manera de reunir capital suficiente como para seguir adquiriendo barcos tan costosos y ampliar la flota –apuntó Sagnier.

—De momento, lo estoy estudiando. Recordará que había un grupo de indianos en la inauguración de la naviera. Están interesados en participar en mi empresa. Pero me gusta trabajar solo y de hecho no necesito socios, económicamente hablando. –Expresamente esbozó una sonrisa de suficiencia–. Pero vengo de otra cita de negocios en la que me han ofrecido acciones del ferrocarril. A simple vista parece un negocio muy ventajoso y con réditos a muy corto plazo. –Willhelm se fijó en la reacción de Sagnier, buscaba ponerle la miel en la boca–. ¿Ha invertido usted ya en el ferrocarril?

—No. –Sagnier hizo una pausa–. De momento no, pero lo estoy estudiando.

—Claro, es importante estudiar cualquier negocio antes de embarcarse. Pero el del ferrocarril parece una buena apuesta, poca inversión, para alguien como yo –sonrió de nuevo– y, según me han dicho, están a punto de aprobar el trazado. Todo el que tenga terrenos afectados va a revalorizar su dinero casi en un cien por cien.

—¿Tanto? –Sagnier pensó que quizá sería una buena oportunidad para él.

—Sí, es una buena manera de conseguir dinero rápido y limpio. El negocio de los barcos, por ejemplo, crear una naviera como La Antillana significa hacer un desembolso de más de doce millones de pesetas. Y, sí, como dije tengo un grupo de indianos interesados en invertir. Si los acepto como socios me permitiría recuperar mi inversión, seguir siendo el dueño de la empresa y diversificar aún más mi dinero –explicó Willhelm.

—¡Ah! –exclamó Sagnier–. Claro, ¿y ya le han hecho una oferta? Esos indianos, me refiero. ¿Tienen fijado el precio de las acciones? –Sería un negocio seguro, si tuviera el capital...

—Esta misma semana he quedado con ellos, bien –sonrió–, hemos quedado para jugar una partida de cartas, ya me entiende. –Se refería a las de fuertes apuestas–. Ahí se hablará del tema. Quiero decidirme cuanto antes para centrar toda mi atención en otros proyectos que me interesa impulsar ahora: mi planta refinadora de azúcar. ¿Conoce a Bacardí? –le preguntó Willhelm.

Sagnier asintió con la cabeza.

–Voy a suministrarle la caña de azúcar para elaborar su ron aquí… –le explicó Willhelm.

–¡Ah, una partida! –La reacción del cuerpo de Sagnier evidenció su interés.

–Puedo invitarle a ella –Willhelm intentaba mostrarse amable, aunque por dentro sus sentimientos hacia él eran otros–, sin embargo debo avisarle de que será una partida importante, ya me entiende, se parte con una alta cantidad. ¡El riesgo es lo que la hace emocionante!

–No es problema –contestó Sagnier, que no podía contenerse ante una partida como esa.

–Siendo así, le espero el jueves en mi casa, a las diez de la noche. –Le citó Willhelm.

Baßler abandonó el banco contento. La información que le había facilitado Eduard Montagut sobre Sagnier le había sido muy útil. Con su adicción al juego lo tenía donde quería. El resto ya era cuestión de tiempo. Consultó su Tissot, aún le quedaba algo de tiempo antes de reunirse de nuevo con Montagut en la naviera.

Cuando Lisel abrió la puerta de la imprenta Bastinos, en la calle Boquería, respiró profundamente. Disfrutaba del olor a libros, a las resmas de papel que descansaban en las estanterías y al aroma a tinta. La campanilla seguía bailando, anunciando alegre la entrada de un nuevo cliente.

En ese momento no había nadie tras el mostrador de madera oscura que presentaba múltiples arañazos, consecuencia del uso diario. De la trastienda le llegaba el ruido de las máquinas Fourdrinier, que, en cada movimiento de las fibras, al intercalarse unas con otras, provocaban vibraciones tan fuertes que balanceaban ligeramente la maquinaria en su molienda de madera.

Lisel observó cómo ya casi no quedaba un resquicio de pared libre de estanterías y libros, todos se mostraban ordenados por temáticas. Un par de mostradores albergaban los ejemplares recién adquiridos. La parte musical, con biografías de compositores y venta de partituras, tenía su propio espacio. Lisel se dirigió hacia allí cuando oyó una voz.

–¿Puedo servirla en algo, señorita? –El librero era un hombre de mediana edad y pelo canoso. Portaba unos anteojos que continuamente intentaba ajustar sobre su nariz.

–Ibaguier –le repitió Lisel–. ¿Tienen algo sobre él? ¿Biografía o partituras?

El librero miró hacia arriba intentado concentrarse en aquel nombre.

–Es Iradier, Sebastián de Iradier. –Una voz de hombre sonó justo detrás de ella, tan cerca de su mejilla que se le erizó la piel. Era una voz profunda, grave, muy varonil. Una voz que le resultó conocida. Se giró tan bruscamente por la sorpresa que se encontró cara a cara con él. El ala de su sombrero se clavó en su frente.

–¡Señor Baßler! –exclamó, algo confusa por encontrarlo allí.

–Veo que es curiosa y le gusta ampliar sus conocimientos. Es una cualidad que me agrada en una mujer. –Willhelm se dirigió al librero, que los contemplaba curioso–. La señorita pregunta por el compositor vasco, el autor de la habanera *El arreglito*, en la que se basó Bizet para su ópera *Carmen*.

–¡Ah! Sí. Sé a quién se refiere. Creo que tengo algo sobre él. Es un autor muy apreciado entre los indianos. Ya saben, han vuelto tantos en esta década... –Se retiró para rebuscar en una de las estanterías.

–¿Hoy no viste de blanco, señor Baßler? –preguntó ella con afán de molestarlo.

—Ya he recibido parte del guardarropa que encargué el día que nos conocimos, ¿recuerda? Cuando tuve el placer de tenerla entre mis brazos. —Le recordó él.

—¡Tan poco sutil como siempre, señor! —Lisel se contuvo, porque lo que en realidad le provocaba decirle era que era un grosero sin modales—. Y dígame —preguntó ella—, ¿viene a comprar libros para rellenar sus estanterías? Si no son para leerlos le aconsejaría que fuera al mercado al aire libre que hay los domingos, allí puede comprarlos al peso, le resultarán más económicos, y para el uso que piensa darles...

Él sonrió ante su ironía.

—Le agradezco el consejo. Lo tendré en cuenta, Lisel, pero de momento solo busco un libro y, quién sabe, quizá me anime y hasta lo lea. —Willhelm enarcó su ceja derecha divertido.

—Lo siento. —El librero se acercó de nuevo a ellos con un gesto de contrariedad en su rostro. No le gustaba no poder servir a su clientela como debía.

—No se preocupe, era simple curiosidad —contestó Lisel—. En realidad, no vine a eso. Necesitaré un libro de visitas y...

—¿Tantas visitas piensa recibir que necesita apuntarlas para no olvidarse de ellas? —preguntó en tono burlón Willhelm.

Lisel se molestó con su comentario.

—Son normas de cortesía, señor, una señorita soltera, al menos una como yo —recalcó—, sí lo necesita. Así tendré presente a quién recibo y quién deja su tarjeta, para después devolverle la visita.

—¿Este le va bien, señorita? —El librero le mostró un libro de visita mientras escuchaba entretenido la conversación.

—Sí, está bien este. También necesito encargar tarjetas de visita. —Lisel se separó un poco de aquel hombre, le molestaba no poder hacer sus gestiones con privacidad.

El librero tomó papel para apuntar.

—¿Nombre de su madre, señorita? —le preguntó el librero.

—No, no —respondió ella—. Mi madre falleció hace años, en este caso deberá poner el de mi padre, el señor Francesc Sagnier. El mío es Lisel Sagnier. Las quiero sin barniz, sencillas, que resulten elegantes. —Miró de soslayo a Willhelm, que apuntaba algo en un papel—. ¡Ah! y ponga el día de recibo, por favor, los jueves.

—¿En el ángulo superior derecho? —preguntó el librero.

—Sí, ahí estará bien. —Sonrió Lisel.

—Espere un momento, señorita, que le mostraré algunas calidades de papel. Ahora vuelvo. —El librero entró en la trastienda.

—Espero que cuando tenga sus «elegantes» tarjetas me regale una —le dijo Willhelm—. Yo ya le dejé la mía, por si se anima a visitarme.

Lisel se contuvo un instante antes de contestarle.

—Señor Baßler, lo achacaré a que proviene usted de otro continente, pero una señorita jamás ofrece su tarjeta a un hombre soltero. Al igual que un soltero no debe jamás dejar su tarjeta de visita en una casa en la que habite una joven soltera, al menos no sin doblarla por el centro, indicando así que la deja para toda la familia. Usted la dejó sin doblar y en ausencia de mi padre. —Su tono se iba encendiendo al recordarlo.

—Créame, Lisel, la vida es mucho más que una bandeja llena de tarjetitas dobladas y sin doblar. Ustedes se pasan la vida entre ceremonias absurdas y conversaciones banales vigilando que no resulten inconvenientes a la etiqueta social. Pero vivir —se acercó a ella un poco más—, vivir no viven.

Ella lo miró, perpleja.

—Este me parece bien. —Lisel indicó al librero la cartulina por la que se había decidido e hizo un pequeño ademán con la cabeza a modo de despedida—. Pasaré a buscarlas en una semana.

—Lisel —dijo Willhelm—, si me espera un momento me gustaría que me acompañara a tomar un café, o un té, si lo prefiere. Así podemos seguir hablando de música un poco más —aunque él no le dio opción a contestar, se dirigió de nuevo al librero—; necesito que me busque estos libros, le entregó un papel en el que Lisel pudo observar una caligrafía perfecta, ligeramente inclinada a la derecha, aunque no pudo leer el contenido.

—*Der Rosenk…* —empezó a musitar el librero.

—Es un libro algo antiguo. Cuando lo consiga puede dar aviso en la Quinta Baßler, en la Rambla. Aunque seguramente me iré pasando de vez en cuando. Le dejo mi tarjeta de visita.

—Por supuesto, señor Baßler. —El librero alargó la mano para cogerla.

Lisel sintió curiosidad por el encargo y por él.

—¿Vamos, Lisel? —Aunque en realidad no lo preguntó. Se caló el sombrero frente a ella, al lado de la puerta, y en cuanto la joven fue a salir le abrió la puerta con una galantería algo exagerada.

Lisel escogió un velador alejado de la entrada, ya que tenía que compartir un tiempo con aquel hombre, prefería no ser vista.

—Dígame, señor Baßler, ¿en su familia hablan en alemán entre ustedes? —preguntó Lisel, en realidad sentía cierta curiosidad por la vida en las colonias. Así tendría un nuevo tema que comentar cuando volviera a Londres.

—Con mi abuelo. Es la única familia que me queda. Mis padres murieron: mi madre durante el parto, no llegué a conocerla; y mi padre hará unos diez años. En Cuba el idioma vehicular es el castellano.

Mientras hablaba, Willhelm observaba cómo ella se desprendía de los guantes, estirando ligeramente, con un suave y casi imperceptible toque, cada dedo de la mano izquierda. El guante, al deslizarse con esa lentitud que le impregnaba ella, rozaba la piel de su mano como una ligera caricia. Para él era como si estuviera desnudándose ante sus ojos.

—Serviré yo, gracias. —Lisel sonrió amablemente al camarero.

—Tengo entendido que servir el té es todo un arte en Inglaterra —apreció Willhelm.

Ella no le contestó. Abrió la tetera y dispuso una cucharada de té por cabeza, después dio la vuelta al pequeño reloj de arena que acompañaba el servicio, para tener en cuenta el tiempo.

—Y dígame, ¿conoció usted al maestro Iradier? —Se aseguró de decir el nombre correctamente. Lisel prefería adelantarse y tener el control de la conversación.

—No, no. Murió algo antes de nacer yo, pero en La Habana es muy popular. ¡Las habaneras son el alma de Cuba! —le explicó—, aunque en realidad no se llaman así.

—Ah, ¿no? ¿Cómo entonces? —quiso saber ella.

—Pues lo cierto es que allí tiene varios nombres, se les llama tango americano, o canción americana. Ha sido en España donde, con el tiempo, al provenir en su mayor parte de La Habana, se las ha denominado habaneras. Y como le dije, allí, en La Habana, es donde Iradier se inspiró para componer *El arreglito* —le explicó Willhelm.

—Entiendo que la letra será diferente a la de Bizet —apuntó Lisel.

—Sí. —Sonrió él—. *El arreglito* hace mención a eso precisamente, a los tratos que se hacen para matrimoniarse. El hombre le declara su amor a la mujer, pero ella no se fía de él, así que le pone una serie de condiciones para aceptar ser su «arreglito».

—La de Bizet es mucho más poética —aseguró ella.

—Quizá, *L'amour, l'amour...* —Willhelm evocó la letra de Bizet—, pero no deja de ser un plagio —insistió—. Si le gusta la zarzuela, otra pieza compuesta por Iradier muy famosa es *La Paloma*.

–No la conozco. Llevo muchos años fuera de España y en Londres no se escucha zarzuela. –Lisel reparó en el pequeño reloj de arena–. Ya está listo el té. ¿Leche o limón? –preguntó ella.

–Solo –respondió. Él la miraba, así como estaba, concentrada en tomar la tetera con su mano derecha mientras que, con la izquierda, con suavidad, sujetaba la tapa de la misma al verter el té. Una gota se escapó del pitorro y descendía, lentamente, por la parte inferior de la tetera. Los dos la observaron. Por un momento él deseó ser aquella gota, llena de calor, que en su descenso acariciaba la superficie de la tetera como si fuera el cuerpo de una mujer. Buscó la mirada de Lisel, sus labios estaban entreabiertos, pensó en cómo sería descender desde ellos, como aquella gota, encendiendo calor en su piel a su paso, bajando por su suave garganta…

El sonido de la cucharilla que ella depositó sobre el plato lo despertó de su molicie. Lisel colocó su dedo índice en el asa, mientras que sostenía el fondo de la taza con el dedo corazón. El pulgar sujetaba el borde, se acercó la taza con elegancia hasta la boca y, delicadamente, posó sus labios. Cuando la separó de su boca fue cuando sus ojos se encontraron. Lisel volvía a tener aquellos fríos y azules ojos sobre ella. Estaba acostumbrada a las miradas de halago, de deseo, de complicidad, pero la de aquel hombre escondía algo. Algo que conseguía inquietarla.

CAPÍTULO 18

Preparativos

Margarita esperaba, algo nerviosa, el veredicto de la señorita. Había pasado varias horas planchando y almidonando la ropa blanca de Lisel. Le habían dicho que era muy exigente, que había vuelto de Inglaterra como si fuera una lady, y que para ella todo debía estar perfecto. Lisel pasó la mano comprobando el tacto del almidonado en las enaguas.

–¿Está bien, señorita? La hemos lavado toda y la hemos tendido al sol como pidió. –Margarita continuaba inmóvil, estirando el delantal del uniforme con las manos.

–Sí, Margarita. Era la única manera de que la ropa recuperara su blancor. Allí, en Londres, con aquella lluvia continua era imposible secarlas al aire libre. No olvides renovar las bolsitas con las ramas de lavanda en armarios y cajones.

–Sí, señorita. –Aunque no entendía para qué. La ropa ya olía a limpio.

Lisel sonrió ante la extrañeza de Margarita. Recordó algunas de las «picantes» explicaciones que les dieran en Hamilton sobre los perfumes y su influencia en los hombres.

–¡Ah! Y recuerda tener siempre aceite de almendras para mis manos en la alacena.

–Sí, señorita Lisel –respondió mientras acomodaba las prendas en los cajones. Cómo iba a olvidarlo, si cada noche subía un cuenco con agua caliente y con unas gotas de ese aceite de almendras para que la señorita bañara en él sus manos. Lo subía con una toallita del mejor algodón. Claro –pensó para sí–, así podía lucir esas manos tan suaves y bonitas.

—Sobrina, estás aquí —dijo tía Cati al entrar en la habitación—. ¿Qué es todo este lío?

—Estoy probándome vestidos, no me decido. ¿Cuál crees que me quedará mejor para ir a la zarzuela? —Lisel se puso el azul por encima para observarse en el espejo.

—¿Y mejor no deberías pensar en qué te pondrás para el baile en la Quinta Baßler? Será el acontecimiento del año. Tengo muchas ganas de ver ese palacete por dentro y reencontrarme con las amistades de mi juventud. ¡Oh! ¡Hace tanto que no alterno en sociedad! —Tía Cati estaba casi entusiasmada—. ¡Oh! ¿Y con quién vas a la zarzuela? ¿No será de nuevo con el comandante Marmany?

—Pues sí, el marqués de Marmany ha tenido la amabilidad de invitarme —le respondió Lisel, que seguía concentrada en escoger el vestido adecuado.

—Claro, que es marqués también —repitió tía Cati con ironía, algo en aquel hombre no acababa de convencerla—. Creo que lo estás frecuentando en exceso. Además de presentarse aquí los días de visita también te cita fuera. A tu padre no creo que le haga mucha gracia que lo frecuentes tanto.

—Supongo que a mi padre le gustaría más alguien como el señor Baßler. ¡Pero a mí no! —respondió con decisión.

—¿Y qué tiene de malo ese caballero? —insistió tía Cati.

—Precisamente eso, tía, que no es ningún caballero. —Mientras hablaba, se colocó de nuevo ante el espejo con otro vestido.

—Pues yo lo veo muy correcto. Lo que pasa es que has llegado de Inglaterra llena de prejuicios, soñando con casarte con un noble inglés, con emparentar con la realeza y codearte con ladies y lores, pero nuestra vida es otra, Lisel. —El semblante de tía Cati era serio, igual que el tono de su voz, muy alejado al habitual.

Lisel se giró, prestando atención a lo último que dijo su tía.

—¿Otra? ¿A qué te refieres? Mi padre es dueño de un banco, propietario de múltiples inmuebles, ¡mira esta casa!

¿Por qué no puedo aspirar a escoger marido? ¡Cuento con una buena dote! Y si es uno de rancio abolengo mejor. Un buen apellido lo es todo en esta vida tía.

–No, si no tiene dinero que lo acompañe. Y que yo sepa ese marqués de Marmany no tiene donde caerse muerto –le replicó.

–Quizá no, pero su apellido pertenece a una de las mejores familias desde hace siglos, lo que ocurre es que el título lo heredó por parte de su tío, que murió sin hijos y que se fundió todo el patrimonio familiar. Pero estoy segura de que hará una gran carrera militar. De todas formas, no he dicho que esté interesada en él. Simplemente me acompaña a la zarzuela –le contestó molesta.

–¡Ya! –Tía Cati torció la boca en un gesto de desaprobación.

–Además, como bien sabes, en unos meses me regresaré a Londres y será allí donde escogeré al que será mi marido. Y ahora, por favor, ayúdame a decidirme –le pidió, señalando los vestidos, que esperaban tendidos sobre la cama.

El capitán general Robert Baltrà se puso en pie abandonando la comodidad del sillón de su despacho. Miró de nuevo a su amigo Sagnier mesándose la barba, gesto que hacía inconscientemente cada vez que necesitaba pensar.

Sagnier lo miró nervioso. Depositó sobre la mesa de su amigo la caja con la rosa blanca y le entregó la tarjeta.

–¡Mira! Esta la enviaron a mi propia casa, lee la tarjeta: «A mi querida Amalia». –Su cara expresaba una gran contrariedad.

El capitán general resopló. Tenía mil frentes que resolver, y allí estaba aquel imbécil con una rosa.

–¿Quién crees que hace esto? ¿Él? –preguntó Sagnier inquieto.

–¡No digas sandeces! –respondió despectivamente el capitán general, que de un golpe tiró el estuche sobre la mesa–. De sobras sabes que ese hombre murió. Han pasado más de cuarenta años. ¿Quién iba a esperar cuarenta años para mandar una ridícula rosa?

–¿Y entonces? ¿Qué explicación tienes para esto? –insistió Sagnier.

–¡Ninguna, maldita sea! –Le enfurecía tener que perder el tiempo con aquellas simplezas–. Lo que tienes que hacer es tener más control sobre lo que pasa en tu casa, no permitir que cualquiera entregue un paquete sin remitente. Y de paso más control en tus negocios. –Volvió a sentarse después de servirse una copa, sin pensar en ofrecer una a Sagnier, que no se atrevió a pedirla.

–¿Has hecho algún avance con ese indiano renegado? –preguntó Baltrà en un tono que dejaba entrever su grado de irascibilidad.

–Veo que no te cae muy bien.

–¡Ya lo escuchaste! –La ira se reflejó en su rostro al pensar en las palabras de aquel rebelde–. Pero no me has contestado. ¿Estás solucionando tu problema?

Sagnier tragó saliva.

–Vino a verme, sí. Lo cierto es que depositó una gran suma en mi banco. Tiene intención de hacer sus pagos y transferencias a través del Banco de Barcelona –le explicó Sagnier.

–¡No me digas lo que ya sé! –Baltrà dio otro golpe sobre la mesa. Le exasperaba la actitud de su amigo.

–Pues con su dinero he hecho frente a las deudas más acuciantes, a los descubiertos, pero, pero necesito más dinero, y con urgencia, porque en el momento en el que él deba hacer pagos a proveedores, o quiera retirar alguna suma considerable, no estará disponible. –Francesc Sagnier se aflojó el lazo de su corbata.

–¿Te has gastado su dinero? –Levantó las cejas asombrado–. Estás entrando en una espiral peligrosa. Reconoce la verdad, no todo viene porque no te hayan devuelto los créditos los viticultores, el verdadero problema es tu maldita adicción al juego.

—Solo he tenido una mala racha. Hasta ahora iba reponiendo lo que perdía sin problemas con la siguiente partida que ganaba. Pero estoy en una mala racha —repitió Sagnier tragando saliva.

—Puedes acabar en la cárcel, ¿lo sabes? —A Baltrà le empezaba a preocupar que su amistad le salpicara. Él aspiraba a más todavía en su carrera.

—En unos días estará todo arreglado. —Sagnier intentó convencerse.

—¡Ah! ¿Sí? Y dime: ¿cómo? ¿Jugándote lo poco que te queda en otra partida con la estúpida ilusión de recuperar lo perdido? —El capitán general dio un golpe sobre la mesa.

—¿Y tú de dónde sales? ¡Hasta que te apareces! —El mal humor del capitán general fue en aumento a lo largo de la mañana.

—Esperé a que saliera el señor Sagnier —respondió el comandante Marmany.

—¡Siéntate! —le pidió—. Supongo que también la habrás recibido —Le enseñó la invitación al baile que se iba a celebrar en la Quinta Baßler.

—Sí —respondió Gerard.

—Pues espero que saques a bailar a mi sobrina. ¡Estoy más que harto de aguantar sus quejas! ¡Estoy más que harto de ocuparme de nimiedades de mujeres! Como si no tuviera bastante con la alelada de mi mujer, con esa cara de susto pintada en su rostro todo el día. Al menos espero que me dé un hijo varón que siga mis pasos en el ejército. Esta noche vendrás a cenar a casa —no le dejó oportunidad para negarse—; no me veo con valor de compartir la mesa con esas tres alcahuetas con las que vivo.

—¡Claro! —contestó fastidiado. Tendría que acortar su cita con Lisel, pensó.

CAPÍTULO 19

Mbeng

En *El Guaurabo*, Gaetana, la gobernanta y cocinera, se despertó sobresaltada. Al levantarse su primera acción fue mirar el balde de latón en el que cada día, antes de retirarse a descansar, recogía las cenizas de la lumbre en la que se cocinaba. Ella no acaba de creer en las supersticiones y brujerías de los negros ni de la santera, pero, por si acaso, cada noche las recogía y las guardaba en su habitación, evitando así que pudiesen ser robadas y el hambre o la desgracia recayeran sobre los habitantes de la casa.

Oteó por la ventana hacia el espeso monte que se erguía orgulloso, allí su mirada se perdió, por un buen rato, donde moraban los orishas. Esa mañana, como cada día, comprobó que las cenizas siguieran allí, pero aun así algo extraño le rondaba por el cuerpo. Con las manos temblorosas se trenzó el pelo, recogiéndolo después sobre su cabeza.

El sonido del campanario, tocando el *Ave María* del amanecer, la sobresaltó. Era la llamada al trabajo para los habitantes de la plantación. Escuchó en silencio las tres campanadas grandes, ahora, pensó, llegaran las otras veinte y un nuevo día que afrontar. Gaetana caminó con su acostumbrada vitalidad hacia la cocina. Una gran meseta, construida con losas de barro, albergaba las hornillas. El frontal estaba recubierto de azulejos de colores. Empezó por encender el fuego. Era hora de amasar el pan para el desayuno de la casa grande.

A pesar de estar entretenida con el trabajo, Gaetana seguía sintiendo una gran agitación en el pecho. Presentía que la muerte rondaba la casa. Mientras esperaba que se cociera el pan abrió la alacena y sacó un bulto de ropa. Deshizo el nudo hecho con las cuatro puntas de la tela, el aroma de las ramas de guano, bendecidas por el padrecito el Domingo de Ramos, invadió la cocina. Seleccionó siete pequeñas ramas y se las guardó en el bolsillo del delantal, más tarde las distribuiría por las diferentes estancias de la casona. Miró de nuevo por el amplio ventanal, el día amanecía con fuerza.

Mbeng salió de su chamizo, arreglada como un pavo real. Un llamativo turbante recogía su melena rizada. Los pendientes largos y dorados se movían al ritmo de sus pasos, luciéndolos como le gustaba lucirse a ella delante de los hombres, sobre todo delante de Iyanga, aquel esclavo de casi dos metros, fuerte como un buey, que se la comía con los ojos. Ella, que prefería su nombre de blanca, Clara, pasó delante de él altiva, con aquel aire de superioridad que le daba el saber que por sus venas corría sangre blanca, que su madre compró su libertad y que, a pesar de ser mulata, su piel era tan clara que parecía una blanca al lado de aquellos negros.

—¡No me mires, esclavo! —le dijo ella arrogante al pasar por su lado.

Iyanga la agarró de la mano. Notaba el exceso del Agua de Florida que se había echado encima.

—¡Suéltame o haré que te azoten! ¿Cómo te atreves? ¿No ves que no estoy a tu alcance? —Mbeng se liberó de un tirón, empujándolo hacia atrás, pero Iyanga la sujetó de nuevo.

—No te engañes —le dijo él—, tú no perteneces a su mundo. Nunca lo harás. Cualquier día te buscarán un marido negro. ¡Un Ndowé! —Iyanga se golpeó en el pecho.

—¡Yo no me casaré jamás con un negro! ¡Jamás pariré a un hijo «salto atrás»! —le contestó ella iracunda. Mbeng nunca se molestaba en esconder su mal carácter, excepto en presencia de Will.

Iyanga sabía a qué se refería con aquello de no tener un «hijo salto atrás». Ella pretendía seguir blanqueando su piel a costa de casarse con un blanco y, así, conseguir que su hijo solo tuviera un cuarto de sangre negra.

–¡Deberías estar orgullosa de tu gente, de tu origen! –Iyanga hablaba con un buen vocabulario. Ella lo miró con rabia.

–¿De qué debería estar orgullosa, de ser una esclava como tú? ¡Yo soy libre! ¡Y medio blanca! Mi destino nunca será arrastrarme por los campos cortando caña de azúcar de sol a sol. –Lo miró con desprecio–. ¡Mírame! –Se pasó las manos por la cara y siguió hasta su cintura y sus caderas–. ¡Yo soy bella y escogeré con quién me caso!

–¡No será con él! –le contestó Iyanga refiriéndose a Willhelm, de sobras sabía la predilección que ella sentía por él.

–En cuanto Willhelm sea el amo de todo, cuando ya no esté ese Viejo dando lata por aquí, tus ojos me verán como la dueña de todo esto –con sus manos Mbeng hizo un ademán que intentaba abarcar todo lo que alcanzaba su vista–, ¡seré tu dueña y haré que te azoten por tu atrevimiento, negro! –Se zafó de nuevo de él y se alejó contoneándose.

Cuando Gaetana la vio entrar en su cocina su cara manifestó el desagrado que le producía. No entendía en qué momento aquella niña, a la que había criado desde que era un bebé tras morir sus padres, se había convertido en aquella inaguantable jovencita. Willhelm ya tenía seis o siete años cuando ella nació, se criaron casi como hermanos, pero desde que Mbeng, cuyo nombre significaba «bella», entró en la pubertad, no ocasionaba más que problemas con su altivez y su necesidad de ser admirada continuamente.

–¿Sabemos algo de Will? ¿Cuándo vuelve? –preguntó Mbeng, cuyas manos se fueron a la bandeja de panecillos calientes. Se sirvió un jugo de la jarra y se sentó a desayunar.

–¿Crees que puedes llegar a estas horas, así arreglada como para una gran fiesta y sentarte a desayunar sin más? ¿No entiendes que aquí vienes a trabajar, como los demás? –se quejó Gaetana.

Mbeng la miró despectivamente, enarcando su ceja derecha y, sin hacer caso de sus reclamos, volvió a preguntar por Willhelm.

–¡Ya no sois unos niños! Para ti ya no es más Will, sino ¡señor Baßler! –le rectificó Gaetana–. Como te oiga el viejo señor o el administrador te pondrán en tu lugar. Y no –le respondió finalmente–. No se sabe nada del patrón. Pero no esperes que regrese pronto. Escuché que se estaba construyendo una casa allí en la Europa esa y ¿quién sabe? –Gaetana se acercó a ella con ganas de mortificarla–, igual se nos queda allí.

Mbeng la miró con rabia. Mordió de nuevo el panecillo, dio un trago rápido al jugo y salió de la cocina dando un portazo. ¡Maldita Gaetana!, dijo para sí. Nunca había contemplado la idea de que Willhelm se fuera de la plantación. No. Él no lo haría, al menos mientras viviera el Viejo. Se encaminó directa a la cabaña de la santera. Necesitaba saber, quitarse esa inquietud que la arañaba por dentro. La tenía rabiosa que Will se hubiera llevado a la mosquita muerta de Ikalidi de viaje y no a ella.

La santera la vio entrar en su cabaña. Unas espesas telas de saco tapaban las ventanas, dejando el espacio medio oscurecido, al fondo un pequeño altar rendía tributo a Olodumare, el dios del que todo procede.

–Esperaba tu visita, Mbeng. –Se adelantó la santera.

Mbeng observó su lento caminar. La túnica blanca apenas le tapaba los pies descalzos. Su pelo, recogido hacia atrás, brillaba por el efecto del aceite con el que se lo untaba.

–Necesito preguntarte –le dijo Mbeng–. Traigo cocos para la ofrenda.

La santera asintió con la cabeza mientras tomaba el zurrón que le entregaba entre las manos. Fue sacando los cocos uno a uno, depositándolos con cuidado sobre el altar, a modo de ofrecimiento. Tomó uno de ellos y lo pinchó. Dibujó un círculo en el suelo de tierra con el agua que emanaba del coco. Después lo partió en cuatro trozos.

—Y dime, Mbeng —los grandes ojos negros de la santera se clavaron en la joven—, ¿qué quieres preguntar a los santos?

—Quiero saber si volverá Will. —Su corazón respiraba agitado, temerosa de la respuesta que iba a escuchar.

La santera abrió los ojos casi desorbitadamente, levantó sus manos hacia el cielo y con fuerza tiró al suelo los cuatro trozos. Dos de ellos habían caído boca abajo y dos hacia arriba.

—¡Sí! —respondió la santera.

—Pregunta a los dioses si será mi hombre. —Mbeng contuvo la respiración. La santera repitió la tirada de los cocos.

—¡Tres trozos boca abajo! —anunció—. Ocana dice que está muy difícil, que es complicado. —Pero en realidad la santera sabía que Ocana anunciaba algo malo por venir. La mujer se jaló las orejas para ahuyentar el mal, Mbeng la imitó. La santera cogió otro coco, le hizo un agujero e hizo beber su agua a Mbeng.

—Algo se podrá hacer —suplicó Mbeng a la santera—. Tienes que ayudarme. Quiero que sea mi hombre. Puedo traer más cocos, más ofrendas.

La santera hizo una señal pidiendo silencio.

—Llegado el momento veremos qué ofrenda es la más apropiada. Pero solo llegado el momento. Ahora, vete. —Le señaló la salida con un gesto decidido.

—Sí, sí. —El soniquete de los collares de colores acompañaron la salida de Mbeng.

La santera tomó de nuevo los trozos de coco, cerró los ojos y los dejó caer. Permaneció inmóvil unos minutos, contempló inquieta que los cuatro trozos habían caído boca abajo. En esta ocasión era Oyékun el que hablaba, y lo hacía para anunciar una muerte. Se tiró al suelo bebiendo el agua de coco derramada. Después encendió una vela por los muertos venideros.

CAPÍTULO 20

Rosas del sur

Desde que empezaran a llegar las invitaciones para el gran baile que se iba a celebrar en la Quinta Baßler, una parte de ciudad estaba alborotada siguiendo los preparativos, hasta la prensa se había hecho eco del que se suponía sería el acontecimiento de la primavera. Willhelm había dado carta blanca a Leonor Biarnés, que se ofreció encantada para organizar todo lo preciso: contactar con panaderos, pasteleros, cocineros…, todo el servicio necesario para ofrecer un bufé frío a los asistentes durante el baile, algo no usual pero que, sin duda, sería una gran oportunidad para pasear, a la luz de los farolillos, por el hermoso vergel que albergaba la quinta.

Leonor tenía mucha práctica en la organización de eventos, de hecho, desde que enviudara era en lo que ocupaba gran parte de su tiempo. Su cargo como presidenta de Las Damas del Ropero le permitía preparar bailes, rifas, cuestaciones… recaudando fondos para fines benéficos. Durante la semana previa al baile había hecho que su ama de llaves y su mayordomo aleccionaran al nuevo servicio contratado en la quinta, y en especial dispuso que una de sus doncellas instruyera a las tres muchachas negras recién llegadas sobre lo más esencial. Ya todo estaba a punto.

Ese día el portón lateral de acceso a la quinta permaneció abierto, desde allí se recibiría al resto del servicio: manteles, mesas para montar en el jardín, las vajillas y cristalerías necesarias para las cerca de doscientas personalidades invitadas y las materias primas con las que elaborarían los aperitivos.

Leonor Biarnés se había hecho preparar una habitación en la quinta, para poder alistarse allí en el último momento y supervisar personalmente que las doncellas y mayordomos estuvieran preparados y perfectamente uniformados para recibir a los invitados. En especial estaba pendiente del servicio negro, aunque aquella muchacha, Ikalidi, le pareció muy despierta y mañosa.

–A cambio –le exigió a Willhelm–, quiero ser yo la dama con la que inaugure el baile y, además –requirió–, cuento con usted, contigo –corrigió Leonor, después de las comidas que habían compartido en esos días, con él y con el «adusto» Eduard Montagut podían tutearse, pensó–, como te digo Willhelm –sonrió–, cuento contigo para que seas de lo más generoso en la recaudación que organizaré para nuestros soldados.

–Por supuesto –respondió Willhelm–, será un honor abrir el baile con una dama como usted, contigo. –Sonrió al tiempo que hacía un gesto galante.

Hacia las diez de la noche empezaron a llegar los primeros carruajes que, tras dejar a los señores frente a la puerta, se retiraban para volver ya bien entrada la noche. Normalmente esos eventos se alargaban hasta las dos o las tres de la madrugada. Los invitados cruzaban el bajo muro de color albero que rodeaba la quinta y recorrían la distancia entre esa linde y la casa, sobre una larga alfombra roja que cubría el sendero custodiados por las altas palmeras. En la tierra, a cada lado, unos cuencos de cristal protegían las pequeñas velas prendidas que iluminaban el camino.

Willhelm recibía a los invitados, uno a uno, en el gran vestíbulo de entrada. Los criados, solícitos, les acompañaban al guardarropa primero, por si deseaban dejar alguna prenda, y después al salón, explicando que en los jardines estaría dispuesto, durante toda la velada, un bufé frío.

El capitán general Robert Baltrà ayudó a salir del carruaje a su sobrina y a Jana, con la que cada vez mostraba menos paciencia.

–No esperes que te saque a bailar, y menos en tu estado. Tengo que aprovechar estos eventos para relacionarme con los prohombres de la ciudad. Hoy se dará cita aquí lo más granado de nuestra sociedad civil, militar y eclesiástica, además de grandes hombres de negocios –añadió Baltrà con su habitual tono rimbombante, hinchando su pecho al hablar como un pavo real–. Tú entretente hablando con tus amigas. –Su discurso se volvía cada vez más despectivo. Jana se limitó a asentir con su mirada gacha.

Antes de ofrecerle el brazo a su esposa para entrar en la casa, Baltrà se colocó el bicornio negro, que lucía adornado por ornamentos dorados y plumas blancas que se mecían con el movimiento del aire, aunque no acabó de ajustarse el barboquejo, le estorbaba la ya más que incipiente papada. Revisó de nuevo que el fajín no mostrara ninguna arruga y se ajustó los flecos de las charreteras de la chaqueta. En su pechera lucían todas las condecoraciones recibidas en su vida militar. Estiró bien la chaqueta negra, para que quedara bajo el fajín y no tapara la cinturilla del pantalón blanco de su uniforme de gala. Echó un vistazo a sus altas botas, revisando que estuvieran bien lustradas y, por último, inspeccionó los entorchados dorados de las mangas. Finalmente se puso los guantes, también dorados, que completaban el uniforme.

Willhelm les dio la bienvenida brevemente, sus ojos estaban entretenidos en la imagen de la joven que, vestida con un vaporoso vestido blanco, subía con elegancia los escasos peldaños de acceso a la casa. Cuando llegó hasta él, flanqueada por su padre y su tía, Lisel le sonrió, pero

Willhelm distinguió que era una sonrisa educada, casi fría. Su belleza le cortaba la respiración. En su pelo, de aquel tono rojizo oscuro, lucían, ensartadas, unas diminutas flores blancas, sobre su cuello reposaba un dije de oro. Como en otras ocasiones retuvo su mano al saludarla, pero la llegada de invitados era continua y no pudo dedicarle el tiempo que hubiera querido.

El gran evento de la temporada daba inicio casi tres cuartos de hora más tarde, cuando habían llegado casi todos los invitados a la recepción. El director de la pequeña orquesta dio unos ligeros golpes con la batuta para reclamar la atención de los presentes. Con la solemnidad que exigía el momento solicitó al anfitrión que inaugurara el baile.

–¡Oh! –exclamó tía Cati–. Seguramente te lo pedirá a ti Lisel. Si ya fuiste la madrina en la botadura de sus barcos, también querrá que seas su dama en el baile de inauguración de este palacio. –Sus ojos no dejaban de admirar el interior de la lujosa y bella mansión.

–Serás la dama más envidiada, Lisel –apuntó Jana–, imagina la cara de Marina –le susurró.

Por un lado, a Lisel le gustaba la idea de ser ella la dama principal que inaugurara el evento, aunque eso significara tener que bailar con aquel hombre rudo, pero sus ojos vieron cómo él se dirigía hacia Leonor Biarnés, y con un gesto galante la invitaba a abrir el baile. Notó cómo el color desaparecía de su cara, percibió aquel acto como una humillación hacia ella.

–¡Oh! –exclamó su tía.

–No te extrañes, tía –respondió Lisel despectiva–, por lo que sé, la señora Biarnés ha estado ayudándole todo este tiempo en la organización del baile. Parece que se entienden bien. Quizá él esté buscando una esposa bien adinerada, como ella es viuda de indiano...

–No creo que ella se vuelva a casar nunca –apostilló Jana–. Además, es mucho mayor que él.

–¿Cómo puedes saberlo? –quiso saber Lisel–. ¿Que no se volverá a casar? –preguntó.

–Para no perder su fortuna. Ya sabes, muchos de esos indianos incluían una clausula en su testamento por la que su viuda perdería toda su fortuna en el momento en el que se casara con otro.

Lisel la miró asombrada.

–Las tertulias en los tés son una gran fuente de información –se disculpó simpáticamente Jana.

–¡Vaya! –Las tres se giraron al escuchar la voz de Marina–. ¡Que sorpresa!, tu galán te ha cambiado por otra mucho más mayor.

–No es «mi galán» –le respondió molesta Lisel.

–Pues a juzgar por las atenciones que te brindó el otro día cualquiera podría pensar que te pretendía. –Marina continuó con su habitual tono hiriente.

–Supongo que le ha quedado claro que yo nunca pondría mis ojos en un hombre como él, cuando tengo a mi alcance a algunos de los pares más notables de Inglaterra –le contestó Lisel.

Enzarzadas en su dialéctica no se percataron de que la música cesó. Tampoco vieron acercarse a Willhelm y a Eduard Montagut. Willhelm se entendía bien con él, y aunque lo encontraba un poco parco en palabras y extremadamente serio, estaba resultando ser un profesional muy eficiente, justo lo que necesitaba para dejarlo al frente de sus negocios cuando volviera a la plantación.

–¡Señoras! –la voz de Willhelm las sobresaltó–. Espero que estén cómodas y disfruten de la velada –les deseó.

Ante la sorpresa de todos, incluso de él mismo, Eduard Montagut, tomó la palabra.

–Señorita, ¿me haría el honor de concederme el siguiente baile? –Los ojos de Eduard estaban clavados en Jana, que no supo reaccionar.

—¡No es señorita, es señora! —intervino Marina, molesta por la elección—. Su marido es el capitán general de Cataluña, el señor Robert Baltrà.

—Mis disculpas, señora —Eduard se dirigió a Jana de nuevo—: Señora, ¿me concede este baile?

En esta ocasión Jana se adelantó a Marina.

—Es usted muy amable, señor Montagut, pero no bailaré esta noche. —Aunque en su interior sentía que era lo que más le apetecía hacer en ese momento. Le gustaba la seriedad que mostraba aquel hombre, y además era bien parecido.

—¿Y usted, Lisel? ¿Me acompaña en la siguiente pieza? —preguntó Willhelm mientras le ofrecía su mano esperando un sí.

—Pues no podrá ser, señor Baßler, tengo ya todas las piezas comprometidas. —Lisel señaló satisfecha su carné de baile. De pronto Willhelm vio cómo en la cara de la joven aparecía una sonrisa, una sonrisa de verdad, no de las que le ofrecía a él. Se giró para averiguar el motivo de aquel gesto, hacia ellos avanzaba el comandante Gerard de Marmany, vestido con su uniforme de gala.

—Buenas noches. Señorita Sagnier, creo que esta es nuestra pieza. —A Gerard de Marmany no le importó la presencia de Marina—. Le felicito, señor Baßler, una magnífica fiesta. —Su rostro mostraba una sonrisa de triunfo.

—¿No se animan a bailar, señores? —preguntó el capitán general mientras ofrecía su mano a Marina. Su dura mirada hizo que Jana se retirara a tomar asiento.

—¡Vaya! —comentó Eduard cuando se quedó a solas con Willhelm—, parece que Cupido nos ha dado la espalda a los dos.

—No necesitamos a Cupido —contestó Willhelm—. No es tan buen arquero como todos creen —le respondió mientras no dejaba de mirar cómo Lisel giraba al compás de la música entre los brazos de aquel soldadito.

—Pues no sé cómo lo harás, pero la señorita Sagnier ya ha dejado claro que tiene todas las piezas reservadas, y su amiga que no baila. –Eduard miró de nuevo a Jana, allí sentada, sola.

–Bueno, te ha dicho que no bailaba, pero no que no pudiera hablar. –Willhelm animó al abogado a acercarse de nuevo a ella.

Marmany besó la mano enguantada de Lisel al acabar la pieza.

–Aún me debe dos bailes más –le recordó el comandante fastidiado, las buenas costumbres marcaban como inapropiado conceder más de tres bailes al mismo hombre, a no ser que fuera su prometido.

–Lo tengo presente –dijo ella señalando su carné. Con la mirada buscó a su siguiente pareja, pero la música había cesado. Pudo ver cómo Willhelm hablaba con el director de la orquesta, ¿habría algún problema? Se preguntó extrañada.

–Interpretaremos ahora, a petición del señor Baßler, y fuera del programa, una maravillosa pieza, un vals de Johan Strauss –el director de la orquesta dio un poco de suspense a su voz–, *Rosas del sur*. Señor Baßler, cuando quiera...

Willhelm caminaba seguro, el tacón de sus botas era lo único que se oía en el gran salón, cuyos asistentes esperaban, curiosos, ver a quién escogería en esa ocasión. Sus pasos se pararon frente a Lisel.

–Estoy seguro de que esta pieza no la tiene comprometida. –Él le ofreció la mano para acompañarla al centro del salón.

El color tomó fuerza en las mejillas de Lisel al sentir todas las miradas sobre ella. No podía negarse. Recogió con elegancia la larga cola de su vaporoso vestido de tul e irguió la cabeza para recorrer con él el camino hacia el centro del salón de baile. Willhelm pasó su brazo derecho por la espalda de ella, aprovechando el momento para acercarla a él. Su mano izquierda atrapó la de ella y juntos extendieron el brazo. La mirada de Lisel lucía un fulgor especial, de furia, pensó él casi divertido, pero ahí la tenía, entre sus brazos. El director de la orquesta esperaba una señal para empezar a ejecutar la pieza.

–¿Vals vienés o inglés? –le preguntó él.

–¡Vaya! –exclamó ella, sorprendida de que supiera bailar el vals en más de un estilo–. Prefiero el inglés –le contestó secamente.

–Yo también –dijo él. Willhelm por fin dio la esperada señal al director. Al ser más lento el vals inglés, le permitiría disfrutar aún más de su proximidad. Aprovechó para acercarla un poquito más.

Toda la tensión que ella sentía la trasladó a su mirada, el color violeta de sus ojos era, en ese momento, aún más intenso. Los primeros compases de *Rosas del sur* comenzaron a sonar. Willhelm y Lisel giraban, sin retirar la mirada el uno del otro.

–Está muy callada, Lisel.

–Intento mostrarme educada –le respondió ella–. Es usted muy ingenioso –añadió, molesta por verse obligada a bailar con él.

–Bueno, no me dejó otra opción. No podía dar un baile en mi casa y no bailar con la madrina de mis barcos.

–No veo la necesidad –apreció ella–. Seguro que la señora Biarnés estaría encantada de volver a bailar con usted una y otra vez.

Él sonrió, inclinó un poco la cabeza hacia ella para hablarle al oído. Ya les acompañaban el resto de bailarines, que esperaron un par de compases antes de sumarse al baile.

–La señora Biarnés no tiene sus ojos, ni su cintura... –volvió a acercarla un poco más, aunque ella intentó en vano retirarse–, ni su aroma.

Él levantó su brazo derecho, llevándose consigo el de ella. Sus miradas quedaron enmarcadas bajo aquel espacio que se creó entre la altura de sus brazos y sus ojos. De repente se hizo el silencio entre los dos, la música pareció cobrar más intensidad, él se pegó a ella aún más, quería notar el calor de su cuerpo bajo aquella fina tela que cubría su piel, pero que no la escondía a sus ojos, en cambio, ella deseaba que acabara aquel momento al que se había visto arrastrada, que la exponía públicamente con un hombre de baja alcurnia.

Cuando los compases de *Rosas del sur* se hicieron más rápidos Lisel notó la fuerza de la mano del hombre en su espalda, sujetándola, atrapándola. La llevaba casi en volandas, sus pies apenas rozaban el piso cada vez que iniciaban el giro. Sin darse cuenta, estaba disfrutando de la danza, y se dejó llevar. Por un segundo sus labios sonrieron, solo fue un segundo, hasta que se dio cuenta de que él le correspondía.

Cuando la música paró, su cuerpo y sus pies aún mantenían el ritmo, los rápidos giros la marearon un poco, y eso la llevó a asirse a él con fuerza para no tambalearse.

—Será mejor que salgamos al jardín a tomar un poco el aire —propuso él.

—No puedo, tengo mi carné de baile comprometido —respondió ella, sin acabar de soltarse de él.

—No se preocupe por eso. Ya pedí que ahora se hiciera un receso para que los invitados disfrutaran del bufé. ¡Vamos! —Él apoyó el brazo de ella en el suyo y juntos atravesaron las puertas francesas que daban acceso al jardín.

El comandante Gerard de Marmany los siguió con la mirada, pero tenía a Marina colgada de su brazo y pidiéndole que la acompañara fuera para tomar un tentempié.

—Sí, vamos —aceptó él, pensando que allí se encontrarían.

—¿Adónde me lleva? —preguntó Lisel mirando hacia atrás. Le inquietaba aventurarse por aquella espesa vegetación con él, solo iluminados por los espaciados farolillos que colgaban de algunos árboles que indicaban el camino a las fuentes y a los bancos, dispersos por el extenso vergel de palmeras, magnolios, palosantos y bambú.

–Le irá bien disfrutar de esta hermosa noche, tomar un poco de aire –le dijo él.

Ella se pasó la mano por el cuello, el escote del vestido le hacía percibir el fresco de la noche.

–Déjeme ofrecerle mi chaqueta, Lisel. –Willhelm se la quitó con un gesto rápido y la cubrió. A Lisel le invadió una fragancia que le pareció una mezcla de cítricos y madera. No esperaba sentir el roce de sus manos al dejar que la chaqueta se apoyara en sus hombros desnudos, y allí seguían, para subir el cuello de la prenda masculina. Las manos de Willhelm acariciaron sin prisas sus mejillas al retirarse, aunque no estaba segura de si fue un gesto involuntario. Allí estaba él, frente a ella.

–Y dígame, ¿por qué ese interés en volver a Londres? –hizo la pregunta en voz baja, acercando su cabeza a la de la mujer.

–Esta será mi segunda temporada después de mi debut, y es costumbre aceptar una proposición de matrimonio, como muy tarde, en el segundo año –le explicó ella.

Él la escuchaba, admirando la belleza que desprendía aquella altanera mujer.

–¿Y qué ocurre si no le atrae ninguno de sus pretendientes? –Quiso saber él.

Ella lo miró extrañada y sonrió.

–¿Cómo no va a atraerme un lord? –Lisel posó sus ojos en él, unas chispitas de maldad afloraron en ellos–. Pero no se preocupe tanto por mí, alguno encontraré de entre los que se postulen para pedir mi mano.

–Eso me recuerda a las ferias de ganado a las que acudo buscando algún semental para mis hembras. –Él esperaba su reacción. El desprecio y una furia contenida no tardaron en aparecer en aquellos ojos violetas.

–No puedo esperar que un bárbaro como usted, acostumbrado a vivir en la selva, entre salvajes medio desnudos a los que trata como esclavos pueda apreciar nuestros modales y costumbres, y mucho menos que se comporte como un caballero, por muy elegantemente que se haya vestido esta noche, señor Baßler.

–Y usted, ¿qué prefiere? ¿Uno de esos petimetres que solo sirven para lucirse por los salones de baile y para tomar el té en compañía de damiselas aburridas? –Willhelm se acercó a ella, tomándola por la cintura–. ¿No prefiere a un hombre de verdad, que le haga sentir lo que es la vida, lo que es ser una mujer? –Sus labios estaban a punto de probar los de ella. La sentía agitada frente a él.

–Un lord tiene todo lo que busco en un hombre, clase, posición, apellido, educación… –Las manos de ella se posaron sobre el torso de él, intentando separarlo de su cuerpo.

Ella lo miraba contrariada por lo íntimo de la conversación y por la proximidad de su cuerpo, pero a él no parecía importarle su respuesta. Su brazo derecho la atrapó, acercándola a él, y allí, en medio de aquel sendero que conducía a las fuentes, acompañados únicamente por el sonido del agua al caer, e iluminados por la tenue luz de un lejano farolillo, le robó un beso. Él solo quería saborear aquellos labios, siempre entreabiertos, que ofrecían su boca una y otra vez, pero su contacto le hizo querer más. Apretó su estrecha cintura contra su cuerpo y con la mano izquierda le sujetó la nuca para que no separara sus labios. Saboreó y alargó un poco más su placer. Aquella fragancia a vainilla que emanaba de su cuerpo lo desarmaba, lo aprisionaba.

Al separarse, Lisel creyó que no podía respirar, su pecho mostraba una agitación desconocida, alzó sus ojos y, con toda la fuerza que pudo reunir, le estampó una bofetada.

—¿A eso le llama usted ser un hombre? ¡No pensé que su falta de caballerosidad llegara a tanto, señor! —Pero él ni siquiera pestañeó ante el golpe.

—¿Señorita Sagnier? ¿Es usted? —La voz del comandante Marmany se oía de entre los árboles.

—¡Marqués de Marmany! —contestó ella, mientras de un empujón se separó de Willhelm—. ¡Espéreme! —le pidió. Mientras caminaba apresurada giró su vista hacia aquel hombre atrevido y descortés. Allí estaba, con su dura mirada clavada en ella. A Lisel le dolía la mano, pero aún más su amor propio. ¡Su primer beso, su primer beso y había sido con aquel hombre! Con un gesto de desprecio lanzó la chaqueta al suelo y se alejó.

El resto de la noche, ninguna de las notas de los rigodones, de las polkas ni de los lanceros que se interpretaron lograron sacar de la mente de Lisel aquel momento tan molesto.

CAPÍTULO 21

Ecos de sociedad

Margarita descorrió sin prisas los gruesos cortinajes para dejar pasar la luz de aquel soleado día.

—Desayunaré aquí, en la habitación —le dijo Lisel mientras se ajustaba la fina bata de encaje a la cintura—. Súbeme, por favor, la prensa de la mañana, Margarita, quiero ver si han publicado alguna crónica sobre el baile de anoche.

—Sí, señorita. —Margarita inclinó levemente la cabeza antes de salir.

A pesar de que el baile acabara de madrugada, Willhelm llegó temprano a la naviera. Su costumbre de dormir poco y madrugar le hacían disponer de más horas para trabajar.

—¿Eduard? —preguntó al oír la puerta de la oficina.

—Sí, soy yo. —El rostro de Eduard Montagut sí reflejaba las huellas de una noche corta de sueño, aunque recordaba la agradable conversación que pudo entablar con la señora Baltrà. Controló un bostezo y se sentó frente a Willhelm.

—¿Has ojeado la prensa? —le preguntó Willhelm dejándose caer sobre el respaldo del sillón. Le gustaba disfrutar de aquellos momentos de soledad y silencio en el despacho, antes de que llegaran los empleados. El sonido de las sirenas de los barcos se colaba por la ventana. La ligera brisa que llegaba desde el mar le recordaba a Cuba.

—Sí, rápidamente, eso sí. Pero ya he visto que anuncian los pasajes en los vapores —confirmó Eduard.

Willhelm le señaló la noticia y leyó: *Línea de Vapores*

La Antillana. Trayectos directos a La Habana, con paradas en Cienfuegos y Santiago de Cuba.

Revisó los detalles pequeños, aquellos que aludían al servicio de comidas, a la reserva de camaretas especiales para las damas, a la ventilación en tercera clase... Estaba satisfecho con el anuncio.

—También publican, en la sección de Ecos de Sociedad, una crónica sobre el baile —le indicó Eduard, seguro de que Willhelm no habría reparado en ello.

Willhelm buscó la sección con cierta curiosidad, nunca se había molestado en leer esa clase de artículos, pero siendo como fue la presentación en su quinta y el punto de encuentro y origen de algunos negocios, lo leyó.

Lisel estaba dando cuenta de su segunda tostada cuando tía Cati entró en su habitación, iba como ella, aún en bata, con el pelo recogido bajo un gorrito de tela que difícilmente mantenía su peinado de un día para el otro.

—Estaba leyendo la sección de Ecos de Sociedad —le dijo, sabiendo que su sobrina había pedido la prensa a Margarita—. Han escrito un extensísimo artículo sobre el baile. Dicen que es la primera fiesta ofrecida por el señor Willhelm Baßler, un indiano de origen alemán, dueño de la más grande plantación de azúcar de la isla de Cuba. ¡Este hombre debe ser riquísimo, por lo que dicen!

—Sí, tía, sí. ¿Pero que dicen de la fiesta? —preguntó Lisel, más interesada por el evento que por el organizador.

—¡Oh! —exclamó tía Cati.

—Oh, ¿qué? —preguntó impaciente Lisel, dejando su tostada en el plato y retirando la bandeja.

—Bueno, describen los carruajes que desfilaron a la entrada de la quinta, alaban la elegancia de las damas que acudieron, la gran cantidad de caballeros que se dieron cita allí, sobre todo indianos, pero también altos cargos del ejército y un nutrido grupo de nobles.

—¿Y del baile? ¿Dicen algo? —preguntó de nuevo Lisel.

—Sí, aquí se lee que el dueño, un caballero de gran distinción, abrió el baile con un rigodón de honor que compartió con la señora Leonor Biarnés.

Lisel hizo un gesto de reproche. Inconscientemente se limpió los labios con la servilleta, como si el beso que le diera aquel hombre le hubiera dejado alguna huella.

—Pero continúa el relato —siguió tía Cati— y aquí cuenta que, para gran sorpresa de los presentes, el señor Baßler pidió que se incluyera un vals especial, fuera de programa, *Rosas del sur*, para invitar a bailar a la señorita Lisel Sagnier, que destacaba por su belleza.

—¡Ah! Déjame leerlo a mí tía. —Lisel sonrió algo más, satisfecha por ser nombrada.

—Después ya se pierde en detalles sobre la quinta, su lujoso mobiliario, sus jardines… —Tía Cati seguía mirando el artículo.

—¡Tía, pásame la prensa! ¡Ya! —le exigió.

Lisel prolongó la lectura algo más, *La Vanguardia* dedicaba otro artículo a los indianos que estaban instalándose en Barcelona y en otras poblaciones como Cambrils, Sitges, Torredembarra…, decía que muchos de ellos buscaban regresar a su lugar de origen previendo el decurso de la guerra, pero también hacía mención a la gran cantidad de títulos nobiliarios que se concentraban en Cuba, la mayoría comprados por esos nuevos ricos a nobles familias empobrecidas. ¡Jamás serán lo mismo, pensó Lisel! ¡Un noble de cuna no puede sustituirse por alguien que compra un título!

Willhelm se levantó para cerrar la puerta del despacho, los empleados empezaban a llegar y quería alargar su charla con Eduard.

—¿Qué sabes de ese marqués o comandante Marmany? —le preguntó directamente Willhelm.

–Sé que ostenta el título desde hace poco tiempo, quizá unos meses. En realidad, lo ha heredado de su tío, el hermano mayor de su padre, que falleció sin herederos.

–¿Pero tiene una buena posición económica? Me extraña que sirva en el Ejército. –Willhelm lo preguntó sin levantar la mirada de su escritorio.

–Lleva años en el Ejército, el título no le correspondía por línea directa, le ha caído como una lotería, y sí, creo que, con una cierta fortuna, una buena casa y algunas rentas que le permitirán vivir cómodamente. Pero él es de esos que se conducen de cara a la galería.

–¿Qué quieres decir con eso? –preguntó Willhelm.

–Ya sabes, es uno de esos nobles, gentes de palabras vacías, con muchos y bonitos ademanes y costumbres sin sentido.

–Entiendo. –La cabeza de Willhelm se llenó con la imagen de ese hombre bailando con Lisel.

Eduard pareció ver su pensamiento.

–En algún momento lo he visto acompañando en su paseo a la señorita Sagnier. Creo que la está pretendiendo –le informó.

–¿Los has visto juntos? –quiso saber Willhelm. Tomó un poco de agua.

–Sí, y en más de una ocasión –le confirmó Eduard.

Willhelm frunció el ceño, molesto. Aquella vieja cicatriz le tiraba de nuevo.

CAPÍTULO 22

Marina

A Willhelm le sorprendió que el mayordomo le anunciara una visita. Esa tarde no esperaba a nadie, y menos en la quinta.

—Es una señorita, señor —añadió el mayordomo.

¿Una señorita? Por un momento pensó que podría ser Lisel, pero estaba seguro de que ella jamás le visitaría.

—Hazla pasar, Héctor. —Willhelm se levantó para recibirla—. ¡Señorita Aimé! —exclamó Willhelm sorprendido.

—Marina —replicó ella, extendiendo coqueta su mano.

—Pase y siéntese, por favor. ¿Desea tomar alguna cosa? ¿Un refresco o un té quizá? —le ofreció.

—No, no. Gracias. Seré breve, no debería estar aquí. —El gesto de su cabeza buscaba el asentimiento del caballero.

—Claro, claro. —Él tomó asiento al otro lado de su mesa del despacho.

—Me gusta ser clara y directa, señor Baßler —dijo mientras se desprendía de los guantes.

—Es una cualidad que agradezco en mis interlocutores. Y dígame, ¿en qué puedo ayudarla, Marina? —Willhelm apoyó los antebrazos sobre la mesa.

—En realidad creo que podemos ayudarnos mutuamente. —Ella le sonrió, realmente era un hombre muy atractivo.

—¿A qué se refiere? —preguntó extrañado ante aquella posibilidad.

—Me consta, al menos así lo aprecié durante el baile, que está usted muy interesado en la señorita Sagnier. ¿Me equivoco? —preguntó Marina.

—No acostumbro a hablar de mi vida personal con extraños, discúlpeme si le ofende mi rudeza.

—No, no se preocupe. También es algo que aprecio. Como le decía, creo que podemos ayudarnos mutuamente. Si estoy en lo cierto, y sus intereses están puestos en la señorita Sagnier, déjeme decirle que el comandante Marmany lleva algún tiempo visitándola y pretendiéndola. – Marina observaba su reacción.

—¿Viene a avisarme? Eso es algo que ya sé –contestó, molesto al notar cómo le afectaba la idea de imaginarlos juntos.

—Sí, supongo que es muy evidente. Pero hasta que llegó Lisel era a mí a quien el comandante prodigaba sus atenciones. ¿Me entiende? Estoy enamorada de él, y haré todo lo que esté en mi mano para que me corresponda.

Willhelm levantó las cejas asombrado, había algo más que una firme decisión en los ojos de aquella mujer.

—Siento curiosidad por saber qué hará para cambiar los sentimientos del comandante –le contestó Willhelm.

—Creo que podemos unir nuestras fuerzas. Si usted se decide a dar un paso con Lisel, estoy seguro de que el señor Sagnier lo vería con muy, muy buenos ojos. Me consta que no contempla al comandante como un digno candidato a la mano de su hija. Quiere para ella a un hombre con «mayor estatus económico», ¿me entiende?

—¿Y usted no? –preguntó curioso Willhelm.

—Cuento con una buena dote y estoy segura de que, si me caso con el comandante, mi tío, el capitán general, le ayudará a hacer carrera. A veces la carrera militar y la política van de la mano, y en Madrid pueden encontrarse grandes oportunidades para un hombre como el marqués de Marmany.

—Veo que lo tiene todo muy bien calculado, señorita Aimé –reconoció Willhelm.

—Entonces, ¿qué me dice? –Ella esperó la respuesta, impaciente.

Willhelm se levantó y se acercó a Marina, que también se alzó.

—¡No! —contestó él.

—¿No? ¿No le importa perder a Lisel? ¿Tan equivocada estoy y en realidad no le interesa como mujer, señor Baßler?

—Me gusta hacer las cosas a mi manera. Lo siento. —Su rostro no dejaba entrever ninguna emoción.

—Está bien. —Marina lo miró decepcionada—. Espero que, cuando se decida, no sea demasiado tarde.

Marina caminaba todo lo deprisa que podía. De esa forma, con prisas, entró en la casa de su tío. Su nana, que estaba entretenida en sus labores, la miró extrañada.

—¿Qué ocurre, Marina? —Su niña mostraba aquella cara de contrariedad que ponía cuando las cosas no salían como ella quería.

—Ese hombre. ¡Maldita sea! —exclamó.

—¿Qué hombre? ¿El comandante? ¡Olvídalo, hay muchos más en los que te puedes fijar! —la nana intentó animarla.

—Pero resulta que yo me fijé en él y no voy a permitir que esa idiota de Lisel llegue, con sus aires de noble inglesa, a robármelo, y menos ahora que además tiene un título de marqués. —Marina se dejó caer en el sillón sin miramientos, su rostro acalorado mostraba enfado.

—¿Y qué piensas hacer? —la nana se acercó a ella, apoyando una mano en el hombro de Marina.

Marina miró a su nana un instante y el leve movimiento de sus cejas indicaron que ya tenía algo en mente.

—Coge tu sombrero y tus guantes, nana. ¡Nos vamos de visita! —dijo Marina dando un respingo del sillón.

—¿Adónde? —preguntó la nana mientras dejaba su labor sobre la canasta.

—A visitar a Lisel. ¡No voy a regalar lo que es mío!

—Marina se sirvió un poco de agua y jaleó a la nana—. ¡Vamos, date prisa!

—Voy, voy —contestó esta mientras se ponía el sombrero al tiempo que caminaba hacia la puerta.

—¡Oh! —exclamó tía Cati que, apostada en el ventanal que daba a la calle, estaba más pendiente de los paseantes que de su labor.

—¿Qué ocurre, tía? ¿Tenemos visita? ¿Es el marqués de Marmany de nuevo? —Lisel ya no sabía qué hacer con tantos chocolates.

—No, peor. Tu amiga Marina y la alcahueta de su nana, que parece un pájaro de mal agüero, así, vestida de negro riguroso y con esa cara compungida y esos ojos que lo miran todo como si lo diseccionaran. —Tía Cati se estremeció—. No soporto a esa jovencita. —No le gustaba hablar mal de nadie, pero con esas dos sentía que debía hacer una excepción.

—Bueno, tratemos de ser cordiales. No creo que estén mucho tiempo. Marina es muy inquieta. —Lisel puso el marcapáginas antes de cerrar el libro.

—Tendré que encargar que nos sirvan la merienda un poco antes de lo acostumbrado —se quejó tía Cati.

Las mujeres intercambiaron unos poco efusivos besos. Marina miró de arriba abajo a Lisel, observando el estilo de su vestido, su tejido, la forma de su peinado, y hasta intentó retener en su mente su manera de caminar cuando se acercó a ella. Tomaron asiento y la charla se centró en el gran baile de inauguración de la Quinta Baßler.

—Yo creo —dijo Marina, depositando por un momento su taza de té en la mesilla—, que además de para hacer negocios, el señor Baßler viene con la intención de buscar esposa. Si no, ¿por qué construiría un palacete como ese si no pensara establecerse en la ciudad?

—Yo también pienso eso, Marina —dijo su nana—. Debe rondar ya los treinta y seguro que en la colonia no deben abundar las jóvenes de buena familia. Quizá tiene pensado afincarse aquí, tal y como está yendo la guerra…

–¿Te ha comentado algo a ti, Lisel? –preguntó curiosa tía Cati. Las tres mujeres dirigieron sus miradas hacia ella.

–¿Por qué habría de comentarme nada a mí? –Lisel mordisqueó pausadamente un trozo de tarta.

–Es más que evidente que siente alguna predilección por ti –dijo Marina, que mantenía sus ojos clavados en ella.

–No es algo que me importe, la verdad –respondió Lisel, sin querer entrar en el juego de Marina.

Marina y su nana intercambiaron una mirada.

–Lisel –pidió Marina–, me gustaría que me enseñaras esos hermosos vestidos que trajiste de Londres.

–Marina quiere encargarse algunos trajes para la temporada –aclaró la nana–. Por nosotras no os preocupéis –dijo–, ¿verdad? –miró a tía Cati–, aprovecharemos para ponernos al día, hace mucho tiempo que no tenemos ocasión de conversar.

–Está bien,–aceptó Lisel, levantándose–. Subamos a mi habitación y te los mostraré. Ahora ha cambiado un poco la moda, y creo que pronto dejaremos también de utilizar el polisón, he empezado a ver faldas que caen más rectas, con cola, marcando de forma más natural las caderas –le explicó Lisel mientras subían la escalera hacia el segundo piso.

–¡Vamos! –dijo impaciente Marina, que dirigió una sonrisa enigmática a su nana.

La amplia y luminosa habitación de Lisel parecía pequeña, por la cantidad de sombrereras que se apilaban junto al armario. Un par de baúles aguardaban aún ser revisados para seleccionar qué ropas colocar y cuáles descartar.

–Me gustaría ver el vestido con el que debutaste en Londres la temporada pasada. Debe de ser precioso –dijo Marina.

Mientras Lisel lo buscaba los ojos de Marina se depositaron en el escritorio. Se dirigió a él y, con disimulo, tomó un par de cuartillas con las iniciales de Lisel.

—¡Este es! —exclamó Lisel poniéndoselo por encima.

Marina se giró para verla, no sin antes guardar con disimulo en su bolso el papel. Se acercó a Lisel para tocar la tela.

—Es maravilloso, y ese tul... está muy bien confeccionado —alabó.

—Sí. Lady Mersey lo encargó a su mejor modista —le contestó, mostrando aquel hermoso vestido de tul y organdí blanco—. Lo lucí con un collar de perlas de Madrás.

—Umm —aspiró Marina—. ¿Qué perfume usas? —preguntó.

—Es una fragancia que tiene como base la vainilla. En Londres hay un perfumista muy afamado que crea unas fragancias únicas. Te enseñaré el frasco, es una preciosidad. —Lisel se dirigió al tocador, abrió uno de los cajones y tomó, con cuidado, uno de los frascos que había traído consigo.

—¿Cuántos tienes? —preguntó Marina al verlos.

—Bastantes, me gusta ir bien perfumada todo el día, y estaba segura de que aquí no lo encontraría. Huélelo si quieres —destapó el frasco—, mientras volveré a colgar el vestido para que no se arrugue.

Marina apreció que en realidad era una esencia sublime. Cerró el frasquito y se lo guardó en el bolso con cuidado de no manchar el papel.

Una sonrisa de victoria llenaba la cara de Marina cuando, con paso firme y seguro, tomó el camino a casa. La nana la miraba impaciente.

—¿Y no piensas explicarme tu plan, hija? —le preguntó de nuevo.

Como cada tarde, tras las horas de visita y hasta el momento en que se servía la cena, a Lisel le gustaba entretener el tiempo con una buena lectura. Consultó el reloj de pared de su habitación cuando oyó la campanilla de la entrada, alguna visita de negocios para su padre, pensó, pero, más tarde, fue en su puerta donde sonaron unos suaves golpes.

–Su padre le pide que baje a su despacho, señorita –le explicó Margarita sin acabar de entrar.

Lisel se extrañó, marcó la página y revisó su atuendo frente al espejo. La voz que hablaba con su padre le resultó familiar, una voz grave…

–¡Hija! –Su padre la recibió en el despacho sonriente–. Pasa, pasa.

Lisel miró al visitante. El señor Baßler estaba elegantemente vestido, al estilo inglés, con su pelo negro y ensortijado peinado hacia atrás, aunque estaba segura de que en cuanto se secara volvería a tomar su forma natural, aquella que le daba un aspecto salvaje.

–El señor Baßler ha pedido hablar contigo, así que les dejo en mi despacho para que puedan hacerlo con tranquilidad. –Sagnier abandonó el despacho con una sonrisa en los labios.

La puerta se cerró. Willhelm la miró, pensando si había sido buena idea dejarse llevar por aquel instinto que, desconocido para él, le empujó a presentarse en aquella casa. Ella le miraba extrañada.

–Lisel –dijo él por fin, acortando la distancia entre los dos.

–¿Señor Baßler? –respondió ella, dando un paso hacia atrás, no le agradaba que se le acercara tanto.

–Seré directo, no me gusta perder el tiempo con florituras y palabras vacías como esos nobles suyos –le dijo bruscamente.

Ella le miró, un tanto airada por sus palabras.

–Señorita Sagnier, ¿quiere ser mi esposa? –le preguntó él con su habitual tono de seguridad, marcando las palabras.

Los ojos de Lisel se abrieron de par en par por la sorpresa, en realidad no sabía qué le había molestado más, si su petición o las formas. Tomó un poco de aire, intentando calmarse antes de contestar.

–Señor Baßler... –empezó.

–Por la expresión de su cara se diría que la he ofendido profundamente, Lisel. –Él no la dejó acabar.

–¡Y lo ha hecho, señor! No me explico cómo se le ha podido pasar por la cabeza la alocada idea de proponerme matrimonio a mí –remarcó–. Obviamente, no está usted socialmente a mi altura, señor. Ni con todo su dinero podría comprar la clase y la nobleza para emparentar con una mujer como yo.

–Quizá prefiera meditarlo un poco –insistió él.

–¡No es necesario! –El rostro de Lisel se encendió ante aquella postura de él, irónica, despreciando unas diferencias tan evidentes entre los dos–. Todos ustedes –estaba claro que se refería a los indianos– buscan emparentar con una señorita de mi clase para darle brillo a su dinero, pero usted, señor Baßler, usted –insistió–. ¡Usted ha puesto sus ojos en alguien que está fuera de su alcance!

El roce que sintió en sus piernas, por la amplia falda de su vestido al girarse, fue la única caricia que Willhelm iba a obtener de aquella mujer. Las facciones de su rostro se endurecieron, la imagen de su padre apareció en su mente, recordó la casa en la que estaba, el apellido de aquella pelirroja altiva y orgullosa y se enfadó consigo mismo por haber bajado la guardia.

En el salón contiguo, la sonrisa que lucía Francesc Sagnier se petrificó en su rostro al ver salir a su hija. Era evidente que la conversación no había ido bien. Ella pasó frente a él sin ni siquiera mirarlo, enfadada como estaba por aquella encerrona. Pero tras ella apareció Willhelm Baßler, que se caló el sombrero sin esperar a llegar a la puerta de salida. Se paró un segundo frente a Francecs Sagnier, sin percatarse siquiera de la presencia de tía Cati.

Su rostro parecía de piedra, y el tono de su voz heló la estancia.

—Señor —dijo únicamente antes de encaminarse al exterior. Willhelm cruzó el jardín con paso firme, necesitaba alejarse de aquella casa y de sus habitantes, en especial de Lisel. Que ella le rechazara era lo mejor que podía haber pasado, pensó. No acababa de entender qué loco impulso le había llevado a pedirla en matrimonio, pero a partir de ese momento lucharía con todas sus fuerzas para darle la vuelta a sus ganas por aquella mujer.

Desechó el carruaje, haciendo un gesto al calesero, volvería caminando. Necesitaba ordenar sus pensamientos, necesitaba volver a tener presente quién era él y quién era ella.

Tía Cati comprobó que su sobrina no atendía sus palabras, pero se las repitió de nuevo.

—¡Ay sobrina! No deberías dejar llevarte por ese temperamento que tienes, eres demasiado impulsiva. Deberías haberle dicho que lo pensarías y decirle que le darías una respuesta más tarde, en unos días. Deberías haberte mostrado más amable con él —le aconsejó.

—Tenía muy clara cuál iba a ser mi respuesta, ahora y dentro de un mes, un año, dos… Pero ¡cómo ha pensado ni por un momento que podía acceder a ser su esposa! ¡Por Dios! —Lisel paseaba nerviosa por la habitación—. ¡Ese hombre…! —Recordó molesta el beso que le robó—. ¡Ese hombre está totalmente desubicado!

CAPÍTULO 23

Verdades

Tía Cati enseguida notó que algo no iba bien. Desde el ventanal observaba a su sobrina hablando acaloradamente con el marqués de Marmany. Últimamente nada parecía ir bien en aquella casa. Su cuñado parecía más huraño y preocupado desde que Lisel rechazara al señor Baßler, y Lisel no parecía que fuera a ceder, antes, al contrario, sus paseos con el marqués eran casi diarios desde la proposición del señor Baßler.

Su sobrina entró en la casa sin pasar por el salón, tía Cati la vio subir la escalera todo lo rápido que sus amplias faldas se lo permitían. El seco golpe que sonó al cerrar la puerta de su habitación le retumbó en los oídos.

Abandonó del todo su labor y subió la escalera. Tras la puerta le pareció escuchar un sollozo, así que entró sin tocar. Lisel paseaba iracunda por la habitación con los ojos enrojecidos.

—¡Lisel! ¿Qué ha pasado? —Tía Cati se acercó a ella algo asustada.

—¿Te ha hecho algo ese marqués? Ya te dije que había algo en él que no me convencía. —Tía Cati miró por la ventana, aquel hombre seguía allí.

—¡Tía! —casi gritó. Lisel sentía que le ardían las mejillas, su mirada proyectaba una gran rabia—. ¡No sé por qué me habéis hecho venir aquí, yo era feliz con mi vida en Londres! ¡No tenía que haber vuelto! —se quejó Lisel.

—Pero ¿qué ha pasado? ¡No me asustes, hija! ¡Cuéntame! —le pidió.

—¡Mira! —Lisel le entregó un trozo de papel arrugado. Tía Cati lo abrió con rapidez, intentando averiguar qué estaba pasando. Reconoció el papel, tenía grabadas las iniciales de Lisel.

—Pero… —tía Cati miró a su sobrina— ¿habías citado al marqués para verte con él a solas? ¿En la trastienda de un taller de costura? —preguntó escandalizada y sorprendida.

—¡Obviamente no, tía! —contestó Lisel indignada.

—¿Y entonces? Esta es tu letra. —Tía Cati no entendía nada.

—No, tía Cati, no. Es mi papel de cartas, y es una imitación de mi letra, pero no la he escrito yo. —Su pecho mostraba una gran agitación. Lisel cerró un momento los ojos, intentando calmarse antes de seguir hablando—. Este papel lo ha escrito Marina…

Tía Cati abrió los ojos de par en par, recordó la visita de aquellas dos…

—Citó al marqués como si fuera yo —le explicó—. Cuando él llegó al lugar de la cita se la encontró a medio vestir, en una estancia en penumbra, la muy…, se había perfumado con mi fragancia, también la robó el día en que insistió en que le enseñara mi guardarropa.

—¡Ohh…! —exclamó tía Cati sentándose en el borde la cama. Volvió a mirar el escrito.

—Lo tenían todo preparado, tía, su visita aquí, robar mi papel de cartas y mi fragancia. En cuanto el marqués llegó al lugar de la cita su nana se las ingenió para entrar, acompañada de la dueña del taller, y encontrarlos juntos.

—¡Ohhh…! Pero ¿por qué? —quiso saber.

—¿Por qué? —respondió Lisel—. Porque así obliga al marqués a «reparar su honor». Y él no podrá negarse, primero porque fueron sorprendidos, y segundo porque el tío de Marina no permitirá una afrenta así. No permitirá que el buen nombre de su sobrina quede mancillado.

—¿Te lo ha explicado él? ¿Y cuándo pasó todo esto? —quiso saber tía Cati.

—Ella sabía de las atenciones que me ofrecía el marqués, y le ha tendido una trampa para que se vea obligado a casarse con ella —explicó Lisel mientras se enjugaba las lágrimas. Se sentía humillada, rabiosa.

—¡Oh! —tía Cati se levantó indignada—, de todas formas, ese hombre ¿cómo pudo pensar que tú lo citarías privadamente? —Tía Cati se acercó a su sobrina—. Lisel, no me digas que te habías enamorado de él. —Se le encogió el corazón.

Lisel la miró, secando las lágrimas de sus ojos.

—¡No! —Sacudió la cabeza—. ¡No! —repitió—, claro que no. Es solo que me había acostumbrado a su compañía, a su conversación... ¡Y me siento humillada, tía! Toda Barcelona me ha visto paseando con él día tras día y, ahora, de repente, verán que se casa con otra. ¡Parecerá que me ha dejado plantada!

—Pero tú no tenías nada con él. No estabais prometidos. Reconozco que los hombres con uniforme tienen su atractivo, y más él, con su título de marqués, pero...

—¡Esa Marina es una...! —Lisel se dirigió al armario, lo abrió de par en par y empezó a vaciarlo.

—¿Qué haces? —preguntó su tía sin entender.

—¡Me vuelvo a Londres! Necesito alejarme de aquí, de toda esta mediocridad.

—¡Pero es que no puedes irte! —Tía Cati intentó frenarla.

—No tiene sentido quedarme aquí por más tiempo. —Lisel estaba decidida a recuperar su plácida vida de nuevo—. Y no pienso pasar por la vergüenza de que todos me pregunten por él y su enlace con Marina. No pienso pasar esa vergüenza. ¡Me vuelvo a Londres, tía! ¡Está decidido!

—¡Ay, Lisel! No lo entiendes, hija. Es que no puedes irte. Ya no puedes volver a Londres —le repitió. Tía Cati se sentó sobre la cama escondiendo su mirada.

Lisel le prestó más atención, su tono era serio, preocupado.

—¿Por qué dices eso? ¿Qué quieres decir? —Lisel no acababa de entender qué estaba pasando, pero empezaba a pensar que su vuelta de Londres escondía algún motivo más que una simple visita familiar.

—¡Ay! —tía Cati apretó entre sus manos el papel de cartas—, tu padre debió hablar contigo en cuanto llegaste. Le dije varias veces que hablara contigo —repitió.

—¿Hablarme de qué? Por favor, tía. ¿Qué ocurre? —Lisel solo deseaba que no se tratara de más contrariedades.

—A mí no me gustaba ese marqués, pero quizá hubiera sido una buena solución para asegurar tu futuro. ¡Tu padre está arruinado! ¡Ya lo dije! —Tía Cati sintió un alivio momentáneo, cortado al ver cómo el rostro de su sobrina palidecía ostensiblemente.

—¿Qué? —A Lisel apenas le salió un hilo de voz—. No puede ser, mi padre es dueño de un banco, mira esta mansión. ¡Somos ricos, tía! Estás equivocada.

—¡Ojalá! Pero no, hija. Tu padre está totalmente arruinado. Lo ha perdido todo, incluso esta casa. ¡No tiene nada, nada! —repitió—. No sé qué va a ser de nosotros a partir de ahora.

Lisel escuchaba sin llegar a entender sus palabras. Debía referirse a otra familia, a otra gente. ¡Ella era Lisel Sagnier y en Londres le esperaba un gran futuro!

—Él dice que algunos negocios le han ido mal, que ha hecho inversiones muy arriesgadas, pero he oído cosas… —Tía Cati meneaba la cabeza.

—¿Qué cosas? —preguntó Lisel.

—¡El juego, Lisel! ¡Lo ha perdido todo en el juego, apostando! Al parecer tenía la esperanza de que te casaras con el señor Baßler, él podía ofrecerle el respaldo económico que necesitaba para salir del bache, pero al rechazarle tú, no sé…, creo que invirtió en el ferrocarril, pero parece que ese negocio también le ha fallado y…

—¿Y qué? —preguntó Lisel angustiada viendo que aquello que le contaba tía Cati podía ser verdad.

—Que se jugó lo poco que le restaba, y para entrar en la partida ofreció en garantía las escrituras de esta casa y lo poco que le quedaba del banco como aval..., al señor Baßler —añadió.

Lisel se sentía mareada. Recordaba con dificultad la poco romántica y educada proposición de Willhelm y su airada respuesta. No podía ser que ahora aquel hombre fuera el dueño de todo lo que antes había sido de su familia. Algo así simplemente no podía ser cierto.

—Pero yo... —balbuceó Lisel—, yo al menos tendré mi dote. Con eso puedo volver a Londres y aceptar una buena propuesta de matrimonio. Esto no tiene por qué saberse allí. No tiene por qué perjudicar mi nombre.

—No hay dote, Lisel —respondió tía Cati—, ya no.

—¿Se ha jugado mi dote? —Ahora sí necesitaba sentarse. La sola idea de imaginarse pobre, de tener que abandonar aquella casa para ir a, ¿para ir adónde? Ahora sería como su tía, que no tenía nada, que durante años había vivido gracias a la generosidad de su padre. Pero ¿y ella? ¿Cómo viviría ella? Si esto se sabía serían unas apestadas socialmente, ya nadie las invitaría a las recepciones, a las casas. Les retirarían el saludo en la calle... No. Aquello no podía estar pasando. ¡No a ella!

—Pero no te preocupes, sobrina, tú siempre podrías dar clases de música u ofrecer tus servicios como institutriz... —le propuso tía Cati para animarla—. En cambio, yo...

Lisel levantó la cabeza como un relámpago al escuchar a su tía. Ir por las casas para dar clases, en las mismas en las que hasta ahora era la invitada principal, ver cómo sus conocidas concertaban buenos matrimonios con los que hasta hace poco eran sus pretendientes... Las paredes de su habitación empezaban a girar a su alrededor.

—¿Dónde está mi padre? —El tono de su voz era áspero, una sequedad desconocida le recorría la garganta y le dificultaba la respiración. El sofoco se apoderó de su rostro mientras bajaba la escalera en busca de su padre. Abrió la puerta del despacho con tanta energía que se cerró de nuevo, dando un fuerte portazo tras de sí. Sagnier se sobresaltó.

–¿Qué has hecho con el dinero de mi dote? –le preguntó ella directamente.

Sagnier palideció, se puso en pie y miró a tía Cati, que llegaba en ese momento.

–Hija, siéntate –le pidió él.

–¡No quiero sentarme! Quiero que me expliques si es verdad lo que me acababa de decir tía Cati, ¿estamos arruinados?

–Es algo temporal, lo solucionaré, no te preocupes. –Mientras hablaba se aflojaba el nudo del lazo.

–¿Nos van a echar de la casa? –preguntó de nuevo Lisel, su angustia iba en aumento.

Sagnier volvió a mirar a tía Cati molesto.

–Ya no tiene caso seguir ocultándolo. Tiene derecho a saberlo –respondió tía Cati ante su mirada de reproche.

–El banco ha pasado por una temporada difícil, muchos viticultores no han podido hacer frente a los préstamos que les hice, y yo ya tenía comprometidas esas partidas. Algunas inversiones en bolsa no han dado el resultado esperado, con eso pensaba reponerme... –Sagnier tuvo que aflojar del todo el nudo de su lazo. Repitió una vez más aquellas mentiras. El piso parecía moverse bajo sus pies.

–Y el juego, ¿no ha tenido nada que ver? ¿Te has jugado mi dote? –le recriminó Lisel con lágrimas en los ojos.

–Hija –intentó acercarse a Lisel, pero al ver su reacción se frenó–, pensé que podría ganar parte del dinero en una partida, estaba en racha, tenía que doblar la apuesta y puse las escrituras de la casa como garantía. –Se secó el sudor de la frente con su inmaculado pañuelo–. Cuando la perdí me entró el pánico, y cogí el dinero de la dote para intentar recuperar al menos la casa. Y ahora estamos sin nada, el banco está en bancarrota, en cuanto el señor Baßler quiera retirar su dinero o hacer uso de las escrituras que le ofrecí como aval no sé qué pasará, no podré hacer frente a nada. –Se derrumbó sobre el sillón.

–¿Podrías ir a la cárcel? –A Lisel le entró pánico. Eso ya sería su entierro social.

–Quizá no hubiera sido mala idea aceptar la proposición del señor Baßler –acertó a decir tía Cati.

CAPÍTULO 24

Orgullo

Willhelm levantó la cabeza al oír el nombre de la visita. Dejó la pluma para prestar más atención a las palabras de su mayordomo.

—La señorita Sagnier, señor —repitió Héctor.

—Hazla pasar, por favor. —Willhelm se levantó para recibirla. Bajó las mangas de su camisa y comprobó que esta se mantuviera dentro de los pantalones, aunque no se puso la chaqueta. No para recibirla a ella.

Lisel entró con el cuerpo erguido, se sentía incómoda en aquella casa.

—Lisel. —Al pasar junto a él Willhelm notó aquella suave fragancia a vainilla que desprendía su piel—. Tome asiento, por favor —la invitó con un ademán.

—No será necesario —Lisel aclaró su voz—; seré breve. —Ella le miró por primera vez, se fijó en que iba en mangas de camisa.

—Dígame, para qué soy bueno. —Disfrutaba expresándose de forma vulgar ante ella, buscaba irritarla. Le pareció que Lisel tragaba saliva. El color de su piel le pareció demasiado blanco. Unas leves ojeras adornaban su expresión.

—Quería decirle que mi rechazo a su proposición del otro día no fue definitivo. —Ya está, pensó ella. Ya lo dije. Lisel alcanzó a ver, por el rabillo del ojo, el desconcierto en él.

—¿Se refiere a mi proposición de matrimonio? —quiso aclarar—. ¿A cuando me dejó, muy, pero que muy claro, que por mucho dinero que tuviera o le ofreciera nunca podría comprar ni su clase ni su apellido? –Willhelm caminaba lentamente alrededor de ella mientras le hablaba–. ¿De repente ha descubierto que está enamorada de mí? –Él la observaba con atención.

–¡No diga tonterías! ¡No se equivoque! –Ella dio un paso atrás, separándose de él–. Esto nada tiene que ver con el amor. –Sus ojos violetas apenas podían disimular su malestar–. Si todavía está interesado debe tomarlo como un matrimonio de conveniencia. ¡Con condiciones! –añadió.

–¡Ah! –exclamó él–. ¿Condiciones? –Willhelm hizo un ademán con las manos, indicando que esperaba escucharlas.

–Sé que tiene varios pagarés de mi padre y las escrituras de nuestra casa. Me casaré con usted. –Hizo una pausa buscando el aire que no parecía llegar a sus pulmones–. Me casaré con usted –intentó de nuevo–, si nos devuelve la casa y el banco. Y le perdona el resto de la deuda a mi padre. Y mi tía viviría con nosotros –añadió.

Willhelm se incorporó, estaba apoyado sobre la mesa.

–Veo que cuando le hice mi proposición erré en gordo –contestó él.

–¿A qué se refiere? –preguntó ella, temiendo que la rechazara.

–A que cometí el error de no pujar lo suficiente por usted. Está claro que sí está en venta, solo que no atiné con el precio. –Se acercó para hablarle cara a cara, muy cerca–. Es usted más cara de lo que pensaba. Y no suelo equivocarme cuando pujo por el ganado en las ferias.

Lisel se sintió como si la hubiesen abofeteado. Era la segunda gran humillación que recibía en pocos días.

–No hay duda de que ha sido una mala idea venir hasta aquí. Lo hice pensando en que habría algo de caballerosidad en usted, pero me equivoqué. –Lisel se dirigió hacia la puerta, pero él la frenó con su cuerpo.

–Hablemos claro, Lisel ¿Me está pidiendo en matrimonio? –Willhelm enarcó la ceja, la que tenía cortada.

—¡Por supuesto que no! —respondió ella indignada—. ¡Un caballero jamás habría supuesto algo así! —Ella lo miró con desprecio.

—Lo imagino. Así que, si su negativa no era «rotunda»... No, ¿cómo ha dicho? Ah, sí, ¡que no era definitiva! Entonces, ¿es que espera que vuelva a proponérselo? —preguntó Willhelm.

Él esperó su reacción, pero ella solo hizo una leve inclinación con la cabeza, sin acabar de asentir del todo. A Lisel le costaba un mundo lo que estaba haciendo. Ahora Willhelm despojó su tono de cualquier atisbo de romanticismo, e incluso de agrado.

—Señorita Sagnier, ¿quiere ser mi mujer, en esta ocasión? —preguntó.

Ella evitó exponer su rostro a sus ojos, lo notaba ardiendo por la vergüenza y lo poco elegante del momento.

—Sí. Me casaré con usted. ¿Acepta mis condiciones? —Quiso dejar claro antes.

—No del todo. No puedo fiarme de su padre, y creo que de usted tampoco. Ha demostrado ser muy voluble en sus decisiones —le respondió Willhelm.

—¿Entonces? —preguntó ella agitada.

—Le haré una contraoferta. Su padre podrá seguir viviendo en la casa, incluso estará al frente del banco, de cara a los clientes, pero todo seguirá siendo mío. Asumiré su deuda. ¡Su millonaria deuda! —remarcó—. Espero que merezca usted la pena. Es una gran inversión. ¡Ah!, y no se preocupe por haber perdido a sus «lores y nobles» —le dijo él en un tono tranquilizador—, a mi lado también tendrá un título nobiliario.

Ella le miró extrañada y un poquito esperanzada. Quizá...

—¡A mi lado —él hizo una pausa— será la Princesa del Azúcar! —Su sonrisa socarrona acabó de airarla—. ¡Bienvenida a la aristocracia del azúcar, Lisel!

Lisel abrió la puerta e intentó salir a toda prisa de aquella estancia, pero el encaje del puño del vestido la frenó al engancharsele en el picaporte de la puerta. Viendo la cercanía de él apartó el brazo, rompiendo en su huida el encaje.

—¡Vamos, Margarita! —le dijo a su doncella, que esperaba en el vestíbulo.

A Lisel las mejillas le ardían, caminaba deprisa, tenía ganas de llegar a casa, de estar a solas, de pensar en todo lo que había pasado en ese fatídico día. Iba tan deprisa que no vio a la pareja que pasaba a su lado.

—¡Lisel!

La voz femenina le resultó familiar. Levantó la mirada y se encontró con Marina y Gerard. Tomó aire. Saludó con un leve gesto de cabeza.

—Pronto te llegará la invitación a nuestra boda —le anunció Marina sonriente, asiéndose aún más al brazo de Gerard—. Espero que asistas a la ceremonia, puedes venir acompañada —añadió con sorna.

—¡Enhorabuena, a los dos! —contestó Lisel secamente.

—Sí, enhorabuena a los dos. —Willhelm se sumó al grupo. Tomó suavemente a Lisel por la cintura—. ¿Te parece que les demos la noticia, Lisel?

Ella lo miró totalmente azorada. No lo esperaba. ¿La había seguido? Por un instante pensó que se desmayaría de la vergüenza.

—Lisel y yo estamos prometidos. —Willhelm sonrió, mirando a su prometida.

—¡Oh! —Marina se sorprendió—. Espero que no coincidamos en la fecha de la boda al menos. Tenemos tantas amistades en común... —Marina se preocupó ante la posibilidad de que una ceremonia más fastuosa, como aquellas que organizaban los indianos retornados, pudiera eclipsar su enlace. Casi sin despedirse siguió andando. Gerard la alcanzó después, le costaba reaccionar ante la noticia.

–¿Qué hace aquí? ¿Me está siguiendo? –preguntó Lisel a Willhelm cuando se quedaron solos.

–Se lo ha dejado. –Él le entregó su costosísima sombrilla de encaje.

Ella la agarró con un gesto enérgico, le dio la espalda y siguió caminando.

–¡Dígale a su padre que ya pasaré por su casa para pedir su mano oficialmente, por segunda vez! –Alzó la voz para asegurarse de que ella podía oírle todavía.

Lisel se giró para mirarlo. Su cara expresaba hasta el infinito su desagrado, después Willhelm la vio alejarse con aquel caminar que hacía que la tela de la falda se balanceara a su paso. Sus ojos recorrieron una vez más aquel hermoso cuerpo, que rezumaba femineidad en cada uno de sus rincones, en su cabellera rojiza, en su mirada, en sus finos ademanes. Trató de imaginar su figura, su elegante vestido y su sombrilla de encaje en su mundo y en su vida. Recordó las manos de Lisel al piano, aquellas manos que, con solo acariciar las teclas, arrancaban el más bello sonido. Y las imaginó sobre su cuerpo, acariciando su piel. Por primera vez, entendió a su padre.

CAPÍTULO 25

Una nueva vida

El capitán general de Cataluña, Robert Baltrà, consultó de nuevo su reloj de bolsillo, el doctor llevaba más de una hora encerrado en la habitación con su mujer.

—¡Maldita sea! ¿Es que esta mujer no piensa parir nunca? —se quejó mientras seguía dando pequeños paseos consultando, una y otra vez, el reloj de pared.

Marina y su nana cruzaron una mirada, no confiaban mucho en la fortaleza de Jana, apenas había engordado durante el embarazo. Observaban en silencio al capitán general, que miraba de vez en cuando hacia arriba, esperando que el dichoso doctor asomara la cabeza por el pasillo con su vástago en brazos.

Las doncellas habían entrado y salido varias veces de la habitación con baldes de agua caliente y toallas. Por fin, el chirriar de la puerta atrajo la atención de los tres. La solemne voz del doctor no auguraba nada bueno. Robert Baltrà subió los escalones de dos en dos, seguido, calmadamente, por las damas.

—Y bien doctor, ¿ya llegó mi heredero? —preguntó con una sonrisa orgullosa en la cara. Por fin sería padre, a pesar de sus años.

—Capitán... —El doctor franqueó la entrada a la habitación con su cuerpo.

—¿Qué ocurre, doctor? ¿Está bien mi hijo? —preguntó, impaciente por ver su cara. Solo pedía que se pareciera a él y no sacara nada de la pánfila de su madre.

—Capitán —repitió el doctor—, tiene que saber que

su esposa está bien, algo fatigada por el esfuerzo, pero bien.

–Bien, bien –respondió Baltrà sin mostrar mucho interés por ella–. ¿Y mi hijo? ¿Puedo verlo ya?

–Sí, claro, pero debe saber que es una niña –le informó el doctor.

–¿Qué? ¿Cómo puede ser? –preguntó contrariado alzando la voz–. ¡No puede ser! ¡Tiene que ser un varón! –exclamó, apartando al médico de un empujón para comprobarlo por sí mismo.

Su gesto de enfado y contrariedad dejó paso a la extrañeza.

–¿Qué es esto? –preguntó confuso, señalando al bebé.

El doctor se acercó a él cuidando de no elevar demasiado la voz y no despertar a Jana, que había quedado exhausta.

–Su hija presenta los síntomas de padecer una deficiencia mental –le aclaró.

–¿Qué diablos es eso? –A Baltrà no le importaba despertar al mismísimo diablo.

–Bien, como le digo, presenta todos los síntomas que describe el doctor Down… –El doctor intentaba calmarlo con su tono de voz.

–¡Me importa un carajo quién describe nada! ¡Le he hecho una pregunta! ¿Qué tiene?, y háblame en cristiano –le exigió a voz en grito.

–Digamos que su hija no tendrá un desarrollo normal –el doctor volvió a observar la carita aplanada del bebé y las manchas blancas en el iris–, tendrá ciertos retrasos.

–¿Una retrasada? ¿Es una subnormal? ¡Una retrasada no llevará mi apellido! ¡Esa cosa no puede ser hija mía! –Agarró por las solapas al doctor–. Yo soy el capitán general de Cataluña, ¿entiende? ¡No puedo presentar a una retrasada como hija mía!

–Por favor, cálmese, su esposa necesita descansar. –El doctor Fréderic Santacana intentó en vano apaciguarlo.

—¿Mi esposa necesita descansar? —repitió con los ojos inyectados en sangre por la ira que sentía. De buena gana la sacaba de la cama y la echaba de la casa en este preciso momento, ¡junto con aquel engendro!

—Intente tranquilizarse. Pasaré mañana para ver cómo se encuentran su esposa y su hija. —El doctor recogía su material en el maletín, dudando si sería bueno dejar a aquella pobre mujer desprotegida en esa casa.

Marina y su nana miraban al bebé, era una niña de escaso pelillo rubio, sus ojos parecían azules, la miraban intentando ver aquellas facciones que delataban su enfermedad. Escuchaban al capitán general hablar a gritos abajo con el doctor.

—¡Tú! —reclamó Marina a Dorita, la doncella de Jana—, acaba ya de limpiar todo esto, y retira toda esa ropa ensangrentada. —Marina puso un gesto de asco—. ¡Vamos abajo, nana! ¡Salgamos de aquí, no sea que nos contagien algo esas dos!

El rostro de Jana se empapó con las lágrimas que inundaron sus ojos. Apretó al bebé contra su pecho. Miró la carita de aquel ángel que acababa de llegar a su vida. Ahora tenía algo por lo que seguir adelante. Al sentir el palpitar de su corazoncito, el suyo se llenó de energía, a pesar del inmenso cansancio que la invadía.

CAPÍTULO 26

Rosa de plata

Lisel contemplaba su imagen en el espejo. Aquel maravilloso vestido de novia se ajustaba a su cuerpo. Necesitó sentarse un momento, su mente se esforzaba en recordarle todo lo que había pasado en el último mes.

Por obligación asistió a la boda del marqués de Marmany con la insoportable Marina. Todo un escándalo social que circulaba de boca en boca. ¡Unos novios que se casaban sin esperar el tiempo de las amonestaciones!

Al menos en su caso todo parecía cumplir con las normas de etiqueta. Los regalos de los invitados llevaban ya varios días expuestos en la quinta, que mantenía sus puertas abiertas para aquellos que querían pasar a verlos.

Y por fin llegaba el momento. Allí estaba ella, frente a aquel espejo que se empeñaba en devolverle la imagen de una novia que se parecía a ella. A pesar de que nunca esperó un matrimonio por amor, jamás pensó que aquel sería su destino. ¿Dónde quedaron los vaticinios de madame Bodleian? ¿Dónde estaba el marido con título nobiliario?

Recordaba sus paseos por Londres, sus tardes de tertulias y música, sus conversaciones con aquellos educados y finos caballeros. Pensó en lady Mersey, en que tenía que escribirle, pero ¿cómo explicarle que iba a desposarse con un indiano? Un hombre sin apellido noble que le avalara, alguien que se dedicaba al cultivo de la caña de azúcar en una alejada colonia.

Tía Cati la miraba esperando una respuesta, pero su sobrina parecía estar en otro mundo.

—¡Algo prestado! —le volvió a repetir tía Cati—. ¡Debes llevar algo prestado, sobrina! —Tía Cati le volvió a mostrar las finas perlas que ella lució el día de su boda—. Solo espero que seas tan feliz como lo fui yo. Aunque el mío fue un matrimonio corto —se quejó.

—El tuyo fue por amor, tía —le replicó Lisel molesta—. Esto es una simple transacción comercial, un acuerdo que nos evitará la ruina, la vergüenza y el deshonor. Da lo mismo que lleve algo prestado, viejo o nuevo. Esto será un fracaso de principio a fin —vaticinó.

Tía Cati miró a su sobrina, preocupada.

—¿Y ya sabes dónde iréis de viaje de bodas? —Quiso distraerla un poco.

Lisel negó con la cabeza.

—No lo hemos hablado. En realidad, no hemos hablado de nada, no me quedaron ganas de hablar nada más con ese hombre. Pero preferiría no tener que lucirme con él por ningún lado. La única ventaja que le veo a este matrimonio es que, en algún momento, tendrá que volver a su isla, a hacerse cargo de su plantación. Seguramente estará continuamente viajando y nosotras, tú y yo, disfrutaremos de una cómoda vida aquí.

—¡Ay, hija! Dicho así suena muy triste. —Tía Cati abrió los ojos, rechazando tan lúgubres palabras.

—Y lo es, tía, yo siempre pensé que mi vida transcurriría en Inglaterra, como esposa de un lord, y no, no así... —Tragó saliva.

—Pues, aunque no lo quieras ver, ¡tu futuro marido es muy buen mozo! Y no es ningún viejo, solo te lleva unos años, hija. De todas formas, mejor el señor Baßler que el marqués, para mí que no es más que un cantamañanas. Tu amiga se ha prendado de él, de un «bueno para nada».

—No me los nombres, por favor —le pidió Lisel, que no podía olvidar su desaire, su vergüenza ante sus amistades, el que la hubieran visto paseando frecuentemente con Gerard de Marmany y que de repente él anunciara su enlace con otra.

–Está bien, está bien. Perdona. Vamos a terminar de arreglarte o no llegaremos a tiempo a la iglesia. Tu padre espera nervioso abajo –le dijo.

–¡Pues ni crea que va a manejar dinero! El señor Baßler no es ningún tonto. Todavía no sé cómo ha aceptado esta farsa. –Y en realidad no lo entendía.

–Yo te lo diré, porque a ese hombre le interesas tú. Quizá deberías plantearte darte una oportunidad con él –le propuso.

–¡Tía! –exclamó Lisel, indignada por la idea de que, en algún momento, ella fuera capaz de corresponderle.

Los ojos de Gerard hablaban por él. Por primera vez sintió que algo se había roto en su vida. No entendía qué le pasaba. Notaba el brazo de Marina sobre el suyo, diría que tiraba de él para que pegara más su cuerpo al de ella. Fue una tortura recibir aquella invitación, la esquela de matrimonio que le anunciaba el enlace entre Lisel y Baßler. Aquellas letras doradas sobre la tarjeta satinada se habían quedado grabadas a fuego en su mente. Pero la que sentía ahora era una tortura peor. Allí estaba, en la iglesia de la Concepción. La que hasta ese momento había sido una bella iglesia gótica, cuyo claustro invitaba a la calma, al paseo, a la meditación, ahora mostraba unas altas y pesadas columnas de piedra que semejaban los barrotes de una prisión, unos barrotes que apretaban sin piedad su corazón.

Vio llegar a Lisel, con el misterio que aquel velo blanco le daba a sus ojos y a su boca. Ella caminaba sin prisas, con su porte de dama inglesa. Sus pasos eran cortos, lo que provocaba un suave vaivén en el vuelo de su amplia falda, su silueta avanzaba perfectamente dibujada por la ropa que la envolvía. La tiara de plata contrastaba entre sus cabellos rojizos. Era un sueño de mujer. Y como un sueño se estaba desvaneciendo ante él con cada paso que la acercaba al altar.

Su cuerpo le pedía que se despegara de Marina, que se acercara a Lisel, que la robara de allí. Aquellos arañazos que sentía en su estómago y en su corazón eran celos. ¡Celos! Estaba enamorado de ella profundamente y lo descubría en ese momento. Justo cuando iba a entregarse a otro hombre.

Y ella seguía avanzando por el pasillo, solemne, mirando a derecha e izquierda, agradeciendo con un leve movimiento de cabeza la compañía en aquel momento de sacrificio.

—Lisel... —La voz de Gerard apenas fue perceptible cuando ella pasó a su lado. Contuvo sus ganas de pararla, de sujetarla, de quedársela.

Lisel lo vio, a su lado estaba Marina, la nueva marquesa. Y ella... ella pasaría a ser la Princesa del Azúcar. Apenas sentía aquellos finos rayos de sol que atravesaban los vitrales, unos rayos empeñados en señalar el camino al altar, como si ese fuese su destino, su único destino.

Cuando el carruaje que los esperaba en la puerta de la iglesia inició el trote, Lisel solo recordaba cómo al llegar al altar se situó a la izquierda de Willhelm. Recordaba que se había desprendido de los guantes entregándoselos a su tía junto con el ramillete de flor de azahar. Su siguiente recuerdo era el momento en que, con la mano temblorosa, firmaba el registro matrimonial. Después se veía recorriendo de nuevo la nave central de la iglesia para salir de ella como la señora Baßler.

Un gran séquito de criados, perfectamente alineados y uniformados, daban la bienvenida al cortejo nupcial a la Quinta Baßler. Aunque muchos supusieron que se celebraba allí por lo espacioso de la casa y el jardín, a Lisel le quemaba por dentro que tuviera que ser Willhelm el que pagara el convite, en lugar de su padre. ¡Pero ya no tenían nada! Durante la comida evitó la mirada del que ya era su marido, a pesar de que él no se despegaba de ella. Tras el almuerzo se hizo el silencio. Willhelm se levantó, retirando con cuidado su asiento.

–¡Quiero proponer un brindis por mi esposa! ¡Por Lisel! Y aquí, delante de todos nuestros invitados –Willhelm la miró– quiero entregarte un presente muy especial para mí. En realidad, quería habértelo entregado en el momento de la pedida, como marca la tradición, pero no lo terminaron a tiempo –se excusó.

Willhelm ofreció su mano a Lisel para que se levantara, después sacó del bolsillo derecho de su chaqueta una pequeña caja, exquisitamente envuelta. Ella, un tanto sorprendida, la recibió. Al abrirla sus ojos expresaron su sorpresa. Un pequeño murmullo, sobre todo femenino, pedía que mostrara el regalo. El rostro de ella evocó una sonrisa. Giró el estuche y lo enseñó, era un fino broche.

–¡Una rosa de plata! –dijo ella. Una simple rosa de plata. ¡Qué pobre regalo!, pensó, con toda su fortuna hubiera esperado de él una joya de oro o de piedras preciosas, símbolo de las damas de la más alta aristocracia. Willhelm la observaba, notaba su decepción, aunque ella intentara disimularlo. Él tomó un poco de aire antes de seguir hablando.

–Existe una antigua tradición en la Austria Imperial por la que el novio regala a la novia en la pedida de mano una joya, una hermosa rosa de plata… y bien, ya que no te la pude ofrecer en ese día te la ofrezco ahora, Lisel, con la tranquilidad de saber que ya me has aceptado como marido.

Los invitados rieron. Lisel también lo intentó, pero sus labios no se movían.

–¿Puedo? –Él se dispuso a prender el broche en su vestido. Ella notó el roce de los dedos del hombre sobre su escote. Un roce suave sobre su pecho, una caricia desconocida, pero venía de él.

Francesc Sagnier y Robert Baltrà, sentados uno junto al otro, se miraron de forma enigmática.

—¿Qué significa esto? —preguntó Baltrà haciendo una mueca.

Sagnier movió la cabeza en señal de negación.

—¡Averígualo! —le ordenó Baltrà, que no ocultaba ya su mal genio, un mal genio que se agravaba cada vez que recibía una nueva felicitación por su reciente paternidad. Tragaba bilis al pensar en Jana y en la hija de esta. Creía que si la sangre le hervía un poco más saldría ardiendo.

—Será una casualidad —le respondió Sagnier, pidiendo que solo fuera eso.

Baltrà dio un golpe sobre la mesa, se encaró a su amigo y masculló:

—¡Las casualidades no existen, imbécil! —Baltrà se secó disimuladamente las gotas de saliva que expulsó al hablar.

Leonor Biarnés, después de disfrutar de algunos bailes se acercó a Lisel.

—Querida —le dijo—, como no tienes madre no sé si necesitas que te explique algo, o quizá quieras preguntarme, sobre la noche de bodas. —Leonor miró hacia donde estaba tía Cati, que todavía parecía tener espacio para algún bocado más—. Tienes a tu tía, por supuesto, pero a veces es más cómodo hablar con alguien ajeno a la familia. —Se brindó.

—Le agradezco el ofrecimiento, señora Biarnés… —contestó Lisel.

—Leonor, por favor. Espero que no te moleste mi amistad con tu marido, pero disfruto de su compañía, me recuerda mucho a mi difunto esposo, un hombre atrevido, tanto en los negocios como en lo personal —sonrió—, y con mucho atractivo. —Le guiñó un ojo. Por la expresión que le devolvió el rostro de Lisel, comprobó que ella no compartía su opinión.

—Quizá, pero es… digamos que no estoy acostumbrada a tratar con este tipo de «caballeros» —contestó finalmente Lisel, que notaba la lejana mirada de Willhelm sobre ella.

–Pues estoy segura de que te alegrarás de este matrimonio, aunque ahora no puedas apreciarlo. –Leonor puso su mano sobre la de la joven.

–No se preocupe por mí, no necesito consejos, gracias –Lisel inclinó levemente la cabeza–, aunque le agradeceré que le pida a mi marido que me dé un tiempo antes de subir a la habitación, quisiera desprenderme de este vestido y arreglarme con intimidad.

–Por supuesto, ve tranquila. Los invitados ya saben que la novia es la primera en retirarse. Te visitaré más adelante, Lisel, tengo entendido que no partís aún de luna de miel.

A Lisel le molestó que aquella mujer supiera más que ella. Él aún no le había hablado de dónde irían de viaje, ni siquiera de si habría luna de miel.

La mirada de Willhelm acompañó a la silueta de Lisel cuando esta subía por la lujosa escalera que conducía a la parte noble de la casa. Apuró su copa. Sin duda ella iba a prepararse para él. Eso era lo que necesitaban, pensó, un poco de intimidad. La convivencia sin duda les traería la oportunidad de conocerse y, por qué no, de amarse.

Cuando Ikalidi salió de la habitación Lisel, que ya tenía deshecho el peinado y vestía una de sus carísimas batas de encaje, abrió el cajón de la cómoda. Con una sonrisa sacó el viejo y tupido camisón que sustrajo a su tía. Si aquel hombre pensaba que le iba a ofrecer sus encantos envueltos en seda estaba muy equivocado.

Vestida con aquella prenda que se ajustaba con un lazo alrededor del cuello y las muñecas, se metió en la cama y se tapó. La habitación, que daba a la parte posterior de la casa, con vistas al jardín, estaba invadida por la fuerte luz de la luna. Su corazón se agitó al oír abrirse la puerta. El toque de las botas de Willhelm sobre el encerado suelo de madera le indicaba que se estaba acercando.

–¿Te ha gustado la fiesta? –le preguntó, intentando romper el hielo con aquella mujer que se empeñaba en marcar distancias con él.

–Ha sido correcta –le contestó ella. El golpe de las botas al caer la sobresaltó. Él se acercó a la cama, Lisel, con los ojos entornados, vio que aún conservaba los pantalones y llevaba la camisa medio abierta y por fuera. Su cuerpo se tensó al notar cómo la cobija se deslizaba hacia abajo. Contuvo la respiración.

–¿Qué es...? –La pregunta de él se interrumpió. Estaba seguro de que aquel camisón no podía ser de ella, pero eso no iba a detenerlo. Se tendió sobre ella, buscando su boca. Quería despertar su deseo, que se entregara a él. Y la besó, pero su boca estaba cerrada, como sus ojos. Ella mantenía los brazos a lo largo de su cuerpo, permanecía quieta, tensa.

Lisel notaba el peso del cuerpo de él. Percibía su olor, pero no era de una fragancia, ni siquiera de un aceite de afeitado, no, era el olor de su cuerpo. Un olor desconocido pero atrayente al mismo tiempo. Intentó concentrarse en el momento que venía, en las palabras de Jana: «Tú espéralo tumbada en la cama, verás que no tienes que hacer nada, él se pondrá sobre ti, subirá el faldón de tu camisón y cuando termine se dejará caer sobre su lado de la cama. Mi marido acaba pronto, quizá el tuyo, al ser algo más joven, esté más tiempo».

Y así era. La mano de Willhelm se perdió bajo el camisón, recorrió su pierna hasta llegar a la cadera, agarró su nalga y la estrujó contra él. Ella apretó más los ojos, sentía el pecho acelerado.

–Abre los labios –le pidió él en un susurro. Ella los separó un poco, pero el resto de su cuerpo permanecía inmóvil, tan tenso que no era capaz de sentir ni siquiera las manos de él–. Lisel, ¿te han explicado algo sobre esta noche? –preguntó él.

Ella abrió sus ojos color violeta.

–Sí, claro. Avísame cuando termines, por favor. –Sus ojos se cerraron de nuevo.

A Willhelm aquellas palabras le cayeron como un jarro de agua helada. Tenía bajo él el cuerpo de una mujer cuyas formas estaba deseando descubrir, con su pelo rojizo esparcido sobre la almohada, pero que se mostraba a él encerrada en un trapo de algodón, ribeteado de cintas, que parecía burlarse de él. Pero estaba bien, si ella lo quería así prescindiría de las caricias, de los besos, la tomaría como montaban sus sementales a las hembras, a fin de cuenta ella tenía razón, aquello no era más que un trato comercial que incluía ese derecho.

Willhelm se levantó cuando hubo terminado, se puso los pantalones y la camisa y así, descalzo y sin abotonarla, se dispuso a salir de aquella habitación. El frío le había invadido el cuerpo, se paró un segundo al pasar junto al tocador, allí estaba su regalo, abrió la cajita y tomó con los dedos la rosa de plata. Se preguntó si no habría sido una maldición entregársela, si aquella joya estaría cargada de los fantasmas del pasado. Se preguntaba si su padre no se estaría revolviendo en su tumba.

La miró, ella parecía dormida. Pero aun así le pareció notar sobre él su mirada despectiva, su porte altivo y su fina ironía al hablarle. La luna seguía iluminando la recámara, inundando la estancia con su belleza, creando una atmósfera propicia para el amor, solo que esa noche se había equivocado de lugar, ¡allí no había amantes que se quisieran!

Al salir de la estancia le llegaron las voces susurrantes del servicio. El tintineo del cristal le confirmó que estaban limpiando, borrando las huellas de la fiesta con la que había celebrado su matrimonio. Se retiró el pelo hacia atrás. Era la primera vez en su vida en la que se sentía perdido.

CAPÍTULO 27

Protección

Lisel y tía Cati empezaban a acostumbrarse a vivir en la quinta. Tras la comida daban un amplio paseo por el jardín, o se sentaban a leer y a hacer labor. Poco a poco llegaban las tarjetas anunciando nuevas visitas, más interesadas en ver la casona que en frecuentarlas a ellas, al menos eso creía Lisel.

Esa mañana Lisel entró en el despacho de Willhelm sin avisar, por eso aún pudo atisbar cómo él guardaba con celeridad el camafeo que estaba contemplando. Alcanzó a escuchar el sonido que la joya hizo al cerrarse. Le pareció que era uno de aquellos que escondían un retrato. ¿Sería el de una antigua enamorada?, se preguntó. ¡Que poco sabía de aquel hombre!

—¡Buenos días! —Willhelm se levantó al verla entrar, salió tras de su mesa de despacho para recibirla. Le gustaba notar su fragancia a vainilla, aunque después fuera una tortura para él no poder disfrutar de su piel y de su cuerpo como le gustaría.

—Sí, claro..., buenos días. —Lisel dirigió una rápida mirada a la mesa, él debió guardar el camafeo en el bolsillo del pantalón o en el cajón, encima de la mesa no estaba. ¿Lo había sorprendido pensando en otra mujer?—. Necesito preguntarte algo —le dijo ella secamente.

Él se limitó a hacer un gesto, invitándola a continuar. Sus ojos se paseaban por aquel hermoso vestido color verde que, en su afán de pegarse a su cuerpo, hacía que sus pechos lucieran de una forma provocativa.

—Quería saber dónde vamos a ir de viaje de bodas. —Ella se acercó al ventanal mientras esperaba la respuesta dándole la espalda. Esa mañana el jardín estaba hermoso. Quizá propondría a tía Cati salir a caminar por la ciudad.

Willhelm la miró sorprendido. Se acercó a ella y, tomándola del brazo, hizo que se girara hacia él.

—Ni siquiera hemos tenido una verdadera noche de bodas —le contestó enfadado—, ¿de verdad te apetece que nos vayamos de viaje juntos? ¿Tú y yo? ¿No estamos ya viviendo una maravillosa luna de hiel?

El rostro de ella se tensó.

—Y entonces, ¿qué diré a mis amistades? ¿Qué no tendremos viaje de bodas? —La respiración se le agitó al pensarlo.

—Eso es lo único que te preocupa, ¿cierto? Lo que puedan pensar tus notables amistades…

Ella se agitó ante aquel nuevo revés.

—Está bien —respondió Lisel fríamente, con toda la calma que pudo acumular—. Diré que tus negocios no te permiten ausentarte por el momento —su mirada se clavó en la de él como un reto. Los acelerados golpes en la puerta de entrada a la casa la sobresaltaron.

—¿Esperas visita tan temprano? —le preguntó Willhelm extrañado.

Lisel negó con la cabeza. Oyeron el gozne de la puerta principal al abrirse y unos pasos ligeros les anunció que se trataba de una mujer que, sin esperar a ser anunciada, se adentraba en la casa.

—¡Lisel! ¡Lisel! —llamó aquella voz.

Era la voz de Jana, una voz agitada, asustada. Los dos salieron a su encuentro.

—¡Jana! ¿Qué ocurre? ¿Qué haces aquí? ¡Y con el bebé! —Lisel se asustó al ver la cara de su amiga.

—Señora Baltrà, ¿qué ocurre? —Willhelm hizo una señal para que cerraran la puerta de la entrada.

—Pero ¿qué ha pasado? —preguntó a su vez tía Cati, que se acercaba alarmada por las voces—. Dame el bebé, muchacha, estás demasiado nerviosa. –Tía Cati cargó al bebé mientras Lisel, agarrando a su amiga por la cintura, la invitó a sentarse.

–Fe, prepáranos un té –pidió Lisel–. Jana necesitas entrar en calor. ¡Estás helada, amiga!

–¿Qué ocurre, señora Baltrà? –Willhelm se fijó en la bolsa que cargaba consigo.

–No puedo quedarme allí, señor Baßler –Jana hablaba a trompicones, entre sollozos–. Va a matar a mi bebé, estoy segura de que quiere matarla. –Rompió a llorar.

Lisel intentó calmarla.

–Tranquilízate y cuéntanos qué ha pasado. Vamos, Jana, aquí estás segura –la animó Lisel, buscando la complicidad de Willhelm.

–Mi marido no acepta a nuestra hija, dice que es un engendro, que no puede ser suya. –Sollozó de nuevo–. Dice que una retrasada no puede ser de su sangre. ¡Pero es su hija, señor Baßler!

–¡Por supuesto! –aceptó Willhelm.

Por primera vez todas las miradas se centraron en la carita del bebé. Tía Cati tiró hacia atrás del gorrito que lo cubría.

–Para él es una vergüenza. Me culpa a mí, dice que si es una tarada lo ha heredado de mí. –Jana se mostraba deshecha, agotada, cansada y llena de miedo.

–¿Le ha hecho daño a usted o al bebé? –preguntó Willhelm. Pero la expresión de temor de Jana y cómo encogió el cuerpo ante su pregunta le contestaron.

–Hasta ahora no me importaban sus malas maneras, su desagrado conmigo…, pero no permitiré que le haga daño al bebé. ¡Ahhh! ¡Debe ser él! –exclamó sollozando Jana al escuchar los golpes en la puerta.

–Tranquila, señora Baltrà. –Willhelm se dirigió a la entrada. Hizo un gesto a Ikalidi para que abriera–. No permitiré que le pase nada –le dijo desde la puerta.

Baltrà se encaró con la doncella.

–Anuncia que el capitán general Baltrà está aquí. ¡Vamos! –le apresuró.

–Capitán general. –Willhelm se paró frente a él.

–Señor Baßler, vengo a buscar a mi esposa. Dígale que salga o yo mismo entraré para sacarla. –Sus ojos estaban inyectados en sangre. Un gran coraje le atravesaba al pensar que aquella imbécil fuese precisamente a refugiarse en aquella casa.

–No le he invitado a entrar, señor –replicó con dureza Willhelm.

–No necesito el permiso de nadie para llevarme a mi esposa. –El tono de su voz fue en aumento.

–Pero sí lo necesita para entrar en mi propiedad, y yo no se lo estoy dando, señor. –Willhelm seguía parándole el paso con su cuerpo.

–Además, ella no quiere verlo. –Lisel se acercó al capitán–. Es de poco hombre maltratar a una mujer, y más aún a su propio hijo.

Baltrà, malhumorado, la agarró por el brazo, apretando con todas sus fuerzas.

–¡A mí ninguna mujer me dice lo que tengo que hacer! –Su voz salía de entre los dientes, que mantenía apretados al hablar. En un acto reflejo apretó aún más el brazo de Lisel. Ella lanzó una queja de dolor.

La mano de Willhelm se apoderó del cuello del capitán general.

–¡Suéltela o le aseguro que será lo último que haga! –Willhelm apretaba con todas sus fuerzas. Miraba impasible cómo los ojos de Baltrà estaban a punto de salirse de sus órbitas y cómo su cara se iba enrojeciendo por la falta de aire. Aún tardó unos segundos en soltarle el cuello a pesar de que aquel animal ya había liberado a Lisel. Cuando lo hizo lo empujó con fuerza fuera de la casa. Baltrà se trastabilló y cayó al suelo.

–¡Le aconsejo que no se enfrente a mí, señor Baßler! –la voz de Baltrà sonaba entrecortada aún por la falta de aire–. ¡No olvide quién soy! –le dijo amenazante mientras recuperaba la compostura.

–Acabo de comprobarlo, Baltrà –le respondió Willhelm–. No es usted más que un cobarde–. Se acercó a él, retándolo de nuevo.

–Esta es la peor decisión que haya podido tomar en su vida, señor Baßler, volveré, y lo haré con la ley de mi parte, entonces no podrá evitar que me lleve a mi mujer.
–Baltrà levantó el puño amenazante.

–Fuera de aquí –Willhelm pronunció las palabras lentamente, dándole toda la fuerza que le hubiera gustado utilizar para golpear a aquel hombre.

El silencio llenó el espacio por un breve tiempo cuando Willhelm cerró la puerta. Al darse la vuelta y ver a Lisel frente a él tuvo la sensación de que, por primera vez, ella le miraba de otra forma.

–Ese hombre puede ser un enemigo peligroso, tiene mucho poder –le dijo Lisel impresionada.

–No me preocupa. –Aunque Willhelm era consciente de ello, pero no quería transmitirle su inquietud a ella–. ¿Te ha lastimado? –Su mano se posó donde antes estuvo la del capitán general. Ella negó con la cabeza, aunque estaba segura de que le saldría un hematoma.

–Vamos a hablar con Jana, tiene que explicarnos qué está pasando –pidió ella.

La escuchaban con atención. Jana aferraba sus manos sobre la taza de té mientras hablaba de lo que había vivido desde que naciera su hija. Agradecía sentir el calor que desprendía la taza entre sus manos. Al escucharse a sí misma un escalofrío le recorría el cuerpo. A pesar de saberse segura en aquella casa, de ver a tía Cati haciendo arrumacos a la niña y de contar a su lado con su amiga de la infancia, sabía que Willhelm no podría evitar que Baltrà volviera.

Willhelm llevaba rato observando a Fe, que tras servir el té no se decidía a volver a la cocina. La doncella seguía allí parada, retorciendo nerviosa el delantal.

–Fe –la llamó–, ¿todo bien? ¿Quieres decir algo? –Se acercó a ella para animarla a hablar.

Los ojos de Fe iban de Jana a su señor.

–No sé si debo, señor, yo… –se excusó.

–Tienes permiso para hablar, si sabes algo que pueda ser importante debes decírnoslo, Fe –le pidió Willhelm de nuevo.

Ella asintió.

–Ya saben que mi hermana Dorita sirve en la casa de la señora. –Señaló a Jana–. Ella escuchó a la otra señora.

–¿A Marina? –preguntó Lisel.

–Sí, a la señora Marina, escuchó a la señora Marina hablando con su tío, con su marido. –Volvió a señalar a Jana.

–¿Y qué escuchó? –preguntó impaciente Lisel.

–Decía a su tío que para ella también sería una vergüenza que se supiera cómo era la niña. Que sería una lacra para toda la familia. Le habló a su tío de un centro, de esos para locos –aclaró–. Le dijo que las ingresara allí a las dos, que así podría decir que su esposa era una enferma mental y podría repudiarla. Pedir la anulación.

–¡Qué desgraciado! –exclamó Willhelm.

–Ahora vamos a ocuparnos de lo principal, del bienestar de esta madre y este precioso bebé –dijo tía Cati.

–Tienes razón, tía. No te preocupes, Jana, Willhelm no dejará que ese hombre te haga daño. –Lisel miró a su esposo, al hacerlo se sorprendió ella misma, era la primera vez que le llamaba por su nombre.

–Así es, Jana –respondió Willhelm–. Dígame el nombre del doctor que la está atendiendo, haremos que venga y que las revise a las dos.

–Doctor Santacana, Fréderic Santacana. –Los ojos de Jana se inundaron de lágrimas, agradecida por aquellas atenciones. Bajó la cabeza, algo avergonzada.

–Jana –Willhelm se sentó un momento a su lado–, aquí está segura. Esta es, desde ahora, su casa también.

—Gracias —respondió con un hilo de voz. Sus manos se posaron sobre las de él, apretándolas agradecida.

Baltrà entró en su despacho dando un bufido. No podía permitir que un recién llegado, un don nadie le enmendara la plana.
—¡Soldado! —gritó.
El soldado, que esperaba en la antesala, entró precipitadamente en la oficina, nervioso, pensando que había cometido algún error en los despachos que le había dejado sobre la mesa.
—¡Señor! —El soldado se cuadró ante él.
—¡Trae toda la documentación que guardamos sobre Cuba! —le gritó Baltrà—. Se abrió la guerrera y se sirvió una copa que estrelló contra el suelo cuando apuró el trago. Se lo llevaban los demonios, pero aquel alemán no lo conocía a él, no aún. De Trinidad, recordó que le comentó Marmany, que era de Trinidad. Se sentó y recordó de qué le sonaba tanto el nombre de esa ciudad. ¡Claro! Allí fue donde apareció el primer pasquín que reclamaba la independencia de la isla a principios de siglo. Sin duda Trinidad debía ser una cuna de insurrectos y rebeldes. Solo debía hurgar un poco y descubrir en el pasado de esa familia, en sus negocios. A partir de ahora únicamente tendría un objetivo: ¡vengarse de ese maldito indiano alemán!

CAPÍTULO 28

Decisiones

Ikalidi se esforzaba en recordar todo lo que le enseñara la doncella de la señora Leonor, todo lo necesario para atender a la esposa de su amo como la gran dama que era. «El cuidado del cabello es muy importante –le decía–. Siempre, antes del cepillado, debes desenredarlo». Cumplida esa primera tarea Ikalidi tomó el cepillo, aquel del mango barnizado, el que cada noche debía limpiar con el trapo, con cuidado de no estropear las cerdas de raíces de arroz. A Ikalidi le gustaba su suavidad, y el ruidito que hacía cuando lo pasaba por la larga cabellera de su ama. Sonrió.

–Cuando me lo recojas hoy lo adornaremos con las cintas de color rosa, a conjunto con el vestido de volantes, Ikalidi –le indicó Lisel.

–Sí, ama –respondió la muchacha.

–No me llames ama –le pidió Lisel. Le costaba aceptar que una persona fuera propiedad de otra.

–Sí, señora Baßler –corrigió Ikalidi.

Lisel negó con la cabeza.

–No, tampoco. Mejor llámame señorita Lisel.

–¡Ah!, pero usted es una mujer casada, se casó con el amo. –Ikalidi no entendía.

–Sí, así es –Lisel no quería ser brusca con ella–, pero prefiero que me llames así, él no tiene por qué enterarse –le guiñó el ojo–; será un secreto entre las dos.

–El amo dijo que pronto, cuando volviese de este viaje, nos liberaría a todos. Que podremos quedarnos si queremos en la plantación, pero no como esclavos, no, sino cobrando por nuestro trabajo. Como Mbeng. –A Ikalidi le gustaba hablar mientras le cepillaba el pelo.

–¿Mbeng? –A Lisel le entretenía su charla. Ikalidi era una muchacha despierta, curiosa, dulce y con ganas de aprender.

–Mbeng es una mulata libre. Sus padres murieron cuando ella era pequeña y se crio en la casa grande –le explicó. Al hablar de ella a Ikalidi le cambió la expresión.

–No parece que te caiga muy bien esa Mbeng –dijo Lisel, interesada en saber la causa.

–Es que se da mucha importancia, señorita Lisel –le aclaró–. Se cree muy guapa, todo el día se pavonea delante de los hombres, sobre todo de Iyanga.

–Y a ti te interesa ese Iyanga, ¿me equivoco? –Rio Lisel comprendiendo.

–Umm, no es eso... –Ikalidi bajó la cabeza–, bueno, sí. Iyanga es un hombre guapo, tanto como el amo –quiso aclarar–, pero él no me ve. Solo tiene ojos para Mbeng, y ella no lo quiere, pero le gusta fastidiarlo todo el tiempo. ¡Pero Mbeng se llevará una gran sorpresa cuando sepa que el amo tiene esposa!

–¿Por qué dices eso? –preguntó Lisel.

–¡Sobrina! –tía Cati entró con paso acelerado cerrando tras ella la puerta de la habitación–, la señora Leonor Biarnés acaba de llegar. Muchacha –se dirigió a Ikalidi–, déjanos a solas, yo acabo de alistar a mi sobrina.

–Ve, Ikalidi, ve –añadió Lisel–. ¿Qué ocurre tía? –preguntó extrañada cuando se quedaron a solas.

–¡Tienes que bajar ya! Leonor Biarnés está a solas con tu marido en el despacho. No está bien que reciba a señoras sin tu presencia –le dijo alterada.

Lisel se encogió de hombros.

–Hablarán de negocios –supuso Lisel encogiéndose de hombros.

—Aunque así sea. No me tomes por tonta —sus miradas se cruzaron en el espejo—, sé que tu marido duerme en otra habitación, y no lleváis ni un mes casados. ¿Y ahora recibe visitas femeninas en la casa?

—Creo que estás exagerando, tía —respondió, molesta ante la idea de que Willhelm la estuviera relegando.

Tía Cati le tomó el brazo.

—Dime algo —le preguntó—, ¿se ha consumado el matrimonio? ¿Sabes que si no es así él podría pedir la anulación? Y ya sabes lo que eso significa, ¡la pobreza más absoluta y tu deshonra!

La inquietud se adueñó del corazón de Lisel al pensar en esa posibilidad.

—Tengo contactos y oídos en todas partes. —Alcanzó a escuchar Lisel antes de entrar en el despacho. Willhelm se puso de pie al verla llegar, las dos mujeres se saludaron con una sonrisa en los labios.

—Le estaba diciendo a Willhelm —continuó Leonor— que sé que la señora Baltrà está en vuestra casa. Como te decía —se dirigió un momento a él— he sabido que Baltrà está haciendo preguntas sobre ti, sobre tus negocios en Cuba y sobre tu posición ideológica. No se quedará de brazos cruzados. Al acoger aquí a Jana le habéis infringido una gran afrenta. —Movió la cabeza, preocupada.

—Jana es mi amiga desde la infancia, no tenía adónde acudir, su propia familia la ha rechazado, prefieren no enemistarse con el capitán general —explicó Lisel.

—Tu marido ha tenido muchas agallas. Ese hombre es muy peligroso y puede perjudicar mucho sus negocios. —La cara de Leonor era de honda preocupación.

Lisel observó a Willhelm, quería haberle agradecido lo que había hecho por Jana, pero no era capaz de pronunciar una palabra amable, solo pudo dedicarle una sonrisa que no acabó de perfilar.

—No podemos echarla. —Lisel parecía pedírselo a Willhelm. Temía que Leonor Biarnés hubiera venido a convencerlo de que lo hiciera.

—Por supuesto —sentenció Willhelm—. Pienso seguir protegiendo a esa mujer.

—Y eso te honra. A los dos —añadió Leonor—. Pero vengo a proponeros algo. Creo que es mejor que Jana y su hija se vengan a mi casa. Baltrà no se atreverá a mover un dedo contra mí, sabe que tengo una amistad muy profunda con doña Virtudes.

—¿Doña Virtudes? —preguntó Willhelm sin entender.

—¡Ay, querida! —se quejó Leonor—, tienes que poner al día a tu atractivo marido.

—Sí, creo que es necesario. —Lisel se levantó del sillón que ocupaba al lado de Leonor y pasó al otro lado de la mesa, donde estaba sentado Willhelm. Ligeramente, procurando no rozarle, se apoyó sobre el reposabrazos de su sillón.

—Doña Virtudes es como se conoce a la reina regente, a doña María Christina Désirée Henriette Felicitas Rainiera von Habsburg-Lothringen —aclaró Lisel dedicando una sonrisa a Willhelm—. Unos dicen que ese mote se lo pusieron por ser un tanto mojigata, y otros que por su carácter íntegro —explicó.

—¡Exacto! Buena pronunciación, querida —admitió Leonor.

—¿Estás segura, Leonor, de que no te creará un problema que Jana esté en tu casa? —Willhelm quiso asegurarse, sabía que ella tenía razón, si Jana permanecía con ellos podría perjudicarle muy seriamente.

—¡Por supuesto! Es más, puede venirse ahora mismo conmigo, tengo mi carruaje en la puerta —insistió Leonor.

—Se lo agradezco, señora Biarnés. —Lisel lo decía de corazón.

—Leonor, por favor, llámame Leonor —le pidió.

—Leonor —corrigió Lisel—. Pero debemos adelantarnos a Baltrà. —Se dirigió a Willhelm.

—¿A qué te refieres? —preguntó él, complacido de tenerla tan cerca, aunque supiera que solo lo hacía por la presencia de Leonor. Pura apariencia, pensó.

—Si, como dice Leonor, está indagando sobre ti y tus negocios, deberías adelantarte y dejar clara tu posición, de forma que nadie pudiera dudar de ti ni de tu lealtad a la Corona, sin duda intentará atacarte por ahí. —Los dos asintieron.

—Un gesto público —dijo Willhelm.

—Podríamos organizar una cuestación de apoyo a nuestros soldados en la isla —propuso Lisel.

—¡Claro! —apoyó Leonor—. Un baile benéfico quizá, en los salones de Maison Dorée. ¡Algo bien público!

—Está bien, señoras —las calmó Willhelm—, pero vamos por partes. Lo más urgente ahora es ocuparse de Jana y su hija —respondió Willhelm—. El doctor está a punto de llegar —consultó el reloj—, en cuanto las haya examinado prepararemos todo para el traslado, siempre que la señora Baltrà acceda.

El capitán general Robert Baltrà esperaba impaciente la información que el comandante le traía. Desplegó el mapa de la isla de Cuba sobre su mesa y preguntó:

—¿Y bien? ¿Qué has averiguado? —Continuaba de muy mal humor.

—Su plantación está en la provincia de Santa Clara, pero no en el Valle de los Ingenios, allí lo que tiene son colonos que llevan su producción de azúcar a su central para la molienda. Su hacienda está tocando al mar, cuenta con puerto propio, La Boca. Y un río cruza por sus tierras, El Guaurabo —le explicó Gerard.

—¿Ese es el puerto de Trinidad? —preguntó Baltrà.

—No, no. La Boca es el puerto que él tiene en su plantación, el de Trinidad es puerto Casilda —le informó Marmany.

—¿Y se sabe algo de su posicionamiento político? —preguntó impaciente Baltrà.

—Lo que sabemos hasta ahora, más bien poco. Al parecer Trinidad sigue siendo un reducto de rebeldes, aunque están divididos entre partidarios de anexar Cuba a Estados Unidos como un Estado más del sur, creen que eso les permitirá mantener la esclavitud, a pesar de que allí se abolió, y los que prefieren seguir dentro de la Corona, aunque también manteniendo la esclavitud.

Baltrà se meció la barba. Necesitaba hacer algo ya que le calmara la inquina que sentía.

—Necesito alguna prueba, algo que me permita arrestar o ir contra ese rebelde. ¡Nadie falta al respeto al capitán general impunemente! —Con el dorso de la mano se limpió la saliva—. ¡Que envíen telegramas a nuestro campamento de Cienfuegos y al regimiento de Ciudad Trinidad! Alguien tiene que saber de qué parte está ese Baßler.

—Enseguida. —El comandante Gerard de Marmany sonrió. Pondría todo su empeño en conseguir separar a Lisel de ese hombre.

—Aquí estarás bien atendida, Jana —dijo Lisel mirando con discreción la habitación en la que Leonor había instalado a su amiga y a su bebé.

—Puedes venir siempre que quieras, Lisel —la invitó Leonor—. Me gusta estar rodeada de gente, y si son tan hermosas como esta niña... —Leonor la cargó y dio una vuelta con ella riendo—. Y tranquilas, Baltrà no se atreverá a poner un pie en esta casa, por muy capitán general que sea —sentenció.

Lisel respiró tranquila. Las dos amigas se tomaron de las manos, después de tanto tiempo sin verse el destino las había unido de nuevo.

—Espero que mis actos no perjudiquen a tu marido,

Lisel. Por favor, agradécele muchísimo lo que ha hecho. Otro en su lugar no se hubiera posicionado contra mi marido. ¡Es un hombre muy valiente! –reconoció Jana.

–Sí, lo es. –Lisel se sorprendió a sí misma al escucharse.

CAPÍTULO 29

Dos Ríos

Como todas las mañanas, el muchacho entró en las oficinas de la naviera con una bandeja en la que portaba un café doble para el señor Baßler, uno normal para el gerente, el señor Montagut y tostadas para los dos. Les llevaba también la prensa de la mañana.

–Déjalo ahí, muchacho –le pidió Willhelm.

El muchacho, con la gorra en la mano, se miró los pantalones y estiró con cuidado el bajo de la chaqueta, asintiendo después de hacer lo que le había ordenado. El señor Baßler, al nombrarlo empleado de la naviera, había hecho que le dieran un uniforme, con dos mudas, para poder cambiarse. Lo que le pagaba le alcanzaba para rentarse una habitación y hacer las tres comidas del día. Había sido muy amable con él y eso le tenía mal. Debería decirle la verdad, confesar quién era él. Pero ¿y si le echaba de allí?

–Muy bien, chico, hoy debes estar atento a los muelles, ya lo sabes –le dijo Willhelm, que se levantó para ir hasta la mesa redonda del despacho, donde solía tomar el café con Eduard al tiempo que repasaban los temas del día.

–Sí, señor –respondió el chico con energía–, ya sé que hoy esperamos al *Sancti Spíritu*.

–Avisa al señor Montagut, dile que venga. –Willhelm sonrió y le hizo una señal para que se fuera.

El muchacho movió la cabeza en señal de asentimiento antes de salir del despacho.

–¿Qué ocurre? –preguntó Eduard Montagut al ver la

cara de preocupación de Willhelm. Este le mostró la prensa, le señaló la sección de noticias telegrafiadas desde Cuba.

—Han matado a José Martí en la batalla de Dos Ríos.
—Willhelm se dejó caer sobre la silla.

—¿Lo conocías? —le preguntó Eduard.

—Coincidí con él en alguna ocasión. Fue el fundador del Partido Revolucionario Cubano. Uno de los que promovieron este último levantamiento. —Willhelm miró a Eduard—. Máximo Gómez no dejará su muerte sin vengar. Ahora sí que va a estallar la guerra entre España y Cuba —sentenció.

—¿Dos Ríos está cerca de tu plantación? —quiso saber Eduard.

—No exactamente —Willhelm desplegó el mapa que tenía sobre la mesa y le señaló—: aquí está Dos Ríos —su dedo marcó una zona por encima de Santiago de Cuba—, pero lo que me preocupa es que el cuartel general de Máximo Gómez está aquí, en Camagüey, y tal como están las cosas, su siguiente paso será seguir con sus tropas hacia el oeste, intentando ganar terreno. Si consigue cruzar la Trocha de Júcaro estará a un paso de Ciudad Trinidad.

—¿La Trocha? —preguntó Eduard.

—Sí —asintió Willhelm—. Es una especie de gran muralla que levantaron los españoles durante la Guerra de los Diez Años —le aclaró—. Es la frontera que separa la isla entre oriente y occidente. La parte oriental ha sido la cuna natural de los rebeldes y la de occidente…, digamos que es la más fiel a la madre patria. La Trocha, como te digo, es una gran fortificación, de más de sesenta quilómetros de extensión, cuenta al menos con unas treinta torres de vigilancia. Es lo que ha frenado el avance rebelde. Al menos hasta ahora.

Por un momento el capitán general se olvidó de Jana, bien pensado, sin ella en la casa estaba más tranquilo, ya se ocuparía de solucionar ese problema, pero ahora, lo que realmente le tenía contento era la muerte del revolucionario, de José Martí. Descorchó una botella de cava y llenó las copas de los oficiales que le acompañaban. Quería celebrar el transcurso de la guerra.

–¡Por España! –bramó.

–¡Por España! –corearon el resto de oficiales que le acompañaban. La muerte de Martí suponía un revés para los alzados, más teniendo en cuenta que había sido en Dos Ríos, en la zona oriental de la isla, ¡el bastión de los rebeldes! Las carcajadas brotaban en su colorada cara, necesitó desabrocharse un par de botones de la guerrera para sentir el aire.

El capitán del *Sancti Spíritu* entregó la valija con las cartas y documentación al muchacho que, con la gorra en la mano, esperaba impaciente en el muelle. Sus piernas se movían inquietas.

–Toma, muchacho –le dijo el capitán con seriedad–, es importante que se la entregues en mano al capitán Baßler.

El muchacho cogió la valija con intención de salir corriendo. Pero el capitán lo agarró por la solapa.

–¡Espera! –le dijo–. Le dices al capitán Baßler que en cuanto me desocupe aquí iré a verle. ¿Lo has entendido? –quiso asegurarse.

El chico asintió con la cabeza.

–Sí, capitán. Lo he entendido. –Cruzó a toda velocidad la distancia entre el muelle y la plaza de Medinaceli. La escalera casi le dejó sin aliento cuando llegó a la oficina de la naviera.

–No –dijo el muchacho negándose a entregar la valija al recepcionista–. El capitán del *Sancti Spíritu* me ha dicho que lo entregara en mano al capitán Baßler. Es muy importante –recalcó.

–¡Pasa, muchacho! –llamó Willhelm desde su despacho al oírle.

—Esto, capitán... —El muchacho alargó el brazo para entregarle la valija con la documentación—, son cartas importantes, señor. —Con un gesto rápido se quitó la gorra de la cabeza.

Willhelm la tomó.

—El capitán del *Sancti Spíritu* dice que vendrá después, que ahora tiene que encargarse del barco. —Los ojos del chico recorrían con la mirada la lujosa oficina.

—Muy bien, chico. Dime, ¿te gusta trabajar para la naviera? —le preguntó.

—¡Sí, señor! ¡Quiero ser capitán, señor! —Los ojos del muchacho adquirieron un brillo especial.

Willhelm sonrió, al quedarse solo se dedicó a revisar el contenido de la correspondencia que había llegado con la valija. Como de costumbre, su administrador le escribía con detalle sobre los avances en la plantación, el desarrollo de las obras, el ritmo de la recolección... pero le llamó la atención el segundo sobre, mucho más delgado. Lo abrió, curioso, solo contenía una cuartilla. Willhelm tragó saliva al leer el contenido.

Lisel se probaba el nuevo sombrero ante el espejo. Le sorprendió el toque en la puerta. A través del espejo vio que era Willhelm. Le extrañó que hubiera vuelto tan temprano, su rostro tenía una expresión extraña.

—¿Ocurre algo? —le preguntó ella girándose.

Él tardó un poco en responder, dio un par de pasos acercándose a ella.

—Debo volver a Cuba, a la plantación. —Su voz era más grave de lo normal—. El Viejo ha muerto —le anunció.

Lisel dejó el sombrero sobre la cama. El rostro de Willhelm traslucía dolor, se fijó en el brazalete negro que portaba en el brazo. También su sombrero lucía una escarapela negra.

—Lo siento. Supongo que estabais muy unidos, si era

tu única familia. —Lisel se sentía extraña, pero no le nacía darle un abrazo, ni siquiera un beso para consolarlo—. ¿Partirás pronto? —preguntó, intentando que su tono resultara amable.

—Me iré en unos días, en cuanto llegue *El Guaurabo* que hará después la ruta hasta La Habana y a la plantación. En una semana, supongo —le anunció él, que parecía esperar alguna reacción de ella.

—Cuando quieras, diré que te preparen el equipaje. ¿Para mucho tiempo? —quiso saber ella.

—Aún no lo sé. —Willhelm abandonó la estancia un poco descorazonado, pero ¿qué podía esperar de ella?, se preguntó. ¡Nada! Nada de una mujer que en cuanto notaba su presencia en la sala dejaba de tocar el piano, simplemente para que él no pudiera disfrutar de su música, de contemplarla en aquel momento sublime en el que ella parecía transformarse en un ángel. Era el momento en el que más le gustaba contemplar sus manos, sus bellas manos, de las que en vano seguía esperando una caricia, y la línea de su nuca, que le gustaría besar lentamente y notar que ella se estremecía con sus besos.

Ya en su habitación, Willhelm volvió a leer la carta de su administrador. Le contaba que el Viejo había muerto justo la noche antes de la partida del *Sancti Spíritu* hacia Barcelona, hacía ya un mes. De ahí las dos cartas, la primera que ya debía tener preparada y cerrada y esta segunda, en la que le hablaba del fallecimiento, que debió escribirla con cierta precipitación, en el último momento. Le preguntaba por su vuelta. Al parecer las cosas estaban muy revueltas en la isla.

—¿Y no te ha pedido que le acompañes? —le preguntó tía Cati en cuanto su sobrina le comunicó la noticia.

—¡Noo! —Lisel se asustó ante la sola idea—. Ya te dije que seguramente él pasaría mucho tiempo fuera atendiendo a sus negocios. Además, yo no conocía a ese señor. Por suerte, me ha liberado de tener que llevar luto. –Respiró aliviada.

–Pero eres su esposa, hija. –Se extrañó tía Cati.

–Tía Cati, parece que no quieres darte cuenta de lo que es este matrimonio –le replicó Lisel, asegurándose de que estaban solas–. Si me he casado con ese hombre es solo para no verme en la calle, arruinada. Pero te aseguro que, si mi padre no hubiera despilfarrado nuestro patrimonio, si no se hubiera gastado mi dote, ahora mismo estaría en Londres con otro esposo y convertida en toda una lady.

Tía Cati movió la cabeza en señal de desaprobación. Sentía simpatía por el señor Baßler, quizá no fuera de cuna noble, pero era un hombre trabajador, educado, caballeroso y muy atractivo, a pesar de lo que dijera su sobrina.

CAPÍTULO 30

El hipódromo

Marina esperaba impaciente a su nana. Caminaba por la habitación de la casa, que ahora compartía con su marido, contemplando el traje de amazona que esperaba extendido sobre la cama. Por fin la puerta se abrió. Al verla de pronto le pareció que la nana se había hecho mayor, se fijó en su pelo, recogido en un moño sobre su cabeza; y en su caminar, ligeramente encorvado.

–¡Hasta que te apareces! –exclamó casi desesperada Marina–. ¿Lo has conseguido? –preguntó mirándole las manos.

–Sí, mi niña, pero no sé si esto es una buena idea, es muy peligroso –le dijo la nana temerosa de lo que iban a hacer. Tenía un reconcome por dentro que no la dejaba respirar. Tal como le había pedido su niña se acercó hasta la herboristería del Rei, allá en la calle del Vidre–. Tuve que esperar a que cerraran para poder contactar con el dependiente, a escondidas del amo del negocio –se explicó la nana.

–¿Cómo tengo que tomarlo? ¿Lo bebo todo? –preguntó impaciente Marina, tomando el frasco que arrancaría de su vientre a aquel bebé.

–Me dijo el dependiente que con media botellita sería suficiente para provocar la hemorragia, pero que era conveniente que te viera un médico después, o podrías arriesgarte a no volver a concebir.

–¡No tengo intención de tener ningún hijo! –contestó decidida–, ni ahora ni nunca. –Marina destapó el frasco y retiró rápidamente la cara ante el olor que desprendía aquel mejunje.

–Pero niña, ¡estás casada! Tu marido, el marqués, querrá un heredero –replicó la nana.

–No me importa lo que él quiera. No pienso desfigurar mi cuerpo por ninguna criatura. Ayúdame primero a ponerme el corsé. Y apriétalo bien –le ordenó–, que no se note esta fastidiosa tripa que me está saliendo. Luego me lo beberé –dijo, dejando el frasco sobre la mesilla.

La nana se puso detrás de ella y tiró con todas sus fuerzas de los cordones, ajustando todo lo que pudo el corsé, mientras Marina se miraba en el espejo.

–Un poco más, nana –pidió encogiendo la tripa y conteniendo el aire.

–Pero hija, vas a hacerle daño al bebé –insistió.

–¡Me importa un comino este maldito bastardo! ¡Mira cómo me está poniendo! –le gritó–. Además, en unas horas será historia.

–Pero si te tomas ese brebaje deberías quedarte aquí, empezarás a sangrar y tendrás que dar explicaciones –le dijo.

–Lo tengo todo previsto, nana –la sonrisa maléfica de Marina se lo confirmó–; cuando estemos en el hipódromo fingiré una caída de caballo, el sangrado se achacará a la caída, y en ese momento mi esposo, mi querido esposo, se enterará de que iba a tener un hijo. ¡Será toda una tragedia! ¿No crees? –Una amplia y fría sonrisa llenó su cara.

La nana meneó la cabeza. Apretó un poco más la cintura del corsé.

–Ayúdame a vestirme, nana. –Marina acusaba la falta de aire.

Los carruajes dejaban atrás el cementerio de Montjuïc en su camino hacia la otra ladera de la montaña, donde, desde hacía ya casi diez años, se ubicaba el hipódromo de Can Tunis. Allí se daban cita los representantes de las mejores familias de la ciudad, bien por su nobleza bien por sus acaudaladas fortunas. Sagnier esperaba a su yerno y a su hija en la entrada.

–Me gustaría enseñarle el hipódromo, señor Baßler –le dijo a su yerno intentando suavizar un poco su trato–, y explicarle la historia del lugar.

–Por supuesto –le respondió Willhelm con aquel gesto de dureza que le mostraba siempre–. Al venir hacia aquí me he fijado en que hay otra entrada. –Willhelm tomó la mano de Lisel a pesar de notar los esfuerzos que ella hacía, discretamente, por liberarse de él.

–Exacto –respondió Sagnier–. La extensión del hipódromo es de casi siete hectáreas, por eso se habilitaron dos entradas. Se puede acceder desde la carretera del puerto o por la de Hostafranchs –le explicó–. Disponemos de una tribuna, pero si le apetece más disfrutar de las carreras de pie o desde el carruaje... –Le dio a escoger.

–Seguramente sería más cómoda la tribuna, pero prefiero estar a pie de pista, es donde está el verdadero ambiente –respondió Willhelm, que seguía sujetando a Lisel.

–Claro –aceptó Sagnier–. Más tarde, cuando acaben las carreras y hayan vuelto las señoras, en el jardín podremos disfrutar de música y refrescos.

–¡Ah! Ahí está Leonor –exclamó Lisel zafándose finalmente de Willhelm.

Lisel se dirigió hacia ella, que estaba dando las últimas instrucciones a las participantes de la Rally-paper. Las damas pronto iniciarían su paseo por las cercanías del hipódromo.

–Sobrina –cuchicheó tía Cati–, ¿te has fijado en la mala cara de Marina? No parece que el matrimonio le esté sentando bien. –Tía Cati miraba disimuladamente a Marina y al comandante Marmany, que llegaban en ese preciso instante.

–Vamos a reunirnos con ellos. –Lisel caminaba segura, erguida, luciendo su figura bajo aquel elegante traje de amazona. Willhelm prestó atención al saludo que le ofreció Gerard de Marmany. El comandante besó sin prisas su mano.

–Bien, señoras, ya estamos todas –dijo Leonor repasando su listado–. Los caballos nos esperan en las caballerizas. En estas hojas tienen el itinerario. –Les entregó uno a cada una de ellas–. Pueden realizar la prueba por parejas si lo prefieren. En cada uno de estos puntos –señaló– habrá una pista que seguir y, claro está, la primera que llegue se llevará el premio.

–¿Es seguro ese itinerario, Leonor? –preguntó Willhelm acercándose.

Leonor sonrió.

–¡Cómo me gusta ver la preocupación de un joven esposo por su mujer! –respondió ella sonriendo.

Lisel se sintió avergonzada.

–No te preocupes, querido –ella le miró con una falsa sonrisa amorosa–, he participado muchas veces en la caza del zorro en Inglaterra, creo que me las apañaré bien, es una simple Rally-paper. No te preocupes por mí. –Ni siquiera le miró mientras hablaba, se dedicó a ponerse los carísimos guantes que conjuntaban con su traje.

–Iremos acompañadas por algunos mozos de cuadra que estarán apostados a lo largo del camino. –Tranquilizó Leonor a Willhelm–. Bien, señoras, despídanse de sus maridos, vamos a empezar. Lisel –Leonor se acercó a ella–, no te pregunté si montas a la inglesa o a la española. Como eres nueva entre nosotras.

–A la inglesa –respondió ella.

–Eso imaginé, viviendo tantos años en Londres.

–Suerte, Lisel –le deseó Marmany acercándose a ella un instante.

–Mejor deséesela a su esposa, Marmany. –Willhelm se interpuso entre ellos.

–Comandante, no veo al capitán general, ¿no les acompaña? –preguntó Sagnier para evitar un enfrentamiento entre ellos.

—Sí, supongo que sí. Dijo que nos veríamos aquí —contestó el comandante.

—Willhelm, ¿le parece que vayamos a disfrutar de las carreras? La primera debe estar a punto de comenzar. —Sagnier le señaló el camino.

—Adelántese usted. Voy a despedir a Lisel. —Su mirada se centró de nuevo en Marmany.

Willhelm contemplaba a Lisel desde cierta distancia, se veía hermosa con aquel traje negro que dibujaba la forma de su cintura. La chistera escondía su pelo rojizo. La observaba mientras ella repasaba que las tres correas de la silla estuvieran bien cerradas, después la vio recolocar el cojín de debajo de la silla y revisó que hubiera la distancia conveniente entre el pomo y la cruz del caballo.

Se acercó a ella en el momento justo para ayudarla a montar, la tomó por la cintura y la aupó hacia el caballo. Ella se giró, sorprendida.

—¿Esperabas a otro quizá? —le preguntó él al ver la sorpresa en su cara.

—No esperaba a nadie. Soy capaz de montar sola —respondió molesta. Cogió con rabia las riendas que él le ofrecía y, tirando de ellas, hizo que el caballo girara en dirección contraria a él. Willhelm se apartó con rapidez para evitar que el animal, al girar, lo golpeara.

Por fin Lisel pudo concentrarse en el itinerario, consultó una vez más el papel, aún debían subir una loma más. Agradecía que el día estuviera nublado, así no pasaría calor con el ejercicio. Tras ella se oían las risas de algunas jóvenes, más pendientes de comentar su participación en el último baile que de encontrar una pista.

—¡Lisel! —Oyó.

—¡Leonor! —Lisel tiró de las riendas para frenar a su caballo.

—¿Te divierte? —quiso saber.

–Sí. Disfruto mucho montando. Desde que volví de Inglaterra no había tenido ocasión de hacerlo.

–Debemos tener cuidado, las últimas lluvias han arrastrado algunas piedras y el camino está resbaladizo para los caballos. ¿Te parece que hagamos pareja? –le propuso Leonor.

–¡Claro! –respondió Lisel. Su ayuda con Jana había hecho que le tomara verdadero aprecio.

Marina apoyó la cara en la crin del caballo. El dolor era más fuerte, no lo había imaginado así. Cabalgaba despacio para no notar aquellas puñaladas en el vientre. Al oír los cascos de otros caballos se incorporó, haciendo un gran esfuerzo, pero una nueva punzada, más intensa, más lacerante que las anteriores le hicieron apretar sus espuelas contra el caballo que, dolorido, se levantó sobre sus patas traseras.

–¡Marina! –gritó Lisel al verla, temiendo lo peor. Lisel hizo gala de ser una experta amazona, en escasos segundos su caballo estaba junto al de ella e intentó calmarlo, hacerse con las riendas, pero ni por un segundo esperaba la reacción de Marina: esta al ver sus intentos, la golpeó con la fusta, haciendo que perdiera el equilibrio. Leonor, sin acabar de entender qué estaba ocurriendo, galopó hacia ellas.

El jefe de caballerizas del hipódromo se acercó a aquel mozo que llegaba al trote.

–¿Qué ocurre? ¿Qué ha pasado? –preguntó alarmado, saliendo a su encuentro.

–¡Un accidente! –gritó–. ¡Algunas damas han caído del caballo! Hay que subir con un carruaje –hablaba entrecortado mientras jadeaba.

–¡Tú! –señaló el jefe de caballerizas–, avisa a los caballeros, la esposa de alguno de ellos ha sufrido un accidente.

Antes de que acabara de enganchar los caballos al carruaje los hombres habían llegado.

—¡Muchacho! —llamó Willhelm—, ¿has podido ver quién era? ¿Cómo era ella?

—Una señora joven, señor.

Willhelm agarró un caballo y se adelantó al carruaje.

—Muchacho, sube al caballo y llévame hasta allí —ordenó Willhelm.

—¡Espérenme! —Era la voz del comandante Marmany. Aunque se miraron sin agrado, ninguno de los dos quería perder tiempo en pleitos en ese momento.

Willhelm descabalgó sin esperar a que el caballo acabara de frenar su carrera. Sintió que la sangre desaparecía de sus venas cuando contempló la imagen de la mujer que yacía en el suelo cubierta con una capa. Se quedó inmóvil pensando en que en un segundo su vida podría cambiar drásticamente si al levantar aquella capa descubría el rostro de Lisel. En ese momento pensó en las oportunidades que había tenido de decirle quién era él realmente.

Sus pasos se encaminaron hacia aquel cuerpo, no era capaz de ver nada más a su alrededor. Escuchaba los desconsolados llantos de las damas. Cruzó una rápida mirada con Leonor, ella negó con la cabeza y esperó lo peor. Se arrodilló junto al cuerpo y, sin más demora, decidió descubrir la cara que escondía aquella fina tela.

Resopló con alivio al ver que no era ella, que no era Lisel. Se levantó, buscándola con la mirada. La encontró con sus ojos húmedos y la huella de un golpe en la mejilla. La percibió indefensa por primera vez.

—¡Marina! —La voz de Marmany despertó en cierta forma a todos los presentes de aquel hechizo de silencio.

Willhelm se acercó a Lisel.

—Pensé... —empezó Willhelm. Ella estaba algo temblorosa.

—No entiendo qué ha pasado —balbuceó Lisel dejándose abrazar por él.

—Comandante —Leonor puso su mano sobre el hombro de Gerard de Marmany—, debemos meterla en el carruaje. Cayó del caballo y debió golpearse en la cabeza. Fue algo muy rápido. No sufrió —le dijo como consuelo.

—Pero, esa sangre. —Marmany señaló la falda, no lo acababa de entender, le constaba que Marina era una buena amazona.

—Ha sido un fatal accidente —le dijo Leonor, haciendo un gesto con la mirada a Lisel.

—Lisel —el comandante se acercó a ella, Willhelm le pasó el brazo por la cintura a su mujer—, ¿vio qué ocurrió? ¿Estaba con ella?

Lisel negó con la cabeza.

—Yo estaba con Leonor, de pronto oímos un grito y al acercarnos la vimos en el suelo. Ya no respiraba. No respiraba. Lo siento, Gerard. —Lisel no podía explicar nada más en esos momentos.

Willhelm percibió cómo ella se estremecía.

—Comandante, ¿no le parece que lo más urgente ahora es trasladar el cuerpo de su esposa? —Willhelm estaba molesto con aquel hombre. El cuerpo de su esposa yacía en el suelo y él estaba allí, frente a Lisel.

—Sí, claro, tiene razón —contestó aturdido Gerard de Marmany.

CAPÍTULO 31

La esquela

Willhelm y Lisel hacían el recorrido desde la Quinta Baßler hasta la casa del comandante Marmany en silencio.

—¿Y cómo fue que te golpeó con la fusta si solo intentabas ayudarla? —le preguntó finalmente Willhelm intentando entenderlo. Miró de nuevo la huella aún visible en la cara de ella.

—No lo sé —negó ella—. Por más que lo pienso no lo sé. Es como si no quisiera que le ayudase. Ella parecía contorsionarse sobre el caballo, y cada vez que lo hacía clavaba con más dureza las espuelas en el animal. Lo único que conseguía era encabritarlo aún más, hasta que el caballo finalmente se levantó sobre sus patas y la tiró bruscamente al suelo, con la mala suerte de que se golpeó la cabeza contra una piedra.

—Pero tenía la falda ensangrentada —observó él.

—Eso es lo extraño. No encuentro explicación —respondió Lisel.

El silencio reinó de nuevo en el carruaje. Lisel sacó de su bolsa la esquela. Desplegó el papel satinado, una orla negra adornaba el anuncio de aquella tragedia. Pasó el dedo por el nombre: *Marina Aimé de Marmany-Marquesa de Marmany*. Se fijó de nuevo en la orla negra. El negro reinaba en el interior del coche, en ella, en su traje negro, y en él, en su levita y sus guantes.

También la casa de los Marmany avisaba del luto, solo la mitad de la puerta principal permanecía abierta. Al entrar Lisel comprobó que los espejos estaban ya cubiertos por telas negras, así como los objetos más valiosos del salón. Adivinó el piano bajo aquella fúnebre cubierta.

Como marcaba la etiqueta los caballeros se dirigieron al salón y las damas a la sala. Lisel imaginó la velación, seguramente una hermana de la caridad estaría en la habitación con Marina, acompañada de su inseparable nana. La mesilla de noche estaría cubierta con un paño blanco sobre el que habrían dispuesto una pequeña pila de agua bendita y, entre dos cirios prendidos, un crucifijo. Se alegró de que el protocolo marcara que aquel tipo de visitas debía ser breve. Se sentía inquieta en aquella casa. Una muerte, la del tío de Marmany, les había llevado a instalarse allí al heredar el título y las posesiones del difunto, y otra muerte, la de Marina, hacía posible que ella la visitara en ese momento.

Leonor se acercó a ella y en un aparte le preguntó:

–¿Ha venido tu marido contigo?

–Sí, claro. ¿Ocurre algo? –quiso saber Lisel.

–Está aquí Baltrà. Creo que voy a acercarme al salón con alguna excusa y comprobar que todo esté bien –le susurró Leonor.

–¿Has podido averiguar alguna cosa sobre la muerte de Marina? –preguntó discretamente Lisel.

–No –contestó fastidiada Leonor–, pero aquí hay gato encerrado, eso te lo puedo asegurar. Te dejo, querida. –Leonor le tomó la mano un instante antes de dirigirse al salón.

Baltrà se fue hacia él en el momento en el que lo vio entrar en el salón.

–¿Cómo tiene el cuajo de presentarse aquí, señor Baßler? –le preguntó. Las palabras salían de su boca como si fueran munición.

–Obviamente no vengo a verlo a usted, sino a presentar mis respetos por la difunta y a acompañar a mi esposa. –Willhelm inclinó un poco la cabeza para hablarle al oído, respetando el silencio.

—Señor Baltrà —Leonor se acercó a ellos, su posición y su carácter le permitían saltarse las normas cuando le apetecía–, quería informarle que su esposa se encuentra en mi casa, y allí seguirá mientras ella lo desee. Será usted bienvenido cuando quiera visitarlas, a ella y a su hija. —Su tono amable, sin embargo, escondía lo que le desagradaba aquel hombre.

—Señora Leonor, señor Baßler. —Gerard de Marmany hizo un leve saludo con la cabeza, vestía de luto riguroso, lo que contrastaba con la falta de dolor que expresaba su rostro.

Los dos le expresaron su pésame. Gerard miró a su alrededor.

—¿No le acompaña la señorita, perdón, la... su esposa? —rectificó Gerard.

—Está con el resto de damas en la sala —contestó fastidiado por su interés Willhelm—. Ella también le acompaña en el sentimiento, claro está. Bien, no quiero molestarles más de lo debido en este momento.

Willhelm salió del salón acompañado de Leonor. Necesitaba tomar un poco el aire para mantener el control.

—Ya me he dado cuenta —le dijo Leonor adivinando qué lo tenía tan molesto—. Estando aún caliente el cuerpo de Marina, ese Marmany no pierde el tiempo. Se muere por Lisel.

—Así es —contestó él de mal humor—. Nunca acabé de entender ese matrimonio, parecía que él pretendía a Lisel —le molestó admitirlo—, y de repente anunció su enlace con Marina.

—¿No lo sabes? —preguntó extrañada Leonor.

—¿El qué? ¿Qué tendría que saber? —La miró con interés.

—El comandante, o marqués de Marmany, bebía los vientos por Lisel, como dices, pero la harpía de Ma..., bueno, no me gusta hablar mal de los muertos, al parecer Marina se las apañó para citar a solas al comandante en el taller de modistas, lo hizo con el papel de cartas de Lisel, que previamente le robó. Cuando él entró en el segundo piso del taller, reservado para hacer las pruebas, ella lo recibió ligera de ropa, a media luz y bañada en el perfume de Lisel, que también le había sustraído. Él cayó en su trampa. Marina lo tenía todo preparado para que los sorprendieran y a él no le quedó más remedio que cumplir como un caballero y casarse con ella, más aún tratándose de la sobrina del capitán general.

—Entiendo. —Willhelm resopló. Recordó el momento en el que Lisel llegó a su casa para decirle que reconsideraba su propuesta de matrimonio. Obviamente fue cuando ya sabía que el marqués debía casarse con Marina. A pesar de ser consciente de que ella solo se había casado con él para salvarse de la ruina, lo hizo cuando ya no le quedaban opciones con «su marqués». Eso le golpeó por dentro en lo más profundo. Se sentía engañado, utilizado.

—¿Estás bien? —le preguntó Leonor al ver que los músculos de su cara se contraían.

—Sí, sí. —Willhelm echó un vistazo hacia la sala, podía ver la silueta de Lisel allí sentada. Quizá estaría pensando en que si hubiera esperado un poco más podría pasearse ahora por aquella casa como la marquesa de Marmany.

—¿Partes pronto? Tengo entendido que viajas solo —preguntó Leonor.

—¡No! —Willhelm lo acababa de decidir. ¡Se llevaría a Lisel con él, a Cuba!

Tía Cati se asomó al pasillo al que desembocaban las puertas de las habitaciones del segundo piso en la quinta. A pesar de la distancia, podía oírles perfectamente.

—¡Estás loca si crees que voy a dejarte aquí, disfrutando de esta gran casa, de mi dinero y al alcance de ese imbécil! —Willhelm estaba furioso.

—¡Pero yo no puedo viajar a Cuba! ¡Ha estallado una guerra, podría morir! —Lisel no entendía su empecinamiento. Estaba verdaderamente asustada.

—¡Pues tanto mejor! Quizá no escuchaste al cura el día que nos casó: ¡Hasta que la muerte nos separe! —le contestó Willhelm—. ¡Así que vendrás conmigo!

—¡Eres un monstruo egoísta! —le gritó ella.

—¡Y tú una caprichosa orgullosa! —le contestó él.

—¡Te odio! —le gritó ella.

—¡Bravo! —se alegró él—, por fin sientes algo por mí.

Los gritos de su sobrina y su marido retumbaban por toda la casa. De repente Lisel irrumpió en el pasillo, cerrando la puerta tras de sí de un portazo. Tía Cati le hizo una señal para que entrara rápido en su habitación.

—Pero ¿se puede saber qué está pasando? —le preguntó tía Cati alarmada.

—¡Ay, tía! —se quejó Lisel—. Ese hombre pretende que vaya con él a Cuba. ¿Has leído la prensa? Ha estallado la guerra, los rebeldes se han alzado de nuevo. —Lisel paseaba nerviosa por la habitación.

—¿Y por qué se empeña en que le acompañes? Tenía entendido que iba a irse solo —respondió extrañada.

—¡Eso dijo! Pero ha cambiado de idea. Piensa que ahora que Gerard es viudo me buscará de nuevo. ¡Tía! —exclamó—, tienes que ir a ver a mi padre. Pídele que venga y que hable con Willhelm, necesito que lo convenza para que no me lleve allí. ¡Tía, por favor! —Le cogió las manos angustiada. Si ya había sido un descalabro casarse con alguien como él solo le faltaba que ahora la arrastrara a vivir a las colonias, como si ella fuera una buscavidas.

—¡Ahora voy, ahora voy! —Tía Cati se puso el sombrero a toda prisa.

A Willhelm le sorprendió la visita de su suegro.

—¡Señor Baßler! —le saludó—, tengo entendido que regresa a Cuba, por lo de su abuelo –dijo. Sagnier caminaba apoyándose en el bastón con empuñadura de plata, aunque solo lo usaba como símbolo de distinción.

–Así es, pero no tiene de qué preocuparse, puede seguir viviendo en su antigua casa. –Willhelm sintió cierta satisfacción al decírselo–. El señor Eduard Montagut tiene instrucciones precisas para que el funcionamiento del banco sea el correcto. Usted seguirá percibiendo una renta mensual, pero como ya sabe, será él quien supervise todas las operaciones que se hagan.

Sagnier tragó saliva ante la humillación oral que estaba soportando.

–Sí, ya quedó todo muy claro en la reunión. –La reunión en la que le notificaron que a partir de aquel momento pasaría a ser un hombre de paja, sin voz ni voto, sin poder de decisión. Se le asignaría una cantidad mensual para sus gastos, más generosa de lo que Willhelm hubiera querido, pero nada más–. Pero no estoy aquí por eso –le aclaró Sagnier–. Vengo por mi hija, estoy preocupado por ella, o más bien por su decisión de llevársela consigo a Cuba.

–¡Vaya! –se sorprendió Willhelm–. Cómo corren las noticias en esta casa. Es mi esposa y lo lógico es que me acompañe. –Su tono era rotundo–. Además, ha fallecido mi abuelo y debemos presentarle nuestros respetos.

–Pero tiene que entender que no es lugar para una dama como ella, hay una guerra abierta, no es un sitio seguro. Le pido que deje que se quede. Si se siente más tranquilo puede quedarse en mi…, en la que era nuestra casa, conmigo, y no aquí sola –corrigió a regañadientes.

–¡No! –Willhelm se levantó zanjando la cuestión.

Sagnier se vio en la obligación de levantarse y salir. Se dirigió hacia la puerta despacio, ralentizando el avance de su bastón. Abrió la puerta y antes de salir se volvió hacia su yerno.

–¿Por qué una rosa de plata? –preguntó a bocajarro

Sagnier, necesitaba aclarar aquella duda que lo estaba torturando.

Willhelm estudió su rostro antes de contestarle. Quizá ese fuese el momento perfecto para acabar con todo, pero pensó en Lisel, en su piel, su fragancia, en las noches de amor que aún no había podido vivir con ella.

—Como expliqué, es una antigua tradición. Una costumbre que un mayordomo austríaco, un tal Johann Joseph Dkevenhüller-Mestch escribió en su diario, allá por 1740 —le respondió secamente Willhelm.

—Sí, sí —Sagnier palideció ante la explicación—, pero como sabe —insistió—, según la tradición la costumbre era entregarla en el momento de la petición de manos. ¿Por qué regalársela a mi hija cuando ya estaban casados?

—Esa es una buena pregunta, «suegro» —dijo Willhelm acercándose a él—. ¿Por qué? —Sonrió enigmático—. Piense en ello cada noche, cuando imagine a su hija metiéndose en mi cama.

Sagnier palideció, le costó mantener el equilibrio.

—¿Quién es usted? —preguntó Sagnier agarrándole del brazo con fuerza.

La fría mirada de Willhelm se centró primero en aquella mano, después en los ojos de Sagnier. Este le soltó, no sin antes sentir que se le helaba la sangre bajo aquella mirada.

Ikalidi canturreaba contenta ante la perspectiva de reencontrarse de nuevo con Iyanga. Tenía ganas de que él la viera con sus nuevos vestidos, aquellos que la hacían parecer una señorita. Ahora se peinaba de otra forma. Con todo lo que había aprendido para poder atender a la señorita Lisel se sentía otra, seguro que Iyanga se daría cuenta y se fijaría en ella. ¡Por fin olvidaría a Mbeng!

Ikalidi contempló los baúles ya cerrados, aún le quedaban los objetos de tocador, los cepillos para el pelo y aquellas cajitas policromadas que tanto le gustaba tocar, aquellas en las que la señorita guardaba su cepillo para los dientes. Cuando elaboraba el preparado que usaba Lisel para limpiárselos hacía un poquito más, a escondidas, y por las noches, cuando nadie la veía también lo usaba. Le gustaba aquel sabor a raíz de regaliz y malva que le dejaba en la boca.

–¿Qué haces, tía? ¿Ya lo tienes todo preparado? –quiso saber Lisel al ver a su tía revolviendo en todos los cajones.

–Sí, está todo. Bueno, no, he encargado que nos preparen un tónico de jengibre, para los mareos –aclaró. Tía Cati nunca había viajado en barco y no sabía cómo podría aguantar treinta días de navegación, pero como le hizo saber a Willhelm: «Si mi sobrina se va yo iré con ella, no pienso dejar que vaya sola a una isla remota en la que no conoce a nadie»–. ¡Ah! Lo encontré –exclamó tía Cati.

–¿El qué? ¿Qué es eso? –Lisel miró con curiosidad aquel paño amarillento.

–Es tu faldón de cristianar –le respondió su tía con una sonrisa.

–¿Y para qué lo quieres ahora? –Lisel pensó que su tía estaba aún más alterada que ella por el viaje. Con todo lo que debían preparar se entretenía en nimiedades.

–Yo para nada, pero tú si lo necesitarás cuando tengas a tu primer hijo –le respondió.

Lisel abrió los ojos de par en par ante aquella posibilidad. ¡Tener un hijo con aquel indiano! ¡Un bebé que llevaría su sangre mezclada con la de él! Un escalofrío le recorrió el cuerpo. Pensó en lady Mersey, en que tenía que escribirle antes de emprender el viaje, pero ¿qué le diría? Quizá podría decirle que se casó enamorada de un hombre de muy alta posición, que viajaba con él para conocer sus posesiones en ultramar porque él no soportaba estar demasiado tiempo separado de ella.

¡Mentiras! Pensaría en alguna mentira que la hiciera quedar bien cuando hablaran de ella en las tertulias de los tés, cuando supieran que no volvía porque se había casado con un indiano.

SEGUNDA PARTE

La isla de los hombres

CAPÍTULO 32

Tierra a la vista

El grito de ¡tierra a la vista! retumbó por todo el barco. Después de cuatro semanas a bordo todos esperaban ansiosos que el vigía pronunciara esas palabras. Lisel subió a popa, estaba impaciente por ver cuanto antes cómo era aquella desconocida isla. Tuvo que sujetarse con fuerza, el viento movía el ala de su sombrero. En aquellos largos y tediosos treinta días de travesía apenas había coincidido con Willhelm, ella pasaba las horas en el camarote atendiendo a su tía, que seguía con aquel continuo mareo. Los libros habían sido su mejor compañía, al menos con ellos, con sus historias, lograba olvidar a ratos el destino que la aguardaba. No acababa de entender qué había ocurrido. ¿Dónde estaba aquel maravilloso futuro que le dibujó madame Bodleian? ¿Dónde?, se preguntó de nuevo.

Willhelm la contemplaba desde el puente de mando. A pesar de que el sombrero cubría el rostro de Lisel podía intuir que, en ella, seguía aquella expresión de tristeza y de aceptación que la había acompañado desde que partieron de Barcelona.

–¡Bienvenida a la Perla! como llamamos aquí a Cuba –le dijo Willhelm situándose a su espalda–. Lo que ves –señaló al frente consciente de que la había sobresaltado– es la fortaleza del Morro, del castillo del Morro –le explicó. *El Guaurabo*, orgulloso, hacía su entrada en la bahía de La Habana.

A pesar de que ella permanecía impasible, indiferente,

él sabía que le gustaban las historias, lo notó al observar cómo devoraba los libros, al verla sonreír o entristecerse en función de la trama. Así que siguió allí, tras ella, protegiéndola con su cuerpo de aquel viento y contándole cómo el rey de España, allá por 1587, ordenó la construcción de aquel castillo sobre una enorme roca para defender la isla de las incursiones del temido pirata Francis Drake.

–Y aquella –señaló él apoyando sus manos sobre el candelero, dejándola a ella atrapada entre sus brazos–, y aquella –continuó– es la fortaleza de San Carlos Cabaña, la más importante de la colonia.

Al adentrarse en la bahía Lisel pudo observar que las impresionantes fortalezas que se erigían como guardianes de la ciudad se habían levantado con piedra caliza. No parecía que cupiera un solo barco más en la ensenada. Recordó lo que había leído sobre La Habana, que era un gran puerto internacional en el que recalaban barcos procedentes de Europa y América. Y ahora, ella, llegaba en uno de ellos.

–¿También tienes casa aquí? –quiso saber Lisel, que prefirió seguir de espaldas a él. Notaba el calor de su cuerpo tras ella, el roce de sus brazos en su cintura, pero no olvidaba que la había arrastrado hasta allí contra su voluntad.

–No –le respondió–. Normalmente cuando vengo aquí me hospedo en casa de una gran amiga, pero no sé si estará aquí ahora, así que desembarcaremos el equipaje, solo el preciso para pasar dos o tres días, en lo que resuelvo unas diligencias. –Él hizo que se girara–. Nos hospedaremos en el hotel Inglaterra y, como te digo, en unos días reemprenderemos la travesía hacia la plantación.

–Pensaba que desde aquí iríamos ya en carruajes –dijo Lisel, alzando la cabeza. Los ojos azules de Willhelm estaban clavados en ella, pero no era capaz de averiguar qué pensaba aquel hombre. Siempre parecía tener una expresión de enfado.

–No. Seguiremos por mar. El viaje en coche sería muy fatigoso y largo, además… –Willhelm calló, no quería reconocer que era peligroso–. Será mejor que avises a tu tía. En unos minutos tomaremos tierra.

Ella dio un paso, pero él demoró liberarla de sus brazos. Lisel le dedicó una de aquellas miradas que él conocía tan bien, una mirada que acompañaba con su cabeza ligeramente inclinada, su boca entreabierta y unos ojos fulgurantes por la rabia. Ella avanzó igualmente, y aquella fragancia a vainilla lo envolvió, su piel se electrificaba cada vez que ella lo rozaba, aunque fuera para zafarse de él.

Tía Cati respiró aliviada cuando sus pies abandonaron aquella pasarela que unía el barco con el puerto, sin embargo, sentía que su cuerpo continuaba balanceándose al compás del mar. Se asió del brazo de su sobrina.

–¡Ay, Lisel!, no sé si volveré a ser la de antes –se quejó–. ¡Hasta he perdido el apetito!

–Seguro que sí, tía, en cuanto tengas una buena taza de cacao humeante delante te aseguro que se te pasarán todos los males. –Lisel la miró entre apenada por su estado y divertida por la expresión de su rostro al nombrarle el cacao.

–¿Tú crees que aquí también tendrán la costumbre de merendar? –preguntó tía Cati–. ¿Y encontraré mis hojaldres de limón? –No albergaba muchas esperanzas.

–Espérenme aquí –les dijo Willhelm–, conseguiré un carruaje y las acompañaré al hotel.

Sí, era cierto, Lisel comprobó lo que decían sobre el puerto de La Habana, los barcos ondeaban banderas de diferentes países, y a su alrededor escuchaba conversaciones en varias lenguas. Un grupo de turistas americanos desembarcaban en ese momento de un paquebote procedente de Nueva Orleans.

–¡Willhelm, muchacho! –La voz ronca de aquella mujer hizo que además de Willhelm se giraran todos los que estaban presentes. Sin importarle que sus caros zapatos pisaran los charcos de agua, aquella robusta mujer, vestida de forma llamativa, se abría paso entre los estibadores y los carretones que empujaban con esfuerzo un nutrido ejército de jóvenes imberbes.

Lisel y tía Cati se miraron. A pesar de que la mujer vestía ropas caras y de buen corte no caminaba con la elegancia y el porte que correspondería a una señora de su condición. Una pamela, exageradamente grande y ostentosa, le ocultaba el rostro con su vaivén al caminar. Willhelm la esperó junto a ellas.

–¡María Antonia! ¡Qué sorpresa! Te hacía en Ciudad Trinidad. –Willhelm le besó la mano. La mujer rio a carcajadas.

–No me acostumbraré jamás a estos formulismos, ja, ja. –Rio de nuevo–. Bueno, no es necesario que te diga que sentí mucho lo del Viejo, pero ya conoces mi filosofía, ¡morir es el peaje que hay que pagar por vivir! –Movió la cabeza apretando los labios.

Lisel permanecía seria, no sabía qué pensar de aquellas amistades de su marido. ¿Sería aquella mujer la representante de la alta sociedad en la colonia?

–María Antonia, permíteme que te presente a mi esposa, Lisel, Lisel Baßler. Ella es su tía Cati –señaló Willhelm–. Nos dirigíamos al hotel Inglaterra, pasaremos en La Habana unos días antes de seguir camino hacia la plantación.

–¡Ni hablar! –contestó rotunda María Antonia–. No permitiré que os hospedéis en un hotel. Que carguen los baúles y os venís a casa.

–No queremos molestarla, señora –le dijo Lisel intentando rehusar educadamente la compañía de aquella mujer tan, tan expresiva.

–No, querida, no es una molestia. Estoy encantada de recibir visitas, más aún tratándose de la familia de Willhelm. Y desde ya te digo, muchacho, que después iré con vosotros en el barco. Los caminos no están como para atravesar la isla en coche.

Willhelm hizo un gesto que María Antonia entendió. Ella echó un vistazo más detenidamente a Lisel, se veía una joven muy fina. Desde luego, no acostumbrada a vivir ninguna experiencia que ocurriera más allá de un salón de té.

Los cuatro se acomodaron finalmente en el carruaje descapotado. Los caballos tomaron el camino de la orilla del mar, en dirección al selecto barrio del Vedado. Lisel apenas distinguió una veintena de casas o, mejor dicho, de palacetes y quintas, parecidas a la que Willhelm había construido en Barcelona. Una campana anunciaba el paso del tranvía tirado por caballos.

La casa de María Antonia era de aquellas que se conocían como las «construidas por catalanes», a las que llamaban así por el esmero con el que se levantaban y por tener algunos detalles que recordaban su arquitectura, como las escaleras interiores de caracol adornadas con las típicas baldosas. Por lo demás, la quinta de María Antonia se estructuraba con las mismas piezas que cualquier otra de su estatus: un salón, un baño y la cocina, que contaba con una alacena y una puerta propia que conducía a la carbonera y a la leñera. También en la planta baja se ubicaban los dormitorios de los esclavos domésticos. La segunda, en cambio, se reservaba a los señores. Una sala-recibidor y una biblioteca completaban el palacete.

Solo ellos tres compartieron mesa en la cena, tía Cati prefirió aferrarse a la seguridad y estabilidad de su cama antes de tener que continuar viaje en barco hasta la plantación. Lisel observó que todos los objetos de la casa estaban marcados con la inicial «A» rodeada de un círculo incompleto. Aquel anagrama destacaba en la vajilla, en la mantelería e incluso en los cubiertos. Una forma de lucir el rango de un apellido que, por sí mismo, no tenía.

—Y dime, Willhelm, ¿vas a estar muy ocupado estos días en La Habana? Seguro que sí –dijo María Antonia sin darle tiempo a contestar. Él se limitó a asentir con la cabeza sonriendo–. Querida, te has casado con un hombre excepcional, pero supongo que ya lo sabrás. –Hizo un gesto de aprobación con la mano–. Tiene una mente privilegiada para los negocios.

—Estoy segura de ello –respondió Lisel con cierta ironía.

—En realidad no me ha dado tiempo aún a contarle nada sobre la isla –Willhelm miró a su mujer, tomándole la mano. La suavidad de su piel lo desarmaba.

—Ya veo –dijo María Antonia observando como él retenía la mano de Lisel a pesar de que ella, con disimulo, intentaba librarse de su caricia–. Como te iba diciendo, tu marido posee la central más importante de la isla.

—Creía que era una plantación de caña de azúcar. –Lisel empezaba a divertirse con la verborrea de su anfitriona.

—Supongo que sabes qué es una central. –Se asombró al ver la cara de extrañeza de ella–. Al menos te sonará el nombre de la Baßler Sugar Mill Company –insistió ella–. ¡Pero bueno! –exclamó alarmada–. ¡Ah, claro! –rio–, vosotros dos no habéis perdido el tiempo hablando, ja, ja.

Lisel enrojeció hasta la raíz del pelo. Evitó mirar a Willhelm, que seguía aprisionando su mano.

—Ya te acostumbrarás a mi manera de hablar, Lisel –le dijo María Antonia al percatarse de su reacción–. Para mí es un honor recibir en mi casa a una dama como tú, que ha estado en la corte inglesa, perteneciente de verdad a la nobleza. Verás que por estas tierras hay muchos marqueses, condes y de todo eso, qué se yo, pero son todos de pega, ja. –Rio.

—Títulos comprados –aclaró Willhelm–. Dicen que hay más títulos en Cuba que los que se cuentan entre las dos Castillas.

—Sí, algo leí al respecto. —A Lisel le gustó que María Antonia supiera valorar que ella descendía de la estirpe francesa de los Sagnier, y que estuviera emparentada con el mismísimo rey Luis Felipe de Orleans.

—Sírvele un digestivo a tu mujer. —Desde que había estado invitada en uno de esos palacetes de falsos nobles, a María Antonia le gustaba llamar así al ron, reconocía que resultaba más elegante disfrutar de un «digestivo» tras la cena que «trincarse» un buen trago de ron cubano–. Aunque yo ya no os acompañaré –añadió–. ¡Estoy rendida! ¡Estos zapatos me están matando! –María Antonia se levantó, apoyándose en la mesa–. Mañana te enseñaré La Habana, Lisel, mientras tu marido resuelve sus asuntos. ¡Buenas noches!

El extraño silencio que invadió el espacio en cuanto aquella parlanchina mujer se alejó se rompió de repente al escucharla nuevamente. María Antonia, con los zapatos en la mano, subía los peldaños de la escalera al tiempo que tarareaba la letra de *El arreglito*. A Lisel le sorprendió escuchar la habanera de Bizet con otra letra:

Chinita mía, ven por aquí
Que tú ya sabes que muero por ti.
Chinita mía, ven por aquí,
Que tú ya sabes que muero por ti.

No, no, no, no,
No voy allí...

Willhelm se levantó para alcanzar la botella de ron, al volver a la mesa Lisel había desaparecido. La buscó con la mirada. La descubrió apoyada en el porche. Frente a ella el mar lucía calmado bajo el cielo de La Habana.

—En la isla tendrás el placer de contemplar las noches más hermosas de tu vida. —Willhelm se colocó tras ella, pasándole la copita de ron. Ella negó con la cabeza.

—No, gracias. —Prefería mantener las distancias, pero sintió cómo el cuerpo de él se pegaba al suyo.

El estruendo de una gran explosión la asustó. Sin pensarlo, y pese a ella, se abrazó a él buscando protección. El vino de la copa le empapó la camisa a Willhelm.

—Lo siento —exclamó avergonzada.

—¿Estás bien? —Willhelm intentó mantenerla abrazada—. Cada noche —le explicó él—, a las nueve en punto, los soldados disparan para anunciar el cierre de las puertas de la ciudad, de las murallas. Se conoce como el cañonazo de las nueve.

Lisel se deshizo del abrazo, aunque sintió frío al hacerlo. Le dedicó una mirada fugaz y se volvió de nuevo, para seguir disfrutando de aquella hermosa vista.

—Lo que tienes enfrente es el hermoso malecón de La Habana o, mejor dicho, de la Villa de San Cristóbal de La Habana, al menos ese era su nombre cuando la fundaron —le explicó él.

—Dime —quiso saber ella—, María Antonia es... —Alzó la cabeza buscando la mirada de Willhelm. Él asintió con la cabeza.

—Sí, es lo que aquí se llama un «negro de sociedad», aunque en realidad es cuarterona, hija de mulata y blanco. El color de su piel es claro, pero sus facciones evidencian su otra raza. Trabajaba en una confitería, en La Catalana —le explicó él—. Ahí conoció a su marido. Un día él entró a comprar y se prendó de ella más que de la repostería que vendían. —Rio.

—Pero él no está aquí —se extrañó Lisel—. ¿Está en la plantación?

—No. El señor Arquer murió hace años. Era bastante mayor que ella. Era natural de un pueblo de Tarragona, Torredembarra, creo que se llamaba.

—Entonces, ¿no era esclava? —preguntó extrañada—. Creí que aquí todos los negros eran esclavos.

Él bajó un poco la cabeza para contestarle, acercando su boca a la mejilla de ella.

–No. Su madre lo fue, pero ella nació libre. Su padre, un blanco, compró su barriga –le explicó Willhelm.

Lisel recordó esa expresión en la boca de Ikalidi cuando le habló de aquella mulata libre que estaba en la hacienda. Los labios de Willhelm le rozaban la piel de la mejilla, se sentía extraña, estaba enfadada con la vida, con su destino, que la había arrastrado hasta allí, pero sobre todo con aquel hombre al que a veces sorprendía observándola.

–Pero teniendo sangre negra, ¿cómo puede tener esclavos? –Lisel no entendía aquella extraña sociedad.

–Sus negros son libres y, créeme que no podrían tener mejor vida que con ella –Willhelm hizo una pausa–. Es lo que haré en mi plantación en cuanto lleguemos, liberarlos.

A Lisel le pareció que Willhelm pronunciaba aquellas palabras con el mismo tono e intensidad con la que un caballero le hablaba de amor a una dama. Los brazos de él se cerraron sobre su cintura, ella volvía a notar aquella sensación extraña que invadía su vientre cuando él se acercaba. Era un calor desconocido. Bajó la cabeza y con suavidad, pero con firmeza, lo apartó.

–Me retiro a descansar –dijo ella.

Él la siguió escalera arriba. Contemplaba el ligero vaivén que ella imprimía a sus faldas al mover suavemente las caderas. Su cabellera, recogida, dejaba ver lo estrecho de su cintura. Cuando ella tocó el picaporte de la puerta él apoyó su mano sobre la de ella.

–Compartimos recámara, ¿olvidas que estamos casados? –le susurró él.

–En ese caso me iré a la habitación de mi tía. Seguramente madrugarás como siempre y necesito dormir. ¿Me permites? –pidió ella, esperando que él se apartara.

Willhelm cogió su cara con una de sus manos, con suavidad, como si fuera una caricia, pero la mantenía firmemente para que no apartara sus ojos de él.

–Sé perfectamente por qué te casaste conmigo, y no me refiero a que tu padre se arruinara y se jugara también tu dote, sino a que recurriste a mí cuando tu otra opción, ese soldadito de plomo, se tuvo que casar con tu amiga. –La cara de él se tensó–. Pero desde ya te digo, Lisel Baßler –le remarcó–, que eres mi mujer y que mi paciencia tiene un límite.

–¡Suéltame! –Lisel intentó apartar la mano de Willhelm de su cara, pero no lo logró.

–Yo no soy uno de esos petimetres con los que estabas acostumbrada a tratar en Londres. Tampoco soy el caballero que deseabas, pero soy un hombre, y soy el hombre con el que estás casada. –Finalmente él se separó de ella–. No hace falta que vayas con tu tía, quédate aquí, ya buscaré otra recámara.

Lisel entró rápida en la habitación. Su corazón palpitaba aceleradamente. Al otro lado del pasillo oyó los pasos de Willhelm sobre el suelo de madera alejándose.

María Antonia encajó la puerta de su alcoba con cuidado de no ser descubierta. No se tenía por una chismosa, pero le gustaba estar al tanto de todo lo que se cocía bajo su techo. Tenía mucho trabajo por delante con aquella jovencita, una damita algo altiva y arrogante, pero tiempo al tiempo. El embrujo de La Perla y el aroma a azúcar ya habían entrado en su vida, y eso nunca dejaba indiferente a una mujer.

CAPÍTULO 33

La Habana

—Tu marido se fue hace rato –dijo María Antonia cuando vio llegar a Lisel. Observó su vestido con una mirada crítica–. Más tarde iremos a tomar la mañana con él, hemos quedado en el Gran Café ElLobre –dijo esforzándose en pronunciarlo bien.

—¿El Louvre? –preguntó Lisel sonriendo.

—¡Ese! –exclamó María Antonia con una sonrisa–. La Habana te gustará, pero no puedes vestir así en la isla –dijo fijándose de nuevo en el vestido de muselina de esmerada confección.

—¿Qué tiene de malo mi vestido? –preguntó Lisel a la defensiva.

—El vestido en sí nada –contestó María Antonia, que le hizo una seña para que se sentara a dar cuenta del desayuno–, pero no es apropiado para este clima. Aquí, y sobre todo en la plantación, necesitarás vestir ropas más ligeras y de colores claros. ¡Y olvídate del corsé o estarás mareada todo el día!

—¡No puedo salir sin corsé! –El rostro de Lisel mostró su contrariedad, sería como ir medio desnuda, pensó.

—No veo por qué no. Aquí las grandes damas lo hacen. Ya lo verás más tarde. Adaptamos la vestimenta a nuestro clima. Está bien tener en el guardarropa algún vestido para ocasiones especiales o bailes de gala, pero para el día a día... –Meneó la cabeza.

—No lo veo apropiado –respondió Lisel.

—Ama, el carruaje está preparado. Aquel negro apareció vestido con una elegante y llamativa librea azul con ribetes de color plata. Una lazada blanca, alrededor del cuello, a juego con los guantes, completaba su uniforme.

–¿Nos acompañará tu tía? –quiso saber María Antonia.

–No. Hoy piensa levantarse, pero no irá más allá de donde la lleven sus pies. –Rio Lisel.

–¡Toma! –María Antonia le ofreció un abanico–. Aquí es un compañero indispensable.

Tras dejar una buena propina al mozo de la cuadra para que atendiera al caballo, Willhelm se dirigió al taller de Francisco Buch, el más reconocido fabricante de fichas de La Habana. Cada vez estaba más convencido de que era una buena idea contar con una moneda propia con la que comerciar, la escasez en la isla de las de curso legal era ya un problema. La metrópoli seguía prohibiendo que Cuba contara con una casa acuñadora de monedas, por eso se había decidido a implantar su propia moneda, lo que le facilitaría los negocios, tanto en la propia plantación como con sus colonos.

Como explicó a Josep, su administrador, en el momento en que concediera la libertad a sus esclavos pasaría a pagarles un salario por su trabajo, además de ofrecerles el alojamiento, pero a cambio, ellos, a partir de ese momento deberían costearse la alimentación y su vestimenta. Por eso abriría una especie de economato en la plantación en el que los nuevos trabajadores podrían adquirir ropa, calzado, comida y todo lo necesario para el día a día. De este modo, parte del salario que les pagaría revertiría de nuevo en sus arcas, con lo que la liberación de los esclavos, a la larga, no le resultaría gravosa económicamente.

–¿Y qué materiales usan? –preguntó Willhelm al fabricante–. Me interesa que las fichas sean duraderas y resistentes –le exigió.

El comerciante le señaló el mostrador para que le siguiera.

–Aquí puede ver los tres materiales con los que trabajamos. –Le entregó las fichas para que las tocara–. Esta es de cobre y latón, esta otra de bronce, esta de aquí de calamina y esta de aluminio. La de aluminio es la más económica ahora –le informó.

Willhelm tocaba aquellas fichas comprobando la resistencia.

–¡Ah!, perdón. –El comerciante sacó de debajo del mostrador un pedazo de resina–. Últimamente estamos trabajando con baquelita, es esta especie de resina –le aclaró.

–¿Es más fuerte? –preguntó Willhelm, algo más convencido por el aspecto.

–Sí, señor. Está dando muy buen resultado.

–De acuerdo, usaremos la baquelita, y sobre la forma de las fichas, las quiero sencillas, redondas, nada de forma de roseta o cosas por el estilo. Para el uso diario la forma redonda es la más práctica –decidió Willhelm.

–¿Y haremos las piezas de varios valores? –preguntó el comerciante.

–Sí, sí. Las quiero de 1, 5 y 10 pesos y también de 5 y 10 centavos. Y esto es importante, atienda –reclamó Willhelm–, en el reverso ponga el valor de la moneda y alrededor, siguiendo el reborde de la ficha, que rece el texto: «Plantación El Guaurabo». Para la cara quiero que haga un troquel especial y grabe este dibujo. –Willhelm le entregó un papel.

–Esto encarecerá un poco el precio, solo esta vez –aclaró el comerciante–. Hay que diseñar un troquel específico.

–No hay problema –aceptó Willhelm–. Le dejaré todo pagado, no se preocupe por eso. Estaré unos días en la ciudad antes de viajar a mi plantación, me gustaría ver una prueba antes de irme. Después, cuando el encargo esté finiquitado, lo envía a través de uno de mis barcos a mi hacienda.

—Por supuesto, señor Baßler, se hará todo como indica.

Al salir del establecimiento, Willhelm respiró profundamente, el aire del Caribe le llenaba de energía. Aún tenía cosas pendientes que hacer, comprobar que cargaran el barco con provisiones y con todo lo necesario para abastecer el futuro colmado, pero prefirió pasear sin prisas por aquellas calles llenas de vida.

El piano que lucía en aquel aparador hizo que pensara de nuevo en Lisel. Se preguntaba cómo lo haría para acercarse a aquella mujer, cómo salvar las distancias con ella. Cuestión de tiempo, se dijo, con el tiempo ella se acostumbraría a su nueva vida, a su nueva condición. En algún momento, pensó esperanzado, ella alejaría de su cabeza aquellos sueños de grandeza y decidiría simplemente vivir la vida con él.

—¡Danos primero una vuelta por el paseo! —gritó María Antonia al cochero, que asintió con la cabeza, aunque con cuidado de no perder el alto sombrero azul.

—¿Hay mucha vida social aquí? —quiso saber Lisel.

—Te sorprenderá, querida, aunque yo prefiero vivir en mi plantación, respirar el aire libre, vestir como me da la gana, y no con estos grilletes que llevo por zapatos. Además —añadió—, verás que La Habana huele mal, y mira las calles, están mal pavimentadas y con todos esos negros gritando por las esquinas vendiendo esto y lo otro... ¡Nada comparable al silencio del campo y al arrullo de mi mecedora a la hora de la siesta! Pero mira —puso su mano sobre la de Lisel—, este paseo es la alameda de Paula, el primero que se construyó en la ciudad, y ahora, en nada pasaremos por el teatro Principal y el palacio de los Capitanes Generales. Si tenemos ocasión en estos días, lo visitaremos, seguro que se organiza algún baile. ¡El Salón de los Espejos de ese palacio es algo maravilloso! Aunque tú ya estarás acostumbrada a ver lugares así en Inglaterra. —Se giró hacia Lisel.

–Sí, sí –respondió Lisel, que no quería hacer de menos a María Antonia. Le estaba cogiendo cariño–. No me imaginaba la ciudad así.

–¿Cómo la imaginabas? –preguntó María Antonia.

–¿Sinceramente? –Lisel no sabía si ser sincera.

–Dime lo que piensas, yo también soy muy clara, ya lo comprobarás –le contestó María Antonia.

–Pues pensaba que me encontraría casas y una ciudad parecida a un cuartel militar, con mucho tráfico de barcos, hombres trabajando… pero sin ningún tipo de vida social o aprecio por las artes –le dijo Lisel mientras contemplaba una Habana que se mostraba ante ella orgullosa de sus edificios de piedra, de sus torres, sus iglesias y conventos. De sus callejuelas estrechas por las que, sin embargo, y aunque no lo pareciera, podían transitar dos carruajes al tiempo.

–Verás que no, querida. Esta es la plaza de Armas –le señaló–, el centro de La Habana, a su alrededor se han ido construyendo las calles, muchas de ellas especializadas en una profesión –le explicó.

–¡Ah! –exclamó Lisel–, como en Barcelona. Así fue su origen: el barrio de zapateros, costureros, herreros…

–Aquí igual. Esta es la plaza Vieja, ¿ves la diferencia con la de Armas? –le preguntó María Antonia–. En la de Armas están los edificios militares y en esta se encuentran las mansiones y palacios.

–No esperaba ver esta riqueza aquí, ciertamente –reconoció Lisel.

–Pues debes saber que muchas de las hijas de estas casas estaban interesadas en tu Willhelm. –Le guiñó un ojo a la pelirroja, pendiente de la reacción de sus palabras–. Tu marido es, era –corrigió– un gran partido. El más rico de la isla. Willhelm tiene una gran fortuna, y más que hará, te lo digo yo. Tiene unas ideas muy modernas. Lo verás cuando llegues a la plantación.

–¿A qué te refieres? –quiso saber Lisel picada por la curiosidad.

—Levantó un acueducto en la hacienda para tener energía propia con la que hacer trabajar la maquinaria, pero además construyó también las vías de ferrocarril que unen Ciudad Trinidad con la plantación. Ten en cuenta que otros hacendados, como yo —aclaró—, que no hemos podido modernizar e invertir en maquinaria, llevamos toda nuestra producción a El Guaurabo, somos una especie de colonos, ya lo irás entendiendo. Esa es la diferencia entre tener un ingenio o ser central. —Rio María Antonia—. Es importante que conozcas los negocios de tu marido, mírame a mí, el mío se murió y me tuve que poner al frente de todo. ¡Uyyy! ¡No quiero decir que Willhelm se vaya a morir! —Se santiguó.

—No te preocupes. —Lisel entendió—. Quieres decir que una mujer debe conocer todo lo que afecta a la vida profesional de su marido.

—¡Exacto! No solo acudir junto al esposo a las recepciones y a esos eventos sociales, sino que una mujer debe ser una compañera para su marido.

—Todo esto es nuevo para mí, María Antonia. Mi vida hasta ahora era muy diferente, solo me preocupaba de mantener al día mi guardarropa, practicar piano y ofrecer mis conciertos y, como dices, acudir a bailes y meriendas —reconoció Lisel dándose cuenta de la amplitud que tenía la vida más allá del mundo que ella conocía.

—Pues espero que nuestra isla te guste y te sientas cómoda aquí. ¡Cochero! —gritó María Antonia dando un pequeño salto en el asiento que hizo que el carruaje se moviera de forma visible.

—Y dime, ¿cómo es que el señor Ba...? ¿Willhelm construyó su propio ferrocarril? —preguntó Lisel recordando la conversación.

—Ah, sí. Como te decía, para facilitar el transporte del azúcar desde nuestras plantaciones, enclavadas en el Valle de los Ingenios, hasta El Guaurabo, construyó una línea que va desde Ciudad Trinidad a vuestra plantación —le explicó María Antonia.

Lisel se sorprendió con la expresión «vuestra plantación».

–Pero no creas que solo hizo esa línea –siguió María Antonia–, la plantación cuenta con una pequeña estación de la que parten varias más que transportan a los esclavos a las zonas de trabajo y al acabar el día los vagones vuelven cargados con la caña de azúcar.

–¡Ah! –exclamó Lisel–. ¡Son trenes para el azúcar!

–Sí, podríamos llamarlos así, me gusta cómo suena. ¡Los trenes del azúcar! Ya hemos llegado –dijo María Antonia abriendo la portezuela, aunque de repente se paró–. A veces se me olvida que tengo que esperar a que el cochero o un caballero me abran la puerta. –Rio.

–María Antonia –dijo Lisel–, cómo me gustaría verte por los salones de Londres. –Rio divertida.

CAPÍTULO 34

Tomar la mañana

–Mira –María Antonia señaló la pastelería–, confitería La Catalana. Ahí trabajé por muchos años, hasta que conocí a mi marido. –Rio.

–¡Ah! –exclamó Lisel sin comentar que lo sabía por Willhelm–. Quizá hagan repostería de mi tierra.

–¡Sí! Tienen un postre riquísimo, el *torte* –dijo María Antonia.

–¡*Tortell*! –corrigió sonriente Lisel.

–¡Eso! –rio–. Está relleno de mazapán.

–Me gustaría comprar uno para la merienda. Seguro que mi tía se anima con eso –dijo Lisel.

Al entrar en el establecimiento Lisel se asombró de la profusión de abrazos con los que recibieron a María Antonia. Para ellos seguía siendo la misma muchacha que años atrás compartiera horas de trabajo con ellos. Poco a poco se daba cuenta de la gran cantidad de catalanes que habían emigrado a Cuba en busca de fortuna. Se notaba en los nombres de los comercios, siempre con alguna referencia a Cataluña, en los apellidos de las carpinterías, de los cafés, en el habla que resonaba por las calles…

Sintió que presenciaba la creación de algo nuevo, de un país que levantaban entre todos, sin importar su origen, con gentes de aquí y de allá, de diversas nacionalidades y de diferente estatus. ¡Con esclavos y negros de sociedad! Términos que eran nuevos para ella: cuarterones, mulatos, criollos, ingenios, trapiches, centrales...

–¿Sabes? –dijo María Antonia de nuevo en el carruaje–, me extrañó mucho verte junto a Willhelm. Se nota que eres una gran dama, fina, elegante, hasta tu nombre suena fino: «Lisel» –pronunció–, y en cambio Will es un hombre que se siente bien en la libertad que ofrece el campo o el mar. Y no digo que no sea culto, o educado, pero sois como la noche y el día, y pese a eso hacéis muy buena pareja… No puedes negar que tu marido es un hombre muy apuesto. ¿Lo has mirado bien? Pero no con los ojos de enojada que te traes todo el tiempo cuando estás junto a él, sino con los ojos de la mujer que mantienes ahí encerrada.

–No te entiendo –respondió Lisel intentando cambiar de tercio.

–Sí que me entiendes. –María Antonia puso su mano sobre la de ella para captar su atención–. En tu destino estaba escrito que vinieras aquí, a la isla de los hombres –le anunció.

A Lisel le pareció que la voz de María Antonia tomó un color diferente, grave, lejano, misterioso.

–Has venido hasta aquí para pagar una afrenta del pasado –continuó María Antonia–, es algo que arrastras de un ancestro, quizá de una mujer. Por ella es porque tienes tanto miedo al amor. Pero debes libertarte de ese miedo, debes liberar tus sentimientos, tu culpa.

–Estás equivocada, yo no tengo ningún sentimiento de culpa. Y sobre el amor… En Europa los matrimonios, al menos los de mi clase, suelen ser convenidos, nunca son enlaces por amor –le aclaró Lisel.

–Está bien –María Antonia sonrió–, será mejor que vayamos ya a tomar la mañana. Tanto paseo me ha dado sed.

–¿Tomar la mañana? –preguntó Lisel extrañada ante aquella nueva expresión que ya había citado anteriormente.

–Oh, aquí se va a «tomar la mañana» o a «tomar la tarde», dependiendo de la hora. Se trata de ir a un café a tomar algo. Antes de casarme solía ir al Luz y Sombra o al Flor de Canela. Allí siempre había una orquesta tocando. Me encanta la música, el son cubano... –sus pies se movían al son de un imaginario tambor–, pero ahora tengo que frecuentar otro tipo de locales, acudo a cafés refinados, y en lugar de tomarme mi aguardiente de caña o mi ron me pido un café o un *ti*, o té, o como se diga, ja, ja. –Rio de nuevo.

–¡Pues vamos a tomar la mañana! Tengo ganas de conocer uno de esos refinados cafés –replicó Lisel, que para su sorpresa se sentía a gusto en la compañía de aquella extraña mujer.

–Como me frecuentes mucho verás como pronto te «acriollarás», ja ja. –Rio María Antonia–. «Acriollarse», acostumbrarte a nuestro modo de vida –le aclaró–. ¡Cochero! –gritó–, llévanos al hotel Inglaterra. Hemos quedado allí con Willhelm.

–¡Ah! –exclamó Lisel, que sintió un pellizco en el estómago ante la idea de encontrarse con él. Algo tenía aquel hombre que la hacía ponerse en guardia.

Willhelm se levantó al verlas llegar. Había tomado una mesita junto a la hermosa vidriera, desde allí se observaba el constante ir y venir de caballos, de carruajes, de gentes. Sonido y colorido. Era la vida en estado puro de La Habana. Dejó el periódico sobre la mesa, intentó borrar de su mente lo que había leído, el inminente nombramiento de Weyler como capitán general de la isla. De él solo se podía esperar un endurecimiento de las condiciones económicas y, en contrapartida, que los rebeldes recrudecieran sus posiciones. Pero todavía había más, como algo excepcional el Gobierno de su majestad tenía pensado nombrar a otro capitán general, uno especial-adjunto para la zona oriental, su nombre, un tal Robert Baltrà.

–¿Cómo les ha ido la mañana? –preguntó él intentando borrar de su rostro la preocupación. Lisel llegaba con las mejillas arreboladas por el ajetreo. –Te he traído estas publicaciones –le mostró él–, he pensado que cuando lleguemos a la plantación agradecerás tener lectura. –Willhelm se las entregó. Eran las publicaciones de éxito que llegaban desde Cataluña.

–Gracias. –Ella inclinó ligeramente la cabeza agradeciéndole el gesto.

–¿Y cómo te ha ido, muchacho? –preguntó María Antonia, que no sabía cómo atenuar la tensión que se notaba entre aquellos dos.

–Bien, prácticamente he terminado todos los pendientes. Mañana acabarán de cargar el barco y pasado seguiremos rumbo a El Guaurabo –explicó él.

–¡Vaya! –exclamó María Antonia–. Pensaba que estaríais más días. Si es así no volveré con vosotros, esperaré a mi capataz, como tenía pensado. Tengo que asistir a un par de bailes sociales, de esos benéficos –explicó–, y no es que a esas buenas y notables gentes les entusiasme mi presencia, pero sí les interesan mis donaciones. –Rio.

–Pues sentiré que no nos acompañes, María Antonia –dijo con sinceridad Lisel.

–Bueno, pero en un par de semanas nos veremos en mi plantación. Estaremos de celebración y cuento con vosotros. Así que, muchacho, organízate el trabajo, pero quiero veros a los dos. –Su tono era casi de orden.

–Cuenta con nosotros. Estaremos encantados de asistir. ¿Verdad, Lisel? –Willhelm intentó cogerle la mano, pero esta vez ella la retiró a tiempo.

–¿Por qué no invitas a comer a tu mujer en el restaurante del Louvre? ¡Es magnífico! –dijo mirando a Lisel, que le dio el visto bueno a su pronunciación–. Así después podéis dar un lindo paseo de tarde por la parte de la ciudad que aún no hemos visto. A mí estos zapatos me matan, querida, tendrá que acompañarte Willhelm a comprar la ropa.

–Yo también estoy algo cansada –se excusó Lisel, que no quería disfrutar de horas a solas con él.

—Está decidido –dijo él–. Es una buena idea, Lisel. Tardaremos bastante en regresar a La Habana y es mejor que lleves todo lo necesario.

—¿Tan lejos está tu plantación de la ciudad? –preguntó ella algo alarmada. No se había molestado en consultar un mapa para ver dónde quedaba.

—Estamos a unas horas en barco de vapor, pero no te preocupes, desde la plantación podemos visitar Ciudad Trinidad, tenemos casa allí. Es un lugar muy floreciente, donde se encuentra el famoso Valle de los Ingenios –le explicó él.

—Pues no se hable más –María Antonia se levantó para despedirse–. Nos vemos esta noche en la casa.

CAPÍTULO 35

La Retreta

—¿Y qué te ha parecido La Habana? —le preguntó Willhelm al salir del restaurante.

—Me ha sorprendido —respondió ella.

—Y eso que aún no has visto las calles de las modistas y sastres. Si hay algo que gusta a la burguesía cubana es aparentar. —Él la miró expresamente—. Para ellos es muy importante lucirse, y eso lo hacen por cómo visten. Aquí pueden encontrar las mejores telas de hilo, las sedas más exquisitas y modistas que confeccionan al estilo de los mejores sastres de París. Por aquí —le indicó Willhelm tomándola de la cintura.

La calle Obispo estaba pavimentada y más cuidada que las que había recorrido Lisel por la mañana. Contaba con una ancha acera por la que damas y caballeros paseaban sin prisas. Los comercios mostraban su género en los amplios escaparates que ocupaban toda la fachada del establecimiento. Unas lámparas con apliques ovalados colgaban del voladizo, apliques que se encendían en cuanto la luz del sol se apagaba. Visitaron la casa de madame Bovés y la de madame Pitaux, en las que Lisel encontró numerosas revistas femeninas con una sección especial de modas. Las modistas se ofrecían a confeccionar el modelo que se quisiera, aunque también disponían de otros ya cosidos para dar satisfacción a las damas que, provenientes de otras provincias y de visita rápida en la capital, precisaban de renovar su vestuario.

En la calle O'Reilly los comercios ocupaban la planta baja de las suntuosas casas, cuyos balcones lucían el fino trabajo de los herreros a través de las forjas que los adornaban. Lisel se asombró al ver como unos coloridos toldos se extendían de casa a casa, cubriendo por completo el espacio abierto de la callejuela, permitiendo así que el tránsito por la calle y la visita a los comercios se convirtiera en un agradable paseo a cubierto de los rayos del sol.

La cara de Lisel reflejó el gran asombro que le causó ver cómo muchas de las damas, que se adentraban en la calle, no descendían de su carruaje.

–Es por el afán de mostrar su riqueza –le explicó Willhelm–. Compran desde el coche, como ves son los dependientes los que sacan las telas y zapatos y se los muestran en plena calle. Es un gran signo de distinción, y así los demás pueden ver cuánto se gastan en vestuario.

Y era cierto, Lisel comprobó cómo enseñaban los zapatos de cabritilla y satén y las damas, desde el carruaje, aprobaban o desaprobaban el género con un gesto.

–Entremos aquí –le dijo Willhelm parándose delante de La Delicia de las Damas–. Aquí podrás encontrar la más fina lencería. –Disfrutó al ver la contrariedad en su rostro–. Te estoy brindando la oportunidad de deshacerte de ese camisón que usas –la apretó contra él–, te verías bellísima con una bata de encajes que insinuara las formas de tu cuerpo.

–¡Suéltame! –le dijo ella empujándolo y haciendo que él se quedara fuera del comercio.

Willhelm hizo que un carruaje llevara las cajas con todo lo que había adquirido Lisel hasta la casa de María Antonia, así podría disfrutar de un último paseo por la ciudad con Lisel. La luz del gas empezó a iluminar las calles. De una forma mágica la ciudad pareció transformarse en aquella hora. Eran las ocho de la noche y los carruajes de paseo tomaron las alamedas y callejuelas que, enseguida, se llenaron de quitrines y volantas. Eran los mismos carruajes que, cada tarde y a esa hora, paseaban a las jóvenes casaderas a la espera de que algún galán a caballo se acercara a ellas para dedicarles un requiebro

—Permíteme una última parada y después te llevaré a disfrutar de la retreta –le dijo Willhelm.

—¿La retreta? ¿Vas a comprar máquinas de coser? –preguntó Lisel al ver que se paraba frente a ese comercio.

—Sí –dijo él haciendo que ella pasara primero.

—¡Señor Baßler! –El comerciante salió de detrás del mostrador para atenderle–. Su encargo está preparado –dijo mientras buscaba el documento donde tenía anotado el pedido.

—Estupendo –dijo Willhelm–. Mañana pueden llevar todo a mi barco, está atracado en el puerto, *El Guaurabo* –indicó.

—Sí, señor. Eran veinte máquinas Singer y dos mil quinientos equipos de esquifación. –Revisó el comerciante.

—Exacto –respondió Willhelm.

—Mire, aquí he preparado un juego completo, por si quería supervisarlo.

Willhelm se acercó al mostrador, llevando a su lado a Lisel.

—La esquifación –le explicó– es el conjunto de prendas que entregamos cada año a los esclavos, tal y como nos exige el reglamento.

—¿Hay un reglamento para eso? –preguntó extrañada Lisel.

—Sí, desde 1843. Nos exige dotarles de ropa dos veces al año, una en diciembre y otra en mayo –le explicó él.

—Aquí está –mostró el comerciante.

Sobre el mostrador dispuso un juego de camisa y calzón de coleta, un sombrero y un pañuelo, y para la dotación de invierno incluyó una chaqueta de bayeta. Todo ello con el emblema de una rosa negra en el pecho.

—Y ahora –le dijo él al salir–, voy a compensarte por haberte arrastrado a resolver mis negocios. –Él se paró frente a ella. La miró como si en su rostro estuviera la respuesta a cómo conquistar a aquella arisca mujer.

Willhelm la llevó a cenar a uno de los mejores restaurantes franceses de La Habana, quería que disfrutara de la cocina de François Garcon y del famoso *clarette* que servía acompañando a sus selectos platos. La calle Cuba estaba tremendamente concurrida esa noche. Willhelm tomó a Lisel de la mano y la pegó a su cuerpo.

–No te separes de mí. Recuerda que estás en la isla de los hombres, más del ochenta por ciento de la población son varones y no están acostumbrados a bellezas como la tuya –le dijo. Y aunque no fuera verdad, solo buscaba tener una buena excusa para sentir su mano en la suya, al menos, por un ratito no le rechazaría.

Lisel se sentía algo achispada por el *clarette*, quizá fuera la temperatura, el haber estado todo el día de paseo, pero se sentía relajada. Juntos se encaminaron hacia la plaza de Armas y por el camino Lisel se dejó emborrachar por la música que sonaba en las calles, eran valses, rigodones, rumbas y habaneras. Distinguía el compás de dos por cuatro con un tempo lento. Y estaban aquellas voces que interpretaban a capela…

Era la música de la ciudad, que acompañaba a los habitantes de aquellas casas que aún recibían visitas y que lo hacían con los balcones y ventanas abiertos, de tal modo que al pasar por delante se distinguían las hileras de sillas dispuestas para los invitados y retazos de conversaciones de estos con sus anfitriones.

La plaza de Armas les recibió con sus pórticos pintados de azul y blanco, con la banda de música iniciando los primeros compases. La retreta empezaba, el concierto que cada noche daba cita a los amantes de la música, del baile, de la vida. Una banda, de unos cincuenta músicos, ambientaba la cálida noche de La Habana.

La música le cosquilleaba el cuerpo a Lisel, igual que lo hacía el roce de la barba de Willhelm al girar en cada compás. Le llegaba el calor de su cuerpo cada vez que la apretaba contra sí, pero, y aunque le resultara extraño, en ese momento no le importaba su cercanía. Sentía la dureza de su cuerpo, el calor de sus manos que se entretenían en su cintura y su espalda y el olor de su piel. Era un hombre diferente al que acostumbraba a tratar, alguien que hablaba de las cosas con naturalidad, que se valía por sí mismo y emprendedor. Y esas eran cualidades que empezaba a apreciar en él, pero había algo, algo que no acababa de identificar en su mirada que le hacía recelar.

CAPÍTULO 36

Plantación El Guaurabo

La plantación El Guaurabo tenía una extensión de alrededor de 450 caballerías de tierra y, además de disponer de varias líneas de tren, contaba también con puerto propio. El río permitía su navegación prácticamente hasta las puertas de Ciudad Trinidad y en él confluían el Caballero y el Tàyaba. Así, mientras Ciudad Trinidad efectuaba su comercio marítimo a través de puerto Casilda, la plantación lo hacía en el de La Boca, donde en ese preciso momento entraba la goleta *El Guaurabo*.

El fuerte golpe de la madera contra el suelo anunció que la pasarela, por la que desembarcarían, estaba ya bien fijada. Un par de marineros corrieron por ella para acabar de asegurar los cabos. En tierra, un ejército de esclavos trabajaba transportando los sacos repletos de azúcar, unos sacos con los que llenarían las bodegas de los barcos fondeados, que aguardaban pacientes para partir, con su dulce carga, hacia España y Estados Unidos. Willhelm se dirigió a las damas.

—El primer vagón —les señaló el tren—, está habilitado para pasajeros, el resto es para el transporte de azúcar y para los trabajadores, pero tendrían que esperar aquí al menos un par de horas, hasta que descarguen la bodega y trasladen la carga a los vagones. Mejor las acerco a la casa en un carruaje, el camino está allanado —aclaró, viendo cómo las dos mujeres observaban la selva que les rodeaba. Willhelm se acercó al mayoral, avanzando hacia él con pasos largos, decididos, levantando una polvareda cada vez que sus botas se hundían en la tierra.

—En unos minutos estará preparado un carruaje –les dijo Willhelm cuando volvió junto a ellas.

Instantes después tía Cati seguía en silencio y con los ojos cerrados, tratando de adaptarse ahora al traqueteo del coche e intentando olvidar el vaivén del barco. Lisel, en cambio, los mantenía bien abiertos, pero lo único que veía, al dejar el mar atrás, era un espeso bosque que bordeaba aquel camino de tierra. De repente la arboleda dejó paso a unos extensos campos de caña de azúcar en los que otro ejército de negros, como en una coreografía, con el sonido de fondo de unos cánticos que le parecieron rituales, se agachaban para agarrar la caña y cortarla a ras de suelo, ayudados de un machete.

El cielo estaba despejado, tanto que parecía que el sol estaba más cercano a la tierra, al menos así lo notaba Lisel. Un calor sofocante la envolvió. Pensó en María Antonia, en sus palabras, en que debería olvidarse del corsé. Quizá sí acabaría usando toda aquella ropa que compró en La Habana. Le costaba respirar y, aunque se acompañaba del abanico, el aire se negaba a entrar en sus pulmones.

Al doblar el que parecía el último recodo del camino se oyeron los sonidos de la maquinaria de la zona fabril, distinguió las chimeneas y una altísima torre coronada con una campana de grandes dimensiones y otras más pequeñas. Lisel lo quería mirar todo bien, saber dónde estaba, pero aquella luz cegadora le obligaba a entornar los ojos. Los abrió cuando notó que el coche frenaba su carrera.

Frente a ella se erigía la fachada de la casa principal. Era una construcción de gruesa mampostería. Sobre la gran puerta se distinguía la fecha de construcción de la vivienda y el apellido familiar: Baßler. Bajo él lucía el emblema de la plantación, una rosa negra, la misma que más tarde vería marcada en la piel de los esclavos. El coche cruzó el arco de acceso al patio adornado por unos jardines escalonados y unas fuentes. Era una casa de tres plantas y sótano. La sobriedad de la fachada contrastaba con el espectacular patio.

Unas largas galerías, custodiadas por hermosas arcadas, conducían a las puertas de las diferentes estancias.

De repente el coche se vio envuelto por los negros domésticos que salían a recibir al amo. Willhelm ayudó a tía Cati primero y después a Lisel a descender del carruaje. Después empezó a dar órdenes que hicieron que el servicio se movilizara rápidamente, unos avisando a Gaetana, la gobernanta, otros bajando los primeros baúles que iban en el segundo carruaje.

Lisel contempló con más calma a su alrededor. Miró hacia el suelo, un suelo rojizo cuyo polvo enseguida cubrió sus finos zapatos y el bajo de su inmaculado vestido. Miró hacia atrás, la gran puerta dejaba ver los campos de caña de azúcar, y... solo eso, campos.

Sintió una opresión en el pecho, su fragancia a vainilla se perdió entre aquel olor a melaza, a azúcar. Aquellas negras caras estaban fijas en ella, en su pelo color rojo, que de seguro no habían visto antes. Escuchaba sus cuchicheos, y ella, vestida elegantemente, con sus guantes de cabritilla, su exquisito peinado y su sombrilla de encaje seguía inmóvil, al lado del carruaje, con aquella sensación que le decía que, si se apartaba del coche, su mundo, su verdadero mundo, se perdería para siempre. Su tía se acercó a ella.

—¡Lisel! ¿Estás bien? —le preguntó al verla tan inmóvil.

—¡Ay, tía! Casarme con ese hombre ha sido el mayor error de mi vida —le dijo en un hilo de voz—. Mira dónde estamos, en medio de la nada, en un inmenso campo de azúcar, perdidas en una isla. —Una lágrima luchaba por asomar a sus ojos.

—Hija, te va a oír —le reprendió tía Cati al notar la mirada de Willhelm fija en ellas. Lisel tenía la decepción pintada en su cara.

—¡Will! ¡Ya estás aquí! —gritó aquella muchacha que vestía un sencillo vestido azul. Un turbante, también azul, le envolvía la cabeza. Corría descalza atravesando el gran patio en dirección a Willhelm, que intentó parar su abrazo.

–¡Ya, Mbeng! ¡Ya! –le repitió, alejándola de su cuerpo.

–¡Muchacha! Vuelve a la casa –le gritó Gaetana.

Lisel y tía Cati cruzaron una mirada.

–¿Me has traído algo, Will? –preguntó la muchacha ignorando la orden de Gaetana.

Pero Will no le contestó, la hizo a un lado para tender su mano al administrador, que se abría paso entre los curiosos ojos de los negros domésticos. Los dos hombres se dieron un apretón de manos que acabó en un sentido abrazo.

–Tu Viejo no sufrió –le dijo Josep.

Cuando los dos hombres se separaron Willhelm se volvió hacia las damas y las presentó, lo hizo en voz alta, para que todos los presentes escucharan quienes eran. Hasta ese momento solo el administrador y Gaetana sabían que llegaba acompañado.

–Ella –Willhelm se acercó a Lisel y le pasó el brazo por la cintura– es mi esposa, la señora Lisel Baßler. Ella es tan dueña de todo esto como yo, así que le debéis el mismo respeto que a mí –aclaró–. Y esta dama es su tía Cati.

Lisel se fijó sobre todo en la reacción de aquella joven de azul, estaba claro que la noticia le había caído como un mazazo, incluso hubiera asegurado que su cuerpo se tambaleó ligeramente. Pero lo que más le impactó fue su mirada, una mirada fiera, desafiante, soberbia. Sin quererlo su cuerpo se pegó al de Willhelm, que la miró extrañado. Pero ella no lo hacía por él, no, conocía muy bien esa mirada retadora en otra mujer, pero, aun a su pesar, y para que quedara claro, ella era la esposa de Willhelm. Y así, pegada a él, con el brazo de él rodeando su cintura, entró en la casa. El administrador acompañó a tía Cati en silencio.

–Ella es Gaetana –presentó Willhelm a las damas en el interior de la casa–. Es la gobernanta, ella estará pendiente de todo lo que puedan necesitar.

—Supongo que primero querrán descansar y asearse del viaje. Las habitaciones están preparadas, y dormirán plácidamente, se lo aseguro, he hecho que rellenen los colchones con miraguano de nuevo —explicó Gaetana.

—Sí, por favor, me gustaría cambiarme de ropa y refrescarme —dijo Lisel, que en su cara reflejaba la gran desesperanza que le produjo ver dónde pasaría su vida a partir de ahora.

—Síganme, las habitaciones están en la segunda planta. Enseguida suben sus baúles. —Gaetana se dirigió a las escaleras.

Tras dejar a su tía instalada en su habitación, Lisel siguió a Gaetana hasta la suya. Se fijó en las mecedoras dispuestas en la galería de arcos, que sin duda aguardaban pacientes a algún huésped que quisiera aprovechar la brisa de la tarde. Junto a ellas se encontraba una estelladora, como la que había visto a la entrada de la casa, una especie de tinajero de barro poroso, envuelto en un paño húmedo que ofrecía agua fresca.

—Tal como me dijo el patrón le he arreglado esta habitación, es contigua a la que él ocupaba hasta ahora, pero como ve están comunicadas y comparten el baño.

—¿Usan lavanda para el apresto de la ropa? —preguntó Lisel, que quería que lavaran toda su ropa y le quitaran el olor a sal y a mar.

Gaetana negó con la cabeza.

—No, señora, aquí usamos el agua de Florida para todo, para perfumar y lavar la ropa, y si se hiere también se usa para desinfectar —le apuntó.

Cuando se quedó a solas, Lisel admiró el mobiliario, eran muebles de estilo inglés, los reconocía bien, aunque construidos con madera de caoba. La habitación era muy luminosa, un gran ventanal ocupaba toda una testera, ofreciendo la vista del patio central de la construcción. La cama, de hierro forjado con dosel, mostraba unas dimensiones que la sorprendieron, pensó en la altura de Willhelm, a sus pies un baúl albergaba algunas cobijas. Al fondo un armario de cuatro cuerpos le daba la bienvenida con las puertas de par en par. El dormitorio incluía un hermoso mueble de gavetas con espejo ovalado, un escritorio y un espejo de pie.

Y allí quedó ella, esperando a Ikalidi y deseando que llegara la noche para que, al vencerle el sueño, se convenciera de que aquel viaje y aquel matrimonio habían sido eso, un sueño, un mal sueño, y que al día siguiente despertaría escuchando otra vez la voz de lady Mersey y sus pies pasearían de nuevo por las calles de Londres.

Gaetana bajó la escalera refunfuñando, solo le faltaba eso, tener que atender a dos damas de la Europa, con la de caprichos y costumbres raras que decían que tenían. Se cruzó con Ikalidi y la tuvo que mirar dos veces para reconocerla. Vestía de forma sencilla pero elegante.

–¿Ikalidi? –le preguntó al pasar junto a ella–. ¿Eres tú? –Su peinado, su expresión eran diferentes.

Willhelm cruzó la verja del cementerio familiar y se plantó frente a la sencilla cruz que señalaba dónde reposaba el cuerpo del Viejo. Se descubrió en señal de respeto.

–Viejo, no me esperaste. Ahora sí me has dejado solo, *Opa* –le dijo, como si pudiera oírle.

Una mano se posó en su hombro.

–No estás solo, muchacho, pronto tendrás tu propia familia. Ahora estás casado. –Josep, el administrador, le miró extrañado ante su gesto.

Willhelm se caló de nuevo el sombrero, intentando ocultar su rostro.

–¡Casado, sí! –reconoció con pesadumbre. Con una mujer que no me soporta. Bajó un momento la cabeza, solo un instante, antes de decirle la verdad–. ¡Mi mujer es la hija de Sagnier! –Su gesto se endureció más que de costumbre.

—¿Qué has dicho? —El administrador creyó no entender bien sus palabras—. ¿Has dicho... Sagnier? ¿Y por qué te has casado con ella? —le preguntó—. ¿Por venganza?

—Eso creí. Pero ¡maldita sea esa mujer! ¡Más parece que sea ella la que se esté vengando de mí! ¡La tengo metida hasta los huesos, es como un vicio que me carcome por dentro! —le explicó apesadumbrado.

—¿Qué significa eso? —quiso saber el administrador—. ¿Por qué dices eso? —le preguntó extrañado.

Pero Willhelm no le respondió, ya no estaba allí junto a él. Se encaminaba de nuevo hacia la casa grande, ahora que había visto la tumba de su abuelo algo le reconcomía por dentro. ¡La hija de Sagnier! Se repitió a sí mismo.

Willhelm encontró a Lisel parada en medio de la habitación, mirando hacia el horizonte a través de la amplia balconada, como lo haría un prisionero. El grueso de sus baúles aún no había llegado e Ikalidi se esforzaba por organizar con rapidez lo más preciso. La mirada del amo hizo que se retirara.

—Espero que te sientas bien aquí —le dijo él cuando se encontraron a solas, aunque por el tono de su voz no parecía que realmente lo deseara.

Lisel tuvo que mirarlo para comprobar que era él el que le hablaba. Su tono siempre había sido grave, pero en aquel momento lo sintió más duro que de costumbre, hasta diría que frío. Su rostro presentaba un aspecto sombrío. Le provocó un escalofrío.

—Espero que no te moleste que mi administrador nos acompañe en las comidas, como lo venía haciendo hasta ahora —le comentó él.

—Por mí no modifique sus refinadas costumbres, por favor —le contestó ella con desdén.

Willhelm contuvo las ganas de contestarle como le apetecía. Prefirió callarse y dejarla sola mientras se instalaba.

—¡Willhelm! —Ella le llamó cuando ya estaba abriendo la puerta. Él se giró, pensando en recibir una disculpa—. ¡Quiero volver a mi casa! —le pidió ella—, si no puede ser a Londres al menos deja que me quede en la quinta, en Barcelona. No veo qué tengo que hacer yo aquí, en medio de la nada. —Se sentía exasperada ante aquella realidad—. ¡Por favor! —Ella rozó las manos de él levemente.

—¿Quieres irte? —preguntó él clavándole la mirada. Ella asintió—. ¿Quieres volver? —Él acercó su cara a la de ella—. Eres libre de hacerlo. Vete cuando quieras, pero no esperes que yo te ayude, no esperes acomodarte en mi casa de Barcelona, ni que mi dinero te ofrezca las comodidades a las que estás acostumbrada. Si te vas te irás con lo puesto y te irás al encuentro de la más absoluta ¡nada!

El portazo que Willhelm dio al abandonar la recámara hizo que el espejo de pie temblara. La imagen que Lisel vio reflejada en él era la de una dama que había suplicado a un don nadie.

CAPÍTULO 37

Iyanga

Iyanga entró en la casa grande por primera vez después de muchos años, más de veinte, pero no mantenía un buen recuerdo de aquel día. Echó un rápido vistazo hacia la puerta que daba a las cocinas, supuso que allí estaría Mbeng. ¡Maldita mulata engreída! Se creía mejor que el resto por el simple hecho de ser medio blanca o libre. ¡Pero él era un guerrero Ndowé! Así lo mostraban sus cicatrices, huellas de su rebeldía, de su lucha contra el hombre blanco. Él tenía derecho a escoger esposa y su corazón la había elegido a ella.

—¡Iyanga! Pasa, por favor. —Willhelm le esperaba de pie en la puerta del despacho.

Iyanga caminó sin prisas, con paso seguro, con la cabeza alta y sus fieros ojos clavados en su antiguo compañero de juegos. Willhelm se fijó en sus puños cerrados. Le invitó a sentarse. Sin preguntarle, le ofreció una copa de ron, de buen ron. Con un gesto de cabeza le incitó a probarlo. Hacía tanto que no habían tenido una conversación que ninguno de los dos sabía por dónde empezar.

—Te has casado —dijo Iyanga, pensando que sería un buen momento para pedir a Mbeng.

—Sí. —Willhelm asintió. Se fijó en las manos de su antiguo amigo, endurecidas por el trabajo—. Iyanga, te he hecho llamar por algo importante. Voy a concederos la libertad a todos. Solo esperaba que mi abuelo ya no estuviera, no quería tener más enfrentamientos con él, pero llegó el momento. Tengo muchos proyectos para esta plantación y me gustaría contar contigo.

—¿Libertad? —repitió Iyanga algo incrédulo, aunque si así fuera no tendría nada que agradecerle. ¡Él no era propiedad de nadie! Apretó los dientes con tanta fuerza que le dolió.

—Sí. Libertad para todos. Estos papeles —Willhelm señaló un par de montones sobre la mesa— son las cédulas de libertad. El que quiera irse podrá hacerlo, pero espero que la mayoría se quede aquí, trabajando por un sueldo, con un cobijo adecuado. Habrás visto las nuevas construcciones...

Willhelm se levantó para dirigirse a la ventana, desde la que se contemplaba todo el batey y los campos. Iyanga apuró su vaso antes de acercarse a él. Contuvo la tos, no estaba acostumbrado a beber otra cosa que agua y aquel jarabe que les daban al acabar la zafra, a modo de compensación por las extenuantes jornadas de trabajo.

—Hay nuevos barracones para hombres y mujeres, y casas, para las familias. También he levantado un pabellón que funcionará como hospital y una escuela. Se van a producir muchos cambios en la plantación. Ya no se seguirá quemando la caña —le anunció, a sabiendas que sería una buena noticia. Muchos esclavos caían enfermos por la inhalación del humo.

Los dos se miraron, recordando su infancia cuando Iyanga había sido el esclavo de compañía de Willhelm, un niño con el que jugar, una mascota que su padre arrancó a su familia para instalarlo en la casa grande. En aquellos tiempos Iyanga dormía en un jergón en la cocina, y a escondidas de todos, Willhelm se las apañaba para enseñarle a leer y a escribir, para repetirle las lecciones que él aprendía. Y así pasaban sus días hasta el momento en que el padre de Iyanga se fugó de la plantación.

Los rancheadores, buscadores profesionales de esclavos, salieron tras él por los campos, acompañados de los mejores sabuesos. Se organizaron partidas por los montes con la ayuda de otros hacendados. Siempre se hacía causa común cuando un esclavo escapaba. Pero no lograron encontrar al cimarrón, nombre con el que se apodaba a los esclavos huidos. Decían que aquellos que lo conseguían se reunían en una aldea, perdida en las montañas, donde vivían como lo habían hecho en su poblado de origen, repitiendo sus costumbres, hablando su lengua y viviendo en palenques. Decían que los fugados se escondían en las colinas, donde sobrevivían a base de hierbas y animales. Algún día, se decía Iyanga, se reuniría de nuevo con su padre. Era lo único que pedía a los orishas.

–El Guaurabo será una tierra libre para los que se queden –le avanzó Willhelm–, y se dará la oportunidad de aprender a leer y a escribir. Pero también haremos reformas en la factoría, necesitaré cuadrillas de hombres especializados en los diferentes trabajos y, como te he dicho, me gustaría contar con tu ayuda –continuó explicando Willhelm.

Iyanga lo miró fijamente. Sus ojos se centraron en la cicatriz que cruzaba parte de su rostro. Willhelm había sido valiente aquel día. Apenas tenían diez años cuando su padre se escapó, ¡el Cimarrón! Apenas diez años cuando el Viejo entró en la casa, al volver de una de las partidas de búsqueda, y los encontró a los dos leyendo. ¡Su nieto, su heredero, enseñando a leer a un esclavo!

–¡Maldito hijo de cimarrón! –había exclamado el Viejo cogiendo por los hombros al pequeño Iyanga–. Tú sabes donde ha ido tu padre. ¡Dímelo ahora mismo si no quieres que te descuartice! –le había gritado fuera de sí.

Iyanga le gritaba también, le decía que estaba orgulloso de ser el hijo de un cimarrón. Le gritaba que él también se escaparía porque era un guerrero, no un esclavo. ¡Era un guerrero ndowé! Sus palabras enfurecieron aún más al Viejo, que sacó el machete de su funda y descargó su furia contra él.

Pero cuando el Viejo levantó de nuevo el brazo no era Iyanga el que yacía en el suelo, sino su propio nieto. Willhelm se había interpuesto, empujando con fuerza a Iyanga para desplazarlo y evitar que resultara herido, aunque la furia del Viejo cayó sobre él. El gran charco de sangre les asustó, pero Willhelm salió adelante, aunque desde ese día Iyanga fue expulsado de su cómoda vida en la casa grande. Pasó a trabajar en los campos adornado con unas gruesas anillas de hierro en los pies y una generosa ristra de latigazos en la espalda, por poner en peligro la vida del heredero.

Nunca más cruzaron una palabra. Willhelm fue llevado a un internado a los Estados Unidos y cuando, de tanto en tanto, volvía a la plantación, el Viejo se ocupaba de que no hubiera contacto entre ellos.

–¿Qué me dices? –le preguntó Willhelm–. Mi oferta es que te quedes como capataz. Necesito uno más en la formación de los equipos de especialistas, tengo técnicos franceses que enseñarán a los hombres, pero es importante que todos comprendan bien qué es lo que hay que hacer, y tú puedes hacer de traductor. Eso evitará los accidentes, si los hombres están bien adiestrados y saben manejar la nueva maquinaria evitaremos accidentes –repitió–. Contarás con un buen sueldo, una casita propia y posibilidades de progresar.

–¿Quieres que los convenza para que se queden y trabajen para ti? ¿A cambio de un sueldo? –le preguntó Iyanga.

–Sí. Quiero que la Baßler Sugar Company Mill se transforme en una ciudad, con todos los servicios, donde los niños podrán ir a la escuela… Abriremos una guardería para que las mujeres puedan dejar a sus bebés…

–¿Se reducirán las horas de trabajo en el campo? –exigió Iyanga.

–Sí –aceptó Willhelm–. Con la maquinaria que vamos a implantar se establecerán tres turnos de trabajo de ocho horas, nada de las dieciséis actuales. Y como te he dicho, a partir de ahora no se quemarán más las cañas, esa práctica a la larga seca el terreno y lo deja inservible. Te enseñaré todo lo que necesitas saber –se ofreció.

Willhelm le extendió la mano. Notó cómo los músculos de Iyanga se tensaban aún más, pero tras unos segundos, que le parecieron eternos, el guerrero ndowé se la estrechó.

–Esta tarde, al volver de los campos, empezaremos a reunir a todos para ir entregando las cédulas de libertad y explicar los cambios –le anunció Willhelm. Iyanga asintió con la cabeza, aunque no pudo evitar echar un vistazo a su ropa–. Te proporcionaré ropa adecuada a tu nuevo cargo, haré que Mbeng te la lleve. Ahora eres capataz y tienes que distinguirte. De momento anunciaré tu nombramiento a mis hombres, aunque eso sí, seguirán armados hasta que acabe este proceso, por si se diera alguna revuelta. Tengo mujeres a las que proteger –se excusó Willhelm.

Iyanga le devolvió una mirada airada, él también tuvo una madre, a la que se vendió, y un padre del que no sabía nada. Pero aquella era su oportunidad. Nada ganaría largándose de allí ahora, en cambio, siendo capataz, con un sueldo y casita propia..., podría ser su oportunidad de conseguir a Mbeng. Su oportunidad de progresar.

Lisel se encontró con los dos hombres dándose un apretón de manos. Willhelm parecía contento e incluso sonreía, en cambio aquel otro hombre, aquel esclavo de piel brillante mantenía el rostro serio, aunque asentía con la cabeza. Intentó retirarse sin ser vista.

–¡Lisel! –Willhelm la llamó–. Esta es mi esposa. –La tomó por la cintura a sabiendas de que a ella le molestaría seguro.

–Señora. –Iyanga mantenía sus manos agarrando el sombrero. Lisel agradeció que no se le acercara demasiado. Notaba su olor a sudor y a trabajo. Se limitó a esbozar una sonrisa sin saber qué decirle.

—Iyanga es ya uno de nuestros nuevos capataces. Nos va a ayudar en la transformación de la plantación –le explicó Willhelm.

Pero los ojos de Iyanga estaban fijos en el color del pelo de la mujer. Era la primera vez que lo veía.

—Muy bonita, señora –le dijo.

—He tenido mucha suerte con que me aceptara –respondió irónicamente Willhelm.

—Mi marido siempre acierta en sus palabras –contestó, dedicándole una fingida mirada de amor.

—¿Querías algo? –le preguntó Willhelm cuando Iyanga los dejó solos.

—No, solo buscaba algo de lectura en la biblioteca –respondió ella zafándose de su abrazo.

—Pues yo sí necesitaba hablar contigo –le dijo él cogiéndola de la mano para que no se escapara.

—Dime, pero no necesitas agarrarme, te escucho igualmente. –Ella se soltó, poniendo un poco de distancia entre los dos.

—Está bien. He pensado que ya que te gusta tanto leer podrías colaborar en mi proyecto de escuela. –Él esperó su reacción.

—¿A qué te refieres? –replicó ella sin mostrar mucho interés, mientras distraía su mirada por los estantes de la biblioteca.

—A que podrías ser la maestra de la escuela y enseñar a leer y a escribir a los niños –le propuso Willhelm.

—Pero si aquí no hay niños. –Ella levantó las cejas, extrañada, girándose hacia él.

—Los niños de los esclavos –le aclaró él.

—¿Qué? –preguntó ella incrédula. ¿Aquel hombre le pedía que fuera la maestra de los hijos de los esclavos?

—No has aportado nada a este matrimonio, todo lo contrario, me has costado una fortuna. Me parece justo que te ganes tu manutención haciendo algún trabajo. –Él se acercó sonriente–. Habrás notado que aquí todos trabajan.

No te obligaré a que vayas al campo a cortar caña de azúcar –él se recreó en su costoso vestido–, pero dedicar un poquito de tu «ocioso tiempo» a enseñar a leer, creo que podrías hacerlo.

A Lisel se le secó la garganta. Veía en el rostro de Willhelm que, pese a la ironía de su tono, la proposición era seria.

–Déjame pensarlo –contestó ella finalmente antes de dejar el salón, aunque la expresión de su rostro contenía la sorpresa y el efecto que había hecho la propuesta en ella.

CAPÍTULO 38

La luz de Argand

Lisel entró en el despacho de Willhelm algo inquieta. Llevaba días eludiendo encontrarse con él, evitando coincidir más allá de en las cenas que, por suerte, compartían con tía Cati y Josep, un hombre que le había sorprendido, culto y de ingeniosa conversación. Pensaba que Willhelm, con toda seguridad, volvería a sacar el tema de la escuela y ella se vería obligada a aceptar. Avanzó un poco más sin decidirse a sentarse. Quizá así la conversación sería más breve.

–¿Querías verme? Me ha dicho Ikalidi... –dijo ella algo inquieta ante la dura mirada de Willhelm.

–Siéntate, por favor. –Su voz grave siempre conseguía sobresaltarla. Él la miró, intentando decidir qué hacer, si por fin le contaba todo o...–. ¡Lee! –le dijo. Le entregó una carta firmada por Eduard Montagut–. Por lo visto tu padre ha vuelto a jugar fuerte y debe una suma considerable, escandalosa. Si no responde por el pagaré que extendió en su última partida, en el plazo de un mes, sin duda irá a la cárcel.

Lisel se sintió avergonzada. Después de todo lo que había pasado, de que ya no les quedaba nada, aquel hombre seguía jugando y endeudándose aún más. Sin duda aprovechaba el hecho de que nadie sabía que ni el banco, ni siquiera la casa en la que yacía eran ya de él. Dejó de nuevo la carta sobre la mesa. Se sentía humillada.

–¿Qué piensas hacer? –La mirada de Lisel reflejaba el temor al escándalo, a pesar de estar tan lejos.

Pero Willhelm estaba demasiado enfadado para compadecerse de ella. Intentó abstraerse de lo que le transmitía su mirada, de sus ganas de consolarla, de decirle que no se preocupara. Y era fácil aguantarse las ganas, solo debía recordar cuántas miradas de desprecio le había dirigido ella, su soberbia, su frialdad con él...

—No encuentro ninguna razón por la que deba ayudarle, ¡una vez más! —recalcó—. Sigue jugando incluso a sabiendas de que no podrá reponerlo. ¿Qué espera? ¿Que yo esté ahí cada vez que lo necesite? ¿Que salde sus deudas toda su vida? —Se acercó a ella—. ¿Y a cambio de qué? ¿De tener a mi lado a una mujer que no me soporta? ¿A la que no puedo ni tocar?

—¿Dejarás que lo metan en la cárcel? —Ella también se levantó. Sus rostros quedaron casi pegados. Él percibió aquel aroma de su piel que tanto le alteraba.

—Eso depende de ti —le respondió. Intentó que su rostro no expresara ninguna emoción.

—¿Qué quieres decir? —preguntó Lisel sin entender.

—Quiero... Quiero tener una noche de amor contigo, y no me refiero a que estés allí tirada en la cama esperando a que yo termine. —Se acercó a ella y le alzó la cara, obligándola a mirarle.

Lisel enrojeció.

—Quiero que esta noche te entregues a mí como si realmente lo desearas, como si disfrutaras de mis caricias, y entonces, solo entonces, decidiré si vuelvo a ayudar a ese... —se frenó— «caballero». —Él le puso de nuevo la carta en las manos—. Piénsalo, Lisel, pero, tienes que ser muy, muy convincente. Me queda muy claro que no soy ni siquiera tu premio de consolación, que solo me ves como una chequera, pero esta noche quiero sentir que le hago el amor a una mujer, no a una estatua. —Su última frase, susurrada al oído, le hizo temblar. Willhelm se caló el sombrero y salió del despacho, dejándola allí, con la única compañía de la carta de Eduard Montagut entre sus manos.

–Discúlpenme –dijo Lisel cuando se levantó nada más terminar la cena, una velada en la que los únicos que entablaron conversación fueron tía Cati y Josep. Willhelm se mostraba tenso y Lisel parecía tener los pensamientos en otro lugar–. Estoy algo cansada y prefiero retirarme temprano. Buenas noches –añadió. Deseaba subir, darse un baño caliente e intentar relajarse antes de que llegara Willhelm para pasar la noche con ella. Una noche, se dijo, sería una noche, nada más. Lo esperaría en la cama y lo dejaría hacer, quizá esta vez con los ojos abiertos, quizá sus brazos lo abrazasen y sus labios pudieran responder a sus besos... ¿Sería suficiente para él? Se preguntó.

El baño consiguió calmar en parte su ansiedad. Aún con la piel húmeda se puso el pantaloncito corto y el sujetador de seda. Al soltarse el pelo notó cómo el vapor, que se había acumulado en la estancia, lo había rizado aún más. Sacudió ligeramente la cabeza y con los dedos intentó ordenarse el cabello antes de pasar el cepillo de púas. La presencia de él estaba latente en la sala de baño en aquella navaja, en las cintas afiladoras y en la taza y la brocha para el jabón.

Con los pies descalzos y la toalla en la mano atravesó la puerta que la separaba de la recámara. Prendió la luz de Argand, regulando su intensidad al mínimo, así sería más fácil, pensó. Cuando la puerta se abrió inesperadamente, sin que tocaran, instintivamente se cubrió con la toalla, pegándola a su pecho. Esperaba que fuera Ikalidi, pero eran los fríos ojos azules de Willhelm los que lentamente recorrían su cuerpo.

Ella tragó saliva. Que la encontrara en la cama tendida,

tapada de pies a cabeza y con el anticuado camisón de dormir de tía Cati era una cosa, pero mostrarse así, de pie ante él, le hizo sentir indefensa.

—Aún no estoy lista —alcanzó a decir ella. Pero no obtuvo ninguna respuesta. El vidrio esmerilado del quinqué ofrecía un brillo especial a la luz, o al menos eso le pareció a Willhelm cuando la vio. En todo ese tiempo de casados era la primera vez que la veía tan desnuda. Se acercó lentamente, como temiendo que ella pudiera salir corriendo. Se quedó a un paso de ella. Con un movimiento lento su mano se posó sobre la de ella e hizo que soltara aquella maldita toalla que le impedía la visión de su cuerpo.

Ella le dio la espalda para alcanzar la cama y poder cubrirse, pero él la frenó con suavidad. Se pegó a su espalda y, agarrándola por la cintura, la hizo girar. Un mechón de su alborotado pelo cayó sobre el lado derecho de su rostro. Las manos de él se posaron en su cintura de nuevo. Willhelm notaba aquella piel húmeda que parecía tener el don de atraerle salvajemente, la suavidad del satén le animaba a explorar aún más su cuerpo. Se separó un poco de ella para mirarla, aquellos ojos violetas estaban clavados en él, pero no vio miedo, ni siquiera el rechazo que esperaba.

Jana no le había contado qué hacer en un momento así, pensó Lisel. Le explicó que él debía esperar a que ella se tumbara y en cambio Willhelm la retenía entre sus brazos. Por primera vez percibía un calor desconocido al sentir sus manos, que recalaban sin prisas en sus caderas. Aquellas manos parecían querer dibujar su silueta, paseaban por su cintura, apretándola tanto contra él que temía que le cortara la respiración.

Al acercar su mejilla ella descubrió aquellas cosquillas placenteras que le producían el roce de su barba. Sin saber cómo ni por qué su piel, su cuerpo, estaba despertando, sus brazos, hasta entonces inertes, se aposentaron sobre los de él, y lentamente iban recorriendo el breve camino hasta el cuello para allí entrelazarse y atraparlo. Esa cercanía hizo que cerrara los ojos, así sintió cómo los dedos de él jugaban con aquel mechón rebelde que le caía en la cara.

Él le hablaba bajito.

–¡Me vuelve loco! –le dijo refiriéndose a aquel mechón que separaba sus miradas, el que le daba un aspecto de gata fiera. Entrelazaba los dedos en su pelo y le susurraba palabras bonitas, en alemán, solo para ella, impidiendo que otras almas imaginarias pudieran oírles. Él hablaba solo para ella, igual que aquella lámpara de Argand solo ofrecía su luz para el más íntimo de los encuentros entre un hombre y una mujer, entre Willhelm y Lisel.

La esencia de lavanda que desprendían las sábanas fue el toque de liberación que Lisel pareció necesitar. Las caricias que él le regalaba por encima de su ropa encendían emociones, tan desconocidas, que conseguían turbarla, agitarla, pero en cada una de ellas su cuerpo, como si fuera el de una desconocida, respondía sin esperar a que ella se lo impidiera. Y cuando él se aventuró a deslizar lentamente su pantaloncito notó su piel caliente, como si las caricias fueran una brasa, y se olvidó del poco control que le quedaba. Enterró sus pensamientos, acalló aquellas voces que la tenían siempre en guardia y dejó que fuera su cuerpo el que, por primera vez, decidiera qué hacer. Y lo hizo. Sus manos cobraron vida y se esforzaron por arrancar de los labios de él los mismos gemidos que él provocaba en ella. Y fueron sus manos las que abrieron su camisa, las que lo atrajeron hacia ella para que quedara tumbado sobre su cuerpo, y lo sentía, sentía aquella dureza que provocaba en él. Simplemente quería sentirlo en ella, en su interior.

–¡Buenos días, Gaetana! –Willhelm entró como un huracán en la cocina, se sentía lleno de energía, con la misma fuerza con la que las primeras campanadas llamaban al trabajo a los esclavos. Todavía tenía presente la imagen del cuerpo de Lisel pegado a él, abrazado a él. Pensó en lo vivido la noche anterior, en cómo, por primera vez, había hecho el amor a aquella mujer a la que deseaba tanto que le dolía. Se sentía pleno.

—Buenos días, patrón —respondió ella mirándolo extrañada—. Estoy preparando tortitas, ¿las vas a comer aquí?

—No, no —respondió él—. Quiero una bandeja con desayuno para dos, para mi esposa y para mí. Pero que sea un desayuno especial. Cuando vuelva lo recogeré. —Willhelm le guiñó un ojo antes de salir de la cocina, que olía a pan recién horneado y a café. Al salir encontró a Ikalidi, que ya empezaba con la tarea de baldear el patio.

Gaetana se asomó a la puerta para verlo alejarse. Sin duda, pensó, algo había pasado, algo bueno entre la joven pareja.

—¿Ya estás de vuelta, patrón? Ahí tienes tu bandeja —dijo Gaetana al escuchar pasos tras ella.

—¿Qué bandeja?

Era la desagradable voz de Mbeng. Gaetana se volteó a mirarla, un día más llegaba tarde al trabajo y adornada como para una fiesta.

—¡Ah, eres tú! ¡No toques esa bandeja! No es para ti —le dijo molesta. Tenía que hablar con Willhelm o con el administrador sobre ella.

—¡Ah! ¿Y para quién es? —quiso saber al ver el servicio para dos. Los señores siempre bajaban al comedor. ¿Habría alguien enfermo en la casa?

—Es para el patrón y su esposa. Desayunarán en su habitación. Como dos enamorados —añadió Gaetana con malicia.

—¿En su habitación? —preguntó Mbeng agitada—. Creía que no se llevaban, que dormían en cuartos separados.—El corazón se le agitó.

—¡Pues ya ves que no! —Gaetana sintió cierta satisfacción al contestarle. A ver si de una vez por todas se convencía de que no tenía nada que hacer con el patrón–. ¡Y ahora levanta tu mulato culo y ponte a trabajar! Vigila mis tortitas en lo que vuelvo –le mandó.

Mbeng vio cómo Gaetana salía de la cocina, la miró con desprecio, sabía que aquella vieja estaba disfrutando al restregarle que los patrones se habían contentado. Se acercó al fuego y con un movimiento rápido agarró la sartén y la estampó contra el suelo. Después pisó con rabia cada una de aquellas malditas y asquerosas tortitas imaginando la cara de Gaetana.

Pensó en hacer lo mismo con la bandeja, pero de pronto una idea surgió en su mente. Tomó la charola y, con ella entre las manos, subió las escaleras hasta la planta noble.

Lisel se giró con una sonrisa en los labios al escuchar abrirse la puerta.

–¿Tú? –Su semblante cambió al descubrir a Mbeng–. Creía que te había dicho que no quería que entraras en mi alcoba. –Lisel se levantó del tocador, molesta por su presencia.

Mbeng entró sin importarle sus palabras, dejó la charola sobre la mesa y se paseó por la habitación curioseando, intentando ver algún rastro de Will en aquella cama.

–¿Qué crees que haces? ¡Sal de aquí ahora mismo! –le ordenó Lisel.

Mbeng se paró un instante ante el espejo, se ajustó el turbante de colores que recogía su moño y, sin que Lisel pudiera impedirlo, se puso su perfume.

–¿Cómo te atreves? –Lisel, enfadada, se lo quitó de las manos–. ¡Sal de aquí! ¡Fuera! –No pudo evitar levantar algo la voz, aquella descarada la exacerbaba.

–Tranquila, ya me voy. No se me ha perdido nada aquí. He subido la bandeja porque Will me lo ha pedido. Quiere tenerte contenta *pa'que* no le des la lata. Tú solo eres su esposa «de bonito», *pa'lucirte* delante de los otros hacendados, pero cuando mi Will necesita una hembra que le llene la cama me busca a mí. –Mbeng se llevó las manos a los pechos, estrujándolos para que a Lisel no le quedara dudas de para qué la buscaba el patrón.

–¡Fuera! –dijo Lisel, aunque en esta ocasión consiguió controlar su tono de voz. Se dirigió hacia la puerta y cuando la hubo abierto le señaló el camino.

Mbeng sonrió, casi maléficamente, satisfecha de su victoria. Su caminar era altivo, y al pasar frente a Lisel le dirigió una mirada triunfante.

–No, no me gusta tu perfume, y a él tampoco, no huele a hembra –le dijo antes de salir de allí satisfecha. Una amplia sonrisa le cubría el rostro, sabía por otras mulatas que las esposas blancas sentían celos de ellas. El veneno estaba vertido.

–¿Y la bandeja, Gaetana? ¿Está lista? –Willhelm llevaba un ramillete de flores en su mano izquierda.

Gaetana miró hacia la mesa donde la había dejado preparada.

–La habrá subido alguna de las muchachas. Estaba aquí, en esa mesa –se excusó Gaetana. Con todo lo que había tenido que recoger, ¡maldita Mbeng!, no se acordó más de la bandeja. Tenía que hablar seriamente con el administrador sobre aquella muchacha, se dijo.

–No importa. –Willhelm subió las escaleras de dos en dos. Antes de entrar en la habitación atusó un poco las flores que acaba de cortar. Encontró a Lisel de pie frente al ventanal, se había cubierto con una de las hermosas batas de encaje que compraron juntos en La Habana. Su melena rojiza caía libre y alborotada por su espalda. Su rostro parecía serio. Se acercó a ella sonriente, preguntándose por qué no se movía, sus brazos continuaban cruzados por debajo de su pecho.

–Lisel. –Él se puso tras ella, rodeando su talle con un brazo mientras le ofrecía las flores recién cogidas. Su mano acarició el encaje que cubría sus hombros, pero inesperadamente Lisel se zafó de sus caricias bruscamente. Una sonrisa algo petrificada floreció en sus labios.

–Creo, señor Baßler, que anoche fui demasiado convincente. –Sus ojos violetas lo miraban fijamente. Lisel creyó percibir cierta sorpresa en los ojos de él.

–¿Qué estás diciendo, mujer? –preguntó él perdiendo el color de la cara.

–Me pediste que fuera convincente, que pareciera que me entregaba por amor y eso hice. Ahora espero que sea usted un caballero, al menos por una vez, y cumpla con su palabra saldando la deuda de mi padre –le pidió ella.

Willhelm tiró las flores al piso, el desconcierto dejó paso a la indignación, se había dejado engañar. Agarró la cara de ella con una mano, sin apretar, necesitaba mirar al fondo de sus ojos, comprobar si de verdad todo había sido una mentira.

–¡Maldita seas! –le dijo al soltarla–. No te preocupes, saldaré esa cuenta. Te has ganado cada uno de esos pesos. ¡Te felicito! –Él buscaba ofenderla. El golpe de la puerta al cerrarse retumbó por toda la galería de arcos.

Josep entraba en la casa cuando vio a Willhelm bajar la escalera. Farfullaba palabras ininteligibles.

–¿Qué ocurre? –le preguntó, siguiéndole hasta el despacho. Cerró la puerta con cuidado tras él.

Willhelm se sirvió una copa de ron.

–¿Tan temprano? –preguntó el administrador. ¿Se puede saber qué te pasa?

–¡Esa mujer! –Willhelm señaló hacia el piso superior–. Te juro que…

–¿Qué ha pasado? –preguntó Josep, aunque de sobras sabía que nada en aquel matrimonio iba bien.

–Pasa que no me soporta, que se casó conmigo solo por las deudas del imbécil de su padre –remarcó.

–Pero eso ya lo sabías –respondió el administrador.

–Sí, sí, pero creí que, con el tiempo, que una vez casados, sería diferente, que, aunque no estuviera enamorada de mí podríamos llegar a tener una convivencia aceptable. Hay muchos matrimonios de conveniencia que funcionan bien. –Se terminó el trago.

–Es lo que buscas en ella, ¿una relación cordial? –le preguntó Josep.

Willhelm lo miró.

–¡No! Busco que esa mujer se enamore de mí. Quiero sentir que es ella la que me busque, la que me necesita. Quiero ver el día en que me pida que le haga el amor porque su cuerpo y sus sentimientos así lo quieren.

El administrador movió la cabeza de un lado a otro.

–¡Te dejo al cargo de la hacienda! –le dijo de repente Willhelm.

–¿Qué? ¿Por qué? –preguntó el administrador.

–Me voy a Ciudad Trinidad. Necesito poner distancia entre ella y yo o me volveré loco –le contestó Willhelm.

–¿Crees que esa es la solución? –le replicó.

–¡No lo entiendes! –Willhelm le miró algo alterado–. Esa mujer –se frenó un momento, quizá buscando las palabras–, esa mujer me pone caliente. –Apretó los puños–. No puedo quedarme aquí. No tal como me siento ahora –le dijo por fin.

Cuando tuvo la bolsa de viaje preparada, Willhelm entró en la habitación contigua. Encontró a Lisel sentada al escritorio, seguramente estaría escribiendo a alguna amiga quejándose de lo miserable de su destino. Eso le encendió todavía más contra ella.

–¡Me voy a Ciudad Trinidad! –le gritó desde la puerta.

A Lisel apenas le dio tiempo de girarse cuando oyó la

puerta cerrarse de nuevo. Pero se dirigió al ventanal, al cabo de unos minutos lo vio allí, cargando una bolsa sobre su caballo y a ella, aquella mulata, a Mbeng, hablándole. Abrió con sigilo el ventanal para oírles, agazapada tras la cortina.

–¡Llévame contigo, Will! –le pidió Mbeng, sabiendo que obtendría una negativa.

Willhelm, a lomos del caballo, miró hacia arriba, hacia aquella habitación en la que Lisel seguiría, impasible, escribiendo una carta llena de lamentaciones.

–Está bien –le contestó él–. Pero no puedo esperar a que prepares nada. Sube a un caballo. En Ciudad Trinidad compraremos lo que necesites.

–¡Voy! ¡Voy! –gritó ella de júbilo. Corrió hacia la cocina y, agarrando una muda del tendedero, corrió de nuevo hacia el patio, llevándose por delante a Ikalidi–. ¡Aparta, imbécil! –le gritó con una expresión de triunfo en el rostro–. ¿No ves que tu amo me espera para llevarme con él a Ciudad Trinidad? Dile a tu amita que no lo espere en su cama esta noche. –Una gran sonrisa llenó su cara.

–Sobrina, ¿puedo entrar? ¿Estás bien? –Tía Cati, al no obtener respuesta, decidió entrar–. ¿Qué ha pasado? Tu marido va que se lo llevan los demonios. –Tía Cati se fijó en las flores pisoteadas.

–No es nada, tía –su voz era helada–; un malentendido, uno más.

Pero tía Cati leyó en su rostro que no era así.

–He visto cómo se iba –hizo una pausa–, acompañado de esa mulata altiva –le dijo tía Cati.

–¿Lo has visto? ¡Ese hombre…! ¡Ese hombre es un gran hipócrita! Finge sentir algo por mí, pero en cuanto sale de mi alcoba va a calentarse con esa mujer, aquí, bajo mi mismo techo. –Lisel se encolerizó–. ¿Pero quién se cree que es? Debería agradecer que me hubiera rebajado a casarme con él, a unir mi noble apellido al suyo y mira, mira lo que hace, ¡faltarme al respeto, humillarme!

—Cálmate, Lisel. —Tía Cati jamás la había visto así, era impulsiva y algo altanera, pero siempre había sido capaz de mantener la calma y el control de sus actos.

—¿Cómo voy a calmarme, tía? ¡Debo ser la comidilla de todos en esta plantación! —Se acercó a la ventana para comprobar si había alguien en el patio.

Toc, toc. Alguien tocaba a la puerta.

—Soy yo, señorita, Ikalidi —respondió la voz desde fuera.

—Pasa —autorizó Lisel—. Por favor, recoge esas espantosas flores del suelo. Que no quede rastro de ellas, y cambia las sábanas. —Lisel no quería percibir el aroma de él.

—Ikalidi, por qué esa muchacha se ha ido con el señor —preguntó tía Cati.

Ikalidi abrió los ojos de par en par al recordar las palabras de Mbeng. Movió la cabeza de un lado al otro agarrando con más fuerza el palo de la escoba.

—¡Habla, muchacha! —alentó tía Cati.

—Mbeng es de mala entraña, no hay que hacer caso de lo que dice —negó Ikalidi con la cabeza—. Ella habla para hacer daño —explicó.

Lisel se fue hacia ella y la tomó por los brazos, haciendo que cayera la escoba.

—¿Qué te ha dicho esa mujer, Ikalidi? —Lisel intentaba contener su tensión.

—Dijo que le dijera que no esperara al señor esta noche —habló finalmente en un hilo de voz—. Que no lo esperara en su cama.

Ikalidi recogió la escoba y el recogedor y salió deprisa de la habitación. Lisel se quedó blanca. El frío que le recorría el cuerpo por dentro hizo que lo sintiera hasta en la raíz del pelo.

—Esa mujer se aprovecha de vuestros malentendidos y se le está metiendo a tu marido por los ojos. Pero su esposa eres tú, no ella. Deberías hacer lo posible por contentarte con él, sobrina –le aconsejó tía Cati.

–No lo entiendes, tía, no estás entendiendo nada de lo que pasa –respondió Lisel. Le costaba hablar. Recordaba la noche que acababa de pasar con él, el modo en que la amó y cómo ella, estúpidamente, se dejó llevar.

–Pues explícamelo –le pidió tía Cati. Lisel tenía una mano sobre su boca y la otra sobre la columna del dosel. Por fin levantó la cabeza.

–¿Qué? –preguntó impaciente tía Cati.

–Yo… –empezó–. ¡Yo no siento nada por ese hombre! –dijo con firmeza–, pero no voy a permitir que me humille. No pienso ser una de esas mujeres que aceptan con naturalidad a las amantes de sus maridos. ¡Soy una Sagnier! –Sus ojos color violeta brillaban con esa intensidad que adquirían cuando se sentía dañada.

–¿Y no será que lo que sientes no es coraje sino celos de mujer? –le preguntó tía Cati.

–¿Celos? –Rio–. ¡Jamás!

Tía Cati movió la cabeza ante aquella muestra de orgullo de su sobrina.

–Ya conoces el dicho, sobrina: «Tan imposible es avivar la lumbre con nieve como apagar el fuego de amor con palabras».

CAPÍTULO 39

Ciudad Trinidad

Willhelm continuaba al galope, sin recordar que Mbeng le seguía a menor ritmo. La imagen al fondo de las montañas de Guaumuhaya le decía que estaba a punto de llegar a Ciudad Trinidad. Giró al este, hacia el Valle de los Ingenios. Aquel camino, que ofrecía la visión de los magnolios, de los cedros y de hermosas orquídeas ahora le parecía tosco y gris.

Al llegar al palacete desmontó sin esperar a que el caballo frenara. Entró en el interior precipitadamente, al ritmo de su agitado corazón.

–¡Amo! –El mayordomo salió a recibirlo con un gesto de agrado en la cara–. No lo esperábamos, no hemos recibido ninguna comunicación. –La costumbre era enviar una misiva con la antelación suficiente para que todo estuviera a punto en la casa.

–No te preocupes. Vengo con Mbeng, estaremos solo unos días –le explicó escuetamente Willhelm mientras seguía caminando hacia su despacho.

–¡Will! –la voz de Mbeng retumbó en el pasillo–, ¿qué vamos a hacer ahora? Necesito ropa, he venido con lo puesto –le dijo con voz melosa.

–Compraremos algo, no te preocupes –le contestó él sin prestarle mucha atención.

Ella le siguió por el despacho, acercándose amorosa. Cuando estuvo a su lado posó su mano sobre él, dejando caer una caricia.

–¡Quiero vestidos!, como los que le compraste a Ikalidi. Ella ahora viste como una señorita siendo una esclava, y mira yo cómo voy. –Sus manos agarraron la falda del vestido y la levantaron para mostrarlo–. Me comprarás bonitos vestidos, ¿verdad Will? –le preguntó.

Willhelm levantó la mirada y contempló aquel bello rostro, sin embargo, su corazón no palpitaba como cuando veía aparecer a Lisel. Sus ojos tampoco le arrancaban aquella inquietud que le mantenía siempre en vilo, deseándola.

–Sí. Vamos ya –dijo, pensando que así lo dejaría tranquilo. Había sido un error traerla con él.

Un par de horas más tarde Willhelm subió los dos escalones de entrada a la oficina de telégrafos. El viejo Andrés levantó la cabeza y miró por encima de los anteojos. Enderezó el cuerpo despacio, procurando que sus vértebras no protestaran demasiado.

–¡Señor Baßler! ¡Cuánto tiempo! Ya sé que estuvo en España –le dijo.

–Así es. –Willhelm asintió.

–Si necesita el telégrafo, no podré atenderle. –El viejo Andrés apretó los labios en un gesto de enfado. Se recolocó bien los manguitos sobre los puños de la camisa, procurando no mancharse con la tinta.

–¿Qué ha pasado? –preguntó Willhelm extrañado.

–Parece ser que una partida de rebeldes ha cortado la línea. El último telegrama que hemos recibido ha sido hace unos tres días desde La Habana. Parece ser que ya han nombrado al nuevo capitán general adjunto para la zona oriental.

–¿Se sabe el nombre? –preguntó Willhelm pensando en Baltrà.

–No lo recuerdo. Alguien que viene de la metrópoli. De Barcelona. ¡Espere!, por aquí tengo la copia del texto. –El viejo Andrés revolvió entre los papeles de su mesa–. ¡Aquí está! Robert Baltrà es su nombre.

–¿Está seguro? –preguntó Willhelm. Los músculos de la cara se le tensaron al escuchar aquel nombre.

—Robert Baltrà —repitió Andrés—. Y también nombran un nuevo capitán que se hará cargo de la Capitanía del Mar y la Guerra, aquí, en Ciudad Trinidad —miró de nuevo la copia—, Gerard de Marmany —añadió—. Dicen que además de militar es un marqués.

Willhelm le cogió el papel. No creía en las coincidencias. Las cosas podían ponerse complicadas para él si aquellos nombramientos eran ciertos, y todo apuntaba a que lo eran. Se puso el sombrero y salió de la posta con rapidez. Iría a recoger a Mbeng en la tienda de modas y prepararía la vuelta a la plantación cuanto antes.

—¡Pero aún no había terminado! —se quejó Mbeng mientras caminaba a paso ligero para no quedarse atrás.

—No te preocupes, ya tienes más de lo que tenías cuando viniste. Pide que enganchen un carruaje para ti y los paquetes. —La miró de soslayo—. En cuanto lo traigan todo del comercio nos volvemos a la plantación.

Mbeng torció el gesto, no llevaban allí ni un par de días y no había tenido ninguna ocasión con él.

—Pensaba que ahora que tendría ropa bonita me llevarías al teatro y a cenar —se quejó.

—Ya llevamos varios días en la ciudad, tengo trabajo en la plantación —respondió él entrando en la casa.

No había terminado de ordenar los papeles que tenía sobre la mesa de despacho cuando oyó tocar la puerta. Reconoció aquella voz. Salió a su encuentro.

—Está bien —dijo Willhelm al mayordomo—. Yo atiendo a los señores.

Un grupo de cinco hacendados siguieron a Willhelm hasta el salón. Sus ropas estaban impregnadas del polvo del camino, al igual que sus botas. A una señal del amo, el mayordomo, tras servir unas generosas copas de ron, cerró la puerta tras de sí.

—Hemos oído que estabas en la ciudad y aquí estamos

—hablaba don Francisco de Mendieta, cuya plantación lindaba con la de María Antonia. El resto también tenía sus haciendas en el Valle de los Ingenios, entre el valle de Santa Rosa y el de San Luis.

—Me acabo de enterar que el telégrafo está cortado desde hace días, y que se espera la llegada de un nuevo capitán general para esta zona, especial para la zona oriental —explicó Willhelm, buscando saber algo más.

—Sí. Ya está en la isla. Parece ser que han nombrado también a un nuevo capitán, para la Capitanía del Mar y la Guerra, aquí en Trinidad. La Corona quiere pacificar la isla como sea. Dicen que combatirán la guerra con guerra. —El murmullo del grupo así lo confirmó. Francisco de Mendieta miró a los ojos a Willhelm—. La mayoría de los trinitarios somos partidarios de apostar por la anexión de Cuba a los Estados Unidos, como un Estado más. —Hizo una pausa, observando la reacción de Willhelm.

—Pero también hay otra facción —apuntó Willhelm.

—Sí, la de los partidarios de la Corona, que buscan mantener la esclavitud y los altos aranceles que nos hacen pagar por nuestra producción. Son en su mayoría españoles que se han ido quedando con nuestras haciendas y nuestras mujeres. Debemos luchar contra ellos. Hemos venido a preguntarte si, llegado el momento, te unirías a nosotros —le pidió Francisco en nombre de todos.

Mbeng mantenía la puerta lateral del salón ligeramente entreabierta. Distinguía cuando se cocía algo importante y aquel era uno de esos momentos. Vio cómo otro hombre, uno que aún no había hablado, se abrió la levita y desplegó una bandera. La reconoció, era la de la isla, pero tenía una estrella cosida en el lateral. Había oído que los rebeldes habían cosido una estrella en la bandera para distinguirla de la otra, la de siempre.

—No me gusta que me impongan cada vez aranceles más altos —contestó Willhelm, que buscaba las palabras acertadas—, ni la política que practica la metrópoli, pero no veo que la solución sea cambiar un dueño por otro —dijo, refiriéndose a la anexión de Cuba a los Estados Unidos.

—Estados Unidos no sería nuestro dueño. Entraríamos a formar parte de la Unión como otro Estado más —le aclaró Francisco—. Pero para ello debemos luchar unidos.

—¿Cómo? ¿Enfrentándonos con los militares españoles? ¿Luchando contra su ejército? —quiso saber Willhelm.

—¡Como sea, sí! Volveremos a aplicar el método de la tea si es preciso —contestó Francisco, que al hablar miraba al resto buscando su apoyo a través de sus gestos y comentarios.

Willhelm se levantó del sillón apurando antes su trago. Sabía muy bien qué significaba el método de la tea, la tea incendiaria. Ya había pasado años atrás en Trinidad. El Viejo se lo contó, allá por 1869, cuando los guerrilleros alzados contra los españoles, capitaneados por el general Federico Fernández Cavada, atacaba a los hacendados afines a la Corona, incendiando sus plantaciones, destruyendo las líneas férreas y liberando a los esclavos. Willhelm recogió la bandera y con ella en la mano se dirigió a sus visitantes.

—Ahora debo volver a mi plantación. Antes de meterme de lleno en la contienda tengo cosas que arreglar y que disponer en El Guaurabo —dijo Willhelm.

—Claro —aceptó Francisco mirando al resto—. Sabemos que no es fácil dar el paso. Una vez se inicie la revuelta de forma abierta no habrá marcha atrás. De momento se están haciendo pequeños sabotajes, como cortar el servicio de telégrafos, pero los rebeldes de oriente se acercan y esos quieren la independencia total de Cuba. Si consiguen eso a la larga todos iremos a la ruina. El futuro está en anexionarse a los Estados Unidos.

—Hablamos en unas semanas. —Willhelm, aún con la bandera rebelde en la mano izquierda, tendió la derecha a Francisco. El resto de hombres se levantó y uno a uno pasaron a estrechársela también.

Mbeng ajustó la puerta y subió escalera arriba para ponerse uno de aquellos vestidos de dama que le había regalado Willhelm. Quería llegar a la plantación montada en el carruaje y vestida elegantemente. Que aquella blanca pensara que había pasado esos días calentando la cama de Will. Que pensara que él la prefería a ella. Una sonrisa le afeó el rostro.

CAPÍTULO 40

Vidas cruzadas

Los días pasaban de forma más lenta a lo habitual, al menos eso le parecía a Lisel desde que Willhelm se había ido. Como ya era costumbre, tía Cati se había afanado en ocupar una de las mecedoras de la galería y allí, disfrutando de la brisa, se había quedado dormida. Lisel bajó las escaleras en dirección al porche, procurando no hacer ruido. Antes de salir de la casa se sirvió un poco de jugo de las jarras que Gaetana tenía siempre preparadas. Identificó su sabor, llevaba guanábana, azúcar y leche, lo mejor para combatir el calor, según Gaetana.

La tarde estaba tranquila, de los campos provenía el sonido de los machetes al cortar las cañas de azúcar. La ligera brisa la animó a salir del patio y seguir caminando hasta los bohíos de los esclavos, que, aunque ya eran libres, en su gran mayoría habían optado por seguir en la plantación. Extrañamente reinaba un gran silencio, algunas mujeres ayudaban en el traslado de los viejos chamizos a los nuevos barracones.

Se aproximó al destinado a escuela. Salvó los cuatro escalones que separaban el piso de la tierra y abrió la puerta. El olor a madera, a recién construido, la envolvió. Abrió los porticones para que pasara la luz. Varias cajas se apilaban debajo de la pizarra, abrió una de ellas y comprobó que contenía material escolar. Las mesas ya estaban dispuestas y repartidas por el espacio, así como los taburetes.

Recordó las aulas de Hamilton, repletas de señoritas perfumadas, de risas alegres, de confidencias de adolescentes. Observó de nuevo la clase vacía y la imaginó por un momento llena de aquellos niños que ahora jugaban descalzos en la tierra. Se sentó en los escalones de entrada, respirando el olor a azúcar que arrastraba el aire. Cerró los ojos e intentó sacar de su mente la imagen de Willhelm alejándose con Mbeng.

Quizá fuese su imaginación, pero así, con los ojos cerrados, creyó notar una caricia en la cara. Era una caricia suave que atrapaba el rebelde rizo que le caía sobre el lado derecho de la cara. Abrió los ojos y sonrió. Aquel niñito de pelo rizado y negro como el tizón enredaba sus pequeños dedos en su pelo. Le impactó su mirada, una mirada llena de ingenuidad.

–Hola –le dijo ella en voz bajita, sin atreverse a despertar la tarde.

–¡Rojo! –le contestó el niño. Que jamás había visto a nadie con aquel color de pelo.

Su madre, algo temerosa, corrió a cogerlo. Bajó la cabeza en señal de disculpa. Lisel iba a hablarle, quería conocer algo más de ellos cuando le sobresaltó el estruendo de los cascos de numerosos caballos. El corazón le palpitó, quizá fuera él, pero entonces, ¿cómo recibirlo cuando apareciera de nuevo con aquella mujer? Lisel se acercó al Camino Real, el que llegaba desde Ciudad Trinidad y que cruzaba las tierras de la hacienda hasta la casa grande. ¡Militares!

Lisel distinguió el uniforme de los soldados españoles, de color dril y con rayas azules y blancas, por lo que les conocían como los rayadillos. Sobre sus cabezas el inconfundible jipijapa. Con ellos llegaba un oficial, al menos eso le pareció al ver el color azul turquí en el cuello de la guerrera y en las bocamangas.

Ikalidi dispuso la segunda bandeja sobre la mesa del salón de la casa grande a cuyo alrededor se había sentado la visita. Con los ojos algo más abiertos de lo normal contemplaba el rostro del marqués de Marmany. Pensaba en qué pasaría si apareciera el amo Willhelm ahora, si viera a la señorita Lisel hablando con él, sonriéndole. La señorita parecía feliz por la visita.

A Ikalidi el relincho de un caballo le hizo darse cuenta de que continuaba en el salón, cuando aún le faltaba traer los hojaldres de limón que esperaba tía Cati. Al pasar por el zaguán Ikalidi vio que era el amo el que llegaba, acompañado de una dama que bajaba de forma atropellada del carruaje. Se acercó más al ventanal. «¡Mbeng!», se sorprendió. Ikalidi corrió hacia la cocina.

Willhelm contó hasta diez caballos del ejército, los soldados, frente a la puerta de la cocina, tomaban de forma improvisada jugo de frutas y algunos emparedados.

Willhelm entró en el salón. Los músculos de su cuerpo se tensaron cuando vio a su mujer sentada al lado de Gerard de Marmany. Les acompañaban Josep, su administrador, y tía Cati.

Mbeng quería hacer una entrada triunfal con su nuevo vestido, buscaba que la vieran, sobre todo Lisel. Haría que se arrepintiera de haberse casado con su Will.

Willhelm contemplaba cómo su mujer servía él te con aquella delicadeza que ayudaba a realzar aún más la belleza de sus manos. Con una sonrisa, ofrecía la taza a Marmany, que estaba sentado junto a ella.

—¡Buenas tardes! —El azul de sus ojos era de hielo.

Gerard y Josep se levantaron al ver entrar a Willhelm. Se notaba que había cabalgado al galope.

—Señor Baßler... —Marmany hizo un saludo militar. Su sombrero y sus guantes estaban junto a él, en el reposabrazos del sillón.

—El marqués ha venido a visitarnos —le aclaró Lisel con una sonrisa, dando a entender que aquella visita le complacía enormemente.

Willhelm avanzó hacia el centro. Los dos hombres evitaron darse la mano.

—Hace un par de días que he tomado posesión de mi nuevo cargo —le explicó Marmany—. Me han destinado a la Capitanía del Mar y la Guerra en Trinidad, soy el nuevo capitán. Volvemos a ser vecinos —sonrió a Lisel.

Tomaron asiento de nuevo. Mbeng seguía junto a la puerta del salón, sin decidirse a entrar. Willhelm parecía haberse olvidado de ella.

—Pero mi visita, aparte de por cortesía con la señorita Lisel... —empezó Gerard.

—¡Señora! —corrigió Willhelm alzando la voz.

—Claro, señora... —aceptó Gerard con desagrado—. Como decía —continuó—, aparte de por cortesía mi visita también es oficial. Me estoy presentando a todos los hacendados de la zona, quiero conocerlos y averiguar quiénes son leales a la Corona y quiénes no. —Las palabras de Marmany parecían un reto a Willhelm.

—¿Y cómo le ha ido hasta ahora? —preguntó Willhelm entornando los ojos—. En sus visitas, me refiero.

—Esta es la primera —aclaró Marmany con una sonrisa, mirando de nuevo a Lisel—. Pensé que sería una buena idea empezar por aquí.

—Mbeng, puedes retirarte —le dijo Lisel empleando un tono seco—, ya se encarga Ikalidi de servirnos, pero gracias por estar pendiente. Pregunta en todo caso en la cocina si puedes ser útil allí.

Lisel quería ponerla en su lugar y evitar que entrara en el salón. Mbeng la miró sin disimular su inquina, después se fijó en Willhelm, esperaba que él hiciera algo. Lisel intentaba aparentar calma ante la presencia de aquella mujer, pero observó cómo iba vestida, sin duda Willhelm había gastado una buena suma en ella. ¿El regalo de un amante? Notaba la agitación de su pecho, aunque esperaba que para los demás no fuera evidente.

—¡Mbeng! —Willhelm le hizo una señal para que saliera de la sala. Ya estaba bastante furioso con tener a aquel hombre en su casa como para ocuparse de ella también.

Pero Mbeng no se dirigió a la cocina, salió por la puerta principal, cerrándola con todas sus fuerzas. Tía Cati dejó escapar una exclamación al sobresaltarse por el golpe.

—Disculpa los modales, Gerard. —Lisel se dirigió a él, sonriéndole dulcemente. Buscaba molestar lo más posible a Willhelm.

—Está usted muy lejos de casa, comandante, ¿o debo decir capitán? —le espetó Willhelm.

—Conservo mi grado de comandante —le aclaró—. Y contestando a su pregunta, ya no me retenía nada en Barcelona.

—¿Y aquí sí? —preguntó abiertamente Willhelm, pendiente de la reacción de su rostro.

—Un hombre nunca sabe dónde está su destino —contestó Gerard.

La tensión se hizo presente en el ambiente, pero a Lisel no parecía afectarle, no ahora, después de ver cómo Willhelm se había atrevido a entrar con aquella mujer hasta el salón de la casa.

—Gerard —interrumpió tía Cati—, ¿qué nos cuenta de Barcelona? ¿Ha visto a alguna de nuestras antiguas amistades antes de partir?

—Sí, por cierto... —Gerard se puso en pie y, abriendo un poco la guerrera de su uniforme, sacó unas cartas—. Son para usted, Lisel, de la señora Leonor, de Jana y de su padre.

Lisel sonrió de nuevo. El comandante aprovechó el momento en que le entregaba las cartas para rozar su piel. Willhelm contemplaba a Lisel, su delicadeza, sus elegantes modales, su agrado para con aquel visitante era muy diferente al que le deparaba a él.

—No queremos entretenerle, comandante, supongo que debe seguir visitando el resto de plantaciones antes de volver a Capitanía. —Willhelm estaba bastante molesto con su presencia y con su cercanía a Lisel.

—Ya —entendió el comandante—. Pensé que antes de

irme la señori..., Lisel –corrigió–, podría deleitarnos con un poco de música, una corta interpretación, por favor –le pidió–. Recuerdo la tarde tan placentera que pasamos el día que la conocí. –Era obvio que Gerard olvidaba adrede que Willhelm estaba presente y que era su marido.

–Oh, no podrá ser. Aquí no hay ningún piano –se excusó Lisel apenada–. Además, hace tanto tiempo que no he podido practicar.

–Es una pena que no disponga de un piano, Lisel. –Sus palabras encerraban un reproche al lugar en el que se encontraba–. Siendo así, tendré que marcharme ya. –Gerard se levantó a desgana.

–Que le vaya bien, comandante. Le acompaño hasta a la puerta –se ofreció Willhelm contento de que aquel hombre saliera ya de su casa.

–Supongo que pronto nos veremos, Ciudad Trinidad no está tan lejos. –Gerard miró de nuevo a Lisel–. Quizá vuelva en otra ocasión con nuestro común amigo, Robert Baltrà –ahora se dirigía a Willhelm–. Sabrá que ha sido designado capitán general especial para la zona oriental.

–Es extraño que los dos hayan abandonado su cómoda vida en Barcelona para venir hasta aquí –receló Willhelm.

–Alguien tiene que tomar las riendas de estas revueltas. ¿No cree? ¿O está usted a favor de los rebeldes, señor Baßler? –Gerard esperaba que le contestara que sí, para poder apresarlo y sacarlo de la vida de Lisel. Ahora que la había visto después de tanto tiempo comprobaba que, lo que sentía por ella, seguía muy vivo dentro de él.

–Le acompaño, comandante –reiteró Willhelm. Una vez fuera y antes de que Marmany subiera a su caballo, Willhelm le preguntó abiertamente–: ¿Está interesado en mi mujer? –La actitud de su cuerpo parecía una amenaza.

–¡Sí! –Gerard no se encogió al reconocerlo, a fin de cuentas, él la había pretendido antes que aquel indiano.

–Pues va a ser un problema, señor, porque resulta que ella es mi esposa.

—Bueno —aceptó Marmany—, ya sabe lo que dicen, la vida da muchas vueltas. —Gerard echó una ojeada a su alrededor, a las chimeneas de la factoría, a los negros que volvían del trabajo, al humo de aquella locomotora de vapor cuyos vagones llegaban repletos de la caña de azúcar—. ¡Este no es lugar para una dama como ella! —añadió Gerard.

—Su lugar está conmigo —le respondió Willhelm.

—¿Se ha parado a pensar que quizá ella no piense lo mismo? —Gerard se puso el sombrero y montó sin esperar una respuesta.

Iyanga tuvo que fijarse bien para reconocer a Mbeng debajo de aquel enorme y llamativo sombrero verde, el mismo color que el vestido de «señora» que llevaba puesto. Pero sí, aquella forma de andar atropellada era de ella. Al pasar por su lado la frenó.

—¡Suéltame! —le gritó ella rabiosa y forcejeando con él. La acababan de echar de la casa grande y no estaba como para aguantar a aquel negro.

—Quiero hablar contigo, Mbeng. Ahora soy libre, ya sabes que tengo el cargo de capataz, con un sueldo... y tendré una de esas nuevas casas para mí solo. —Iyanga soltó el brazo de Mbeng para rodearle la cintura y acercarla a él—. Ahora puedo darte lo que quieres. No tendrás que trabajar si eres mi mujer.

Mbeng le miró asombrada primero y ofendida después.

—Pero ¿qué te has creído? ¿De verdad piensas que con lo que cobres a partir de ahora me vas a poder comprar estos vestidos? —Mbeng se pasó la mano por la cadera—. ¿Sabes cuánto se ha gastado Will en mí estos días que hemos pasado juntos en Ciudad Trinidad? —Mbeng lo apartó y se ajustó el sombrero. Lo miró con más desprecio del que lo hacía habitualmente—. ¡Estás loco si piensas que voy a rebajarme a casarme con alguien como tú!

—¡Soy un guerrero ndowé, un hombre libre! —le respondió él orgulloso.

—Pues yo no veo más que a un negro marcado a fuego con el carimbo, igual que cualquier animal de la hacienda. —Ella señaló la rosa negra quemada en su brazo—. Puede que ahora seas un hombre libre, pero has sido un esclavo y no me sirves. Yo quiero progresar, frecuentar en sociedad, ir al teatro, pasear en carruaje, vivir en una gran casa con criados. Dime, ¿puedes darme eso, negro? ¡Aparta!

Mbeng siguió su camino, altiva, rabiosa. Se dirigió hacia el chamizo de la hechicera que mantenía la cortina bajada. Mbeng la levantó sin miramientos, refunfuñando cuando se le enganchó en las plumas del sombrero. La santera la observaba en silencio, con su habitual calma, lo que ponía aún más nerviosa a Mbeng.

—Me dijiste que Will sería mío y volvió casado. Me dijiste que tuviera paciencia, que podría estar con él y…

La santera levantó la mano exigiendo silencio. Mbeng calló en el acto. Sabía que no era bueno enfrentarse a ella, que sabía de conjuros, de hechizos. Allí estaban sus orishas sobre el altar, sus velas prendidas y sus pequeños cuencos con cuentas de colores junto a otros amuletos.

—Me preguntaste si volvería de su viaje, te dije «sí», y volvió —empezó a decirle a la santera.

—Sí, pero volvió casado con otra, con esa mujer de pelo rojo que lo tiene de mal humor todo el tiempo, ella… —Mbeng se calló de nuevo ante la indicación de la santera.

—Me preguntaste si tendrías oportunidad de estar con él. Te dije que sí, y has estado de viaje con él. Mbeng, los orishas responden bien a tus preguntas. —La santera se levantó, estirando su túnica, al hacerlo, la piel de sus huesudas manos se estiró también—. No son los orishas los que se equivocan, eres tú la que no sabes aprovechar lo que el destino te ofrece. —Y la santera no se refería al tiempo que había disfrutado con Willhelm, sino a la conversación que acababa de escuchar entre ella e Iyanga.

—¿Y qué puedo hacer, santera? Algún conjuro habrá, puedo traer más ofrendas a los orishas. ¡Quiero a ese hombre, lo quiero para mí! —Mbeng hablaba de forma precipitada, hasta que las manos de la santera atraparon las suyas. De pronto una calma la inundó.

—¡Mírame, muchacha! —le dijo la santera mientras sus manos seguían apretando las de Mbeng. Su mirada pareció hipnotizar la de la muchacha—. ¡Mírame!

Tía Cati y Josep cruzaron una fugaz mirada antes de abandonar el salón. Los cascos de los caballos de los militares al galope cada vez se oían más lejanos. Gerard volvía a Ciudad Trinidad con la imagen de Lisel ocupando su mente.

Willhelm cerró la puerta del salón, no quería que nadie los interrumpiera. El servicio de té quedó allí, como muestra de una visita inoportuna y no deseada.

—Supongo que te habrá alegrado enormemente ver a tu antiguo pretendiente por aquí —le dijo acercándose a ella.

Lisel alzó la vista, la sonrisa ya no estaba en su rostro, ni la expresión amable que dirigiera a Gerard. Willhelm solo encontró una ira contenida.

—¡Realmente sí! Gerard es un buen conversador y su compañía me agrada. —Lisel se mostró satisfecha.

—Espero que no le hayas alentado para que nos siga visitando. ¡No es bienvenido en la plantación! —Willhelm se aproximó un poco más. Notaba la ropa de la falda de ella entre sus piernas, aquel cosquilleo le atormentaba.

—No estás obligado a acompañarnos cuando lo haga —le respondió ella, sosteniéndole la mirada.

—¡No lo quiero aquí! Ese hombre no ha venido por cortesía. Claramente ha venido por ti, por verte —le dijo tenso.

—¿Y qué si fuera así? —Lisel se encendió, tenía demasiado guardado en esos días.

—¿Olvidas que ya no eres la señorita Sagnier, sino la señora Baßler? –le recriminó él–. ¡Ahora llevas mi apellido y debes respetarlo!

—Y lo hago –le respondió ella con una ironía que acompañó con un gesto de desdén–. ¡Igual que tú lo haces con el mío!, solo que pienso ser más discreta y no iré con mi amante de viaje a Ciudad Trinidad, ni le compraré trajes y sombreros. No te preocupes, no se enterará nadie –le susurró–. Ni siquiera tú –añadió Lisel. El violeta de sus ojos brillaba desafiante.

Willhelm notó que la sangre le hervía, la tomó por la cintura, aproximando su boca a la de ella. Su suave fragancia a vainilla le invadió. Después de tantos días, la echaba de menos. Su cuerpo la deseaba hasta el infinito.

—¡No te atrevas! –le respondió él apretando su cuerpo contra el de ella.

—¿Y por qué no? ¡Tu amante se pasea por esta casa con todo el descaro, como si fuera la dueña de la plantación, como si fuera ella tu esposa y no yo! –le recriminó ella.

—¿Quieres ser la señora de la casa? ¿La única dueña? ¿Quieres ser mi mujer, en todos los sentidos? Porque eso es lo que yo quiero también –reconoció–. Que seas mi mujer. –Sus labios casi rozaban los suyos–. ¿O lo prefieres a él? –La duda le aguijoneaba.

—No me interesa un hombre que cuando sale de mi cama se va a la de su amante. –Su cuerpo ardía por dentro, pero prefería pensar que era por la indignación y la humillación de tener que soportar a aquella mujer en la casa.

—Mbeng no me interesa, para mí es como una hermana pequeña, la he visto crecer. –Willhelm la atrajo de nuevo hacia él.

—No es lo que ella dice. –Lo separó de su cuerpo.

—¿Qué te ha dicho? –Él frunció el ceño.

—¡La verdad que tú no te atreves a reconocer! Al día siguiente de pasar la noche juntos se presentó en mi alcoba, me subió el desayuno de tu parte, y me reconoció que después de estar en mi lecho corriste al suyo. ¡Y aún tuviste el descaro de presentarte con flores! ¡No te acerques! –Lisel lo miraba con furia. No soportaba aquel papel de segundona en el que él la había colocado.

–Yo no te dejé para ir con ella. Encargué el desayuno a Gaetana y fui a buscarte las flores y, cuando fui a entregártelas, me dejaste muy claro que para ti solo había sido una noche de «compromiso», por ayudar a tu padre. –Willhelm estaba furioso, pero no con Lisel, sino con Mbeng. Había jugado con los dos. Abrió la puerta del salón y llamó a gritos a Ikalidi. La muchacha llegó corriendo desde la cocina.

–Ya recojo todo amo, señor, patrón... –dijo apurada mirando el servicio de té en la mesa. No se acostumbraba a no decirle amo.

–No. –La frenó Willhelm–. Di a Mbeng que venga aquí. ¡Ahora! –Se volvió hacia Lisel–. ¡Esto lo vamos a aclarar ahora mismo!

Mbeng vio a Willhelm en el centro de la sala. Entró sonriente, triunfante. Él la llamaba. Su gesto se torció cuando descubrió la presencia de Lisel.

–Mbeng, ¿es cierto que le dijiste a mi esposa que habías estado contigo el día que le subiste la bandeja a su recámara? –Los músculos de Willhelm estaban en tensión. Si tenía alguna oportunidad con Lisel no iba a tirarla por la borda por aquella muchacha.

–Yo solo le dije que un hombre prefiere a una mujer que le sepa llenar la cama. Y ella no sabe, si no no dormirías en otra habitación. ¡Ella no te quiere Will! ¿No te das cuenta? –Mbeng se abalanzó sobre él.

–¡A partir de ahora no quiero que, bajo ningún concepto, vuelvas a hablar a mi esposa como lo has hecho hasta ahora! Ella es la señora de la casa y le debes un respeto. ¿Me has oído? –La separó de él.

–Pero, Will, yo siempre he estado a tu lado, no puedes permitir que esa mujer nos separe. –Sollozó Mbeng.

–El Viejo tenía razón –reconoció Willhelm–, se te ha permitido demasiado, Mbeng, y has confundido las cosas. Tu trabajo está en la cocina, así que a partir de ahora no quiero que salgas de allí. Y cámbiate de ropa, esta no es adecuada para el trabajo.

Era la primera vez que Willhelm le hablaba en aquel tono. Mbeng miró a Lisel con toda la furia y la rabia que era capaz de sentir. Aquella mujer estaba ocupando el lugar que debía ser para ella. Miró aquel salón, los sillones, el servicio de té, a Willhelm… Sería tan fácil borrarla de su vida y tomar su lugar. Con esa idea abandonó el salón.

–¿Satisfecha? –preguntó Willhelm a Lisel, pensando que había dado un gran paso hacia ella.

–¡No soy tan tonta! El día que llegué aquí vi cómo esa mujer salió a tu encuentro. Tú y ella tenéis algo desde hace tiempo y, a pesar de eso, te empeñaste en traerme aquí. ¿Para qué? ¿Para que tenga que soportaros a los dos? ¿Y debo creer que en Ciudad Trinidad no te encamaste con ella? ¡Por favor! –Lisel se retiró el mechón que le caía sobre la cara. Sentía arder su piel, sus labios y su garganta cada vez que se refería a ellos dos.

–Exacto. Nunca he tenido nada con ella. ¡Nunca! –le repitió él.

–¡Al menos deja que me vaya a Barcelona, serás libre para vivir tu vida como te plazca! –le pidió Lisel.

Willhelm imaginó esa posibilidad, si dejaba que ella volviera a Barcelona aquel soldadito tardaría menos de tres días en correr tras ella. La idea le enfureció, perdió la poca paciencia que le quedaba, la atrapó entre sus brazos y le estampó un beso con todas sus fuerzas y la retuvo todo lo que pudo antes de soltarla, casi sin aire.

–¡Estás loca si crees que te dejaré volver! ¡Tu sitio está aquí, conmigo! –recalcó–. ¡Esta será tu casa, o tu prisión, como tú prefieras! –le dijo Willhelm.

–¡Es una prisión, no lo dudes! –le gritó ella.

–Algún día, cuando dejes de lamentarte tanto por tu triste destino te darás cuenta de la suerte que has tenido de encontrarme. ¡Espero que no lo descubras cuando sea demasiado tarde! –Willhelm salió dando un portazo.

CAPÍTULO 41

Los tambores de Batá

−¿Estás segura, tía? −preguntó Lisel mientras seguía seleccionando la ropa que se llevaría. La iba dejando sobre la cama para que, más tarde, Ikalidi la acomodara en uno de los baúles.

Tía Cati asintió de nuevo con la cabeza. No le apetecía nada ponerse en camino hasta la plantación de María Antonia. Imaginaba cómo sería aguantar su charla incontrolable varios días, en cambio, en El Guaurabo, podría disfrutar de un poco de tranquilidad sin las discusiones de la joven pareja.

−¡Estoy muy segura, sobrina! Id vosotros. Os irá bien pasar unos días juntos sin la presencia de esa mujer merodeando alrededor. −Tía Cati encogió el cuerpo recordando la expresión de Mbeng−. Me da mal fario cada vez que la veo, y hasta cuando no está presente. ¿Te has fijado en cómo mira? −preguntó tía Cati abriendo los ojos.

−Querrás decir cómo me mira. Si pudiera me fulminaba. Si voy es por no hacerle un feo a María Antonia, ya que nos invitó a visitarla cuando estuvimos en La Habana, pero no me apetece ir de viaje con ese hombre. −Lisel seguía molesta con él.

−Pues fíjate que yo creo que todo eso ha sido una invención de la mulata esa. Que él no se ha metido con ella, pero que ella así lo hace creer. Busca enemistarte con tu esposo. −Tía Cati esperaba calmar a su sobrina.

−Le compró vestidos, sombreros, se fue varios días con

ella. ¡Tía, por favor! —le respondió Lisel parando un momento sus vaivenes del armario a la cama.

—Sí, pero eso no significa lo que tú crees. Él se casó contigo sin ninguna obligación. Las dos lo sabemos, antes, al contrario. Casarse contigo le ha costado una fortuna, se ha hecho cargo de las deudas de tu padre...

—Nadie lo obligó —se defendió Lisel.

—Por eso mismo, sobrina. Recuerda que él ya te pidió en matrimonio antes de que tu padre se arruinara. Fuiste tú quien lo rechazó, y a pesar de ello en cuanto le diste la oportunidad la aprovechó. Y sabes bien que cumplió con todas las condiciones que le pusiste.

Tía Cati quería ser justa con él, ahora Lisel parecía escucharla con más atención.

—Además, Josep dice que esa mulata siempre ha estado detrás de tu marido y que él nunca le hizo caso, y Josep es un hombre honesto —añadió tía Cati.

—¿Josep? —preguntó Lisel con cierto tono burlón. Tía Cati enrojeció.

—Yo me intereso por ti —se excusó—, y me preocupaba que te engañaran, por eso hablé del tema con él.

—Ya —dijo Lisel mirándola de soslayo mientras seguía seleccionando vestidos.

—Quizá es lo que necesitáis, veros en otro ambiente. ¿Por qué no intentas contentarte con tu marido? ¡Al fin y a la postre ya estás casada con él, es más fácil llevarse bien que mal! ¡Y es muy buen mozo! —añadió—. ¿O es que te da reparo la cicatriz que tiene en la cara?

—No es eso. —Lisel negó con la cabeza.

—¿Y entonces? No me digas que crees a esa mujer. Es lo que ella busca, que la creas y así tener a Willhelm para ella. No le des el gusto, sobrina —le aconsejó tía Cati.

—No es solo eso, es que yo imaginé mi vida de otra manera, tía. ¿Tan difícil es de entender? —Lisel se abrazó al vestido blanco que tenía entre las manos.

—¿Y tú no entiendes que tu vida de Londres ya quedó

atrás? ¿Que tu realidad ahora es otra? Sí, quizá el señor Baßler no sea el hombre con el que pensabas pasar tu vida, pero él es tu marido, y no ese soldadito presumido de finos modales y palabras aduladoras. ¿Crees que no me percaté de que sigue pretendiéndote todavía? –Tía Cati sacó su genio, su sobrina debía comprender cuál era su vida ahora.

Willhelm cabalgaba en paralelo al carruaje, había instantes en los que su mirada se cruzaba con la de ella, pero Lisel la retiraba al instante. Se preguntaba qué podía hacer para conquistar a aquella mujer, qué más decirle para que creyera que no le interesaba Mbeng... Pero todo con ella parecía inútil.

Lisel meditaba sobre las palabras de su tía. En cierta forma se alegraba de haber aceptado la invitación de María Antonia. Le apetecía hablar con aquella risueña mujer que tenía el don de minimizarlo todo, de dar a las cosas la importancia justa, de disfrutar de la vida momento a momento.

–¡Querida Lisel! –María Antonia bajó los escalones de la casa para ir al encuentro de su invitada. Le dio un fuerte abrazo–. ¡Muchacho! –gritó a modo de saludo a Willhelm, que le respondió con una sonrisa–. ¡Me alegro de que hayáis podido venir, aunque os esperaba hace dos días! Estas bodas duran tres días y ya llevamos dos de festejos. Pero bueno... –aceptó–. Entremos en la casa.

–Ahora iré –dijo Willhelm, que se acercó a saludar al capataz de María Antonia.

–Vamos, Lisel –repitió María Antonia–. Espero que te hayas traído la ropa que compraste en La Habana –le dijo al verla vestida al estilo inglés, con su corsé y su habitual peinado sofisticado.

–Dudé, pero pensando en que me ibas a preguntar por ese vestuario lo he traído –sonrió Lisel–. Aún no he estrenado nada –confesó.

—¡Ahh! Pues aquí tendrás la ocasión perfecta. Esta noche se hará la ceremonia final de la boda, como te dije, los festejos ya empezaron. ¡Te sorprenderá! Las bodas entre ndowés son muy llamativas y alegres. —Rio mientras caminaba—. Pero luego te iré explicando los detalles, te acompaño primero a la recámara. Ya está preparada —le dijo, dirigiéndose a la escalera.

Los primeros latidos de los tambores se escucharon en cuanto empezó a oscurecer. Hacía rato que las campanas habían anunciado la hora de fin del trabajo en los campos. El júbilo se había adueñado del silencio en la plantación Arquer. La cocina de la casa era un constante ir y venir de gente. La mesa para la señora y sus invitados ya estaba dispuesta en el porche, frente a la explanada en la que se darían cita todos los habitantes de la plantación.

Unas antorchas, clavadas en el suelo, iluminaban el espacio. Esa noche todos vestían túnicas de colores vivos. Las mujeres engalanaban sus cabezas con vistosos turbantes de colores fuertes, que contrastaban con su piel negra. De sus cuellos colgaban los abalorios que ellas mismas prepararon para la ocasión. Tres días de celebración en los que las dos familias de los contrayentes tenían la ocasión de conocerse mejor, de estudiar al novio y a la novia y de decidir si aceptaban, a uno y otro, como un nuevo miembro en su familia.

Lisel agradeció que Willhelm pasara el día con el capataz de María Antonia recorriendo los campos. Se miró al espejo y sonrió satisfecha. Los golpes en la puerta la sorprendieron. El corazón se le aceleró pensando que sería Willhelm.

—¿Puedo pasar? —preguntó María Antonia entrando—. ¡Estás preciosa! —exclamó dando una vuelta a su alrededor—. Willhelm se volverá loco de deseo cuando te vea. —Rio al ver la expresión de ella—. Sí, ya lo sé —hizo un ademán con sus manos aceptándolo–, soy demasiado clara y directa, pero hija, ¡la vida es muy corta para hablar refinadamente y crear malentendidos! Y desde ya te digo que nos acompañará en la mesa mi capataz, él es..., ya me entiendes. –Le guiñó un ojo–. Son las ventajas de vivir en el campo, que no te expones a las críticas de metiches.

–Me siento extraña –reconoció Lisel mirándose de nuevo en el espejo e intentando no juzgar a su nueva amiga.

–Claro, no estás acostumbrada, pero Lisel, estás preciosa. Te traigo algo, un regalo. Toma. –María Antonia le entregó una pequeña cajita.

Lisel la tomó con cuidado. Descubrió que eran dos aretes de plata de los que colgaba una pequeña esfera cuya superficie simulaba un enrejado.

–Son preciosos, muchas gracias, pero no tenías por qué. –Lisel le dio dos besos.

–Me latía hacerte un regalo. Y gracias a ti por no juzgarme, por aceptarme como soy. Eres la única dama de verdad que ha visitado mi plantación y eso –María Antonia calló un momento para disimular su emoción–, eso se merece un regalo. –Rio de nuevo.

–Los estrenaré ahora mismo –dijo Lisel.

–No, no. Espera. –María Antonia la detuvo–. Estos aretes son especiales para una noche como la de hoy, cargada de misterio, de amor, pasión..., pero hay que prepararlos. Mira –le dijo tomándolos.

María Antonia desenroscó con cierta dificultad, por sus gordezuelos dedos, una de las dos esferas, que se abrió en dos mitades.

–Escucha –dijo a Lisel–, debes tomar un pequeño trocito de tela e impregnarla de tu perfume, después la introduces aquí –señaló la esfera abierta– y la cierras nuevamente. Así, cada vez que muevas la cabeza, el perfume se irá desprendiendo a tu alrededor, y si tienes enfrente a tu hombre lo volverás loco, ¡créeme! –María Antonia le guiñó un ojo.

—¿Puedo preguntarte algo, en confianza? —le pidió Lisel.

—Sí, claro. —María Antonia se dispuso a escucharla.

—Es sobre Willhelm... —Lisel hizo una pequeña pausa—. Willhelm y Mbeng —terminó de decir.

—¡Ah! ¿Eso era lo que te estaba carcomiendo? —María Antonia negó con la cabeza—. Ya puedes olvidar todo lo que te haya dicho esa víbora. Esa muchacha es un mal bicho. ¡Tiene mala vibra! —le dijo tocándose el corazón con la mano. Desde niña que está loca por Willhelm. Seguramente al morir el Viejo pensó que tenía el campo libre con él. Imagino cómo se quedó cuando te vio aparecer. —Puso los ojos en blanco.

—Es que parece tan creíble lo que dice. Y tú no sabes, pero ellos dos... —Lisel se vio interrumpida.

—¡Ellos dos nada! Si lo dices por su viaje a Ciudad Trinidad no tienes de qué preocuparte. Yo me entero de todo. —Rio—. La llevó con él por puro coraje, pero te puedo jurar que entre esos dos nunca ha habido nada. Los hombres hablan, comentan... Y yo me entero de todo —le repitió.

—¿Te lo ha comentado él? —preguntó extrañada Lisel.

—¡No necesito que me lo diga él! —respondió convencida.

Lisel se tensó. La voz de María Antonia ahora era diferente, salía de su interior más profundo, del que conectaba con el más allá. Le recordó a madame Bodleain.

—A veces nos dedicamos a mirar hacia el horizonte con tanto empeño que no somos capaces de ver lo que tenemos a nuestro alrededor, y es en ese «alrededor» donde realmente está nuestro destino. Pero ahora basta de filosofar —rio María Antonia poniéndose en pie—, nuestros hombres deben estar esperándonos abajo desde hace rato.

Willhelm y el capataz disfrutaban de una segunda copa de ron cuando las escucharon bajar. Los ojos de Willhelm se clavaron en Lisel. Ella vestía un vaporoso vestido blanco que le ceñía la cintura. Su hermosa cabellera lucía libre. Sus rizos parecían flotar en el aire a medida que descendía por la escalera. Un par de mechones, recogidos hacia arriba, adornaban con minúsculas florecillas blancas su pelo. El generoso escote mostraba los hombros e insinuaba con delicadeza su pecho. En su mano llevaba un chal de cachemira.

Su rostro parecía alegre. María Antonia tenía la virtud de cambiarla. Ojalá durara toda la noche, deseó Willhelm. Se adelantó para ofrecerle su brazo y para su sorpresa ella inclinó ligeramente la cabeza dedicándole una de aquellas sonrisas, que hasta ahora, tenía reservadas para el soldadito. Al estar así, tan cerca de ella, un halo de aroma a vainilla lo envolvió. Era tan dulce que le provocó acercarse más, olerla y, por qué no, lamer su piel. Pero la voz de María Antonia lo sacó de su embrujo.

–¡Creo que nos esperan para iniciar la ceremonia! – María Antonia se enganchó del brazo del capataz. Todos en la plantación sabían que había algo entre ellos. Quizá no llegara a casarse nunca con él, pero allí, en la plantación Arquer, el capataz oficialmente era su hombre.

Willhelm retiró el asiento para que Lisel se acomodara. Queriendo rozó la piel de su cintura, esa parte de su cuerpo lo atraía más de lo que deseaba. Bajo aquella delgada tela que la envolvía, sintió su piel, recordaba su suavidad en aquellos momentos robados al tiempo que ansiaba enormemente volver a vivir con ella. Los cuatro se situaron mirando hacia el batey. Ya estaban todos presentes menos los novios.

Sentados en el suelo una veintena de hombres tenían sus manos sobre la piel de los tambores. Tambores engalanados para la ocasión, cuya madera brillaba recién encerada. Eran estrechos en la base y amplios en la parte superior, recordando la forma de un reloj de arena. La ancha boca estaba rodeada por una cenefa de la que colgaban campanitas que, después, con el movimiento del tambor al ser tocado, completaban su sonido. Unas tiras de telas de colores rodeaban la parte superior del tambor. La fiesta se desarrollaría como la coreografía mejor ensayada.

–Las bodas africanas son muy poéticas –explicó María Antonia a Lisel–, y quizá te parecerá que se pelean –rio–. Como verás se desarrolla durante tres días. Os habéis perdido dos –les recriminó–. Son los necesarios para que, tanto la novia como el novio, conozcan a los parientes más próximos del otro. Y hoy, en el tercer día, es cuando se realiza la ceremonia de la boda, una vez que cada familia ha aceptado al nuevo miembro. Y durante ese tiempo, como ves –señaló–, todos traen comida. La africana es una sociedad muy comunal, todos son hijos de todos –les explicó.

Lisel observaba maravillada aquella explosión de color en las ropas de ellas y ellos, que contrastaba con su negra piel. La novia y su familia esperaban a un lado mientras que el novio y la suya aguardaban en el otro. Sus cuerpos se agitaron al ver avanzar al anciano que los iba a casar. Este se dirigió a la multitud para presentar a los contrayentes.

–Este –señaló al novio– es Musanga, hijo de Molongwa. Es honrado. Ella –continuó– es Nay, hija de Ngoho, es limpia, ordenada y le dará muchos hijos. ¡Yo os lo digo, se quieren casar! ¿Cómo lo veis? –preguntó a los presentes.

La multitud asintió con gritos de júbilo. «¡Bien! ¡Bien!».

Antes de dar por concluida la ceremonia el anciano se dirigió a los novios: «¡Debéis conservar el honor de la familia, conservar la esperanza de volver a nuestra tierra, y tenéis la obligación de enseñar nuestras costumbres y tradiciones a vuestros hijos!».

Alzaron a los novios en volandas y los pasearon por entre la multitud, que seguía gritando alegre. Un grupo de mujeres salía de la cocina con los manjares cocinados, eran mujeres de una y otra familia. La comida se iba repartiendo entre los presentes, empezando por María Antonia y sus invitados.

La verdadera celebración empezaba con el baile de la Yuca, el baile de la fertilidad, que se danzaba en honor a los novios.

–¡Aquí tenemos otros recién casados! –gritó María Antonia señalando a sus invitados, y sin mediar palabra, puso la mano de Willhelm sobre la de Lisel.

Las parejas de bailarines hicieron un gesto de respeto ante ellos y les ofrecieron el baile. Lisel sintió que le invadía un calor desconocido, y aunque intentaba controlarlo percibía que la piel de su cara le ardía al contemplar aquel baile. Los hombres iban sin camisa, vestían únicamente un pantalón blanco. Ellas se subían la falda en cada giro, ofreciéndose al hombre y este, como aceptando su invitación, pegaba su pelvis a la de ella, simulando un brevísimo cortejo antes de moverse como si le hiciera el amor. Fue en ese momento cuando le pareció que la mano de Willhelm apretaba más la suya. Aquella piel dura se deslizaba suavemente sobre su mano, como haciendo una caricia imperceptible. Evitó mirarlo a los ojos, aquella noche lo veía diferente, vestido de blanco, con aquella camisa por fuera. Parecía tan relajado, tan atractivo, incluso con aquella cicatriz. No lo miraba, pero tenía muy presente el color azul de su mirada.

El ron, el buen ron paseaba por las vasijas de los negros y las copas de fino cristal de los blancos. Esa noche se celebraba por todo lo alto con buenas carnes, pescado, frutas y dulces. Con el café llegaron los habanos. El criado dejó en la mesa de los blancos un pequeño brasero de plata, sobre el que descansaba una brasa encendida. Los hombres enseguida la utilizaron para prender el tabaco.

–Creo que vamos a retirarnos –dijo María Antonia, que sintió un agradable mareo al levantarse–. Quizá me pasé con el «digestivo» –reconoció cruzando una mirada cómplice con el capataz.

A Lisel le entró cierta nostalgia al ver ese entendimiento entre ellos. Nunca conoció un matrimonio por amor, excepto el de su tía, aunque solo de oídas. Siempre había estado rodeada de personas de gestos estudiados, frases corteses y sabidas de antemano, de matrimonios concertados, que con suerte se convertían en buenos amigos y que, con el tiempo, se permitían uno al otro sus escarceos.

Y allí estaba ella, en medio del océano, bajo una preciosa noche estrellada, disfrutando de una fiesta por amor, al lado de un atractivo hombre que se empeñaba en mantener su mano atrapada. Por primera vez sentía su cuerpo libre, fuera de la coraza del corsé. Quizá fuera esa libertad, la de la ropa, la del pelo suelto por los hombros, la de no encontrarse en un lujoso salón sino en una exótica plantación, sobre aquella tierra rojiza, con el fondo musical de unos tambores lo que la hacían sentirse diferente, lo que la hacían desear mucho más...

La noche estaba muy avanzada, pero, después de aquella sorprendente fiesta, estaba segura de que no podría conciliar el sueño.

–¿Quieres dar un paseo? –Willhelm se lo preguntó cuando ya estaba de pie frente a ella, con la mano extendida. Lisel, en un acto reflejo, sin pensarlo le ofreció la suya. Se levantó. No pronunciaron más palabras, en cierta manera era como si los dos tuvieran miedo de estropearlo si hablaban.

Bajaron los escalones del porche y cruzaron el batey, pero antes de salir de él y tomar el camino que llevaba a la fuente del jardín, Willhelm se detuvo. Sonrió al ver uno de los tambores.

–¿Por qué se llaman así, tambores de Batá? –preguntó Lisel, que necesitaba romper aquel silencio. Notaba el calor de la mano de él sobre la suya y le asustaba comprobar que le encantaba sentir su tacto.

—Son originarios de África, de los esclavos procedentes de Nigeria. Ya has visto que son de tres tamaños, cada uno tiene su propio nombre. Para ellos son tambores sagrados —le explicó él.

Willhelm la soltó un momento, se sentó sobre la tierra y acarició la piel del tambor, con lentitud, como si fuera la de una mujer. Levantó la cabeza hacia ella.

—¡Ven! —extendió su brazo, invitándola. Hizo que se sentara entre sus piernas, entre el tambor y él. Su cuerpo atrapaba el de ella. Willhelm, a través de su camisa, podía sentir el calor que emanaba el cuerpo de Lisel.

—Pon tus pies bien pegados al suelo —él hizo una pausa—, ahora levanta levemente el tambor con ellos, inclínalo —Willhelm le tomó las manos y las apoyó sobre la piel del tambor—, siente su respiración —le susurró.

Willhelm bajaba lentamente sus manos por los brazos de ella.

—Siente su suavidad. ¡Siéntela! ¡Vive la magia que transmite! —Acercó su boca al oído de ella—. Toca Lis, toca —le susurró.

Lisel sintió un estremecimiento al oír que la llamaba Lis. Era la primera vez que él lo hacía y le gustó. Sin entenderlo, una especie de conexión íntima se había creado entre ellos. Tímidamente golpeó el tambor, él le siguió, rozando con su barba el cuello de ella, la rozaba y se separaba, controlando el movimiento para no dejarse llevar. Solo quería encender el deseo en ella, buscaba que se sintiera cómoda con su cercanía, que se acostumbrara a su olor, a su piel, que se atreviera a dejarse llevar por lo que sentía.

—Déjate llevar, forma parte de esta vida, como el color rojizo de la tierra, como el olor a azúcar que invade el aire. Aquí no necesitas doncellas, ni polizones en la falda, ni todas esas horquillas en el pelo. —Él le acarició el cabello y, como si fuera un hechizo, ella se sintió liberada. Aquel vestido que dejaba parte de sus hombros al descubierto y la falda que le daba libertad a sus piernas le hacían sentirse libre. Otra mujer habitaba en su cuerpo. Ahora notaba su pelo acariciando su cuello, sus hombros, su escote, pero no solo era su melena la que le provocaba aquellas caricias, eran los labios de él que probaban su piel, que la empujaban a cerrar los ojos y concentrarse únicamente en sentir lo que él transmitía.

—Me gusta tu alma indiana —le susurró él.

Ahora no tocaba el tambor, sus manos solo podían aferrarse a él para mantener el equilibrio entre aquel tobogán de sensaciones. Las manos de él eran calientes y hacían que su cuerpo ardiera por donde pasaban, recorrían su cintura, agarrándola fuertemente, pero solo un instante, porque subían hacia arriba buscando sus pechos y los encontró. Ella lanzó un gemido. Al mover la cabeza hacia atrás, apoyándola en el torso de él, el movimiento hizo que aquellos aretes impregnaran el espacio con su fragancia. Pero como todo hechizo, cesó la música y con ella la magia. El frío llenó el momento cuando él se retiró bruscamente de ella.

Ahora Willhelm caminaba decidido hacia la casa, alejándose de ella. Las manos le dolían por haber perdido aquel tesoro, pero aquella fragancia le hizo desear más, le hizo desear todo, y su ego no estaba dispuesto a cargar con otra derrota. O quizá era el miedo a no poder parar si ella lo rechazaba de nuevo.

Lisel miró a su alrededor, la noche de repente se tornó oscura, silenciosa y fría. Las estrellas se habían apagado, la música no se escuchaba. El silencio, un silencio atronador era lo único que podía escuchar.

CAPÍTULO 42

Canela y ron

En la cabeza de Lisel revoloteaban las palabras de María Antonia Arquer. Ella tenía razón, Mbeng había estado toda la vida al lado de Willhelm, pero no fue a ella a quien escogió como esposa. Mientras esperaba que la doncella subiera el agua caliente para el baño recordó la conversación con su nueva amiga.

–¡No te dejes embaucar por las mentiras de esa mulata altanera! Ella siempre se vio como la señora de El Guaurabo y tu presencia ha dado al traste con todo lo que ambicionaba. No me extrañaría –continuó María Antonia– que recurriera a hechizos o amarres contra ti.

Lisel sintió que le recorría un escalofrío por todo el cuerpo.

–No te asustes. –María Antonia le tomó las manos–. No tienes de qué preocuparte, la santera que está en la plantación es de buena ley.

–¿Qué quieres decir? –preguntó Lisel.

–Que nunca haría nada en contra del amo de El Guaurabo, y sabe muy bien que hacerte algún mal a ti es ir contra Willhelm. La santera nunca se arriesgaría a perder sus privilegios. En todas las plantaciones se permite a los esclavos acudir a sus curanderos mayomberos –le explicó–. Es bueno para todos, para ellos y para el amo que mantiene así la calma en la hacienda. Pero esa mulata, esa mulata es diferente, tiene la sangre corrompida. Pero tú no tienes de qué preocuparte.

–¿Cómo puede estar tan segura? –preguntó Lisel algo asustada.

—Las mujeres de mi familia siempre hemos podido ver más allá de lo que otros ven y oyen, ¿me entiendes? Vengo de una estirpe de santeras, y sus conocimientos se han transmitido, de generación en generación, a las mujeres de mi familia. Espera. —María Antonia se dirigió al secreter, acercó la pequeña llave que llevaba colgada al cuello y, tras abrir el mueble, tomó un viejo libro. Deshizo el lazo del cordón que servía de sujeción a las hojas, ya desprendidas del lomo por el paso del tiempo, y se sentó de nuevo junto a Lisel.

—¡Oh! Parece muy antiguo —apreció Lisel.

—Lo es, lo es. Tengo un hechizo especial para que tu hombre solo tenga ojos para ti, aunque no lo necesitas —le aclaró—, pero así contrarrestaremos las malas mañas de esa víbora. Debes prometerme que no lo revelarás a nadie —le exigió María Antonia.

—Lo prometo. —Lisel puso su mano derecha a la altura de su corazón.

—Más tarde una doncella te subirá todo lo necesario —le dijo después de explicarle qué debía hacer.

Lisel se levantó al oír la puerta. La doncella de María Antonia la saludó con un gesto de cabeza y, cargando con un balde de agua en cada mano, se dirigió a la sala de baño. El vaho del agua caliente invadió la estancia, iluminada por un par de velones.

—Dile al señor que pase a verme, dentro de una media hora. Ah, no es necesario que subas más esta noche —le explicó Lisel.

—*Mbamba alu*, señora.

—*Mbamba alu*, buenas noches —respondió Lisel.

Cuando se quedó sola Lisel abrió el cajón de la cómoda y sacó el pequeño baúl en el que tenía todo lo que necesitaría. Imaginaba a los tres abajo, degustando la última copa de ron tras la cena, María Antonia, el capataz y Willhelm.

Abrió el baúl y, tomando con delicadeza la primera de las cajas que contenía, la destapó. En su interior había tres barritas de canela. Una a una las introdujo en la bañera. El aroma a canela rápidamente invadió la recámara. Prendió las velas que había dispuesto en el suelo, dibujando un círculo alrededor de la tina. Se despojó de sus ropas y las dobló con cuidado, dejándolas en el cesto, por último, se soltó el pelo. Tomó la segunda de las cajitas del pequeño baúl, la que contenía aquella mezcla de aceite de amansaguapo y ralladura de paramí y bejuco. Esparció aquella esencia en el agua.

Nada más entrar en la tina notó cómo los poros de su cuerpo se abrían bajo el efecto del vapor. Cerró los ojos y respiró profundamente. Con cada movimiento de su pecho apreciaba cómo aquel aroma iba penetrando en su piel. Se sentía embriagada por la dulce fragancia de la canela. Disfrutó del baño hasta que notó la tibieza del agua. Con delicadeza secaba su piel a conciencia, necesitaba que estuviese libre de humedad antes de iniciar el siguiente paso. El baño la había relajado totalmente. Se sentía tranquila, segura.

Tomó la tercera de las cajas. Al abrirla un aroma a canela molida la extasió. Impregnó una esponjita seca en el polvo de canela y, con suaves toques, recorrió toda la extensión de su piel. No sabía si era por el efecto de la fragancia, o porque quizá eran verdaderas las propiedades afrodisíacas de la canela, pero lo cierto era que, en aquel momento, pensar en Willhelm la perturbaba enormemente.

Su piel había adquirido el color de la especia. Tomó entre sus manos la ropa interior, pero tras pensarlo la dejó de nuevo sobre el mueble, decidió cubrirse únicamente con una fina bata de encajes. Era el complemento perfecto para su cuerpo esa noche.

A Willhelm le extrañó la petición, pero la doncella insistió en que la señora Lisel lo esperaba en media hora.

Desde entonces estuvo pendiente del reloj, consultándolo continuamente. Subió los escalones de dos en dos, movido por la curiosidad. Al abrir la puerta de la recámara se sintió embriagado por un aroma a canela que le hizo olvidar el cansancio. Allí estaba ella, iluminada por la tenue luz de los velones, sentada frente al espejo con la cabellera cayéndole por la espalda. Sus ojos se encontraron a través del espejo. Aquellos ojos violetas le miraban esa noche de una forma distinta.

Mientras se acercaba a ella pudo ver que solo iba cubierta por aquellos finos encajes, pero Lisel no hizo ademán de cubrirse. Él se paró tras ella, cada vez se sentía más hechizado por aquella fragancia. ¿Emanaba de ella? Se agachó para estar a su altura, sus dedos, de forma inconsciente, se posaron en su nuca, acariciando su pelo y su piel. Suavemente empujó la tela hacia abajo, la seda se deslizaba al compás de su movimiento, dejando descubierta su bella espalda, hasta llegar un poco más abajo de su cintura. Ella, algo tímida, sostenía la bata lo suficiente para cubrir sus senos frente al espejo.

Él acercó su cara, despacito, al cuello de ella. Aquel olor le incitaba a saborear su piel, le besó la nuca, notó como ella percibió las cosquillas que le producía su barba, pero no se movió, ella no huía. ¿Se estaba ofreciendo a él?, se preguntó. Se separó un poco buscando su mirada en el espejo. Allí estaba ella, con los labios entreabiertos y los ojos cerrados.

—¿Cómo es que...? —él se lo preguntó tan bajito que ella no pudo oírle, quizá la pregunta simplemente flotaba en su mente. No sabía por qué en ese momento ella estaba allí para él, pero no le importaba la razón.

Willhelm se levantó, agarró la botella de ron y el pañuelo de encaje que reposaba sobre el tocador. Empapó la pañoleta con el licor y la puso sobre la nuca de ella. Apretó el pañuelo y unas gotitas de ron empezaron a resbalar por la espalda de Lisel, señalando el camino que él debía seguir para saborear su cuerpo. Ella lanzó una muda exclamación al notar el frío del licor, que dibujaba una fina línea a lo largo de su espalda, dejando más clara su piel al arrastrar las partículas de canela. Pero ese frío duró poco, la boca de él cubría con su calor aquel sendero, regalándole besos y pequeños mordiscos, mientras su mano derecha avanzaba por su cintura hasta llegar al lazo que mantenía preso su cuerpo en aquella bata.

—Levántate —le pidió él, intentando que su grave voz sonara más suave.

Ella lo hizo. La sujetó contra él, liberándola por fin de aquellos encajes, dejando que le ofreciera toda la belleza de su cuerpo. Quería probar cada trocito, borrar aquella canela con su lengua, extasiarse con aquel aroma y con la suavidad de su piel. Quería disfrutarla sin tregua. Comenzó por aquellos labios carnosos, los apretaba tanto con sus besos que ella notaba dolor, pero un dolor que la excitaba, que hacía que su cuerpo se adhiriera más a él. Sus manos rodearon la nuca del hombre para que su lengua llegara aún más hondo en su boca. No entendía qué le pasaba, no se reconocía, pero sentía a una mujer en su interior que ya no se conformaba con menos.

Él le hizo girar, ahora tenía la espalda de ella sobre su torso, y sus manos estaban libres para acariciar aquellos hermosos pechos henchidos que respondían a sus caricias. Quería saborearlos. Se sentó en la cama e hizo que ella se quedara de pie frente a él, esta vez no empapó el pañuelo, vertía el ron directamente de la botella sobre sus pechos, y bebía de ellos aquel licor. Un sabor a mezcla de canela y ron lo estaba volviendo loco. Aquella mujer le provocaba hasta el infinito, pero no quería parecer rudo, aunque contenerse le costaba un mundo. Mucho más cuando ella le quitó la botella para tomar un sorbo. Ahora su boca y sus besos sabían a fuego. Se levantó y de una aventada la derribó sobre la cama, se puso sobre ella, sus manos atraparon de nuevo sus pechos para acabar de saborear aquella mezcla. El cuerpo de ella se arqueaba sin cesar, pidiendo más, y él estaba dispuesto a contentarla.

Willhelm se deshizo de su ropa como pudo sin dejar de disfrutar de la visión de aquella mujer, de nuevo sobre ella paseaba su boca por su pecho, por su cintura, por sus caderas... Tiró de ella para colocarse entre sus piernas y empezó a jugar, provocándola, haciendo que lo deseara. Deseaba sentir que se entregaba a él, quería escuchar cómo le pedía que la hiciera suya.

Lisel tenía una mirada desconocida, casi felina, sus finas manos atraparon la nuca del hombre, acercándolo a ella, y él no esperó más, entró en ella, y se encargó de que ella disfrutara, con aquel juego de embistes y retiradas, con aquel brusco giro que hizo que ahora fuera ella la que estuviera sobre él.

Su pelo alborotado le caía como una cascada, tapándole la cara por momentos, pero seguía ofreciéndose a él, pidiéndole más, guiando las manos del hombre para colocarlas sobre sus pechos, acompañándole cuando los apretaba, dejándose caer sobre él para que pudiera saborearlos. Se sentía una diosa al verlo rendido ante ella, preso de su aroma, de su cuerpo, de sus besos.

Más tarde, cuando Lisel reposaba sobre él, cansada, extenuada, respirando de forma entrecortada, Willhelm le susurró:

—*Meine Königin! Königin der Guaurabo!*

Ella levantó la cabeza, mirándolo sin entender. Él la abrazó con más fuerza.

—¡Eres mi reina! ¡La reina de El Guaurabo! —le repitió Willhelm en voz baja, apretándola contra él.

CAPÍTULO 43

Reencuentro

–Ven, venid –corrigió Lisel incluyendo al capataz– a visitarnos a El Guaurabo. Han sido unos días magníficos –añadió al sentir el abrazo de Willhelm. Se giró para mirarlo y los dos intercambiaron una sonrisa.

–Capataz. –Willhelm le tendió la mano y ambos la estrecharon con fuerza, con aprecio. Willhelm ató la brida de su caballo a la parte de atrás del carruaje ante la mirada extrañada de Lisel.

–Iré contigo en el coche –le dijo él, tomándole la mano.

Los dos disfrutaban del traqueteo del carruaje que los empujaba aún más el uno contra el otro. Ella, sentada a su lado, agradecía aquel continuo abrazo que le permitía disfrutar del calor de sus brazos alrededor de su cuerpo y de las caricias de sus manos sobre las suyas. De vez en cuando él le levantaba la cara para besarla.

–¿Estás bien? –quiso saber él.

Ella asintió, apretando su mano sobre la de él. Se fijó en aquel anillo de plata que llevaba en el dedo corazón. Eso le hizo pensar en el camafeo. Seguro que escondía el retrato de una mujer. ¿Alguna a la que amó antes que a ella? Lisel se enderezó un poco para hablar con él, en realidad sabía muy poco de su pasado. Pasó con suavidad el dedo por aquella cicatriz que le cortaba la ceja derecha y parte de la sien.

–¿Te duele? –le preguntó.

–No, ya no. –La atrajo hacia él.

–¿Cómo te lo hiciste? –De nuevo le miró.

—Fue... un accidente. El Viejo iba a golpear a Iyanga con el machete y al intentar apartarlo me llevé el golpe –resumió Willhelm. No le gustaba hablar del pasado.

—¡Oh! Pudo haberte matado. –Ella se estremeció al pensarlo.

—Pero no pasó. –Willhelm acariciaba aquellas manos tan suaves.

—¡Señora! –Ikalidi entró en el salón apresuradamente–. ¡Ya llegan! Son la señorita Lisel y el amo –dijo dirigiéndose a tía Cati. Seguía sin acostumbrarse a llamarle patrón o señor.

Tía Cati se levantó abandonando su lectura para asomarse al porche. Al abrir la puerta del carruaje se escucharon unas risas. Willhelm bajó sonriente y antes de que Lisel pudiera poner un pie en el suelo la tomó en brazos y así se dirigió a la entrada de la gran casa.

—Buenos días, tía Cati –dijeron los dos a coro riendo.

A tía Cati se le contagió su buen humor hasta que percibió a Mbeng asomada en la puerta de la cocina, observó cómo enarcaba la ceja, como hacía cuando algo la contrariaba.

—Suban los baúles arriba –ordenó tía Cati–. ¡Josep! –El administrador caminaba hacia ella. Tía Cati notó que sus mejillas se arrebolaban.

—Cati. –Él le besó la mano.

—Me está encantado la lectura del libro que me prestó. –Su corazón palpitaba al hablar con él.

—Cuando lo termine podemos comentarlo. –Josep le guiñó un ojo, le hizo una señal con la mano, invitándola a pasar a la casa delante de él.

Willhelm subió con ella en brazos.

—Ya que no te entré en brazos en la quinta cuando nos casamos hoy hemos cumplido por fin con la tradición. –Willhelm la miró sonriente.

–¿Eso significa que ya no me cargarás más en brazos? –se quejó Lisel.

Él sonrió complacido por su queja.

–Eso solo significa que habrá muchas más, hasta que te canses de mí.

–Eso no pasará. –Lisel le besó–. Y ahora vete, termina pronto con todos tus pendientes que te quiero de vuelta ya –le ordenó ella.

Tía Cati se cruzó con Willhelm en la escalera, no hablaron, pero ella no pudo evitar fijarse en la sonrisa de él.

–¿Tía? –Lisel se sorprendió al verla. Tuvo que mirarla de nuevo con más atención. Era su tía, sin duda, pero su pelo había perdido las canas, lucía negro, como en su juventud, y vestía de forma más alegre, por fin se había decidido a usar también la ropa que le compró en La Habana.

–No me mires así, sobrina –dijo tía Cati dando una vuelta sobre sí misma.

–¿Sin corsé? –preguntó Lisel con intención.

–Parece ser que las damas aquí apenas lo utilizan, por el calor –explicó.

–¿Y el pelo? –preguntó Lisel extrañada.

–Gaetana me animó. Dice que me rejuvenece. ¿Tú también lo crees? ¡Me unto un aceite una vez a la semana y fíjate! –Tía Cati parecía exultante.

–¿Y necesitabas rejuvenecerte, tía Cati? –Lisel pronunció su nombre alargando el tono, dándole misterio–. ¿Tienes algo que contarme? –preguntó Lisel sonriendo.

–¿Y tú? ¿Señora Baßler? –preguntó tía Cati a su vez.

Las dos rieron.

Durante la comida Lisel no dejaba de observar a Josep. Intentaba averiguar en qué momento él se había fijado en tía Cati y ella en él. Sabía por Willhelm que emigró a Cuba desde Barcelona cuando perdió a su mujer y a su hija en un fatídico incendio. Roto por el dolor dejó todo atrás, intentando huir de unos dolorosos recuerdos y que, desde entonces, había vivido prácticamente recluido en la plantación.

Ahora, por su semblante, parecía que había recuperado la vida, la ilusión. Sin duda aquellos días que ellos habían pasado en la plantación Arquer habían hecho que tía Cati y Josep compartieran horas y horas de conversación, de confesiones de años sin amor, de soledad, de la ilusión de aprovechar aquella oportunidad que la vida les estaba regalando. La ilusión de sentirse de nuevo hombre y mujer.

—¿Una copita de ron? —ofreció Willhelm a Lisel con intención.

El sonido de las campanas les interrumpió.

—Debe ser el tren que llega desde el puerto. Ya habrán acabado de descargar la bodega del barco que llegó esta mañana —explicó Josep.

Willhelm se acercó al ventanal. El silbato de la locomotora del tren anunciaba su llegada. Se volvió para mirar a Lisel.

—¿Qué ocurre? —le preguntó ella al ver su expresión.

—Espera y verás —le contestó él. Los tres se miraron curiosos antes de levantarse y salir al porche tras él.

—¡Con cuidado! —gritó Willhelm al ver un peligroso vaivén cuando sacaron el enorme bulto del vagón—. Gracias, Iyanga, por supervisar el traslado.

—He vigilado todo el tiempo —le confirmó su antiguo compañero de juegos.

Lisel sonrió ilusionada, por la forma de aquel enorme bulto enseguida supo que se trataba de un piano. Se acercó a Willhelm, tomándole la mano.

—¡Will! ¡Gracias! Pero ¿cómo? ¿Cuándo...? —Sus ojos reflejaban su emoción.

–Lo encargué en La Habana cuando atracamos, mientras tú ibas de compras con María Antonia. Sé lo importante que es para ti el piano, y a mí me encanta escucharte y ver cómo tus manos se deslizan por las teclas. –La agarró por la cintura–. Cuando te veo tocar imagino que en lugar de a las teclas me acaricias a mí –le susurró al oído.

Lisel se estremeció. No entendía cómo había sido capaz de no descubrir a aquel hombre hasta ese momento.

–¡Éntrenlo al salón! –indicó Willhelm a los hombres.

Gaetana, que apenas se había recostado tras la comida, se despertó asustada por aquel estruendo. Aún sin calzarse salió corriendo hacia la cocina. Al entrar encontró a Mbeng respirando agitadamente, contemplando las vasijas y cazuelas de barro rotas por el piso. Aquella endiablada muchacha había volcado las tinajas que contenían el agua, incluso había estrellado contra el piso las jícaras y las escudillas en las que se servía la fruta.

–¡Muchacha! ¿Te has vuelto loca? –le reprendió enfadada.

–¡Cállate! –le gritó Mbeng. Sus ojos fulguraban, la boca había adquirido una mueca indescifrable–. ¡Le ha comprado un piano! –chilló.

–¿De qué estás hablando? –dijo Gaetana asomándose a la ventana al escuchar la algarabía–. ¡Ah! –entendió–. Por tu propio bien será mejor que te olvides del patrón de una vez. Él ya ha hecho su elección. Olvídate de esos delirios de grandeza que tienes en la cabeza y búscate un hombre de tu condición –le aconsejó.

–¡Él era mío hasta que apareció ella! –respondió Mbeng alterada.

–Pues resulta que ella es su esposa. ¿Cómo lo ves? –le replicó Gaetana cansada de ella.

–¡Yo tenía que ser su mujer! ¡Aparta! –Mbeng salió de la cocina pisando los trozos de vasija, sus pies eran incapaces de sentir cómo se los clavaba, a pesar de los zapatos. La ira envolvía su cuerpo y su alma.

Iyanga, como cada noche, gustaba, después de la cena, de sentarse en el porche de su recién estrenada casita. Gozaba de que le vieran allí, como uno de los capataces, porque era uno de los suyos. Durante días había compartido horas con Willhelm, entregando las cédulas de libertad y explicando, en grupos reducidos, cómo sería a partir de ahora la vida en la plantación si se quedaban.

Él tenía planes para mejorar, quería seguir aprendiendo a escribir y a leer bien y quizá, algún día, el destino le daría la oportunidad de reencontrarse con su padre, ¡el Cimarrón! Haría una ofrenda al Árbol de la Vida. Hablaría con la santera.

Sus ojos, de forma inconsciente, se dirigieron al chamizo de esta, fue entonces cuando vio entrar en él a Mbeng. Se levantó, curioso. ¿Por qué la visitaría a esas horas? Una idea cruzó por su cabeza al oír la música del piano. Aquella estampa de felicidad que debía vivirse en la casa grande no habría hecho más que aumentar el odio y el rencor de Mbeng.

La cortina del chamizo de la santera se abrió de nuevo. Iyanga se refugió en la oscuridad al ver salir a Mbeng. La sonrisa que llevaba pintada en su rostro no era un buen presagio. La muchacha cargaba con un bulto de ropa que pegaba a su cuerpo.

La luna clara alumbraba la noche. Mbeng atravesó el cementerio de los negros y después se agachó. Agarró un puñado de tierra que envolvió en uno de sus coloridos pañuelos y se enderezó con decisión. Tomó el camino del bosque, aquel que llevaba donde reposaban los árboles sagrados.

Sus pies descalzos sentían ya la tierra de los dioses, una nueva energía le invadió el cuerpo. Percibía la presencia de los espíritus. Se paró frente a las palmas reales. Dejó el bulto en el suelo y, después de agacharse sobre él, lo abrió.

Iyanga pudo ver cómo Mbeng empuñaba un largo cuchillo entre las manos y, levantándolo hacia el cielo, lo dejó caer con todas sus fuerzas sobre el buche del animal que llevaba envuelto en el trapo. ¡Un pollo negro! Ahora Iyanga sabía que Mbeng estaba haciendo el *nkange* de la muerte. ¡El maleficio de la muerte!

Observó como Mbeng, con las manos, ensanchaba un poco más el agujero que había hecho en el animal e introdujo en él pimienta de Guinea, ají, azufre y el polvo que había recogido en el cementerio. Lo envolvió todo de nuevo en la tela negra.

Fue entonces cuando Iyanga se sobrecogió al escucharla. Su voz se elevaba en el silencio de la noche como un cántico macabro. Una y otra vez maldecía a Lisel. Una y otra vez pedía su muerte. Se dirigía a la palma, invocando una muerte cruel para aquella que le había arrebatado a su hombre. Hizo un agujero en la tierra y enterró al animal, dejando fuera la cabeza. Después Mbeng tomó la kámba con las manos y con ella empezó a golpear el tronco de la palma, finalizando así su sombrío ritual. Invadida de una gran tranquilidad se alejó, dejando su destino en manos de los espíritus.

Iyanga dejó pasar unos minutos antes de acercarse a aquel lugar. Fuera como fuera, él desharía aquello que Mbeng había iniciado.

—¡Suena delicioso! —volvió a decir Lisel entusiasmada al oír cómo sonaba el piano—. Mis dedos acusan la falta de práctica, pero es maravilloso poder tocar de nuevo un piano, y más aún un Steinway. —Lisel buscó a Willhelm con la mirada. Sus ojos estaban llenos de alegría, aunque enseguida los cerró, siempre lo hacía cuando quería concentrarse en percibir con más intensidad alguna emoción.

—Aún falta algo para completar mi regalo –dijo Willhelm.

—¿Qué? –preguntó Lisel viéndolo dirigirse al despacho. Cruzó una mirada curiosa con tía Cati y Josep.

—Si se anima Cati, un día podemos cantar a dúo un trocito de zarzuela, ahora que contamos con acompañamiento musical –propuso Josep.

—¡Claro, tía! Hace años que no te oigo cantar, pero recuerdo que tenías una voz preciosa. *¡Doña Francisquita!* –propuso Lisel.

—Tendremos que ensayar antes. –Tía Cati, a pesar de su turbación, no rechazó la propuesta. Le agradaba la idea de poder pasar más tiempo con aquel hombre.

—Aquí está. –Willhelm se acercó al piano.

Lisel se levantó para recibir el paquete, era delgado. ¡Un libro! dedujo rápidamente. Lo abrió intentando no romper el papel que lo envolvía.

—¡Oh! –exclamó–. ¿Lo compraste también en La Habana? –preguntó Lisel.

—No –respondió él–, lo encargué delante de ti, cuando coincidimos en la imprenta en Barcelona, ¿recuerdas? Pero quería dártelo cuando estuviera aquí el piano.

Ella asintió, recordando lo desagradable que fue con él ese día. Lo miró un poco avergonzada.

—¿Qué es, hija? –Tía Cati estiraba el cuello sin alcanzar a verlo.

—Es un ejemplar de *Fleurs d'Espàgne*. Son las composiciones del maestro Iradier, el autor de *El arreglito*, la habanera en la que está inspirada la de Bizet –explicó Lisel.

—Verás que incluye el acompañamiento de *El arreglito* para piano, y no creo que tengas problemas con el texto en francés. –Willhelm tomó el libro para enseñárselo–. Supongo que ahora me regalarás esa habanera. –Él la invitó a sentarse de nuevo al piano.

—Por supuesto, lástima que mi tía y Josep no hayan ensayado el dueto, pero pronto le pondremos remedio. –Lisel guiñó un ojo a su tía antes de empezar a tocar.

Los primeros acordes de *El arreglito* sonaron en la estancia, la música se escapaba por los ventanales abiertos, vibraba en las maderas del suelo. Josep se acercó al piano y al ver la letra de la habanera se aventuró a entonarla, acercando a tía Cati para que lo acompañara. Sus voces se unieron a la música del piano:

Chit... ¿Eh?
¡Ven! ¿Pa'qué?

Chinita mía, ven por aquí
que tú ya sabes que muero por ti.

No, no, no, no, no voy allí,
Porque no tengo confianza en ti.

¡Que, sí!

¡Que no! No, no, no, no, no,
no tengo confianza en ti.
Si tú me quieres dilo quedito
y en seguidita seré tu arreglito
y enamorados, sin abusar
una dancita vamos a bailar.

Vidita mía, mi dulce amor,
te estoy queriendo con tanto ardor
que el alma mía con ilusión
por ti se abrasa, paloma mía,
por ti palpita mi corazón.
Si tú me dieras, niña preciosa,
cara de rosa, tu corazón,
mil y mil veces te adoraría,
te pediría, sí, sí, en santa unión;

Si tú me juras, serás constante

y que a mí solo adorarás.
Cuenta conmigo, tierno Pepito
yo te lo juro, que tu arreglito,
en ningún caso te faltará.

En ese caso, prenda querida,
bien de mi vida, dame tu amor,
yo te lo juro, seré constante
y te querré con gran fervor.

Las puertas de los chamizos se abrieron y la plaza del bohío se llenó de almas sorprendidas por aquel hermoso sonido. Poco a poco, con pequeños y tímidos pasos, se acercaron a la gran casa, cruzaron el arco de entrada y avanzaron por el batey. Se miraban y sonreían, aquella melodía era como bálsamo para el espíritu. Era mágico, como el sonido de los tambores, pero más fino y delicado, como plumas que acarician el aire.

Gaetana los vio allí parados y sonrió. De repente El Guaurabo era otro. Si no fuera por aquella enloquecida muchacha... Y pareció que su pensamiento la atrajo hasta allí. Gaetana frunció el ceño cuando vislumbró a Mbeng. Regresaba por la senda de los árboles sagrados, pero llegaba con las manos y la cara manchadas de sangre, sin embargo, no parecía herida. Su caminar y su semblante eran como el de un cuerpo sin alma, no expresaban ninguna emoción.

A Mbeng no le importó abrirse paso por entre la negrada. Aquellos idiotas parecían embobados por la música que provenía de la casa grande. Quizá pensaban que era el fantasma de Iznaga quien tocaba el piano.

Todos en el valle conocían esa vieja leyenda. La que hablaba de la joven esposa del hacendado Manaca Iznaga. Decían, los que la habían conocido, que ella era increíblemente bella y que, en las tardes, gustaba de tocar su viejo piano alemán. Por todo el valle se escuchaba el sonido de los rigodones y los valses, hasta que un día el viejo Manaca Iznaga se volvió loco de celos. Al parecer un joven apuesto, llamado Alejo, llegaba cada tarde cabalgando y, parándose frente a la vivienda, se deleitaba escuchando aquella bella música. Fue entonces cuando el hacendado mandó encerrar a su bella esposa en la torre. Y todavía hoy, después de tantos años, las gentes del valle aseguran que, en las tardes, se sigue escuchando la música de la joven desde la alta torre. Y que, a lo lejos, el joven Alejo todavía se para a escucharla.

—¿Dónde crees que vas? —le preguntó Gaetana viéndola dirigirse a la puerta principal de la casa. La sujetó comprobando que no estuviera herida.

—¡Esa ya no tiene nada que hacer aquí! —La voz de Mbeng sonaba carente de vida—. ¡Sus momentos están contados! Lo dicen los espíritus. Los orishas ya han recibido su ofrenda por llevársela. —Rio enigmática, poseída por su creencia.

—¡No te dejaré entrar ahí! ¡Vete, lávate y no causes más problemas, muchacha loca! —le aconsejó Gaetana.

Lisel dejó de tocar. Los gritos de Gaetana la interrumpieron.

—¡Ven aquí, muchacha loca! —gritó Gaetana de nuevo. Pero Mbeng se zafó corriendo hacia el salón.

—¡Agghh...! —gritó tía Cati al verla ensangrentada.

—¿Qué te ha pasado Mbeng? —Willhelm se acercó a ella preocupado.

—¡No es de ella patrón, esa sangre no es de ella! —interrumpió Gaetana.

—¿Qué significa esto, Mbeng? ¿Qué es lo que has hecho? —le preguntó Willhelm.

—Lo necesario para que esa mujer desaparezca de nuestras vidas, Will —respondió Mbeng—. ¡En unas horas habrás muerto! ¡Maldita! —chilló.

Lisel se estremeció al escucharla.

—¡No! —La voz de Iyanga sonó rotunda en el dintel de la puerta. En su mano llevaba un trozo de ropa ensangrentada que recubría el cuerpo del pollo acuchillado. Mbeng creyó volverse loca al verlo.

—¿Cómo has podido? ¡No se puede romper un sortilegio! ¡Estarás maldito para siempre! —le amenazó Mbeng.

—Quizá, pero señora, puede estar tranquila, «este» —Iyanga señaló al pollo— no podrá hacerle ningún daño.

La belleza de Mbeng se esfumó de su cara al escucharlo.

—Willhelm, saca a esa mujer de la casa —le pidió Lisel.

—Prepara tus cosas, Mbeng. Mañana a primera hora dejarás la plantación en el primer tren que vaya a Ciudad Trinidad. —Willhelm pensó que era algo que debía haber hecho hacía tiempo.

—¡No, Will! ¡No puedes echarme de aquí, esta es mi casa! —le imploró ella tomándole la mano.

—No puedo permitir que estés continuamente hostigando a mi esposa. —La separó de él.

—Will, por favor. —Mbeng se arrodilló ante él. Sus manos ensangrentadas mancharon las perneras de su pantalón.

—¡Levántate, Mbeng! ¡Iyanga! —pidió Willhelm.

Iyanga la agarró y a la fuerza la sacó de allí entre gritos y maldiciones. La tuvo que sacar a rastras, Mbeng tenía una resistencia, una fuerza que solo se explicaba si estaba poseída.

CAPÍTULO 44

La bandera

A Lisel le hubiera gustado tener a su lado a María Antonia en esos momentos. Poder preguntarle por aquel sortilegio o sacrificio que había hecho Mbeng, pero, al pasar los días sin la presencia de esa sombría mujer en la plantación, una nueva tranquilidad reinaba en la hacienda.

La nueva factoría estaba ya acabada y todos estaban trabajando duro. Willhelm e Iyanga enseñando y preparando a las cuadrillas de trabajadores, formando grupos, especializándolos para el manejo de los equipos bajo la dirección de los técnicos franceses. La represa suministraba el agua necesaria para las máquinas y la Casa de Purgas. Josep continuaba atareado con la nueva contabilidad, vigilando de cerca que todos aquellos cambios siguieran traduciéndose en beneficios para la hacienda.

Tía Cati se había sumado a su propósito de poner en marcha la escuela. Cada mañana, después del desayuno, las dos se dirigían hasta allí. Les ilusionaba contemplar la mirada curiosa de los pequeños que seguían, como si fuera algo mágico, el trazo de la tiza sobre el encerado. Por primera vez tocaban el papel. Sus pequeños dedos lo rozaban con miedo de borrar las letras que escribían sobre él.

El Guaurabo empezaba a erigirse como una ciudad. El colmado estaba totalmente surtido y al frente un par de antiguas esclavas, que también se esmeraban por acudir a las clases de la tarde, se afanaban en colocar la mercancía y controlar las existencias. Otras mujeres se empleaban en el taller de costura, que además de ocuparse de los trajes de trabajo, también cosían las telas que se vendían en el colmado.

Unos nuevos sonidos se habían incorporado ya a la vida de Lisel. Una música que incluía el tañer de las campanas que llamaban al trabajo y avisaban horas después de su finalización, el silbido de las chimeneas de los trenes de vapor, que cruzaban la plantación varias veces al día, los cantos de las mujeres acompañando sus tareas, las risas de los niños cuando uno de ellos se equivocaba al pronunciar o escribir una palabra, pero sobre todo el que más le gustaba, aquel que le erizaba la piel, era el sonido de la voz de Willhelm cuando en la noche, en la intimidad de su recámara pronunciaba su nombre: Lis.

Con ese pensamiento bajó la escalera esa mañana. Se recogió el pelo de forma sencilla, intentaba prescindir, cada vez más, de Ikalidi que, durante unas horas, ayudaba al médico en el hospital. Fue toda una sorpresa descubrir que el galeno que llegaba desde Barcelona fuera el mismo que tratara a Jana. El doctor Fréderic Santacana le habló de ella, de que seguía bajo la protección de Leonor Biarnés y de que, su pequeña hija, se había convertido en el juguete de la casa con sus gracias y simpatía. Pero Lisel se fijó en algo más cuando lo vio llegar a El Guaurabo, observó cómo la mirada del doctor buscaba continuamente la de Ikalidi.

–Lisel, ¿en qué piensas? –le preguntó Willhelm sentado a su lado en el desayuno. Ella sonrió. Cerró los ojos un instante dejando que el sol, que se colaba atrevido a través del ventanal, acariciara su rostro.

–Creo que soy feliz –le respondió. Notó su mano sobre la de ella.

El comandante Marmany, acompañado del capitán general para la zona oriental, Robert Baltrà, avanzaba a galope tendido seguido de una pequeña partida de hombres.

En su mente Gerard revivió la conversación con Mbeng cuando la encontró días atrás en Ciudad Trinidad, enseguida la reconoció, era la mulata que servía en la casa Baßler.

Lo primero que le preguntó es si su señora, si Lisel estaba allí, en Ciudad Trinidad. Ardía en deseos de verla de nuevo. Pero Gerard se sorprendió ante la reacción de Mbeng.

¡A usted le gusta ella!, afirmó la muchacha, y aunque él lo negó, ella insistió. ¡A usted le gusta ella y yo puedo ayudarle a conseguirla!, insistió. Ahí sí que su atención se centró en ella. Lo que daría por una noche de amor con Lisel. Soñaba con aquellas manos sobre su cuerpo. Con su boca recorriendo la de ella.

Marmany jaleó un poco más su caballo. El Camino Real alcanzaba ya la entrada de El Guaurabo. Al recorrerlo, el sonido de los machetes al chocar contra la caña de azúcar parecía acompasarse al de los cascos de los caballos y al de su corazón ante la idea de verla de nuevo.

Descabalgó y esperó un minuto, que se le hizo eterno, a que lo hiciera Robert. Este estiró hacia abajo la chaqueta y se ajustó el sombrero. Juntos entraron en la casa grande seguidos de varios soldados. No dieron tiempo a ser anunciados a pesar de que Ikalidi se apresuró a entrar en el salón.

—¿Qué significa esto, caballeros? —preguntó Willhelm al verlos entrar en tropel y armados. Todos en el salón se pusieron en pie. La sobremesa se cortó de repente al ver a aquellos soldados distribuirse entre la puerta de entrada, la de acceso a la cocina y la escalera que conducía a la planta noble de la vivienda.

—No puedo decir que sea un placer verle de nuevo, señor Baßler, pero estoy aquí en cumplimiento de mi deber. Como ya sabrá soy el nuevo capitán general para la zona oriental. —Baltrà hablaba con su rimbombancia habitual. Cada palabra parecía más engolada que la anterior—. Lisel —la saludó.

—¿A qué se debe esta visita tan poco cordial? —preguntó Willhelm, quien cruzó una mirada de preocupación con Josep.

—Como le ha dicho el capitán general —respondió Gerard—, esta no es una visita de cortesía. Estamos haciendo registros en las diferentes plantaciones para descubrir a los hacendados rebeldes. Nos consta que se están celebrando reuniones clandestinas —añadió.

—Como ve, aquí no —respondió Willhelm—. Solo estamos nosotros, a Lisel y a tía Cati ya las conocen, y Josep es mi administrador. Esta es una comida familiar.

—¡Registren toda la casa! —ordenó a gritos Baltrà, que deseaba encontrar algo para apresar a aquel indiano. En sus ojos se veía que se la tenía jurada.

—¿Esta es su venganza, capitán, por haber dado cobijo a su esposa? —preguntó Willhelm.

Baltrà se acercó a él.

—Ninguna venganza, Baßler, ¡el que no debe no teme! —le contestó levantando la cabeza para mirarle a los ojos—. ¡No dejen ni un cajón por registrar! ¡Levanten los colchones, miren los roperos! ¡Todo! —repitió.

—Capitán, esto es un atropello —protestó Lisel al ver cómo los soldados sacaban la ropa del aparador. Manteles, servilletas… todo volaba por el aire y caía desordenado en el piso.

—Lisel, en algún momento me agradecerá que le libre de este individuo —le contestó Baltrà.

Gerard miraba la escena complacido, aunque intentaba disimular su regocijo ante Lisel. Algo había cambiado en ella, se mantenía cerca de Willhelm y aquel tono en que se dirigía a su marido era otro. Descubrió que su mirada era de preocupación y que su mano buscaba la de él.

—¡Capitán general! —gritó uno de los soldados bajando atropelladamente la escalera. El soldado portaba una bandera en la mano.

—¡Trae acá! –gritó Baltrà. Desplegó la bandera y una amplia sonrisa apareció en su rostro. Se acercó de nuevo a Willhelm–. ¿Tiene alguna explicación para esto, Baßler? –preguntó amenazador y mostrando aquella estrella que estaba cosida a la bandera–. ¡La bandera de los rebeldes!

—Que la han puesto sus soldados –respondió Willhelm con un gesto de desdén.

Baltrà bajó un momento la cabeza y, tomando impulso, lo golpeó sorpresivamente con la culata de su fusil en la cara. Willhelm apenas se movió, con el revés de la manga se secó el hilillo de sangre que le salía de la comisura del labio. Intentó tranquilizar a Lisel. Tía Cati se acercó a Josep.

—¿Qué está pasando? –le preguntó en voz baja asustada. El administrador le hizo un gesto para que se tranquilizara.

—¿Qué pensaba que iba a pasar? –Baltrà se acercó de nuevo amenazador a Willhelm–. Nadie se mete conmigo impunemente. Ya en Barcelona le dije que no sabía con quién se estaba metiendo. Ahora me conocerá «indiano». ¡Deténgalo! –ordenó a Gerard. A su señal dos soldados se abalanzaron sobre él intentando atarle las manos a la espalda.

—¡Por favor! ¡Estamos entre caballeros! –intervino Josep–. Dejen al menos que suba a coger una muda de ropa y se despida de su esposa con un poco de intimidad –propuso.

Gerard asintió con la cabeza después de cruzar una mirada con Baltrà.

—Está bien. Suba a recoger una muda, pero su esposa se queda aquí abajo. Ya se despedirá al bajar –aceptó Baltrà–. ¡Tú! –señaló a un soldado–, ¡sube con él y vigílalo bien! ¡No le quites el ojo de encima!

La tensión se respiraba en el salón, Lisel vio desaparecer a Willhelm escalera arriba y aprovechó para abogar por él.

—Por favor, capitán Baltrà, usted es amigo de mi padre de toda la vida. No puede llevarse a mi esposo —le pidió.

—Su esposo, Lisel, es un rebelde. ¡Es un alzado contra la Corona a la que yo represento! Un acto de traición como este puede ser pagado con la muerte —le respondió sin mover un solo músculo de la cara.

—Paren ya el registro, ya tenemos suficiente con esto. —Baltrà apretó la bandera en la mano. Miró el reloj de pie y después la escalera que conducía a las habitaciones—. ¿Por qué tardan tanto? Ni que fuera una mujer. ¡Comandante, suba a ver! —se dirigió a Gerard.

Gerard no había alcanzado ni el primer peldaño cuando unos disparos los alarmaron. Sin embargo, no provenían de arriba. Las mujeres gritaron imaginando lo peor. Gerard sujetó a Lisel para que no subiera mientras lo hacían un par de soldados. Josep intentó calmarla. Baltrà y Gerard salieron corriendo hacia la parte posterior de la casa, desde donde un soldado dio la voz de alarma. Todos se dirigieron hacia allí.

—¡No! —La voz de Lisel acalló a las demás con su desgarro al ver el gran charco de sangre en el suelo.

Un soldado llegó corriendo a la parte de atrás de la casa.

—¡Señor, golpeó al soldado que lo acompañó y huyó! ¡El soldado está todavía aturdido! —informó con la voz entrecortada por la carrera.

—¿Quién le ha disparado? —preguntó Baltrà enfurecido por la huida.

—Yo, señor. —Un soldado se cuadró frente a él—. Vi cómo se descolgaba desde la ventana y, antes de que llegara al suelo, le disparé un par de veces. Pero al recargar el fusil lo perdí un momento de vista y desapareció.

—¡Imbécil! —Baltrà lo golpeó.

—No puede haber ido muy lejos señor —se excusó—, la

herida parecía grave. Le hice un buen boquete –se jactó el soldado.

Josep pasó su brazo por el hombro de Lisel.

–¡Maldita sea! –farfulló Baltrà–. ¡Comandante Marmany! –gritó. Su cara estaba enrojecida por la contrariedad.

–Coja unos cuantos hombres y organice rápidamente una batida. Encuéntrele y tráigalo aquí. ¡Vivo o muerto! –Baltrà escupió en el suelo–. ¡No salgas de esta plantación hasta que atrapes a ese maldito rebelde! –le ordenó a Gerard.

–¡Sí, señor! –Gerard no pensaba esforzarse en traerlo vivo de vuelta. Si no se desangraba en la huida él mismo lo remataría si era necesario–. ¡Ya han oído, a los caballos! –ordenó–. ¡Ustedes dos –señaló– se quedan aquí vigilando la casa, por si volviera! ¡El resto, conmigo!

Lisel vio cómo el capitán general se alejaba en dirección a Ciudad Trinidad y Gerard se preparaba para ir tras Willhelm.

–Gerard, por favor, prométeme que si lo encuentras le ayudarás –le pidió buscando su mano. Sus ojos estaban húmedos.

Él asintió.

–No te preocupes, Lisel. Haré todo cuanto esté en mis manos por él. –En un acto reflejo se agachó ligeramente y le besó en la mejilla. Josep frunció el ceño.

La noche oscureció el cielo y en la cocina Ikalidi paseaba nerviosa desde hacía rato.

–¿Se puede saber qué tienes? –le preguntó Gaetana a sabiendas de que había algo que la reconcomía por dentro. Ikalidi la miró con sus inocentes ojos.

–¡Ay, Gaetana! –exclamó.

–Ay, ¿qué? ¡Muchacha, habla ya! ¿Qué te traes? –Gaetana se paró frente a ella.

—Es que escuché algo y no sé si debo decirlo. ¿Y si me equivoco? ¿Y si oí mal? —Su mano derecha estaba sobre su tripa, intentando calmar el manojo de nervios que tenía allí dentro.

—Siéntate. —Gaetana retiró una de las pesadas sillas de madera que rodeaban la larga mesa de la cocina—. Y ahora, explícame qué te traes, siéntate y habla.

—Es que cuando esos capitanes, el mayor y el otro, el que ya estuvo aquí antes, el marqués... —empezó.

—Sí, ya se. ¿Qué? —Gaetana no era de tener paciencia.

—Es que, al despedirse, cuando el capitán se iba le dijo al marqués que al final la mulata tenía razón sobre la bandera. —Ikalidi miraba a Gaetana asustada.

—¿La mulata? —preguntó.

—Sí, Mbeng —dijo en voz baja—. ¿Y si ha sido Mbeng la que ha delatado al amo? —dijo Ikalidi.

—¡Claro! —exclamó Gaetana—. Venían muy seguros de que iban a encontrar algo. Hay que contárselo a la señora y al administrador. Pero ahora no —se asomó a la ventana—; los soldados vuelven.

Lisel salió al porche acompañada por Josep y tía Cati. El nudo en el estómago no se disipó a pesar de comprobar que Willhelm no venía con ellos. Pensó en dónde estaría. Solo, herido de gravedad. ¿Y si había perdido el conocimiento?

—No lo hemos encontrado. —Gerard descabalgó y se quitó el sombrero, golpeándolo contra su pernera para sacudirle el polvo—. Necesito pedirte cobijo para mis hombres y para mí —pidió a Lisel—. Mañana temprano reanudaremos la búsqueda. Ya sé que es violento para ti, pero cumplo órdenes. Y créeme —tomó las manos de Lisel—, es mejor que lo encuentre yo a que lo haga Baltrà.

Lisel asintió.

—Josep, por favor —pidió Lisel.

—Yo me encargo —respondió rápido Josep—. Vengan conmigo, los alojaré en uno de los pabellones que están desocupados. Allí les llevarán comida para que cenen. También se podrán asear. Comandante. —Se dirigió a él para que lo acompañara, pero Gerard no se movió.

—Bueno, por la amistad que nos une —dijo Gerard—, creo que yo podría alojarme en la casa principal. A fin de cuentas, soy un caballero, un noble. Tu entiendes de eso, ¿cierto, Lisel?

A Lisel le tomó por sorpresa la petición. Pensaba que quizá, aprovechando la noche, Willhelm pudiera acercarse a la casa grande. Era una contrariedad que Gerard se quedara allí.

—No creo que sea correcto, Gerard, sin estar mi marido presente —le respondió ella intentando disuadirlo.

—Al estar tu tía no creo que haya ningún problema, además, estamos aquí, en una isla perdida, alejados de la sociedad —insistió Gerard. Sus palabras iban acompañadas de una actitud que mostraba que no aceptaría un no por respuesta.

—En ese caso yo también me alojaré en la casa grande —decidió Josep—, si te parece bien, Lisel. Es lo que desearía Willhelm, que no os dejara desprotegidas.

—¿Cree que soy un peligro para las damas, administrador? —Gerard intentó contener su tono.

—Creo que la protección de dos hombres siempre es mejor. Y ahora, ¿me acompaña a acomodar a sus hombres? Así las señoras podrán alistar nuestras habitaciones —propuso Josep.

Gerard lo acompañó un paso por detrás de él. Sus ojos se entornaron y su mano apretaba la pistola que rozaba su cadera. Sería tan fácil, se dijo.

Ikalidi llevaba entre los brazos los juegos de sábanas con los que iba a preparar las habitaciones. Lisel entró tras ella en la destinada a Josep.

—¿Qué ocurre, Ikalidi? —preguntó Lisel, preocupada por la señal que le hiciera antes—. ¿Has visto al señor? ¿Sabes algo de él? —le preguntó, acercándose a ella para que no pudieran escucharlas, a pesar de saber que los hombres aún no estaban de regreso en la casa.

Ikalidi negó con la cabeza.

—No, señorita. ¡Ay, señorita! Pero sé por qué vinieron esos soldados —dijo finalmente.

—¿Por qué? —preguntó Lisel.

—El capitán y el comandante dijeron que la mulata tenía razón sobre la bandera —añadió.

—¡La mulata! —En la mente de Lisel apareció el rostro de Mbeng, de la vengativa Mbeng.

Para Lisel los días pasaban lentos, pesados. Seguían sin tener noticias de Willhelm a pesar de que, cada mañana, los soldados iniciaban la batida por una zona diferente de la plantación. Se debatía entre su deseo de que lo encontraran y así poder atenderlo, abrazarlo, y el de que se mantuviera alejado de allí, a salvo.

Pero después, aquella duda, aquella maldita duda que le asaltaba de nuevo. Una duda que le decía que podía estar muerto, y eso la torturaba, igual que la presencia de Gerard sentado a la mesa con su uniforme. Le recordaba el momento en que entraron en la casa y a partir de ese instante su hermosa vida, la que estaba comenzando con Willhelm, se había esfumado de un plumazo.

Lisel miró hacia la puerta, siempre permanecía de par en par cuando daba las clases en la escuela, así podía escuchar cualquier ruido, cualquier cosa que le avisase de la presencia de Will. De repente una sombra tapaba la luz que entraba por la puerta, se proyectaba alargada sobre el suelo. Sintió un pálpito en el corazón.

—¡Josep! —exclamó desilusionada al verlo entrar. Su

semblante estaba blanco, serio. El administrador parecía abatido. Lisel salió con él.

–Será mejor que vayamos a la casa –le susurró él.

Lisel se temió que iba a darle malas noticias. Pensó en no acompañarlo, en seguir en la ignorancia. Si no le escuchaba, al menos su realidad permanecería igual. Pero Josep no le concedió ese deseo, ordenó a una de las muchachas que se hiciera cargo de los niños y, tomando del brazo a Lisel, caminó con ella en silencio, hasta que entraron en el despacho. Tía Cati les esperaba.

–¡No lo digas Josep, no! –pidió Lisel.

–Me rompe el alma, Lisel –dijo él pidiendo ayuda a Cati.

–¡Ay, sobrina! –Tía Cati se acercó a ella cogiéndole la mano.

–Hemos encontrado su cuerpo. –Josep bajó la mirada, su rostro quedó tapado por el sombrero que no se había atrevido a quitarse.

–¿Dónde? –preguntó en un hilo de voz Lisel.

–Estaba varado en la orilla del río. Suponemos que huyó hacia el río y… –hizo una pausa–, y debió caer en él sin fuerzas, desangrado –explicó Josep.

Lisel dio un paso adelante, separándose de su tía.

–¡Quiero verlo! ¡Quiero verlo, Josep! –le dijo mientras las lágrimas empapaban su rostro.

Él negó con la cabeza. Su mirada seguía clavada en el suelo.

–No, Lisel, él no querría que lo vieras así. Debió caer el mismo día en que escapó. El agua lo ha hinchado, está…, no parece él. Él no querría –le repitió. Por fin, levantó la cabeza para mirarla a los ojos. Le tomó la mano y con dulzura hizo que la abriera. Le entregó un pañuelo anudado.

Lisel deshizo aquel nudo, reconoció el llavero de Willhelm. Aquella W de plata que siempre llevaba consigo. También el anillo de plata que adornaba el dedo corazón de su mano izquierda y el reloj, su Tissot, que ahora permanecía mudo, anunciando la hora en la que su mundo y su corazón se pararon para siempre.

–No... –Sollozó.

Josep la abrazó, transmitiéndole todo el calor que pudo, pero ella seguía notando aquel hielo que, poco a poco, se extendía por el interior de su cuerpo, como si fuera deshaciéndose y fundiéndose con su sangre. El hielo empezaba ya a correr por sus venas.

–Iyanga está con él –le dijo Josep consolándola–, pero no dejaré que lo veas, ni que lo vea nadie más, y menos que nadie ese engreído comandante. No debemos darles esa satisfacción –pidió Josep a Lisel, que asintió–. Créeme, es lo mejor. Yo me empeñé en ver a mi mujer y a mi hija y ahora el único recuerdo que siempre viene a mi mente, la única imagen que me queda de ellas, es la de sus cuerpos quemados. –La voz de Josep se rompió.

–Hija, hazle caso. Deja que él se encargue de todo y recuérdalo como era –le pidió también su tía.

–¿Y cómo era, tía? Era el hombre al que no supe querer hasta que la vida me lo arrebató. ¡Era mi caballero! –Lisel se derrumbó.

Gerard llegó a punto para ayudar a Josep a sostenerla y que no cayera al suelo. Se hizo con ella y la cargó ya inconsciente entre sus brazos.

–¡Súbala a su habitación, por favor! –pidió tía Cati mientras intentaba recoger las pertenencias de Willhelm desparramadas por el piso. Las lágrimas inundaron sus ojos.

CAPÍTULO 45

Adiós...

Ese día la plantación entera había detenido su vida. Una comitiva de hombres, de antiguos esclavos, portaban un féretro a hombros. Las campanas tañían dolorosas. ¡Su toque llamaba a muerto, a difunto, a dolor!

El viento que se había levantado entró en su cuerpo arrasándolo por dentro. El velo se adhería una y otra vez a sus ojos empapando las lágrimas que era incapaz de controlar.

El golpe seco de la tierra al caer sobre el ataúd le hizo desprenderse de sus pensamientos y volver al momento real. Lisel se adelantó con unos pasos cortos, intentando alargar aquel momento que suponía darle el último adiós a Willhelm. ¡Willhelm!, susurró, ¡Will! Le dolía el corazón. Se agachó sobre el borde de aquel agujero que lo abrazaría para siempre. Arrancó un puñado de tierra a la tierra, se desprendió de un guante y vació el contenido de su mano en él.

Apretando el puño recordó aquella primera vez que paseó con él por la plantación. Él le había obligado a bajar del caballo y tomando su mano le hizo desprenderse del guante. Hizo que se agachara, como ahora, y con su mano sobre la de ella le dijo:

–¡Siente esta tierra, tu tierra! ¡Tócala!

Por un instante Lisel creyó percibir el calor de su mano sobre la de ella.

–¡Lisel! –Aquel susurro hizo que se volviera, era su voz, la reconocería entre miles, pero él no estaba allí, solo encontró una multitud de ojos clavados en ella. En especial los de Gerard de Marmany.

—Vamos, hija, deja que los hombres terminen —le dijo tía Cati, apartándola del féretro.

—Déjeme ayudarla, Cati —se ofreció María Antonia muy afectada.

Juntas caminaban hacia la casa bajo la atenta mirada de Gerard de Marmany. Josep las seguía a dos pasos.

Frente a la fachada de la casa Lisel se paró. A su alrededor la vida seguía, seguía escuchando el golpe de los machetes contra las cañas de azúcar, el silbido de las máquinas de vapor en la factoría, el polvo que habían levantado aquellas carretas que acababan de llegar y que esperaban apostadas frente a la puerta.

Algunos hombres habían empezado a descargar los baúles que portaban, parecían pesados. Lisel ahogó un grito cuando uno de aquellos baúles se les resbaló de las manos y cayó ante ella, rozándole los pies. Con el golpe el baúl se abrió y su contenido se desparramó frente a ella. El brillo de aquellas piezas la cegó un instante. Se agachó para ver qué era. Su exclamación hizo que rápidamente se acercaran los demás. Ella mantenía sus ojos fijos en aquellas piezas.

Josep suspiró al ver de qué se trataba. Eran las fichas, las fichas que Willhelm había encargado en La Habana y que pensaban utilizar como moneda. Tenían aspecto de monedas de curso legal. Eran de un peso, las de color plata, y de cinco las de color oro. En ellas figuraba el nombre de la plantación, pero también aparecía el rostro de una mujer: era el rostro de Lisel. Josep recibió el sobre que le entregó el conductor de una de las carretas.

—Venía aparte —le explicó al entregárselo.

Dentro estaba la factura, pero también le devolvían a Willhelm el dibujo que dejó como modelo. Debía ser su sorpresa para ella, pensó Josep. Pero qué fatídico momento había escogido el destino.

Lisel tomó aquel papel, ya algo arrugado, sabía que él

dibujaba bien, había visto sus planos y proyectos sobre la plantación, pero nunca fue consciente de que la hubiera dibujado a ella. Le vino a la mente de nuevo la profecía de madame Bodleain, sin duda todo se iba cumpliendo, el viaje, su rostro en unas monedas, pero qué sentido tenía sin él. Seguiría viviendo, pensó, pero ya sin los azules ojos de Willhelm clavados en ella, sin sentir sus cálidas manos sobre su piel, sin escuchar su voz susurrándole en el oído. Sin aquellas cosquillas que le provocaba el roce de su barba en el cuello.

El silencio acompañó su entrada en la casa. Gaetana e Ikalidi habían preparado té caliente y café, también algunos bollos por si le apetecía probar algo, apenas había comido desde que se supo la noticia. Josep observaba a Gerard, esperaba que ahora anunciara su marcha de la plantación, que retirara a sus hombres y regresara a Ciudad Trinidad, pero, para su exasperación, aquel hombre parecía sentirse cómodo en la casa y con ganas de entrar en la vida de Lisel. A Josep le costaba disimular su malestar.

–Para nosotros nuestros seres queridos no desaparecen porque hayan muerto –le decía María Antonia intentando consolarla–, ellos siguen vivos y a nuestro alrededor siempre que los recordemos.

Gerard torció el gesto, él justamente deseaba lo contrario, que igual que se acababa de echar tierra al féretro también ella echara tierra a su corta vivencia con aquel indiano. Por suerte ya era historia. Todavía le perseguía el olor putrefacto que salió del féretro cuando insistió en que lo abrieran para comprobar que era él. Había retirado rápidamente la cabeza y se tapó la nariz con el pañuelo, no alcanzó a verle la cara, pero sin duda era él.

–¡La señorita se está vistiendo! –anunció Ikalidi a tía Cati, que estaba a punto de sentarse a desayunar con Josep.

—Esperemos que empiece a reaccionar —deseó ella. Tía Cati no había conseguido convencerla, en todos aquellos días, de que abandonara la recámara. De que bajara a dar un pequeño paseo, a tomar el aire. Pero Lisel prefería seguir allí encerrada con sus recuerdos, abrazada al sombrero de Willhelm, con sus objetos dispuestos sobre la cómoda.

—Es necesario que lo haga, que baje y que saque a ese hombre de la casa —dijo Josep refiriéndose a Gerard—. Lleva aquí ya dos semanas sin excusa alguna. Y no parece que piense marcharse, excepto hoy que ha ido a Ciudad Trinidad.

Las ojeras todavía seguían en su rostro, a Lisel le costaba dormir en la misma cama en la que aún podía percibir su olor. Pasaba las noches enteras con la mirada fija en aquella ventana, por la que escapó. En ocasiones se levantaba y cogía una de sus camisas y se acostaba de nuevo con ella puesta. Le ayudaba a recordar sus caricias. Le dolía su ausencia y era un dolor que atenazaba sus músculos, su piel, sus pensamientos. Pero estaba tan cansada que se decía que debía reaccionar, hacer algo, aprender a vivir sin él.

Sí, contaba con la compañía de Gerard, con sus atenciones, y hasta con su ya poco disimulado galanteo, pero todo eso le parecía vacío, insulso. Ella quería que volviera él, con su fuerza, que la abrazara entre sus brazos, que la amara.

Revisó la bandeja del correo que Ikalidi dejara sobre la cómoda, tenía carta de Leonor, de Jana y de María Antonia. Las palabras de María Antonia siempre la reconfortaban y, aunque sabía que no le traerían de vuelta a Willhelm, con ella podía sentir que existía esa posibilidad, aunque no supiera explicar por qué.

—¡Hija! —tía Cati se levantó para acompañarla hasta la mesa. Josep guardó silencio, respetuoso.

Lisel se sentó con ellos, miró los alimentos sin mucho ánimo y se sirvió una generosa taza de café. Poco a poco dio cuenta de una pequeña tostada untada de mermelada.

–Lisel –Josep necesitaba aprovechar aquel momento en que Gerard no estaba con ellos–, deberías alejar a ese hombre de la plantación, se pasea por las tierras como si fuera el dueño, haciendo preguntas a los trabajadores, ¡molestando! –dijo al fin–. ¿Qué sentido tiene que siga aquí?

Lisel asintió.

–Hablaré con él. De todas formas, he decidido irme unos días a Ciudad Trinidad. Necesito alejarme de aquí un tiempo. Necesito apaciguar mi alma. –Lisel apoyó su mano sobre su pecho intentando retener las lágrimas.

–Prepararé mis cosas, hija, cuando quieras nos vamos –dijo tía Cati.

–No –negó Lisel–, tú quédate aquí, tía. –No quería interrumpir la incipiente amistad entre ella y Josep. A los dos les iría bien frecuentarse sin tener que disimular la alegría que había nacido en sus corazones.

–No puedo dejar que vayas sola –protestó tía Cati.

–Ikalidi me acompañará. Serán unos pocos días nada más. Siento que lo necesito, y así forzaré la marcha de Gerard de aquí. Si yo no estoy no hay motivo para que él se quede. Willhelm ya no volverá. –La garganta se le secó al pronunciar su nombre en voz alta por primera vez desde que se fuera–. Necesito meditar en todo lo que ha pasado y en lo que quiero hacer a partir de ahora.

–¿Qué quieres decir? –preguntó tía Cati algo asustada.

–Necesito decidir si quiero seguir aquí o volver a Barcelona, o a Londres –dijo–. Aquí todo me recuerda a él.

Josep la miró con atención.

CAPÍTULO 46

Ciudad Trinidad

Josep se aseguró bien de que no le seguían antes de emprender camino. Consultó una vez más el trazado en el papel. La plantación era demasiado extensa como para acabar de conocerla, en especial la parte del bosque, aquella que aún era tierra virgen, la que reservaban para cuando, dentro de diez o quince años, la tierra de cultivo de la caña de azúcar se hubiera secado y necesitaran replantar. Al llegar a su destino vislumbró la figura de un hombre alto que salía de entre la maleza.

—Realmente este es un buen escondite —dijo Josep al apearse del caballo.

—Lo es. Solo lo conocíamos Iyanga y yo. Aquí nos escapábamos a veces a jugar y desaparecíamos un par de días. Bien, y ahora tú también lo conoces. Pero dime, ¿cómo está ella? Háblame de Lisel. —Willhelm notó que el corazón se le agitaba por la impaciencia. La herida aún le daba punzadas.

—Está bien, tranquilo. Es una mujer más fuerte de lo que parece. Llora desconsolada tu muerte, pero no hará ninguna tontería, si es lo que te preocupa. ¿Cómo sigue tu herida? —le preguntó.

—Mejor. No era tan grave como parecía. Iyanga ha resultado ser un buen enfermero. Fue una suerte que me recogiera y me trajera hasta aquí con tanta rapidez. Aunque perdí mucha sangre. Pero Iyanga sabe de heridas. Le debo la vida —reconoció.

—Y él a ti —exclamó Josep recordando el pasado.

—Entremos en la cabaña —dijo Willhelm. Josep cogió

sus alforjas, le traía más provisiones y, cómo no, una buena botella de ron.

—Quiero verla. Necesito verla —le dijo Willhelm tras saborear el primer trago—. No aguantaré mucho más tiempo aquí encerrado.

—Por eso he adelantado mi visita. Para decirte que puedes volver a la plantación, aunque ahora eres un fugitivo de la justicia, un rebelde declarado. Pero nadie en El Guaurabo levantará un dedo contra ti. A excepción de Mbeng —dijo con cierto resquemor.

Willhelm asintió. Iyanga le había contado sobre su delación.

—¿Los soldados ya se han ido de la plantación? ¿Y el imbécil de Marmany? —preguntó.

—Sí. Con la pantomima de tu entierro quedaron convencidos, y el hecho de que Lisel no supiera nada lo hizo aún más creíble —asintió convencido Josep—. Pero quizá deberías esperar un poco más, para asegurarnos.

—¡No! —exclamó Willhelm—. Necesito verla, explicarle. Decirle que estoy vivo. —Willhelm paseaba como un lobo atrapado por el pequeño espacio de la cabaña.

—Ella no está en la plantación ahora —le explicó Josep.

—¿Qué? ¿Y dónde está? —A Willhelm se le secó la garganta ante la idea de que se hubiera vuelto a España.

Josep se demoró un poco en la respuesta.

—Ha ido a Ciudad Trinidad —dijo finalmente.

—¿Por qué? —preguntó Willhelm.

—Estaba rota por el dolor y todo en la casa grande le recordaba a ti. Decidió alejarse por unos días de la plantación —le explicó Josep.

—¿Y tú la dejaste ir? ¡Josep! —le recriminó.

—Era la única forma que encontré para sacar de allí al comandante. Los dos sabemos que si seguía en la hacienda era por ella.

—¿Se ha ido con él? —preguntó Willhelm fastidiado—. Supongo que la acompañaría su tía.

—No —Josep carraspeó—. En realidad, no, Cati..., su tía no ha ido. La acompañan Ikalidi y Gerard.

—Gerard —repitió Willhelm—. No debiste dejar que se fuera sola con ese imbécil. Creerá que tiene el camino libre con ella. Ya la pretendía en Barcelona. —Will estaba molesto con Josep por su nefasta idea.

—No pasará nada —Josep intentó tranquilizarlo en vano.

—Claro, no dirías lo mismo si estuvieras en mi lugar. Ese hombre bebe los vientos por ella. —Dio un golpe sobre la pequeña mesa en la que reposaban los vasos, unas gotas de ron salpicaron la superficie.

—Tenía que sacar al ejército de la plantación para que tú pudieras volver. Y ella, ella no se va a echar en sus brazos de un día para el otro. ¡Acaba de enviudar, caramba! —exclamó Josep.

—Tiene que saber que estoy vivo. —Will se sentía intranquilo.

—Espera un poco —le pidió Josep—. No tardará en volver. Si quieres, en unos días envío a un grupo de hombres para que vayan a buscarla y entonces vuelves a la plantación. —Miró a Willhelm con preocupación, no estaba seguro de que él le hiciera caso.

—¿Estás segura de que estarás bien aquí? —le preguntó Gerard, que se adelantó a ella para abrirle la puerta de aquel impresionante palacete que los Baßler tenían en Ciudad Trinidad.

Lisel se detuvo un instante frente a la escalinata que, situada en el centro del vestíbulo, conducía a la parte superior de la casa. Tras unos segundos avanzó hacia el salón. Los criados, bajo la tutela de Ikalidi, iban entrando los baúles.

—Dejaré que descanses, debo reportarme en Capitanía, pero después pasaré a visitarte de nuevo. ¿Te parece? —Gerard desplegaba todos sus encantos con ella.

—Sí, claro —contestó sin mucho ánimo Lisel. Pero de

pronto su mirada se tornó dura, así como las facciones de su cara–. ¿Cómo te atreves a volver a esta casa? –preguntó Lisel, conteniendo la rabia al ver entrar a Mbeng.

–Estoy viviendo aquí. –Mbeng entró y con paso decidido llegó hasta el salón. Vestía elegantemente y al ver a Gerard se excedió un poco más en su contoneo.

–Tienes mucho valor, después de ser la responsable de la muerte de mi marido. ¡Ya sé que fuiste tú quien lo denunció! –Elevó el tono de voz.

–La única culpable de su muerte eres tú. –Mbeng se acercó a ella amenazadora–. Si tú no te hubieras cruzado en su camino, esto no habría pasado. ¡Yo tenía que ser su mujer, no tú!

–¡Eso es mentira! –La voz de Ikalidi hizo que Mbeng reparara por primera vez en su presencia.

–¡Tú no te metas, esclava! –Mbeng la empujó con rabia hasta casi dejarla caer.

–¡Ya está bien! –Lisel se acercó a ella cogiéndola de un brazo con toda la fuerza que fue capaz de reunir–. Quiero que recojas tus cosas y salgas de esta casa para siempre.

–Tú no eres nadie para echarme de la casa de Will. –Mbeng se revolvió furiosa.

–¡Ya lo creo que sí! Tú me convertiste en su viuda y por tanto ahora soy la dueña de todo. ¡Y no te quiero en mi casa! Así que te doy cinco minutos para empacar tus cosas y salir de aquí o haré que te echen con lo puesto. O mejor aún, te echaré yo misma. –La mirada de Lisel era de desafío.

–¿Tú? –Mbeng la miró despreciativamente.

–Ponme a prueba. –La decisión era firme en sus ojos. Una fuerza desconocida se apoderó de ella. La rabia le daba fuerzas.

–Será mejor que obedezcas. –La voz de Gerard las interrumpió.

Mbeng lo miró, esperando su apoyo, no en vano le había dejado el camino libre con Lisel.

—¡No me pienso ir sin nada, no me puede echar así! —Mbeng se dirigió a Gerard—. ¿Dónde voy a ir?

—Ya se verá —Gerard intentó tranquilizarla—, de momento ve a recoger tus cosas.

Lisel se sentía molesta con Gerard.

—Ikalidi, ve a acomodar el equipaje, por favor. Y vigila que esa mujer no se lleve nada que no sea suyo.

Ikalidi asintió, juntó sus manos y esperó no tener que enfrentarse a Mbeng, aunque en su interior estaba contenta de que la señorita la hubiera puesto en su sitio.

—¿Puedo invitarte a comer, Lisel? Te hará bien no quedarte entre estas cuatro paredes. Puedo pasar a buscarte más tarde, cuando te hayas acomodado. —El tono de Gerard siempre era dulce con ella.

—Te lo agradezco, pero tengo mucho en qué pensar y mucho que solucionar. Necesito tiempo para mí —le contestó ella.

—Está bien. —Gerard advirtió molestia en sus palabras, sería mejor concederle algo de tiempo—. Si te parece, esperaré a que Mbeng salga para asegurarme de que no te inoportuna más.

—Como quieras, aunque no es necesario. Soy capaz de manejar esta situación yo sola. Esa mujer no es más que una engreída sin escrúpulos, y el hecho de que hagas tratos con ella no te hace mejor —le recriminó molesta.

—Pero Lisel —Gerard contuvo su contrariedad—, en ningún momento hubiera querido que pasara nada de todo esto. Si tu marido no hubiera huido no le habrían disparado los soldados. Mi intención era salvaguardar su vida, por eso fui personalmente, para asegurarme de que todo se hacía conforme a la ley y para protegerlo, dentro de lo posible, pero él no ayudó. No puedes culparme a mí de lo que ha pasado.

—Pero el rostro de Lisel le indicaba que sí lo hacía.

Mbeng los observó desde lo alto de la escalera. Bajó lentamente, pensando en qué haría en los próximos días.

Cargaba una maleta. Caminó hacia Lisel. No se iría sin decirle algo más.

—¡Ya te avisé, blanca! Te avisé de que si no era para mí tampoco dejaría que te quedaras con él —le dijo a Lisel—. Pero no creas que esto ha acabado. No te librarás de mí tan fácilmente.

—¡Fuera de mi casa! —le repitió Lisel.

—Vamos —le espetó Gerard conciliador cogiéndole la pesada maleta.

La mirada de Mbeng concentraba todo el odio que sentía cuando la maldijo.

—¡Vamos! —Gerard agarró a Mbeng por el brazo y juntos salieron de la casa.

—¡Ay, señorita Lisel! —Ikalidi se santiguó asustada.

—No, Ikalidi —la frenó Lisel—. No quiero saber qué ha dicho. —Lisel no creía en esas supercherías, pero no podía evitar que un escalofrío le recorriera el cuerpo. Caminó hacia la puerta, quería asegurarse de que aquella víbora por fin salía de su vida. Se quedó allí parada unos instantes, viendo cómo Mbeng se alejaba acompañada de Gerard. No sabría decir si la odiaba, pero un sentimiento muy similar a ese era el que sentía por lo que aquella mujer había provocado: la muerte de Will.

De pronto el corazón se le paró. Al mirar al frente le pareció reconocer un gesto en aquel hombre que la observaba en la lejanía. Aquella forma de calarse el sombrero..., su gesto al ajustárselo...

Pensó que necesitaba descansar, dormir. Se sentía muy susceptible y la imaginación le estaba gastando una mala pasada.

Esa tarde Lisel no salió, prefirió quedarse y recorrer la quinta. La casa estaba rodeada de jardines bien cuidados, adornados por pequeños arroyos artificiales que le infundieron un poquito de paz.

Un suntuoso portal era el que conducía al interior de la casa. Tras pasar el zaguán un ancho corredor servía de distribuidor para llegar a los salones, a las cocheras y a la zona destinada al servicio doméstico.

Admiró el trabajo de forja de los balcones. Todo era bello, incluso aquellos murales que decoraban las paredes. Pero ya jamás tendría la oportunidad de disfrutarlo con Willhelm. Se sentía exhausta por las noches interminables llorando por aquel hombre. Llegó incluso a maldecirlo, ¿por qué entró en su vida si pensaba desaparecer de aquella forma?

El baño caliente parecía calmarle un poco. El vaho del agua, que salía de la tina, le recordó a la espesa neblina de Londres. Su imagen estaba a punto de desaparecer del espejo que había frente a ella. Cerró los ojos un largo rato.

Al abrirlos se sintió algo confusa, le pareció haber visto una figura reflejada en el espejo. Movió un poco la cabeza, pero aquella imagen seguía allí, tenía su altura, sus ojos, incluso su cicatriz. Lisel alzó la mano, temblorosa, y la posó sobre el espejo, lo hizo lentamente, asegurándose de que la imagen siguiera allí. Pasó los dedos por el espejo…, unos golpes en la puerta la inquietaron. En aquel instante fugaz, en lo que tardó en girar la cabeza hacia la puerta y volver sus ojos al espejo, en ese segundo, la imagen había desaparecido. Sintió dolor, rabia.

–Señorita, su infusión. –La inocente voz de Ikalidi le devolvió a la realidad. Lisel se envolvió en la bata de fino encaje, aquella que se negó a vestir en su noche de bodas, unas lágrimas se escaparon rebeldes. Lo que daría ahora por volver a aquel momento, por vivirlo con lo que ahora sentía. ¿Qué haría con todo aquel amor que se le había quedado dentro?

CAPÍTULO 47

La plantación Arquer

A Lisel se le cerró el estómago al entrar de nuevo en la casa de María Antonia. Los recuerdos de sus vivencias con Will se agolparon en su mente, sentía tan cercanas sus caricias cuando le enseñó a tocar el tambor, tan reales los momentos que vivieron con sabor a canela y ron...

Había dudado si aceptar su invitación para pasar unos días con ella, pero ahora pensaba que su compañía le haría bien. Sus palabras siempre tenían ese halo de misterio y de mensaje del más allá que conseguía atraparla y, ahora que Will no estaba, necesitaba a alguien así a su lado.

–No hace falta que te acompañe Ikalidi, dale fiesta a la muchacha, que salga por la ciudad –le había dicho María Antonia.

–¿Estás bien? –le preguntó María Antonia abrazándola y devolviéndola al momento.

Lisel asintió sin mucho convencimiento.

–Necesito que seas fuerte, Lisel. –María Antonia le tomó las manos. La invitó a subir la escalera. Ya en el primer piso se detuvo frente a la recámara que hubiera ocupado con Will. ¿Quería mortificarla?, se preguntó Lisel.

–Hay alguien que quiere verte. –María Antonia la miró preguntándose cómo prepararla–. Respira profundo –le dijo finalmente. Abrió la puerta y, tras cederle el paso, se retiró en silencio.

Lisel avanzó despacio, sin entender qué estaba pasando. La recámara estaba en penumbras. Sus ojos tardaron un tiempo en acostumbrarse a tan poca luz. Tras unos segundos vislumbró la figura de un hombre alto, la ancha ala del sombrero le tapaba la cara. Su corazón empezó a palpitar de forma acelerada. Él se acercaba a ella lentamente, mientras sus ojos seguían intentando acostumbrarse a aquella penumbra. Aquella cicatriz que le cruzaba parte del rostro... solo podía ser él. Su corazón se agitó bruscamente. Pero... ¿cómo? Serían sus ganas de tenerlo de nuevo, que la engañaban.

–Lisel. –La voz sonó como un lejano susurro. Él se acercó a ella sin atreverse a tocarla. Lisel le miraba, inmóvil. Su cuerpo seguía sin reaccionar. No podía moverse, el miedo se lo impedía. Quizá si lo tocaba la imagen de él se desvanecería como otras veces.

–Lisel –repitió él. Ahora su mano rozó la de ella, su piel estaba fría. Aquel roce se convirtió en un apretón–. Lisel, soy Will. –La abrazó, ella notaba su fuerza, pero era incapaz aún de moverse.

Cuando deshizo el abrazo él le acarició la cara, los ojos de ella estaban empañados, pero su rostro era una mezcla de incredulidad y enfado. Ella se apartó. Por fin las palabras afloraron en su boca.

–¿Estabas vivo y me has hecho pasar por este sufrimiento? –Ella le golpeó en el pecho con una mezcla de rabia y alivio.

Willhelm le sujetó las manos. Su boca buscaba la de ella, sus labios llevaban demasiado tiempo esperando saborearla. Pegó su boca a la de ella, primero fueron besos cortos, superficiales, pasó su brazo por la cintura de ella buscando el calor de su cuerpo, aguardando impaciente un indicio que le indicara que todo estaba bien entre ellos. Buscó de nuevo en el interior de su boca y por fin logró la respuesta que deseaba. Los brazos de ella se entrelazaron en su cuello.

Intentó controlar su ansiedad por ella, quería sentir toda su femineidad, disfrutar de su piel, de su aroma a vainilla, de su cuerpo. Ella alzó la vista al notar la reacción de él. Su virilidad se manifestaba apretada contra su vientre. Su piel reaccionaba incontroladamente a sus caricias.

—Nunca me había sentido tan vivo –le susurró él.

Ella rio, contagiándolo.

—¡Tonto! –Rio de nuevo. De un toque empujó el sombrero hacia atrás. Era la señal que él necesitaba, la invitación al juego amoroso que esperaba. La cargó con ganas y con ella en brazos se acercó a la cama.

—¿Aquí? –se sorprendió ella–. ¿Y María Antonia? –Se azoró al pensarlo.

—Seguro que está muy ocupada con su capataz –rio él–, ayúdame –le pidió él en su lucha contra los botones, que le impedían disfrutar de aquel cuerpo que tanto deseaba. Mientras ella se liberaba, sin prisas, disfrutando de la ansiedad que percibía en los ojos del hombre, él recorría su cuerpo sobre la ropa, recordando sus formas, dibujando caricias, anticipando cómo iba a ser el momento que esperaba.

Cuando la mano de él tocó por fin su piel desnuda ella sintió un enorme calor, un fuego que le quemaba. Atrapó las manos de él con las suyas y las guio.

—¿Te duele? –preguntó ella al pasar suavemente sus dedos por la cicatriz que le había dejado la herida de bala.

—Ahora mismo no me duele nada –le dijo. La empujó para que ella quedara sobre él, le gustaba sentirla sobre su cuerpo–. Me dolía tu ausencia, que pudieras olvidarme. –Pero en esos momentos no quería hablar, solo quería amarla. Quería disfrutar ese momento como si fuera el primero, y como si fuera el último, con todas sus ganas, con todas sus fuerzas. Buscaba conquistarla en cada caricia. Quería despertar en ella su deseo por él, sus ansias de amarlo. Oírla gemir le volvía loco de deseo.

Antes de abandonar la habitación Willhelm abrazó de nuevo a Lisel, levantándola del suelo. Giró con ella tapándole la boca con la suya, con tanta fuerza que ella después pensó que tendría los labios hinchados durante todo el día.

Pero no le importaba, era feliz de nuevo, la vida le ofrecía una segunda oportunidad.

—Nos veremos en la plantación mañana, ¿de acuerdo? —le preguntó de nuevo Willhelm besándola.

—Síií… —le respondió ella con una sonrisa—. Hoy mismo le diré a Ikalidi que prepare todo y mañana tomaremos el tren de la mañana hacia la plantación.

—Yo me adelantaré, así enviaré a un par de hombres armados para que hagan el trayecto con vosotras. Y recuerda no comentar con nadie que estoy vivo.

Lisel asintió.

—Necesitamos un par de semanas para preparar todo. Después dará igual que lo sepan —le anticipó él.

—Tengo que irme. —Lisel intentaba separar las manos de Will de su cintura, que seguían apretándola contra él. Sonrió complacida de verse aprisionada por sus brazos.

—Escucha —pidió Will—, cuando estemos en la plantación hay algo muy importante que debo contarte.

—¿Qué? —quiso saber ella.

—No —negó él—, ahora no tenemos tiempo y necesito explicártelo con calma.

—¡Will, Lisel! —gritó María Antonia impaciente.

Gerard entró en la habitación del hotel sin llamar. Mbeng estaba vestida con un fino camisón de color salmón que destacaba las formas de su cuerpo. Sus ojos se fueron hacia los pechos, que se balancearon ligeramente cuando ella se levantó. Gerard lanzó el sombrero sobre la silla y la agarró, pegando su torso a la espalda de Mbeng, sus manos pararon aquel balanceo. Apretó con ganas, preparando el manjar para saborearlo.

Mbeng se dejaba hacer, su odio hacia Will por haberla echado era mayor que el amor o el deseo o la obsesión que sintió por él. La había humillado y relegado por aquella otra y eso no se lo perdonaría jamás. Ahora su presente estaba allí, con aquel soldadito que se creía el centro de la tierra. Seguía de espaldas a él, esperando que las manos del hombre se cansaran de sus pechos, y así fue, él hizo que las tirantas de la camisola se deslizaran por sus hombros, quería tener la visión completa de aquella piel, la piel de una mulata.

—¿Me llevarás al teatro? —preguntó Mbeng, que notó cómo Gerard fruncía el ceño al oírla.

—Mientras Lisel esté aquí no. Ya sabes cómo están las cosas —le aclaró.

Ella tiró de la sábana, enfadaba, dejando al descubierto la desnudez de él, que sin importarle encendió un habano. El militar se tumbó de nuevo boca arriba.

—¿El Viejo tuvo dos hijos, un hombre y una mujer? —le preguntó Gerard—. En el cementerio vi la tumba de una mujer, Hanna Baßler —la miró esperando una respuesta mientras iba tirando de la sábana que cubría el cuerpo de la mujer—, pero no vi la de su padre.

—No, el Viejo solo tuvo una hija —le contestó, siguiéndole el juego y dejando que la tela la fuera dejando al descubierto poco a poco.

—¿Cómo? —Gerard se incorporó como empujado por un resorte—. ¿Qué has dicho?

—Que el Viejo no tuvo ningún hijo. El padre de Will no era hijo del Viejo —le respondió sin entender el interés.

—¿Y qué sabes de él? ¿Del padre de Willhelm? —le preguntó alterado.

—Yo apenas lo recuerdo. Era pequeña cuando murió. Will sacó su ataúd de la tierra antes de irse de viaje —le respondió sin demasiado interés.

Gerard dio un salto de la cama y se vistió apresuradamente.

—¿Qué pasa? —preguntó Mbeng enderezándose, sin entender aquellas prisas ni por qué de repente se interesaba por el padre de Will.

CAPÍTULO 48

La espera

Al bajar del carruaje, y tras decir adiós al capataz de María Antonia que la había acercado hasta Ciudad Trinidad, Lisel intentó borrar la sonrisa de su rostro. Nada en ella podía delatar la felicidad que sentía por saber que Willhelm estaba vivo.

–¡Señorita, hay un huésped en la casa! –Fue lo primero que Ikalidi anunció a Lisel en cuanto la vio entrar, de regreso de la plantación Arquer.

–¡No me digas que esa Mbeng ha vuelto a la casa! –El coraje se apoderó de Lisel.

–No, señorita, es su señor padre –contestó Ikalidi poniendo los ojos en blanco.

¿Su padre en Ciudad Trinidad? Al escucharla, en lo primero en lo que pensó Lisel fue en Willhelm, por nada del mundo su padre podría viajar a El Guaurabo. Entregó su sombrilla a Ikalidi y respiró profundamente antes de pasar al salón. Lisel se sorprendió al encontrar también a Gerard.

–¿Qué haces aquí, padre? –Aunque Lisel sospechaba que el dinero era la única razón que podía haberlo movido a emprender tan largo viaje. Los dos hombres se pusieron en pie al verla entrar.

–¡Hija! –Sagnier se acercó para darle dos besos–. No podía dejarte sola ante estas circunstancias. Gerard me envió un telegrama dándome la noticia sobre tu esposo y tomé el primer barco rumbo a La Habana.

—No era necesario —le cortó ella—. Me consta que no simpatizabas con Willhelm. No era necesario que recorrieras medio mundo para darme el pésame en persona. ¡Dudo que sintieras su muerte! —le contestó con ironía.

—Es cierto, pero no dejaba de ser mi yerno, y tú mi única hija. Te ayudaré en todos los temas de la herencia, sin duda el papeleo será algo complicado, con tantos bienes y empresas —se explicó Francesc Sagnier.

Lisel lo miró con descaro. Ahora veía claro que perseguía adueñarse de la herencia que supuestamente le había dejado Will. Sintió asco y vergüenza, pero también de sí misma por reconocerse en parte en él cuando, tiempo atrás, lo único que le importaba era emparentar con un noble apellido y disfrutar de una buena posición económica.

—Por favor, Lisel, toma asiento, hay algo que debes saber —Gerard habló por primera vez.

—¿Qué ocurre? —Sabía que no podía ser nada relacionado con Willhelm, él ya debía estar rumbo a la plantación.

—Es sobre tu marido —continuó Gerard.

—Ahórrate tus comentarios, Gerard. Willhelm ya no está entre nosotros y quiero que descanse en paz —respondió enérgica. Solo deseaba que se fueran de la casa y así poder disfrutar, sin disimulos, en soledad, de la alegría de saber que él vivía. Quería recordar y revivir en su mente sus últimos momentos de amor con él, y reunirse, cuanto antes, con Will en la plantación.

—Tu marido te engañó —dijo Gerard.

—En realidad, nos engañó a todos —añadió su padre.

—¿De qué están hablando? —Lisel frunció el ceño, sin entender.

—No es quien decía ser —Gerard tomó asiento a su lado—. Su abuelo, el viejo Baßler, no tuvo ningún hijo.

—¿Qué estás diciendo? —preguntó Lisel extrañada.

—El abuelo no tuvo ningún hijo, solo una hija. El padre

de tu marido no era hijo del Viejo, no podía serlo. Es imposible que Willhelm se apellide Baßler –le explicó Gerard.

–Eso no puede ser. Recuerdo cuando firmamos en la iglesia, él firmó como Willhelm Baßler. Ese era su apellido –replicó Lisel molesta con ellos.

–Lo he sabido por casualidad, Lisel –le dijo Gerard–, y antes de decirte nada estuve en la casa parroquial. Allí no existe un registro como tal, los únicos archivos con los que cuentan son los libros parroquiales. Pero te aseguro que revisé, uno por uno, los libros de los blancos. ¡Uno a uno! –repitió Gerard–. ¡No existe ninguna partida de nacimiento que atestigüe la existencia del padre de Willhelm! Su abuelo no tuvo ningún hijo, al menos, no blanco. –Gerard pensó en que quizá debió consultar también el registro de los negros. ¿Y si…?

–Pero ¿has podido encontrar la partida de nacimiento de Will? –preguntó Lisel algo agitada.

–Sí. El nombre de su madre es el de Hanna Baßler, ella sí era la hija de su abuelo. Y como padre aparece V. Baßler.

–¿Cómo puede ser? –preguntó Lisel.

–Solo se me ocurre que, o bien el abuelo tuvo un hijo con su propia hija, que lo descarto… o tuvo un hijo ilegítimo, a saber con quién, quizá con una esclava o una mulata, y lo casó con su propia hija –explicó Gerard.

–Eso que estás diciendo es una barbaridad. –Lisel se estremeció ante la idea de que Willhelm fuera hijo de dos hermanastros.

–Está claro que si el Viejo no tuvo un hijo hizo lo imposible para perpetuar su apellido y tener un heredero varón. Al parecer en ultramar es muy frecuente tener hijos ilegítimos. –Gerard tomó a Lisel de las manos–. Ya sé que es una gran deshonra haber emparentado con alguien así, pero tienes que pensar en ti, en tu honor, en defender tu herencia. Por suerte no has tenido hijos con él –apreció Gerard. Y por suerte, pensó, él ya está muerto.

–Imagino que el Viejo lo que hizo fue legitimar a su hijo

natural, por eso llevaba su apellido, pero pese a eso –explicó Sagnier–, todavía existe la imposibilidad legal de que los hijos naturales hereden, aunque estén legitimados. Supongo que por eso hizo que se casara con su hermanastra, así la fortuna seguía dentro de la familia –supuso Sagnier–. Pero hija –Sagnier se acercó a ella–, debes pensar bien lo que vas a hacer, no nos interesa que se sepa nada de todo esto.

–Quizá sea una coincidencia, quizá ese V. Baßler sea un pariente lejano o alguien con el mismo apellido, no tiene por qué ser hijo del abuelo. –Lisel necesitaba buscar otra explicación. Quizá fuera hijo de Hanna, un hijo que tuvo sin casarse y el abuelo lo arreglara en la partida de nacimiento, aunque entonces, entonces Willhelm sería un bastardo. Pero ¿quién fue su padre?

Y ahora no podría preguntarle, no podía volver a la plantación, no mientras ellos siguieran en la casa. ¿Y si fuera un bastardo? Algo así en su sociedad sería motivo de anulación. Un engaño imperdonable, un escándalo mayúsculo. Pero ahora, con lo que sentía por él, Lisel se preguntaba hasta dónde le importaba si lo fuera.

Miró a su padre, su cara de codicia; y a Gerard, engalanado con su uniforme de oficial, moviéndose por el salón como si fuese el dueño del palacete. Le pareció otro codicioso que revoloteaba alrededor de la herencia de Willhelm. ¿Y él?, se preguntó. ¿Quién era Willhelm?

Lisel se asustó. Ella se había casado con Willhelm Baßler y si ese no era su verdadero apellido, ¿sería válido su matrimonio? ¿Se habría entregado a un hombre que no era legalmente su marido? La vergüenza hizo que su rostro se tiñera de color.

Lisel se sentó, apesadumbrada. ¿Y si todo eso fuera cierto? ¿Y si la había engañado desde el principio? ¿Lo habría hecho para burlarse de ella? ¿Por darle una lección por su desdén con él, por su menosprecio? Pensó en que a él no le importó su sufrimiento cuando le hizo creer que había muerto.

De repente una imagen volvió a su mente, la tarde en que descubrió a Willhelm contemplando un antiguo camafeo. ¿Contendría quizá la imagen de una mujer? ¿De una amante? ¿Una negra o una hija ilegítima tal vez? ¿Y si fuera eso por lo que se empeñó en casarse con ella? ¿Para tener una esposa digna y un heredero legítimo? Y para seguir manteniendo quizá una vida paralela con otra mujer, una con la que no podía casarse. ¿Tendría razón Mbeng? ¿Sería ella simplemente una «esposa de bonito»?

No llevaba más de media hora recostada cuando oyó tocar en la puerta de su recámara. Lisel se incorporó y sintió una punzada en el corazón. Le dolía la decepción. El toque en la puerta se repitió de nuevo.

–Lisel, ¿puedo? –preguntó Gerard, que hacía rato buscaba tener la oportunidad de hablar con ella a solas.

Lisel le abrió, no sin antes arreglarse un poco el cabello.

–Como te dije antes puedes contar conmigo para todo lo que necesites. No voy a dejarte sola aquí, en este rincón del mundo. –Gerard se acercó a ella y suavemente pasó su mano por el brazo de Lisel–. Dirigir una plantación no es tarea para una mujer, al menos no para una gran dama como tú. No tienes por qué enfrentar todo esto sola.

Ella le escuchaba con la mirada perdida.

–Tú sabes cómo se dieron las cosas entre nosotros. En Barcelona, me refiero. Nos entendíamos bien. –Gerard dejó escapar el aire–. Yo no estaba enamorado de Marina, me casé con ella obligado por mi caballerosidad. Y tú, bueno, tampoco te casaste enamorada de tu marido. Ahora todo ha cambiado. –Se acercó un poco más a ella.

Algo en Lisel le hizo reaccionar. Su mirada se clavó en la del hombre.

–Tienes razón, todo ha cambiado. –Su voz sonaba quebrada–. ¡Ya no soy una Baßler, quizá nunca lo fui! –dijo con ironía. Recordó el momento en que Will le dijo que para él era la reina de El Guaurabo, en medio de caricias y palabras de amor. ¡Qué gran mentira! Sus ojos brillaban por aquellas malditas lágrimas que se empeñaban en aflorar–. Te agradeceré que me dejes sola. Tengo mucho en lo que pensar.

Gerard se retiró, no sin antes atrapar su mano para besarla. Sin Willhelm entre ellos y, si sabía jugar sus cartas, podría conquistar el corazón de su dama.

Willhelm paseaba impaciente por el despacho. Josep levantaba la vista de sus papeles y lo miraba con ganas de decirle algo, pero se frenaba y volvía a su trabajo con las cuentas.

–¡Vas a gastar el suelo, y me estás poniendo nervioso a mí también! –explotó Josep, ya cansado de verlo ir y venir.

–Cuando me despedí de ella en la plantación Arquer quedamos en que vendría al día siguiente, que tomaría el tren de Ciudad Trinidad con Ikalidi. Pero ya han pasado varios días y no llega. –Willhelm tenía las manos en las caderas, intentando adivinar qué podía haber pasado.

–Hazme caso y espera un poco más. No puedes presentarte en la ciudad, es muy arriesgado, ya lo sabes. Espera a que regrese Iyanga, para eso le has enviado, ¿no? –El sonido de los cascos de caballos les interrumpió–. ¡Ve, será ella!

Salieron al porche, pero no era Lisel, ni tampoco Iyanga.

–¡María Antonia! –Willhelm se acercó para ayudarla a bajar del carruaje, sin esperar a que lo hiciera su fiel y enamorado capataz. Will miró el séquito que le acompañaba, cruzó una mirada con Josep sin entender. Prácticamente con ellos llegaban todos los habitantes de la plantación Arquer. Los antiguos esclavos de María Antonia avanzaban lentamente, cargados con bultos, por el Camino Real.

—¡Ay, muchacho! —se quejó María Antonia. El sofoco se había adueñado de su rostro. Respiraba agitadamente. En cuanto puso un pie en el suelo se adentró en la casa, se dirigió al salón y al llegar allí se paró en seco—. ¡Muchacho! ¿Es que voy a tener que servirme yo misma el digestivo? —se quejó.

Willhelm sonrió.

—Claro que no, madame. —Mientras le servía el ron, generosamente, la miró un instante para preguntarle—: ¿Y Lisel? ¿Viene detrás en otro carruaje?

—¿Lisel? —María Antonia se alarmó—. ¿No está aquí? —Se llevó la mano al pecho. Willhelm negó con la cabeza.

—¿No está contigo? —le preguntó él, ofreciéndole el vaso. Frunció el ceño, preocupado.

—No. Mi capataz la dejó en tu casa de Ciudad Trinidad. Pensé que ya haría días que estaba aquí contigo, en la plantación.

—¡Ay, mi sobrina! —exclamó tía Cati, que no se atrevía a interrumpir a María Antonia esperando noticias de Lisel.

—No ha llegado. —Willhelm miró a Josep, dándole a entender que su preocupación estaba justificada—. He enviado a Iyanga a la ciudad, al palacete, para que averigüe por qué no ha vuelto. Pero al verte llegar pensé que tal vez venía contigo.

—No, no —respondió ella con cara de preocupación.

—Y entonces, ¿qué ocurre? ¿Qué hacéis aquí? —Willhelm miró al capataz—. Habréis dejado desierta de almas la plantación Arquer.

—Así es —contestó ella—. Hemos tenido que abandonar la casa. La han ocupado los militares españoles.

—¿Cómo dices? —Willhelm se sentó, invitando al resto—. Explicad qué está pasando —pidió.

—Por eso hemos venido aquí. No soporto ver mi casa llena de esos oficiales bebedores y maleducados. Lo han confiscado todo. ¡Temporalmente! dicen, así que nos las hemos ingeniado para salir de allí antes de que sea demasiado tarde.

—¿A qué te refieres? —Preguntó Willhelm.

—La ciudad ahora mismo es un polvorín. Por un lado, muchos negros libres se están sumando al ejército español, pensando que van a abolir del todo la esclavitud. ¡Qué ingenuos! El ejército solo los quiere como carne de cañón. Y los hacendados están divididos, unos apoyan al ejército también, buscando todo lo contrario, congraciarse con la metrópoli y, otros, aprovechan este momento para conseguir el apoyo de los americanos y forzar la guerra abierta con España —explicó el capataz.

—Y a todo eso hay que sumar que los rebeldes siguen avanzando, y dicen que traen la consigna de entrar a sangre y fuego. Quemándolo todo, campos, haciendas y a todo aquel que se oponga a ellos. Y nuestras casas caerán las primeras, porque es donde se han alojado los oficiales —añadió María Antonia.

—¡Tengo que ir a buscar a Lisel! —Willhelm se acercó al armero.

—No irás solo. —Josep se acercó a él, esperando su arma.

—¡Es Iyanga! —gritó agitada Gaetana irrumpiendo en el salón—. ¡Pero viene solo!

—Iyanga, ¿y mi mujer? ¿La has visto? —Willhelm corrió a su encuentro.

—¡Sí! —respondió Iyanga intentando recuperar el resuello—. ¡Está en el palacete, pero no está sola, Will! —se interrumpió, al ver cómo se le transformaba el rostro a su antiguo amo.

—¿Quién estaba con ella? ¡Dímelo! —Willhelm se acercó a él con los músculos tan tensos que llegaba a notar dolor.

—El soldado ese está con ella —respondió.

—¡Maldito sea mil veces! Supongo que Lisel no le habrá dicho que estoy vivo, por protegerme, y ese imbécil se habrá pegado a ella como una sanguijuela —dijo Willhelm.

—Y su padre —añadió Iyanga.

—¿Su padre? —preguntó extrañado Willhelm.

—Me lo dijo Ikalidi —respondió Iyanda tragando con avidez el vaso de agua que le había ofrecido Gaetana—, que cuando la señora llegó de la plantación Arquer los dos estaban esperándola en el palacete. Y parece que de vez en cuando también se aparece el otro, el capitán que vino aquí a buscarte, el que te golpeó. Creo que se han instalado los tres en la casa.

—¡Maldita sea! ¿Y con ella has podido hablar? ¿Le dijiste a Ikalidi que le pidiera a la señora que volviera? —Willhelm casi no lo dejaba contestar.

Iyanga asintió.

—Sí, sí. Le hablé a Ikalidi, y ella a la señora, pero…

—Pero ¿qué? ¡Habla, maldita sea! —El mal humor y el coraje se estaban apoderando de Willhelm.

—Parece que la señora no va a volver, que no quiere volver. —Iyanga se encogió de hombros sin entender qué estaba pasando.

—¿Qué está pasando, Willhelm? —Tía Cati estaba asustada con todo lo que había escuchado.

—¿Qué estás pensando, muchacho? —preguntó Josep al ver el gesto de su cara.

—¡Iyanga! —gritó Willhelm—, necesito que reúnas a un grupo de hombres bien armados, los más diestros con las armas. Nos vamos a Ciudad Trinidad a traer a mi mujer de vuelta a casa. ¡Lo quiera ella o no! —sentenció furioso.

—¡Trae a mi sobrina de vuelta! ¡Después, ya arreglaréis vuestros pleitos, pero tráela de regreso! —le pidió tía Cati antes de que saliera. Willhelm asintió con la cabeza, montó en su caballo y puso rumbo a Ciudad Trinidad.

Las palabras de Gerard seguían persiguiéndola una y otra vez.

—El destino nos ha unido de nuevo —le había dicho él—, ¿te das cuenta? Es como si quisiera darnos una nueva oportunidad ahora que los dos somos viudos. Yo puedo ofrecerte un apellido noble, un título. Entiendo que te hubieses dejado deslumbrar por él, que estés confundida con todo lo que ha pasado, pero no puedo creer que llegaras a enamorarte de ese hombre. No es, no era de nuestra clase.

Todo lo ocurrido le hacía pensar, cuestionarse qué sentía por Willhelm. Pero el único sentimiento que afloraba en ella en esos momentos era el de rabia. Rabia por haberse dejado embaucar. En su cabeza revoloteaban una y otra vez las palabras de Mbeng: «Él te quiere como esposa de adorno, *pa'lucirte* ante los otros hacendados». ¿Sería cierto? ¿Eso era lo único que él buscó en ella?

CAPÍTULO 49

Eres mi mujer

Willhelm agradeció que el palacete no estuviera ubicado en la calle principal de Ciudad Trinidad. Las casas vecinas estaban a una buena distancia y el jardín posterior les permitía entrar sin ser vistos. Los hombres que le acompañaban se repartieron, unos vigilarían a los soldados que custodiaban la puerta principal, otros permanecerían apostados al inicio de ambos lados de la calle, oteando por si alguna patrulla de soldados se acercaba. A hurtadillas y en silencio entraron por la puerta trasera de la cocina. Ikalidi ahogó una exclamación.

–Están en el comedor, el padre de la señora, el marqués ese y el otro capitán mayor –les informó.

–Bien, Ikalidi, tú quédate aquí y prepárate para venirte con nosotros de regreso a la plantación. ¿La señora está bien? –preguntó Willhelm.

Ikalidi asintió.

Con un gesto, Willhelm ordenó avanzar. Desde el salón llegaban las mágicas notas de un piano. El *Nocturno 9* de Chopin, identificó Willhelm. Oteó el salón con sigilo, Lisel tocaba. Vislumbró a Francesc Sagnier y Robert Baltrà.

Entornó los ojos para fijarse mejor en ella. Lucía tan bella que le cortaba la respiración mirarla, pero allí estaba, compartiendo su don con aquel imbécil que estaba a su lado, desplazándolo a él de su vida como si no le importara nada lo que habían vivido juntos. ¡Maldito soldado! Le venció el coraje. Amartilló su pistola de tres cañones y con ella en la mano avanzó seguro por el salón.

Iyanga y Josep se desplazaron por los lados para cubrir todos los flancos. Los hombres se levantaron alarmados al verlos entrar.

—¡Está vivo! —exclamó el capitán general al ver a Willhelm. Su cara de asco y contrariedad dejó claro lo que sentía. La música cesó de repente.

—¡Veo que les ha gustado mi casa! —dijo Willhelm—. Y también que mi esposa es muy hospitalaria con otros hombres. —La miró furioso.

Gerard se fijó en Lisel. Su cara no era de sorpresa.

—¿Tú sabías que estaba vivo? —le preguntó con la voz ronca—. ¿Lisel? —Pero ella no le respondió, su mirada seguía fija en Willhelm, pero no era una mirada de temor, sino de odio.

—¡Vaya, pero si también está mi querido suegro! —Willhelm se acercó a él, notaba cómo temblaba, a pesar de agarrarse con las dos manos al filo de la mesa.

—¡Más vale que te entregues, Baßler! —le aconsejó Baltrà—. Fuiste declarado rebelde. Si te entregas ahora aún tendrás una oportunidad de salvar la vida.

Willhelm sonrió.

—¿Entregarme? ¿A quién? ¿A una banda de criminales que están matando a los campesinos de hambre? ¿Que se están apoderando de las propiedades de los demás? ¿Al glorioso ejército de su majestad? —preguntó Willhelm irónico.

Robert Baltrà se enfrentó a él.

—¡Desde que te vi por primera vez supe que eras un renegado! No creas que me engañaste como a esta pobre niña. Pero ten por seguro que la próxima vez que nos veamos dispararé a matar ¡Maldito seas! —El capitán le escupió en la cara.

Iyanga le apuntó en la sien.

—¡Ya está bien de charla! No quiero que se les enfríe la cena, caballeros —dijo Willhelm limpiándose la cara con el revés de la manga de la camisa—. Solo he venido a llevarme a mi esposa a casa. —Se acercó a Lisel—. ¡Vamos! ¡Te vienes conmigo!

—¡No pienso ir contigo a ninguna parte! —le contestó ella.

—¡Déjala en paz! ¿No has hecho ya bastante? ¿Te parece poco el engaño al que la has sometido? ¿Y la humillación a la que la has expuesto? Estamos al tanto de que te casaste con ella con un apellido que no puede ser el tuyo. Tu abuelo no tuvo ningún hijo varón. ¡Vuestro matrimonio no puede ser válido! —Gerard se interpuso entre ellos—. Ella tiene todo el derecho de pedir la anulación.

—¡Por supuesto que es válido! —Willhelm se encaró con él sin acabar de entender de qué estaban hablando—. ¡Apártate o te haré a un lado de un balazo! ¡Te aseguro que nada me daría más placer! —le dijo a Gerard.

—¡Gerard! —Lisel le puso la mano en el brazo para frenarlo—. No te enfrentes a él, no se rige por las normas de los caballeros. De alguien como él no puedes esperar que actúe con nobleza. —Sus palabras fueron como un latigazo para Willhelm.

—¡No! No, Lisel, no puedo permitir que te vayas con este hombre —replicó Gerard.

Pero Willhelm hizo una señal y sus hombres los maniataron y amordazaron. Con un gesto rápido agarró a Lisel, sujetándola contra él, dejándola inmovilizada. Iyanga y Josep le cubrieron la retirada.

—Si gritas, el primero en caer será tu padre. Te aseguro que no siento ninguna simpatía por él. —Willhelm intentaba no dejarse llevar por el olor de la piel de Lisel, intentaba no sentir aquel cosquilleo que su cuerpo se empeñaba en percibir cuando la tenía cerca. Montó con ella en el caballo y puso rumbo a El Guaurabo. De vez en cuando miraba hacia atrás, hasta que vio que el resto de la expedición le seguía.

Tía Cati y María Antonia se levantaron al oír a los caballos. Los hombres volvían y con ellos Lisel. Las dos observaron cómo la joven se despegaba de Willhelm cuando este le ayudó a descabalgar. Intercambiaron una mirada de preocupación.

—Esos dos siempre están a la greña —dijo María Antonia meneando la cabeza.

—¡Lisel! —Tía Cati se acercó a ella cuando entró en la casa—. ¿Estás bien? ¿Por qué no has venido antes? ¡Nos tenías a todos muy preocupados, sobrina! —Tía Cati esperaba una respuesta con el ceño fruncido.

—¿Volver? —se preguntó Lisel—. Dime, María Antonia, ¿tú lo sabías?

—¿Saber qué? —María Antonia miró a Willhelm sin acabar de entender qué estaba pasando.

—Que su abuelo —señaló a Willhelm, que la miraba con los ojos entrecerrados—, que su abuelo no tuvo ningún hijo. ¡Que ese hombre no puede apellidarse Baßler a no ser que su padre fuera un hijo ilegítimo de su abuelo! Y si así fuera, ¿qué hizo?, ¿se casó con su hermanastra? —Su rostro se acaloraba a medida que hablaba—. Dudo mucho que mi matrimonio con él sea válido.

—¿Has terminado? —La voz de Willhelm era más fría que de costumbre.

—¡Desde luego que sí! ¡He terminado del todo con usted, señor! —le contestó Lisel.

Willhelm se aproximó a ella.

—Mi abuelo adoptó legalmente a mi padre, así que él se apellidaba Baßler, y mi nombre, mi único y verdadero nombre es Willhelm Baßler.

Ella alzó la vista, retándolo con la mirada. Willhelm se asombraba de lo fácil que era para aquella mujer pasar del amor al odio.

—¡Me da igual cómo te llames! ¡Lo cierto es que me engañaste sobre tu origen! Ese es motivo suficiente para pedir la anulación de este maldito matrimonio, Gerard lo preguntó en la parroquia y... —Lisel se interrumpió cuando él la agarró del brazo.

—¡No vuelvas a nombrar a ese imbécil en mi casa! —le exigió él.

—¡Como quieras! ¡Pero pienso pedir la anulación! ¡Este matrimonio fue un gran error desde el principio! —le repitió ella forcejeando con él.

—¡De acuerdo! ¡Pero deberás esperar a que acabe la guerra primero, así que vete poniendo cómoda, cariño! —Él la soltó y Lisel aprovechó para subir a la habitación. Atravesó el salón en silencio, bajo las miradas de todos los presentes, que no se atrevieron a pronunciar una palabra, al igual que no se atrevieron a moverse cuando empezó la discusión.

Ella avanzaba con el mismo paso que usaba para atravesar los inmensos salones de baile, con la cabeza erguida, fastidiada una vez más por haber confiado en aquel hombre, fastidiada por reconocer que su cuerpo aún lo deseaba, que su voz la envolvía y que sus ojos llenaban de calor su mirada. Hasta había conseguido que olvidara que no era de su clase. ¡Maldito seas mil veces, Willhelm Baßler! Dijo para sí.

Willhelm apuró el segundo trago de ron en el salón antes de hablar. Se dirigió a Josep y al capataz de María Antonia.

—Debemos proteger la plantación. Esos imbéciles no tardarán en organizar una partida para llegarse hasta aquí —avisó Willhelm.

—Mientras tú le dabas la bienvenida a tu esposa ya me he encargado de apostar hombres en la entrada, y un par en cada torreón de vigilancia. He mandado cerrar el gran portalón también —le explicó Josep.

Willhelm se pasó la mano por la boca, intentando arrancarse el mal sabor que le había dejado la discusión con Lisel. En su mente todavía estaban los recuerdos de la última vez que estuvo con ella en la plantación Arquer.

Esos días esperaba con impaciencia su llegada y ahora, que estaba en la casa, era como volver al principio. Nunca conseguía la calma con ella.

—A partir de mañana empezaremos con el adiestramiento de los hombres con las armas —anunció Willhelm—. Ya llegó la hora. El Guaurabo solo debe ser accesible por mar, así que tendremos que reforzar también la defensa del puerto.

—A primera hora haré que desembarquen las cajas de armas y munición del barco —respondió Josep.

Willhelm asintió con la cabeza mientras abandonaba el salón. Sus pasos se dirigieron a la escalera. Su conversación con Lisel no había terminado. Tocó a la puerta sin esperar más de dos segundos en abrirla. La puerta del baño estaba entreabierta y el aroma a vainilla se colaba por ella, transportado por el vaho del agua caliente. Su corazón latió con fuerza al imaginársela en la tina, desnuda.

—Ikalidi, ya salgo. —Oyó la voz de ella más dulce, calmada.

—No soy Ikalidi. —Pero su cuerpo llegó antes que su voz. Lisel consiguió esquivarle y así no rozar su piel con la de él. Siguió caminando sin importarle que fuera solo con su conjunto de seda, con uno de aquellos pantaloncitos que a él le gustaba quitarle y con aquel sujetador ribeteado, en cuyo encaje él solía entretener sus dedos. Su melena húmeda brillaba con los destellos de la luz de Argand, la que tanto le gustaba prender cuando iniciaba el ritual de su baño. Lisel esperó a estar en el otro extremo de la habitación para hablarle.

—¿Qué quieres? Me parece que ya nos lo hemos dicho todo, señor —pronunció la última palabra con ironía, poniendo toda la distancia que podía en su tono. Willhelm se aguantó las ganas.

—Necesito que me devuelvas mi llavero, y el anillo, supongo que el reloj ya está inservible. —Él se quedó inmóvil donde estaba, observando su cuerpo.

Lisel se dirigió al cajón de la mesita de noche y sacó el pañuelo en el que guardaba los objetos de Willhelm. Avanzó unos pasos hasta el centro de la habitación y dejó caer el contenido sobre la cama para que él lo recogiera.

–¡Ah! –exclamó–, falta algo. –Tomó un guante, aquel en el que guardó el puñado de tierra que arrancó antes de que lo enterraran. Se acercó a él y vació su contenido sobre las botas de Willhelm.

–Es la tierra bajo la que estás enterrado. ¡Qué gran detalle que Josep me entregara tus cosas! ¡Cómo os habréis reído de mí! –Lisel intentó disimular su dolor.

–No pienses eso. No es cierto –le dijo él con voz ronca al ver que ella había guardado aquel puñado de tierra–. Cuando me hirieron estuve inconsciente varios días. Fue Iyanga quien me ayudó y me escondió, pasó un tiempo antes de que pudiera decírselo a Josep. Yo quería avisarte, pero los soldados seguían en la plantación. El que me creyeran muerto haría que se fueran, y solo si tú también lo pensabas sería lo bastante realista para que Marmany se alejara de aquí. Después, en Ciudad Trinidad intenté hablar contigo, pero ese imbécil no se despegaba de ti.

–Así que no fue una ilusión, eras tú. –Lisel recordó cuando creyó verlo en aquel callejón, y en el reflejo del espejo–. ¡No me digas que sientes celos de Gerard! –Rio–. ¡Demostraste que yo no te importaba nada, jamás sentí tanto dolor! ¡Pero tengo claro que no mereces ni una de mis lágrimas! ¡No eres nadie para mí!

–Las cosas no son como te explicó Marmany. Ya te he dicho que mi padre llevaba el apellido Baßler legalmente. Y no era hijo de mi abuelo. Pensar eso es una monstruosidad, Lisel.

Willhelm cogió su llavero, limpió un poco la doble W de plata y su anillo. El reloj estaba inservible…

–Este es mi pañuelo –reconoció–, es el que te ofrecí en Barcelona el día en que te conocí. Todavía lo conservas. –Él buscaba una tregua en su mirada.

—Sí, lo solía llevar en la limosnera. Me resultaba práctico para limpiarme el polvo de los botines antes de entrar en las casas cuando iba de visita. Así no estropeaba los míos —le respondió ella buscando hacerle daño. Por nada del mundo quería que supiera cuántas lágrimas había enjugado en él.

Willhelm se mantuvo en silencio, escuchándola. Después abrió el llavero e introdujo una pequeña llave en él. Lisel distinguió que era de una cerradura inglesa, de esas que solían tener los pequeños cofres o los secreteres. ¿Guardaría allí aquel camafeo? Él se dirigió en silencio hacia la puerta, su mano agarró el picaporte, pero antes de girarlo se volteó para mirarla de nuevo. Se preguntaba qué estaría pensando ella, qué sentiría realmente por él. Ella seguía allí, con su hermoso cuerpo frente a él, con la distancia que les daba aquella habitación que ahora se le antojaba enorme. Aquella seda se ajustaba a su cuerpo, a sus curvas, vistiendo aquella femineidad que tanto lo alteraba.

¡Al diablo con todo!, se dijo mientras acortaba la distancia. Le costó solo tres pasos. Allí estaba aquel cuerpo, a menos de un centímetro del suyo, exhalando aquella traicionera esencia de vainilla que lo estaba martirizando.

—¡Eres mi mujer! —le dijo tomándola por la cintura, acercando sus labios a los de ella sin atreverse a rozarlos. Lisel sintió una quemadura donde él le había puesto la mano, intentó controlar su cuerpo para que no dejara escapar ninguna emoción. Lo cierto es que algo había en él que la trastocaba. Quería odiarlo, seguir enfadada con él, pero su cercanía hacía que lo olvidara todo. Maldecía a su cuerpo por dejarse arrastrar por aquel sentimiento tan, tan primitivo.

—¡Eres mi mujer! —volvió a susurrarle él—, mi mujer.

Y él se empeñaba en decir esas palabras. Sí, era su mujer y debía reconocerlo, quería, deseaba continuar siéndolo. El silencio siguiente dio paso a una pasión que los sorprendió a los dos. Se notaba en sus miradas cuando se separaron un instante para darse permiso antes de seguir. Las manos de él la liberaron de aquellas telas que no dejaban de insinuar su cuerpo y ella se dejó llevar. Lo atrapó para comer su boca, para mordisquearla. Y se abandonó a él cuando Willhelm la aupó y la colocó a horcajadas sobre él, apretándola a su cuerpo todo lo que podía, aprisionándola contra él y la pared.

—¡Eres mi mujer! —le repitió él mientras empeñaba su alma y su cuerpo para demostrárselo.

CAPÍTULO 50

Alma indiana

Willhelm notó su presencia incluso antes de verla aparecer en su despacho. Aparcó los papeles que tenía sobre la mesa y se concentró en ella. Sonrió al verla. Lisel vestía una sencilla falda color crema y una camisa de algodón blanco sin mangas. Su pelo lucía trenzado a un lado y sobre su cabeza llevaba uno de sus jipijapas.

–¡Ven, acércate! –le pidió él–. Un poco más –le volvió a decir, hasta que la tuvo a su alcance–. Me gusta ver que poco a poco va aflorando tu alma indiana. –Willhelm la atrapó entre sus brazos–. ¿No piensas regalarme un beso de buenos días, mujer? –le recriminó.

Lisel negó con la cabeza, intentando retirarse un poco. Se mordió el labio inferior, aguantándose las ganas.

–¡Maldita seas! –Willhelm la levantó y la besó con hambre de más. Con ella a horcajadas dio un par de vueltas sin dejar de comerle la boca. Todo el tiempo tenía ganas de ella.

–¡No me dejas respirar! –se quejó Lisel, riendo satisfecha por notar aquella ansia en él, que le hacía despertar mil sensaciones en su piel.

–¿Estás segura de que quieres hacerlo? –le preguntó él otra vez.

–Síí –contestó Lisel recordando la cara de sorpresa de Willhelm cuando ella aceptó, con entusiasmo, su propuesta de aprender a manejar la hacienda.

Willhelm dudaba ahora si había sido una buena idea pedírselo, pero quería que, si por alguna circunstancia ella quedaba sola, estuviera preparada para desenvolverse con seguridad.

—Pues empecemos —dijo él dejándola en el suelo—. Antes de salir quiero enseñarte esto. Para que te ubiques.

Lisel se fijó en los dos mapas que descansaban sobre la mesa. Uno de la hacienda, distinguió la torre campanario, el trazado del ferrocarril, el puerto La Boca, la ubicación de la casa grande...

—Este es el mapa de la familia —le explicó él—. Generación tras generación se ha ido detallando, en este mapa, todo lo que se ha construido en la hacienda. Como ves, —Willhelm señaló la casa grande—, hay tres zonas diferenciadas. Estamos aquí —Willhelm marcó la cima de la colina—, lo que nos permite ver y controlar todo lo que ocurre en la plantación. Frente a la casa grande, aunque ya sabes que, a una buena distancia, está el área de la factoría y, tras ella, el terreno donde antiguamente se asentaban los bohíos de los esclavos, que ahora, ya lo has visto, estamos sustituyendo por barracones y por casitas para las familias. ¡Ah!, aquí está el cementerio de los blancos, el de los negros está al otro extremo de los bohíos, rozando la gran arboleda. Ya irás aprendiendo nuestras extrañas costumbres. —Willhelm le sonrió y la acercó por la cintura para besarla de nuevo—. Para ellos —continuó—, los árboles son sagrados. ¡Mira! —señaló en el mapa—, esta zona es la destinada a los potreros, donde están los pastos para los animales y, esta otra, es la de cultivo. Muchas haciendas no lo hacen, plantar frutales y verduras, me refiero, pero supone un gran beneficio económico. Así la hacienda es prácticamente autónoma.

—Es muchísimo terreno. —Se asombró ella al ver toda la extensión de jungla y cañaverales que rodeaban a los tres recintos.

—Sí. Esa es nuestra gran ventaja, siempre tenemos disponible terreno virgen en reserva para replantar, y ahora, con la práctica de no quemar las cañas, preservaremos aún más la fertilidad de la tierra. Fíjate –le pidió él mientras tomaba el segundo mapa y lo colocaba sobre el anterior.

–Esta es la factoría –reconoció ella.

–Sí. En este mapa se detallan todas las instalaciones que forman parte de la factoría. Ahora las visitaremos y te iré explicando el funcionamiento. Ven, aquí lo verás mejor. –Willhelm hizo que se sentara sobre él. Quería aprovechar cada momento para sentirla junto a él, aún le parecía mentira que ella por fin lo hubiera aceptado. Esperaba que nada ni nadie cambiara aquello.

–¿Por qué es tan importante la torre campanario? –quiso saber Lisel–. Por lo visto está en todas las plantaciones, la vi también en la de María Antonia. –Lisel puso su brazo sobre el de él, quería seguir sintiendo el contacto de su piel.

–No es un elemento decorativo, ya lo sabes –le respondió él–. La nuestra es de las más altas del valle, tiene más de cuarenta metros. Se construyen en el centro de la hacienda, como ves, entre la casa grande y la factoría. Por un lado, nos sirve de torre de vigilancia, antes se utilizaba para controlar que los esclavos no se escapasen, pero su función principal ahora es marcar las horas de trabajo y de sueño para los habitantes de la plantación –Willhelm sonrió al ver el gesto de Lisel.

–Ya, a veces creo que suena constantemente –se quejó ella.

–No, no. Ahora llaman al trabajo cada ocho horas, es la ventaja de contar con una factoría industrializada. Pero también pueden llamar a duelo o a rebato –le acabó de explicar.

–¿A rebato? –preguntó Lisel.

–Como señal de alerta si se incendian los campos, por ejemplo, o se produce una inundación u otra catástrofe. Pero volviendo ya a la plantación, hay algo básico que debes saber –continuó Willhelm.

—¿Sí? —preguntó ella mientras su mirada se perdía en los labios de Willhelm. Allí, sentada entre sus brazos, percibía el olor de su cuerpo y la dureza de sus músculos, que la hacían sentir aún más femenina... Sin duda era un hombre muy apuesto. Le gustaba perderse en el azul de aquellos ojos claros y rozar con su dedo la cicatriz que le cortaba la cara.

—¡Señorita, no me mire así! —le llamó la atención Willhelm, que hacía un esfuerzo para no dejarse llevar.

—Está bien, señor Baßler, siga con su explicación. —Lisel centró su mirada de nuevo en el mapa.

—Como te decía —él la apretó algo más contra su cuerpo—, es básico saber que hay dos grandes momentos en la plantación. Uno, la época de plantado o replantado, coincide con la estación de las lluvias.

—Ya sé, entre julio y octubre —precisó ella.

—Exacto. —Él le estampó un beso en la mejilla rozándole el cuello con la barba. Notó su estremecimiento. Empezó a desear que ya cayera la noche para perderse con ella entre las sábanas—. Buff... —exclamó, intentando volver a su explicación—. Durante el plantado es cuando los escla..., los trabajadores —corrigió— se dedican a hacer agujeros en la tierra en los que se echa el abono y trozos de caña. Normalmente hay que ir renovando los campos cada diez años. En El Guaurabo alargamos el tiempo porque aramos las tierras, aunque te parezca raro, es algo que no se suele hacer.

—Sí, es extraño, hasta yo sé que es beneficioso arar la tierra para que sea más productiva la siembra. —Lisel se extrañó.

—Pero la época que más gusta es la de la cosecha. Entre febrero y junio. Es cuando se ponen en marcha los molinos y...

—Pero el trabajo de cortar la caña debe ser muy pesado, tantas horas bajo el sol, ¿cómo dices que gusta? —le interrumpió Lisel.

–Porque al finalizar la jornada se reparte aguardiente entre la negrada, algo más de lo normal, y organizan fiestas, en fin... Y aparte están las tareas diarias de ir limpiando la jungla, mantener los caminos limpios... Nunca falta el trabajo. Y ahora, ¿preparada para montar y ver la hacienda y seguir aprendiendo?

–Depende, ¿a mí también me darás aguardiente al finalizar la jornada? –preguntó pícaramente.

Willhelm sonrió.

–Para usted, señorita, tengo reservado algo mejor. Algo mucho mejor –la amenazó.

CAPÍTULO 51

El Sendero de la Rosa

Robert Baltrà, el capitán general adjunto para la zona oriental de Cuba intentaba reponerse de la repulsión que le producía lo que estaba viendo.

—¡Esto es desastroso! —exclamó, dirigiéndose a Gerard, al ver el estado en el que se encontraba el campamento del ejército español en Cienfuegos. La falta de higiene impregnaba al lugar de un olor nauseabundo, que se mezclaba con el que desprendían las calderas, que reposaban sobre un fuego improvisado, en el suelo. El aspecto de la soldadesca era el de un puñado de hombres mal alimentados, sucios, que dormían sobre hamacas sostenidas por cuerdas.

—¿Qué es eso? —preguntó Baltrà con asco, tapándose la boca al acercarse a una de las calderas. El olor a nuevo de sus uniformes coloniales y su pulcro aspecto era un contraste demasiado grande para pasar desapercibidos.

—Preparamos «la tajada», señor —respondió aquel soldado flacucho que removía con un palo el contenido de la caldera—. El caldo lo repartimos por la mañana a los hombres, señor, antes del café, y para comer les damos un trozo de esta carne hervida.

—¿Y las latas de conserva? ¿No les llegan desde España? —quiso saber Gerard.

—Sí llegan, señor, pero se estropean enseguida. Aquí hace demasiado calor y, si las comen, los hombres enferman —dijo señalando hacia el barracón que tenía pintado en la pared la palabra hospital.

Los dos se acercaron hasta allí, el hedor y los lamentos que escucharon hicieron que se pararan antes de entrar.

–Es mejor que no se acerquen –les gritó el que debía ser el doctor a juzgar por su bata blanca–. Soy el doctor Sanromà –se presentó–, disculpen que no les ofrezca la mano, pero aquí todo puede ser un foco de infección.

–¿Son heridos de guerra? –preguntó Baltrà, que quería saber el estado de las tropas y con cuántos hombres podría contar.

–No –el doctor negó con la cabeza–. Heridos de guerra habrá tres o cuatro, por disparos –aclaró–, el resto están enfermos de disentería, malaria y la maldita fiebre amarilla. La fiebre amarilla es el peor enemigo con el que nos estamos debatiendo. La cogen por el mosquito, y este maldito clima tropical y la falta de higiene no ayudan, la verdad –dijo impotente el doctor por no poder hacer más–. A los hombres ya nos les queda nada más que lo puesto de la dotación inicial y, como ven, solo se lavan si llueve.

Los dos oficiales se fijaron de nuevo en aquellos hombres, mal calzados, vistiendo un uniforme gastado y roto.

–No podemos pensar en que, cuando llegue el Regimiento de Infantería desde España, se queden aquí por mucho tiempo. Enfermarán antes de entrar en acción –dijo Baltrà mirando preocupado a Gerard.

–No –compartió Gerard, que aprovechó aquella parada para echar hacia atrás su sombrero y limpiarse el sudor que se empeñaba en aparecerle en la frente–. En cuanto desembarquen en Cienfuegos deberíamos hacer que se pusieran en marcha al día siguiente. En ciudad Trinidad estarán mejor que aquí, allí pueden descansar unos días del viaje antes de emprender la marcha hacia la guarnición de Tunas.

Gerard empezó a ver la realidad tal como era. Hasta entonces él había sido un militar de despacho, no había tenido ocasión de entrar en contienda. Pensó en la equipación militar con la que salió de Barcelona, siendo oficial era algo mejor que la de los soldados, que consistía en un par de calzoncillos, una manta, dos toallas, dos uniformes de rayadillo y un par de zapatos. Pero al parecer, a aquellos hombres no les quedaba nada.

Pensó en Lisel, en lo bien que olía siempre, en la delicadeza de su piel, el color de sus ojos, su hermosa sonrisa, pero nada de todo eso se veía en aquel trozo de tierra polvorienta, perdida en el océano. Esperaba que aquello acabara pronto. Deseaba poder entrar en El Guaurabo y arrasarlo todo, destruir todo lo que oliera a Baßler, para poder quedarse con Lisel y volver con ella a Barcelona, a la civilización.

–¡Volvamos a Ciudad Trinidad! –la voz de Baltrà sacó a Gerard de sus pensamientos–. ¡Vamos a terminar de una vez con esta guerra, y lo vamos a hacer en el lado de los victoriosos! –vaticinó.

Lisel disfrutaba del paseo a caballo al tiempo que intentaba retener en su cabeza las explicaciones que le iba dando Willhelm.

–El proceso del azúcar se basa en moler, cocer y purgar –le explicaba deteniéndose un momento–. Ahí tienes la que llamamos Casa del Trapiche, en la que se realiza la molienda, en la Casa de Calderas, también llamada de Pailas, se cuece con los trenes jamaicanos. –Él rio al ver su cara de extrañeza–. No, no son trenes de verdad, luego te lo mostraré. –Rio de nuevo, acercando su caballo al de ella para besarla–. Aquella es la Casa de Purgas y esta es la del Alambique o destilería, donde se fabrica el aguardiente de caña.

–¡Ah!, pensaba que en la factoría solo se fabricaba azúcar –se sorprendió Lisel.

–No, no. Se elabora el azúcar, pero también hacemos miel, aguardiente y ron, aunque en menor escala. No podemos centrarnos en un solo producto. La clave del éxito en los negocios está en la diversificación, así, si algo falla siempre tienes algo más a lo que agarrarte –le explicó Willhelm.

Lisel recordó las palabras de María Antonia acerca de Willhelm, de que era un hombre de grandes proyectos, de buena cabeza para los negocios y, además, viéndolo así, en medio de aquellos campos, ejerciendo su autoridad, tenía algo que despertaba una parte de su cuerpo, que por años llevaba dormida.

Willhelm consultó su reloj.

–Aún nos queda algo de tiempo antes de la comida, ¿te apetece un baño? –le propuso él.

–¿Un baño? ¿Quieres volver a la casa a darte un baño? –le preguntó ella extrañada.

–No, no me refiero a ese tipo de baño. Quiero llevarte a un lugar especial, cerca del río. Donde crecen las rosas negras, las que han servido como emblema a la plantación. Es un lugar alejado de miradas, solitario, donde podemos disfrutar de un baño en el río, los dos, desnudos. –Él se había acercado a ella mientras hablaba–. ¿Te apetece verlo?

–Me apetece el baño –respondió ella que, sin poder evitarlo, se imaginó desnuda en el agua, entre los fuertes brazos de Willhelm. Le parecía que momento a momento, día a día, iba cruzando un puente que la alejaba, cada vez más, de aquella Lisel de los salones lujosos y que la aproximaban a un mundo que era el real, a una vida que le apetecía vivir, pero con él.

Los dos tomaron el Camino Real, que les llevaría hasta el puerto, desde allí Willhelm pensaba guiarla por el Sendero de la Rosa, hasta aquella pequeña y escondida cala en la que deseaba hacerla suya.

Francisco de Mendieta atisbó con alegría La Boca, el puerto de la plantación El Guaurabo. Nada más tomar tierra pidió ver al hacendado, a Willhelm Baßler.

—¡Francisco! —Willhelm lo reconoció en el momento en que llegaba con Lisel. Pensó en que debería posponer su excursión con ella. Descabalgó y después de ayudar a su mujer, lo recibió con un fuerte apretón de manos. Lo vio cansado—. ¿Te apetece tomar un baño en la casa? Puedo dejarte ropa limpia y ofrecerte una buena comida en la casa.

—No te despreciaré el ofrecimiento —le agradeció Mendieta—. Después, me urge hablar contigo. Necesitamos saber si te unirás a nosotros, si podemos contar con tus hombres. ¡Ha llegado el momento, Willhelm! ¡Ha de ser ahora! —le recalcó agitado. Willhelm asintió. Llevaba días esperando su visita.

Lisel se acercó a la cocina, Gaetana ya estaba ultimando el guiso de puerco. El asado desprendía el suave aroma de las hojas verdes del guayabo.

—Lo serviremos acompañado de arroz. —Gaetana le señaló la gran fuente que aguardaba sobre la mesa. Lisel observó que estaba tapada con hojas de plátano.

—Es mi truco para que quede suelto —le confesó Gaetana después de exigirle que guardara su secreto.

—Seremos ocho en la comida —le dijo Lisel. Seguramente Francisco de Mendieta ya estaría listo, después de haber disfrutado de un buen baño. Willhelm no le había comentado nada del porqué de su visita a la plantación, pero el semblante de su rostro no le hacía presagiar nada bueno. Todos en la plantación seguían en guardia, esperando alguna reacción de Baltrà que, de momento, no se había producido, pero...

—Y bien —dijo Willhelm al ver que ya estaban servidos—, aunque imagino el motivo de tu visita —se dirigió a Mendieta— me gustaría que lo explicaras mientras disfrutamos de esta comida. Creo que vas a agradecerla —añadió.

Mendieta sonrió animado por el olor a guiso de carne. Hacía días que no comía y que no disfrutaba de las comodidades a las que estaba acostumbrado. Tomó un trago del buen vino que le ofreció Willhelm. Todas las miradas estaban clavadas en él.

–Pues desde la última vez que nos vimos, en Ciudad Trinidad, la situación se ha agravado bastante. Ya sé que María Antonia –la miró– también tuvo que abandonar su hacienda, somos unos cuantos los que lo hemos hecho. No podíamos permitir convivir con esos militares bajo el mismo techo, así que nos hemos unido al ejército rebelde.

–¿En Santiago de Cuba? –preguntó Willhelm.

–De ahí vengo –asintió–, por eso me ha resultado fácil llegar hasta aquí por mar, pero nuestro ejército se está desplazando hacia la Trocha del Júcaro, y no dudes que esta vez sí vamos a conseguir romper las filas españolas. Una vez conseguido eso el avance hacia La Habana estará muy allanado.

–¿De cuántos hombres disponéis? –quiso saber el capataz de María Antonia.

–Pocos, si lo comparamos con el ejército español. Pero jugamos con una ventaja, nosotros conocemos el terreno y somos inmunes a las enfermedades que les aquejan a ellos. Por lo visto los mosquitos cubanos están de parte de los rebeldes –rio–; por eso estoy aquí.

–Te esperaba –respondió Willhelm–. El Guaurabo –empezó a explicarle– tenía unos dos mil quinientos esclavos, si descontamos a las mujeres y a los pocos que se fueron cuando los liberé, estamos hablando de unos mil seiscientos hombres, aunque no puedo dejar la producción desatendida. Podríamos contar con unos ochocientos –calculó Willhelm.

–A los que podemos sumar los de la plantación Arquer –propuso el capataz mirando a María Antonia, que asintió de inmediato.

—Eso sumaría unos doscientos, mil hombres en total. —Sumó Josep.

—Sí, pero mil hombres perfectamente armados y adiestrados —siguió Willhelm—. Hace un par de semanas que empezamos con la instrucción, lo hicimos para defender El Guaurabo, pero también sabiendo que, antes o después, deberíamos tomar parte en el conflicto.

—¿Tenéis armas? —Los ojos de Francisco de Mendieta se abrieron de par en par.

—Hemos ido reuniendo un buen arsenal, comprado en Estados Unidos. Contamos con fusiles Remington y Máuser suficientes para armarlos a todos. Y munición —añadió Willhelm.

—¿Hablas de ir a la guerra? —preguntó Lisel, que pensaba en que ya lo había dado por muerto una vez.

—Soy un rebelde declarado a los ojos de la Corona española, Lisel. Aunque quisiera no tengo elección y no puedo quedarme aquí esperando que sean los demás los que defiendan mis tierras. —Willhelm le tomó la mano por debajo de la mesa. Esperaba que ella comprendiera su decisión.

—Sabemos que en unos días llegará una nueva expedición de soldados al campamento de Cienfuegos y que desde allí se dirigirán a las Tunas de Zaza, con intención de llegar a Matanzas, donde están nuestras posiciones, y así cortar nuestro avance hacia La Habana —explicó Mendieta.

—Entiendo. —Willhelm asintió con la cabeza—. Supongo que con mis hombres debería ir por mar hasta Matanzas y enfrentarnos allí a los españoles.

—Y controlar la Trocha de Mariel —añadió Mendieta—. ¿Cuándo podrías partir?

—Pues debemos preparar el barco, cargarlo con víveres, el armamento, ropa, en fin, todo lo necesario..., en dos o tres días podríamos partir —calculó Willhelm.

—Por supuesto, yo me uno —dijo el capataz de María Antonia.

—Seguramente Iyanga también, eso ayudará a que el resto de negros nos sigan. A ti te quiero aquí, Josep –le dijo antes de que hablara–. Contigo y con Lisel –le apretó la mano– sé que la plantación estará en buenas manos.

Lisel se esforzó en devolverle una sonrisa, aunque por dentro una gran inquietud se apoderó de ella. Sintió una punzada en el vientre al pensar en que él se alejaría otra vez de ella.

CAPÍTULO 52

El Coliseo
Diciembre de 1895

Willhelm prefirió despedirse de Lisel a solas en la habitación. Minutos después bajaban juntos la escalera. Él la llevaba de la mano, apretándola un poco más, quería llevarse con él el recuerdo de su tacto, de su suavidad.

Iyanga y el capataz ya le esperaban a lomos de sus caballos. Los hombres empezaban a desfilar en silencio hacia el barco que los llevaría, bordeando la isla, hasta la zona de Matanzas, donde las tropas rebeldes pretendían unificarse para dar un golpe mortal al ejército español.

Willhelm se caló el sombrero y, tras darle un beso en la mano a Lisel, se acercó a Josep.

—¡Me la cuidas, viejo, me la cuidas con tu vida si es preciso! —le pidió Willhelm refiriéndose a Lisel.

—Cuenta con ello, muchacho. ¿Ya le has explicado todo a tu mujer? —le preguntó mirándole a los ojos.

—No —Willhelm negó con la cabeza—. No puedo contarle algo así e irme después, hemos tenido demasiados malentendidos. Pero será lo primero que haga cuando vuelva. Lo prometo. Ya no habrá más secretos —le susurró en voz baja—. ¿Crees que soy un cobarde? —le preguntó más serio.

—Creo que eres un hombre enamorado —le contestó Josep.

Willhelm se separó de él con intención de montar ya en el caballo, pero su administrador lo agarró del brazo.

—¡Vuelve, muchacho! ¡Tienes una obligación con esa mujer! —le exigió.

Willhelm miró a Lisel por última vez antes de montar. Tiró de la brida y se dirigió al Camino Real. Su caballo avanzaba lentamente, como si supiera que pasarían meses antes de volver a pisar aquella hermosa tierra rojiza, la que le recordaba al cabello de ella. Se volvió a mirarla por última vez. Tragó saliva.

–¡Lisel! –Willhelm saltó del caballo y, con paso decidido y rápido, se dirigió a ella. Tomó su cara entre sus manos y le dio un beso en la boca, el último beso en mucho tiempo. Un beso profundo, cálido, apasionado.

–¡Espérame, *mein Stern*! –le pidió él.

¡*Mein Stern*, mi estrella! A Lisel le parecieron las más bellas palabras de amor que jamás pudiera dedicar un hombre a una mujer. A pesar del dolor por la partida ese instante la acompañaría todo el tiempo que él permaneciera lejos.

Tía Cati se acercó a ella cuando vieron desaparecer a los últimos hombres por el recodo del camino.

–¿Se lo has dicho? –le preguntó tía Cati–. ¡Que le quieres! –añadió al ver su expresión.

Lisel negó con la cabeza.

–¿Por qué, sobrina? –le preguntó de nuevo.

–Si quiere oírlo, que vuelva, tía. ¡Que vuelva! –Lisel se enjugó una lágrima.

–Vamos, entremos en la casa, estás tiritando. –Aunque tía Cati sabía que no era precisamente de frío. O sí, pero del frío que produce la ausencia.

El Sancti Spíritu había bordeado toda la costa oriental de la isla para dirigirse hacia Matanzas. Aunque fuera la ruta más larga buscaban evitar las zonas de mayor resistencia española. Pero ahora llegaban a su destino.

Mientras se ordenaba el desembarco de los hombres y

de todo lo que transportaban en las bodegas, Willhelm, el capataz e Iyanga cabalgaron hacia el campamento.

—¡Bienvenidos! —les dijo el oficial al mando cuando los vio entrar. Aquellos hombres anunciaban la llegada de un ejército de voluntarios bien alimentados y bien vestidos, aunque fuera con la ropa de trabajo de la plantación, a juzgar por el anagrama de una rosa negra en la pechera.

—¡Gracias! —contestó Willhelm—. ¿Habrá alojamiento para mis hombres? —quiso saber.

—¡Buff! —resopló el oficial—. Vayan hasta el fondo, encontrarán una tienda de campaña, pregunten allí por el Cimarrón, el Cimarrón de El Guaurabo. Habrá que levantar más tiendas, aunque estaremos aquí poco tiempo —les anunció.

A Iyanga le dio un vuelco el corazón, miró a Willhelm para que le confirmara que había escuchado bien. ¡El Cimarrón de El Guaurabo! Así llamaban a su padre, se dijo.

—Capataz, Iyanga, id vosotros a hablar con el Cimarrón y organizad el acomodo de los hombres y la carga. ¿Es usted el jefe del campamento? —preguntó Willhelm al oficial que los había recibido.

—No, no. Sígame, le llevaré a la tienda de el Titán.

Willhelm había oído hablar de él. El Titán de Bronce, nombre con el que se conocía a Antonio Maceo, el mulato que, junto a Máximo Gómez, comandaba la invasión hacia occidente.

Los recién llegados se sorprendieron al ver el estado de los soldados mambíes, la mayoría iban medio desnudos. Pocos tenían los pies calzados y su aspecto era famélico. Pero a pesar de ello agarraban con fuerza los máuseres, que robaban a los soldados españoles muertos, eso los afortunados, otros solo contaban con los machetes que antes habían usado para cortar caña de azúcar como esclavos.

—Por aquí, entre —le indicó el oficial a Willhelm—. El Titán querrá hablar con usted.

Por fin Willhelm conoció al famoso general cubano, Antonio Maceo y Grajales, el segundo jefe militar del Ejército Libertador que, crudamente, le explicó la situación.

–Con los suyos apenas pasaremos de los dos mil hombres, la mayoría de los míos, como habrá visto, están mal alimentados, peor vestidos y escasamente armados –le explicó el Titán algo reconfortado al saber que Willhelm había traído consigo armas, munición y víveres.

–Tengo entendido que el ejército español ha reunido gran parte de sus tropas en Matanzas –dijo Willhelm.

–Sí –asintió El Titán–. Nos enfrentamos al general Martínez Campos.

–Es uno de los mejores generales del ejército español, fue quien acabó con las guerras carlistas en España –explicó Willhelm.

–Sé de sus hazañas. –El Titán se atusó las puntas del bigote hacia arriba antes de continuar hablando–. Pero nos enfrentamos a mucho más. Matanzas es ahora mismo el principal bastión de las tropas españolas, están presentes en cada pueblo, en cada ingenio. Sabemos que cuentan con trenes enteros cargados de víveres y armas.

–Será una batalla muy desigual –comentó Willhelm–. En ese caso solo nos queda tramar una buena estrategia que la compense.

El Titán le indicó que se sentara a su lado. Tomó un par de vasos sucios que estaban sobre la mesa y los llenó de ron. Señaló en el mapa la provincia de Matanzas.

Baltrà y Gerard de Marmany se miraron preocupados. La noticia era funesta. Baltrà miró a través de la ventana del desvencijado despacho del campamento de Ciudad Trinidad. Gerard volvía a leer el periódico, que ampliaba la noticia que les llegara horas antes por telegrama.

La titularon la Batalla de El Coliseo. Al parecer, el enfrentamiento se produjo sobre las tres de la tarde. El periódico ensalzaba la estratagema efectuada por los rebeldes y la sonora derrota del ejército español.

Lisel lo leía una vez más, esperando encontrar el nombre de Willhelm, alguna referencia a él o a sus hombres, algo que le indicara que seguía vivo, que estaba bien.

–Estará bien –la calmó Josep tomando el periódico–. Por lo que dicen, los rebeldes iniciaron el ataque, fue algo rápido, quemaron el pueblo y la red ferroviaria y antes de entrar en batalla se retiraron. Al parecer apenas fueron diez minutos de balacera.

–¿Por qué? ¿Si los rebeldes quieren avanzar hacia La Habana, por qué retirarse? –preguntó Lisel, que estaba deseando que aquella guerra terminara.

–Estrategia. Al retirarse ofrecen la imagen de debilidad. Eso, según parece, fue lo que les permitió, más tarde, iniciar una contramarcha. Presentaron batalla todos juntos, las fuerzas de Gómez y de Maceo, sin dar tiempo a que Martínez Campos pudiera ser auxiliado por el resto de sus tropas. Y ahora la columna de Maceo, en la que están Willhelm y nuestros hombres, se dirigen hacia occidente. Se están abriendo paso a lo largo de toda la isla.

CAPÍTULO 53

El Bando de Concentración

Lisel abrió el cajón donde tenía el cartapacio en el que guardaba los recortes sobre la guerra. Cada vez estaba más abultado. Releyó de nuevo aquel que tenía fecha del 23 de diciembre de 1895, correspondía a la batalla de El Coliseo. Pensó que aquella derrota tan sonora del ejército español sería el punto de inflexión que haría que Willhelm volviera a casa. Pero habían pasado meses desde entonces y seguían sin noticias de los hombres de la plantación.

Tomó entre sus manos otro recorte, los guardaba ordenados por fechas, como si así pudiera adivinar dónde se encontraba Willhelm en cada momento. Febrero de 1896, aquel trozo de papel anunciaba la destitución del general Martínez Campos, después de su deshonrosa derrota y el nombramiento, como capitán general, de Valeriano Weyler.

Lisel desplegó, un día más, el mapa de la isla para situar en él el curso de la guerra, para intuir dónde podía encontrarse Will. Y pensaba en por qué no venía a verla. ¿Cómo aguantar aquella falta de noticias? Josep le decía que los rebeldes seguían avanzando hacia occidente, pero que hasta que no cayera La Habana no sería una auténtica victoria. Y Lisel miraba el mapa, la batalla de El Coliseo se produjo en la provincia de Matanzas, limítrofe con La Habana, y entonces, ¿por qué no avanzaban de una vez y terminaban aquella maldita guerra?

Las noticias les llegaban por la prensa que traían los barcos desde Estados Unidos. Esas eran las peores, porque tanto el *The World*, de Josep Pulitzer como el *New York Journal*, de Willian Hearst, coincidían en tildar a Weyler como el Carnicero o el Tigre de la Manigua, y eso la asustaba. Josep, como siempre, intentaba animarla, diciéndole que los españoles no aguantarían las campañas de verano, por las enfermedades a las que no estaban acostumbrados y por las malas condiciones en las que vivían. Pero había pasado el verano y la guerra seguía, y la falta de noticias sobre Willhelm. Cada día le dolía más su ausencia...

Lisel cerró el cartapacio, pero no guardó aquel folleto que anunciaba el Bando de Concentración, lo firmaba ya el nuevo capitán general, Valeriano Weyler, octubre de 1896. Quería volver a hablarlo con Josep, saber si era cierto que El Guaurabo podría hacer frente a cualquier ataque, saber si en realidad era la fortaleza que se suponía que era. Por supuesto, se negarían a entregar el ganado, y seguirían con la producción de caña de azúcar. Gracias al río contaban con pescado, y en los campos disponían de huerto y animales con los que comer, y los barcos les suministraba lo que pudieran necesitar. Así que seguirían como hasta entonces, sin salir de la plantación, defendiéndola hasta el final.

Si estuviera Willhelm con ella... Una vez más intentaría distraer todos los minutos de aquel día con trabajo. Seguía una rutina. Se levantaba con los primeros latidos de las campanas de la torre, los que anunciaban que la jornada empezaba. Desayunaba temprano, con Josep, y entraba en el despacho de Willhelm para revisar los pendientes.

Allí le parecía notar aún en el aire la presencia de él. Lo buscaba en aquellos títulos que adornaban las paredes: el de ingeniero agrónomo, el de miembro del Círculo de Hacendados de la isla de Cuba o en el de la Sociedad Económica de Amigos del País de La Habana.

Había aprendido a conocerlo ahora que él no estaba.

Leía sus lecturas, *Los esclavos blancos*, los numerosos ejemplares de la *Revista de Agricultura*... Le daba ánimos pensar que, cuando volviera, podría decirle que todo en la plantación seguía bien, que tanto Josep como ella habían trabajado duro por mantener la producción, a pesar de contar con menos trabajadores.

Tía Cati se había hecho cargo de la escuela ayudada por María Antonia y Josep se ocupaba principalmente de que los números cuadraran, de que la hacienda siguiera siendo productiva, y juntos manejaban el tráfico de los barcos. Todos en la plantación sabían que los hombres que se habían ido a luchar lo hacían por ellos, por los que se quedaban, por conseguir la libertad, y eso hacía que todos trabajaran con más ahínco aún.

Los turnos de ocho horas parecían dar su fruto, reducían casi a la mitad las horas de trabajo que tenían antes de la mecanización, y eso les dejaba horas suficientes, ahora que eran menos, para atender a los animales y a los cultivos que les daban de comer.

Lisel recorría a diario la factoría. Empezaba por visitar los molinos. Supervisaba que las máquinas trituraran adecuadamente las largas cañas de azúcar que llegaban desde los campos en los trenes. ¡Los trenes del azúcar! como a ella le gustaba llamarlos.

Conocía ya de memoria el proceso, ese primer jugo, que llamaban guarapo, el de color verde, el que se hervía en los trenes jamaicanos en la Casa de Calderas. Recordó las palabras de Willhelm: «No creas que son unos trenes de verdad». Lisel sonrió al recordarlo. No, no eran unos trenes. Eran unos agujeros en el suelo, construidos de ladrillo, uno seguido de otro, y así hasta cinco, de diferentes tamaños, de mayor a menor, como si fueran vagones. Sobre ellos se colocaban los recipientes de cobre en los que se hervía el guarapo hasta que se convertía en jarabe.

Su siguiente visita era a la Casa de Purgas, el lugar donde se dejaba reposar el jarabe en toneles durante semanas, esperando con paciencia hasta que se endureciera. Pero lo que más le gustaba era el proceso final, el momento en el que aquel jarabe caía en un cuenco, a través del agujero que tenía el tonel en la parte inferior, y caía ya convertido en melaza, con la que después elaborarían el ron. El resto, aquella masa en forma de pan, la que quedaba en la parte superior, era el azúcar.

Al acabar el día le gustaba cabalgar hacia el puerto, allí miraba los barcos mientras los cargaban con los sacos de azúcar y contemplaba el horizonte, el ancho mar, imaginando que de un momento a otro vería entrar la proa del *Sancti Spíritu*, y con él a Willhelm. Sabía que era su imaginación, sus ganas por él, pero en aquel lugar le parecía percibir su olor, sus caricias, su mirada.

A muchos kilómetros de allí, una fina pero continua lluvia había sido recibida como un regalo en el improvisado campamento. Los hombres se despojaron de sus ropas para sentir el agua limpia en sus cuerpos. Reían, y alguno aprovechaba incluso para llorar por el dolor de las heridas, por lo larga que se hacía la contienda, por el hambre y el cansancio.

–¿Qué ocurre? –preguntó algo más tarde el capataz a Willhelm al verlo leyendo también aquella hoja volandera. En todo el campamento se habían formado corrillos y los hombres lo comentaban con voces encendidas.

–Se trata del capitán general Valeriano Weyler, no parece que haya perdido el tiempo. Ha dictado un Bando de Concentración. –Willhelm se lo entregó–. Obligan a todos los habitantes de las zonas rurales a que vayan a la ciudad, dicen que allí les ofrecerán alojamiento y comida. –Willhelm se levantó–. Esto no es más que un engaño para concentrar a la población en un mismo punto y uno de ellos es Ciudad Trinidad.

–Pero ¿para qué? –preguntó el capataz.

—Para evitar que los campesinos sigan dando apoyo a los rebeldes en los campos. Les acusan de acogerlos y de alimentarlos. De este modo dejarán los campos vacíos, sin cultivar y sin ganado, para que los rebeldes no encuentren nada a su paso. ¡Léelo! –El rostro de Willhelm se tiñó de preocupación–. ¡Prohíben cultivar maíz y producir azúcar! ¿Puedes creerlo? –se quejó indignado Willhelm–. Y a los hacendados nos obligan a entregar todo nuestro ganado y a ofrecer alojamiento en nuestras casas a los militares españoles. Los oficiales viven a cuerpo de rey mientras la soldadesca y los campesinos se mueren de hambre.

Iyanga llegó hasta ellos.

—¿Qué ocurre? –preguntó.

El capataz empezó a leer en voz alta al ver a otros voluntarios a su alrededor:

1. Todos los habitantes de las zonas rurales o de las áreas exteriores a la línea de ciudades fortificadas serán concentrados dentro de las ciudades ocupadas por las tropas en el plazo de ocho días. Todo aquel que desobedezca esta orden o que sea encontrado fuera de las zonas prescritas será considerado rebelde y juzgado como tal.

2. Queda absolutamente prohibido, sin permiso de la autoridad militar del punto de partida, sacar productos alimenticios de las ciudades y trasladarlos a otras, por mar o por tierra. Los violadores de estas normas serán juzgados y condenados en calidad de colaboradores de los rebeldes.

3. Se ordena a los propietarios de cabezas de ganado que las conduzcan a las ciudades o sus alrededores, donde pueden recibir la protección adecuada.

—¡Esto es una locura! –exclamó el capataz al finalizar la lectura del bando.

—¡Una tremenda locura! –Willhelm solo podía pensar en Lisel. Todos en El Guaurabo corrían peligro si se oponían a entregar la hacienda, y estaba seguro de que Josep se negaría–. ¡Es hora de volver a casa y defender lo nuestro! –dijo.

Desde Pinar del Río la travesía hasta El Guaurabo apenas sería de unas horas a bordo de *Sancti Spíritu*. De los mil hombres con los que partieron volvían alrededor de setecientos. Además de las bajas algunos prefirieron quedarse con el ejército de voluntarios, hombres que no tenían ningún lazo afectivo en la plantación y que, por primera vez, se sentían libres de verdad. Willhelm se despidió de ellos uno a uno, deseándoles suerte y dejando su puerta abierta por si algún día quisieran volver a la plantación o necesitaran su apoyo.

Pero lo más duro había sido despedirse de Iyanga. Entendía que ahora que había encontrado a su padre, después de tantos años de creerlo muerto, quisiera quedarse con él, emprender una nueva vida. Por fin su corazón también había comprendido que debía arrancarse para siempre a Mbeng. No era buena, nunca lo sería.

Cuando fue a despedirse de él lo sorprendió junto a su padre, que empuñaba un tizón de hierro al rojo vivo. El olor a carne quemada llenaba el aire. El rostro de Iyanga era de dolor, pero en ningún momento dejó escapar un grito, su orgullo se lo impedía. Apretaba los dientes sobre el palo que tenía en la boca y pensaba que, con aquel acto, borrando de su piel aquella humillante rosa negra, alcanzaría la libertad que tanto ansiaba.

–¡El Guaurabo! –gritó el vigía del *Sancti Spíritu*. Los vigilantes apostados en las torres de vigilancia de la plantación también lo anunciaron. ¡Llegaba un barco! Pronto lo reconocieron, era uno de los del amo. Los hombres volvían. «¡Los hombres volvían!», gritaron. El cántico se extendió como la pólvora por los campos. Los machetes cayeron al suelo y todos corrieron hacia la bocanada del puerto. ¡Había que dar la bienvenida a sus héroes!

Al ver aparecer a los primeros hombres las negras voces entonaron un canto de bienvenida. Se multiplicaron los abrazos, pero los gritos de júbilo pronto dieron paso a la ayuda a los heridos, que debían ser trasladados al pabellón-hospital.

—Ve tú —le dijo Willhelm al capataz—. Tengo que hacer algo primero.

Al desembarcar, Willhelm se dirigió a la parte derecha del delta del río. Quería darse un baño en aquella agua cristalina, quitarse el olor a sudor, a sangre, a muerto, pero sobre todo quería llevar un presente a Lisel. Una rosa. ¡La hermosa rosa negra de El Guaurabo!

Algo más tarde, cuando sus ojos se encontraron, el mundo se paró para los dos. No les importó quién estuviera en el salón. Las miradas de Josep, de Cati, de María Antonia y del capataz se clavaron en ellos, pero para los dos el resto era invisible. Estaban en vilo pensando cuánto tiempo más permanecerían así, inmóviles, él en la puerta y ella de pie, apoyada ligeramente en el piano, con los ojos brillantes por la alegría.

Y como si un director de orquesta lo hubiera marcado, en ese momento justo, los dos se acercaron uno al otro, en silencio, sin decirse nada, comiéndose con la mirada. Él aún tenía el pelo mojado, un pelo que lucía ahora más largo, que le daba un aspecto salvaje. Ella se fijó en que su piel también se había oscurecido más, en cambio sus ojos, aquel azul que la hipnotizaba era mucho más azul, más claro.

Lisel tomó con delicadeza aquella hermosa rosa negra, percibió su olor incluso sin acercársela. Cerró los ojos y fue entonces cuando sintió el abrazo de Willhelm, un abrazo duro, de los que duelen y se agradecen al tiempo. Él la levantó y escondió su cara en su cuello. Quería sentir su piel, saborear su olor.

–Estás aquí. –La voz de Lisel apenas era audible. Se lo decía a ella misma, incapaz de creer que era él el que la abrazaba, el que le daba aquel calor que de repente le devolvió a la vida.

–Lis –susurró él apretándola contra su cuerpo.

–¡Bueno, muchachos! Y los demás, ¿qué? ¿Estamos pintados en la pared? –se quejó María Antonia asegurándose de que todos los presentes la oyeran. Las risas se dibujaron en sus caras–. ¡Vamos con ese abrazo, muchacho! –le dijo a Willhelm, soltando por primera vez la mano de su capataz.

Aquella noche fue especial en El Guaurabo, el vino corrió generoso, tanto en la casa grande como en los barracones y casitas. Se celebraba la bienvenida de los hombres que se fueron a luchar, y a pesar de que algunos no volverían nunca, su espíritu y su alma los acompañaban cada vez que eran nombrados en los cánticos, en los toques de los tambores. Los corazones estaban alegres.

La cena discurrió con esa alegría. Gaetana se quejaba en la cocina de que cada vez eran más en la casa grande. A Lisel y Willhelm se sumaban su tía y Josep, que ya se había mudado definitivamente a la casa, abandonando la que como administrador de la plantación le correspondía. Pero también estaban María Antonia y el capataz, y el doctor, y ahora hasta el cura de Ciudad Trinidad. Pero esa noche Gaetana también se sentía feliz. Aquella casa había cambiado. Recordaba cuando solo estaban el Viejo y Josep. Prefería esa algarabía, esa fiesta.

Willhelm se levantó para hacer el último brindis de la noche. Brindó por el reencuentro y, aprovechando ese momento, dio las buenas noches.

–Ahora toca descansar en una cama –dijo–, después de tanto tiempo de hacerlo sobre el suelo. –Pero su mirada delataba su intención al ofrecer su mano a Lisel.

Lisel iba a prender la luz de Argand para iluminar la habitación cuando notó a Will tras ella.

–Me he acostumbrado a dormir bajo la luz de las estrellas –le dijo él– y siempre pensaba en cómo sería hacerte el amor bajo ese cielo, solo con su luz –continuó diciéndole mientras le soltaba el cabello. Su mano rozó su hermosa cabellera y lo olió. Deseaba a aquella mujer hasta el infinito y ahora, después de tantos meses sin estar con ella, se preguntaba cómo lo había podido soportar.

Lisel se volteó hacia él. Su figura se mostraba dibujada contra la luz que entraba por el gran ventanal. La noche era clara, el sonido de los tambores de Batá se colaba como un invitado más.

–Hoy no quiero nada que me distraiga –le decía él mientras la iba liberando de su ropa–. No quiero canela, ni ron –su voz sonaba aún más ronca de lo que ella recordaba–, hoy quiero saborear tu piel, tu cuerpo y que también tú lo hagas conmigo.

Ella puso su mano en la mejilla de él, su barba estaba algo más poblada que de costumbre, siguió el camino hasta su nuca y enredó los dedos en su pelo, aquel pelo negro y rizado que ahora descansaba sobre sus hombros. La mirada de sus ojos azules era como la de una fiera enjaulada que estaba a punto de escaparse. Le provocó un escalofrío. Parecía un gran guerrero a punto de librar una batalla.

–¿Estás bien? –le preguntó él al percibir su estremecimiento.

Ella asintió con la cabeza.

–¡Sí! Es el deseo que me provocas, el que hace que mi cuerpo tiemble…

Lisel no pudo terminar la frase. Un gemido fue todo lo que pudo pronunciar al notar las manos de él sobre ella, ayudándola a tenderse sobre el suelo, al notar cómo se paseaban por su cuerpo, sin dejar un trocito, pero apretando con fuerza, provocándola. Lisel lo tenía sobre ella y lo acercó más a su cuerpo, atrapándolo entre sus piernas, empujándolo hacia ella. No quería que esperara más, no esa noche, no en ese momento. ¡Necesitaba sentirlo ya!

CAPÍTULO 54

Los trenes del azúcar

Esa mañana, después del desayuno todos se reunieron en el salón de la vivienda principal: Willhelm y Lisel, Josep, tía Cati, María Antonia y su capataz, el doctor, Ikalidi, Gaetana y el cura.

—No podemos abandonar a esas personas a su suerte, a muchos de ellos los conocemos. Hay hombres, mujeres, niños... —El rostro del cura transmitía su preocupación—. Se están muriendo de hambre y de enfermedades. No cuentan con la higiene necesaria, están todos amontonados en ese campamento, incluso los soldados españoles están en las mismas condiciones. La concentración ha hecho que no se cultiven los campos, que no lleguen suministros. Está siendo una matanza, lenta, pero matanza. Tenemos que ayudarlos —les pidió el cura.

—Podemos organizar una partida de hombres bien armados. Todos los que participaron en la contienda están más que preparados para realizar un asalto de ese tipo, pero sin descuidar la defensa de El Guaurabo —dijo Willhelm—. De momento no nos han atacado, supongo que por falta de recursos, pero no podemos descartar un asalto por mar, aunque lo veo improbable. Ahora lo importante para el ejército es mantener las posiciones en La Habana y en Pinar del Río —concluyó Willhelm.

—¿Y los acogeríamos a todos aquí? Pueden ser muchas personas —señaló Josep.

—Tenemos sitio de sobra —dijo Lisel. Podemos reagrupar a los trabajadores y ocupar los pabellones que aún quedan libres.

—Sí —asintió Willhelm—. Tal como yo lo veo se trataría de hacer una incursión inesperada y efectuar una evacuación rápida, lo más segura posible. Podemos utilizar el tren de transporte de la línea que une la plantación con Ciudad Trinidad. Mientras unos repelemos a los soldados otra partida de hombres puede dirigir a los refugiados hasta el tren. Engancharemos más vagones del transporte de la caña de azúcar y así podremos trasladarlos con rapidez hasta el centro de la plantación.

—El campo de concentración está muy cerca de donde pasa vuestro tren —informó el cura.

—Señoras, tenemos mucho trabajo por delante —anunció Lisel—. Seguramente llegarán muchísimas personas en estado muy crítico, enfermos, hambrientos... Tendremos que organizar las cocinas para atender las comidas, habrá que facilitarles productos de aseo y ropa limpia también. Debemos tenerlo todo alistado para cuando lleguen a la hacienda.

María Antonia, tía Cati, Ikalidi y Gaetana asintieron.

—Ikalidi y yo prepararemos la asistencia médica. Hay que surtir bien el hospital, preparar vendas, baldes de agua, toallas, alistar la medicación... —El doctor no fue consciente de que las miradas de todos los presentes se centraron en él. Para nadie era un secreto la predilección que parecía sentir por Ikalidi, pero les sorprendió aquella manifestación tan clara, que diera por hecho que ella estaría junto a él en todo aquel proceso. Un breve silencio se apoderó de la estancia.

—Todos tenemos mucho trabajo por delante —dijo Lisel a las mujeres.

—Pues gracias a todos. Es hora de ponernos en marcha —concluyó Willhelm.

Lisel esperó a que todos salieran para tener un momento a solas con Will. Él, apoyado en el borde de la mesa, la esperó impaciente con los brazos abiertos mientras la veía acercarse. Aquellos abrazos le llenaban de energía, sentirla así, entregada, tan cercana a su cuerpo, le provocaba tanto que le costaba recordar el momento y el lugar en el que se encontraban.

—Tengo que ir con los hombres. Lo entiendes, ¿verdad? —le preguntó él en voz bajita.

Lisel asintió, abrazándose aún más a él.

—Lo sé, lo sé, pero es que... —Acercó su cara a la mejilla de él. Aquellas cosquillas que le hacía su barba la estremecían.

—Tenemos que rescatar a esos infelices. —Él apretó aún más su abrazo.

—Sí, pero ahí estará el ejército español custodiándolos, y... —Lisel se sentía intranquila ante la idea de que él se expusiera de nuevo.

—¿Te preocupa Marmany? —preguntó él separándose un poco para verle la cara.

—¿Sigues celoso de él? —Ella sonrió, sorprendida de que él pensara en eso ahora.

—¡Siempre voy a celarte! —Rio él besándola—. ¿Qué ha pasado antes? —preguntó Willhelm refiriéndose al doctor—. No sabía que Ikalidi tenía tantas «aptitudes para la medicina». —Levantó las cejas asombrado.

—Esas «aptitudes» de Ikalidi son las que menos le interesan a tu serio doctor. —Rio Lisel, pegándose de nuevo a él.

—¿Quieres decir...? —preguntó él.

—¡Sí, eso mismo, señor Baßler! Ya se fijó en ella en Barcelona. ¿No lo notaste? —Lisel sonrió al ver cómo él abría la boca por el asombro.

—Creo que el olor a azúcar y a melaza está afectando gravemente a todos los hombres de esta plantación —concluyó Willhelm pensando en Josep y Cati.

—¿A ti también? —preguntó ella coqueta alzando el rostro en busca de un beso.

—A mí, sobre todo. —Willhelm la levantó en el aire al tiempo que buscaba su boca. Le costaba creer el gran cambio que se había producido en Lisel. Parecía otra mujer, aunque tenía claro que esa otra mujer siempre había estado allí, aunque frenada y escondida por ella misma.

—¡Tortolitos! —gritó María Antonia desde la puerta. Su voz gruesa de fumar habanos los sobresaltó—. ¡La guerra no espera!

El tren del azúcar, el que enlazaba la plantación con Ciudad Trinidad partió de la estación de El Guaurabo escoltado por hombres armados hasta los dientes. Por primera vez en mucho tiempo se abrió el imponente portón que custodiaba la entrada a la hacienda.

El improvisado cerco, que conformaba el campo de concentración, estaba defendido por soldados con claros signos de cansancio, de hambre. Willhelm era consciente de que la llegada del tren iba a ser demasiado evidente, por lo que no contarían con el factor sorpresa. Deberían actuar a toda prisa.

Willhelm junto con el capataz de María Antonia y sus hombres se ocuparon de los soldados que flanqueaban la entrada sur del campo. Los rayadillos apenas ofrecieron resistencia cuando vieron el número de hombres con los que se enfrentaban. La empalizada cayó al paso de los caballos. Los hombres de El Guaurabo siguieron al galope, avanzando a través del campo en dirección a las casernas del ejército. De sus barracones empezaron a salir soldados a medio vestir, sorprendidos por aquel estruendo.

Mientras Willhelm y una partida de hombres mantenían el fuego con los españoles, el capataz y los suyos cargaban en sus brazos a los campesinos que, agotados por el hambre y enfermos, no podían caminar. Los acomodaban con cuidado en los vagones. Abrieron un pasillo humanitario que mantenían custodiado a ambos lados por hombres armados.

Dentro del campamento militar Willhelm distinguió a Baltrà y a Gerard de Marmany. El odio se vislumbraba en la mirada del capitán general, que, con rapidez, montó y empezó a dar órdenes, intentando organizar a sus hombres.

Por un segundo todos quedaron paralizados, el furioso repique de todas las campanas de Ciudad Trinidad cayó como una losa sobre el campamento. En esta ocasión no llamaban al trabajo en las plantaciones. Aquel era el toque a retreta. Las campanas de Ciudad Trinidad y de todo el Valle de los Ingenios anunciaban un incendio. Todas las miradas se juntaron en el cielo, en aquella inmensa nube de humo que lo ocupaba todo. Significaba que los rebeldes estaban ya a las puertas de la ciudad y que con ellos llegó la tea incendiaria, la que quemaba a su paso campos y plantaciones.

–¡Tú ocúpate de defender esta posición! –gritó Baltrà a Gerard–, yo iré con el resto de hombres hacia la ciudad, debemos frenar a los rebeldes, impedir que avancen. ¡Envía a un hombre a nuestro campamento en Cienfuegos, necesitamos refuerzos cuanto antes! –La adrenalina de entrar en acción se había apoderado de él.

–¡Capataz! ¡Acelerad la evacuación! –gritó Willhelm al ver tan próximas aquellas llamas. Su caballo se levantó sobre las patas nervioso, apretó las piernas sobre el lomo del animal, intentado controlarlo.

El capataz revisaba los vagones, cerrando los que ya estaban completos. Los soldados, ante la inminente llegada de los rebeldes, unos hombres que luchaban poseídos por una fuerza superior, la que daba la pasión que les infería el defender sus ideales, dejaron de luchar confundidos.

–¡El que quiera salvar su vida que entregue las armas y será bien recibido en mi plantación! Tendrá comida, ropa limpia y la seguridad de ser bien tratado. —Willhelm esperaba así no tener que matar a aquellos desgraciados.

—¡Maldito seas, Baßler! —gritó Baltrà al escucharlo. Montado en su caballo se dirigió a los soldados, que corrían desordenadamente por el campamento—. ¡Vuelvan a sus posiciones, no sean cobardes!

Baltrà, con la mirada llena de odio, apuntó hacia Willhelm y disparó. La bala solo le rozó en el brazo porque, en ese momento, uno de los hombres de María Antonia empujó al capitán general, haciéndolo caer del caballo. Unos pocos campesinos, que aún conservaban sus fuerzas y mucho odio en su interior, se dirigieron hacia él. Una multitud de manos, cargadas con piedras, cayeron sobre el capitán general. Baltrà buscaba su arma en un vano intento por defenderse. ¡Malditos... agh...!

—Quedan tres vagones libres —gritó el capataz—. ¿Arrancamos ya o piensas llevar a esos rayadillos también? —El capataz esperaba la respuesta de Willhelm mientras intentaba no ser alcanzado por alguna bala perdida.

La respuesta llegó por sí misma. El trote de cientos de caballos hacía temblar la tierra. Aquellos gritos unánimes de ¡a la lucha hasta la muerte! y ¡viva Cuba libre! indicaban la proximidad de las fuerzas rebeldes. Los soldados tiraron sus armas al escucharlo y corrieron hacia el tren. Los tres vagones se llenaron de repente, los que no cabían se subían en los hierros que enganchaban un vagón con otro. El capataz, a una señal de Willhelm, corrió hacia la cabecera del tren, haciendo señas de que arrancara ya.

En el campamento apenas quedaban los oficiales, más por una cuestión de honor que por convencimiento. El sonido de un cañonazo irrumpió en aquel caos de gritos, sangre y cuerpos inertes en el suelo. Los rebeldes, como era sabido, se abrían paso a sangre y fuego, disparando indistintamente a los soldados y a los hombres que acompañaban a Willhelm.

—¡Vámonos! —gritó Willhelm.

—¡Baßler!

Willhelm se giró, buscando con la mirada el origen de aquel grito desesperado. Sus ojos encontraron a Marmany en el suelo, atrapado por parte de la cornisa de la caserna de oficiales. Evaluó la situación con rapidez, los rebeldes estaban a punto de entrar, en unos minutos sería difícil salir vivo de allí. Espoleó su caballo para seguir a sus hombres, pero algo lo detuvo, no era capaz de abandonar a aquel hombre allí, aunque no le simpatizara.

El capataz lo miró extrañado, no entendía por qué se volvía. Cuando lo vio descabalgar al lado de aquel oficial no dudó. O lo ayudaba o no tendrían ninguna oportunidad. Entre los dos apartaron la pesada cornisa. Un trozo se había incrustado en la pierna de Marmany.

—¡No se lo saques —gritó Willhelm al capataz—, podría desangrarse!

Lo cargaron como un fardo sobre el caballo y salieron al galope de allí.

El silbato de la locomotora fue la señal que indicó a los hombres, que esperaban apostados junto al portón, que debían abrir las puertas de El Guaurabo con rapidez. Un grupo de ellos, armados, se situaron a ambos lados del portón para cubrir la entrada de los hombres a caballo que seguían al tren.

A lo lejos una gran nube de humo empezaba a cubrir Ciudad Trinidad. Unas llamas altas que, poco a poco, se extendían por los campos y las casas y que parecían subir aún más la temperatura de aquel día.

—¡Cerrad ya! —gritó Willhelm al pasar por el portón de entrada a la hacienda. Se dirigió hacia el pabellón-hospital para dejar allí a Gerard. Los hombres ayudaban a los primeros heridos a descender de los vagones. A los más graves los trasladaban en carretas desde el apeadero hasta el pabellón-hospital. El doctor seguía en la puerta, indicando, en función de las heridas o la gravedad, si se les trasladaba a un lado u otro del pabellón. Para los casos de fiebres, los más contagiosos, se había dispuesto un barracón especial que pensaban aislar para evitar una posible epidemia.

CAPÍTULO 55

Los refugiados

Willhelm vio a Lisel salir de la casa grande en dirección al hospital. Como el resto de las mujeres, y por indicación del doctor, se había acortado la falda para que no rozara el suelo. Todos debían ser muy cuidadosos con las medidas higiénicas para evitar una epidemia en la plantación. Ella llevaba el pelo recogido en un sencillo moño sobre la cabeza y caminaba decidida hacia él. Lisel se preocupó cuando vio las manchas de sangre en su ropa, el corazón se le agitó.

—¿Estás bien? —le preguntó ella.

—Sí, no te acerques, tengo que cambiarme de ropa, no es mía la sangre —aclaró—. Es de Marmany. —Willhelm clavó los ojos en ella esperando ver cuál era su reacción. No podía evitar pensar que hubo un tiempo en que ella lo prefirió a él.

—¿Está malherido? —Lisel miró hacia la entrada del hospital.

—No se morirá, no te preocupes. —La voz de Willhelm sonó fría, como el tacto de su mano sobre ella al frenarla.

—Supongo que no te habrá gustado la idea de traerlo aquí, pero es algo que te agradezco, y no por él, sino porque eso es algo que no haría cualquier hombre —le explicó ella.

—¿Te alegra tenerlo aquí? —le preguntó él.

—Me alegra que tú estés aquí, y que estés bien. ¿Sabes algo de mi padre, lo has visto? —le preguntó ella intentando cambiar de tema.

–No –Willhelm negó con la cabeza–, pero yo no me ocupé de los heridos, quizá, si estaba en el campamento, fue trasladado al tren con los demás y está entre los refugiados. No creo que se quedara en Ciudad Trinidad.

–Le preguntaré a Gerard, él tiene que saber algo. –Lisel se encaminó hacia el interior del pabellón-hospital mientras se colocaba una de las mascarillas de tela que habían estado preparando en el taller.

–¡Willhelm! –Josep repitió de nuevo su nombre–. ¡Willhelm!

Willhelm por fin atendió su llamada, aunque en sus pensamientos seguía aguijoneándole la idea de que, en esos instantes, Lisel estaría junto al lecho de aquel soldadito.

–Dime, Josep. –Willhelm intentó concentrarse de nuevo.

–Ya hemos redoblado la guardia en las entradas a la plantación y en el puerto, como querías –le dijo.

–Perfecto, entonces ahora debemos atender a lo que nos ha pedido el doctor. Hay que recoger toda la ropa de los refugiados y de los soldados, haremos una hoguera lo más lejos posible de la zona habitada, teniendo en cuenta la orientación del viento. Muchos de los enfermos vienen con fiebres y es muy fácil que se propague una epidemia si no somos cuidadosos –le explicó.

–Me ocuparé de ello –dijo Josep–. ¿Algo más?

–Sí, hay que preparar, a las puertas del hospital, una banqueta larga y disponer, sobre ella, baldes con agua limpia. Cada vez que salga alguien del hospital debe lavarse las manos. –Willhelm pensaba con rapidez, intentando tener en cuenta todo lo que había que hacer–. ¡Ah!, que traigan del almacén ropa limpia, para hombres y mujeres, hay que vestirlos a todos.

–¿Con ropa de trabajo, de la plantación? –preguntó Josep.

–Sí, no hay otra. Pero te aseguro que no les importará. Dudo que esas personas se hayan podido asear y cambiar de ropa en mucho tiempo. Eso me recuerda el tema de las duchas. Los que puedan moverse que vayan al pabellón a ducharse y, sobre todo los nuestros, que usen pañuelos o los barbijos que han preparado en el taller para taparse la boca todo el tiempo. Que recojan la ropa cuanto antes, hay que quemarla rápidamente –pidió Willhelm.

–Sí, sí. No te preocupes, se hará todo como ha pedido el doctor. Suerte que está aquí –pensó Josep.

–Sí. Espero que no se arrepienta de haber venido. Acompáñame, Josep. –Willhelm echó un último vistazo al hospital, antes de echar a andar hacia el apeadero del tren.

Josep apretó el paso para seguirle el ritmo, aquel muchacho olvidaba que él casi le doblaba la edad y no daba aquellas zancadas.

–¿Adónde vamos? –quiso saber el administrador.

–Al apeadero del tren. Allí estarán todos los que no están enfermos. Quiero hablar con los rayadillos y decirles cómo están las cosas mientras estén en mis tierras –le contestó.

Lisel recorría el pasillo central del pabellón-hospital buscando a Gerard. Los enfermos reposaban sobre jergones, los más afortunados, y el resto se acomodaba en los improvisados colchones de paja que se preparaban a medida que iban llegando.

–¡Lisel! –Él hubiera preferido contemplar su rostro sin el barbijo.

–¡Gerard! –Lisel sonrió mientras se acercaba a él. Ocupaba uno de los sencillos jergones, su pierna derecha estaba completamente vendada y la expresión de su rostro reflejaba el dolor que le provocaba.

–Ha merecido la pena caer herido solo por tener la oportunidad de verte de nuevo. –Gerard tomó su mano y su contacto pareció aliviarle.

−¿Cómo estás? Willhelm me dijo que estabas aquí. −Lisel se sentó junto a él.

−Bien. El doctor dice que no es grave. Es una herida profunda, pero me recuperaré. −Gerard no podía dejar de mirarla. Aquellos bellos ojos violetas le tranquilizaban igual que el tacto de su fina piel. Apretó aún más su mano.

−Gerard, ¿sabes algo de mi padre? ¿Estaba con vosotros en el campamento? −le preguntó.

−Sí. −Gerard asintió−. Pero no lo vi cuando empezó el fuego, supongo que salió del campamento con los evacuados. Lo último que recuerdo de aquel infierno es que tiraron del caballo a Baltrà y los campesinos fueron a por él. Lo lincharon, Lisel.

Lisel sacudió la cabeza intentando no imaginarse nada de todo aquello. Pensó en Jana. En algún momento debería escribirle para comunicarle que era viuda.

−Tu marido me salvó la vida −reconoció−. No sé si yo hubiera hecho lo mismo por él.

−Estoy segura de que sí. Ahora debo seguir buscando a mi padre. Más tarde pasaré a verte de nuevo. −Lisel recuperó su mano y se alejó de él, despidiéndose con una sonrisa.

−¡Señorita Lisel! −Ikalidi se acercó a ella−. Lo he encontrado, su padre está al final del pabellón, en el lado derecho. El doctor está con él y...

−¿Y qué, Ikalidi? ¿Está grave? −preguntó alarmada.

−No, bueno, no sé. Es que quería decirle que Mbeng también está en el pabellón de mujeres. Con las fiebres −le anunció Ikalidi.

−¡Qué extraño! Ella está acostumbrada a este clima, pero por lo que dijo el doctor pueden darse casos, pero ahora necesito hablar con él sobre mi padre. Más tarde me ocuparé de esa mujer, pero te aseguro, Ikalidi, que en esta ocasión no pondrá un pie en mi casa. −Lisel aceleró el paso.

–No se acerque mucho, señora Baßler –la frenó el doctor–; su padre tiene la fiebre amarilla –le explicó.

–¿No podríamos llevarlo a la casa grande? –A Lisel no le parecía bien dejarlo allí, era su padre. Sagnier estaba inconsciente, unas gotas de sudor le empapaban la frente y su cuerpo parecía moverse al son de los constantes escalofríos que lo sacudían.

El doctor negó con la cabeza, invitándola a seguirlo. Necesitaba hablar con ella y con el señor Baßler. La situación era más crítica de lo que hubiera podido imaginar.

–Ya está aquí mi marido, doctor –dijo Lisel al verlo llegar.

Todos le esperaban en la puerta del pabellón-hospital. El aire era caliente, a lo lejos aún se podían ver las llamas que seguían incendiando Ciudad Trinidad. Willhelm oteó el horizonte antes de reunirse con ellos. Con el pañuelo se secó la frente antes de ponerse de nuevo el sombrero.

–¿Y bien, doctor? ¿Cuál es la situación? –Willhelm se fijó en Lisel, en su expresión. Recordó las palabras de Gerard, de que aquel no era un sitio para ella, para una dama como ella. ¿Y si tuviera razón? Ahora que la veía con el rostro acalorado, con la falda manchada y en medio de aquel desastre, con aquel olor a enfermo y a muerte que les rodeaba, se preguntaba si tenía derecho a hacerle eso.

–Tenemos que tomar medidas extremas –anunció el doctor–. Los heridos por armas son los menos, de hecho, son muy pocos. La mayoría de las mujeres sufren de cloroanemia, nada que no pueda mejorarse con una buena alimentación. Estas personas han estado un largo tiempo sin comer apenas, pero lo que me preocupa son los casos de tisis pulmonar, y hay bastantes, por el hacinamiento en que han vivido.

–¿Qué podemos hacer para ayudarle, doctor? –preguntó Willhelm.

—A los tuberculosos deberíamos aislarlos en una zona que esté bien ventilada, así será más fácil evitar contagios. Pero lo que más me preocupa son los casos de vómito negro —explicó.

—¿Vómito negro? —Lisel se encogió al escucharlo.

—La fiebre amarilla —aclaró el doctor, sabiendo que era un término más conocido—. Es la que sufren la mayoría de los soldados. La provoca un mosquito y ellos no están acostumbrados como los nativos de la zona. Esta fiebre no tiene curación.

—Algo se podrá hacer por ellos, doctor —dijo Willhelm.

—Conozco un tratamiento natural que aplicaba un viejo doctor a principios de siglo. Lo leí en alguna revista especializada, pero necesitaré ayuda, mucha ayuda. Hay al menos unos doscientos pacientes que atender —explicó el doctor.

—Por eso no se preocupe —dijo Lisel.

—Hemos hablado con los soldados sanos, están dispuestos a ayudar también a los suyos —añadió Willhelm—. Solo díganos qué necesita.

—Bien. —El doctor indicó el lado opuesto adonde habían colocado la banqueta para los baldes de agua limpia—. Aquí deberíamos tener un fuego o, mejor, varios, y grandes calderos, hay que cocer enormes cantidades de malva y alguna hierba parietaria, albahaca a ser posible, tiene muchas propiedades diuréticas.

—Podemos utilizar los calderos que usamos en la factoría. Cuente con ello, doctor. ¿Alguna cosa más? —preguntó Willhelm.

—Sí —ahora el doctor se dirigió a Lisel—, necesitamos muchos trapos, y vinagre, para aplicarlos empapados en la tripa de los enfermos de fiebre. Y vasijas. —El doctor se calló un instante—. Lo siento señoras —dijo mirando a Lisel y María Antonia—, pero necesitamos vasijas, una para cada paciente, hay que hacerles lavativas cada cinco horas, más o menos.

—No se preocupe, doctor —Lisel hizo acopio de todo su coraje—, estas personas luchan por salvar su vida y debemos hacer todo lo posible.

—Doctor —habló María Antonia—, para los tuberculosos puedo preparar oximiel, es una mezcla de miel y vinagre, es un expectante natural.

—Estupendo, señora, cualquier remedio natural puede resultar eficaz, no hay medicinas que puedan curar esta maldita fiebre.

—También se puede preparar agua de cebada —propuso Gaetana acercándose—. La cebada, macerada en agua y endulzada con melaza, siempre se ha tomado para las afecciones intestinales y para las toses.

—Muy bien, pues si eso es todo será mejor que nos pongamos en marcha —ordenó Willhelm—. Josep, que los soldados te ayuden a trasladar los calderos desde la factoría, los nuestros que empiecen a preparar el fuego. Todos tenemos trabajo, mucho trabajo por delante. Doctor, gracias —Willhelm le hizo un ademán con la cabeza.

—¡Ah! —reclamó el doctor antes de que se fueran—. Sobre todo, es muy importante mantener una serie de medidas higiénicas. Todo el que entre en el hospital deberá taparse la boca, bien con un pañuelo o con un barbijo que dejará al salir. Todo debe lavarse después con agua hirviendo. También deben frotarse muy bien las manos con jabón, y si notan algún síntoma como dolor de cabeza, fiebre, escalofríos o tienen la lengua blanca vengan a verme enseguida.

El pabellón-hospital se construyó en el extremo más alejado de la casa grande y de los pabellones de los trabajadores, lo que facilitaba ahora su aislamiento. A su alrededor se habían colocado antorchas que mantenían encendidas toda la noche. Los soldados, tras un buen baño y con ropa limpia y una comida caliente se mostraban agradecidos y dispuestos a ayudar en todo.

En la gran cocina de los antiguos esclavos se preparaba continuamente el mismo rancho, el que se daba a los trabajadores: grandes cantidades de arroz que se servía con un trozo de carne, boniatos, maíz, ñame y bananas.

Gaetana, en la casa grande, se esforzaba para que todo estuviera también a punto para los señores, aunque las horas de las comidas y las cenas ahora no se respetaban. Llegaban cansados, sudorosos y preocupados cada vez que se anunciaba una muerte más. Trasladaban los cuerpos de los difuntos hasta el cementerio de los negros, el más alejado de las viviendas, donde se había abierto un gran foso en el que quemaban los restos para evitar la epidemia. Habían pasado dos semanas y al menos, lo que era la intendencia, funcionaba como un reloj, todos sabían qué tenían que hacer y dónde eran más útiles.

—¿Piensas ir a Ciudad Trinidad? —le preguntó Josep a Willhelm.

—Todo parece más calmado. La prioridad de los rebeldes será continuar camino hacia La Habana. No creo que les importemos mucho, pero quiero estar tranquilo a ese respecto. Estamos dedicando muchos hombres a la vigilancia que son necesarios en la factoría y los campos. Debemos alimentar muchas bocas y hacen falta brazos —le explicó Willhelm.

—Sé que tienes razón, pero me parece peligroso —contestó Josep, que ajustó la puerta del despacho para que no les oyeran las mujeres.

—Quizá, pero la situación ahora es otra. —Willhelm se refería a las últimas noticias que recogía la prensa americana que había llegado con el último barco—. El gobierno español ha destituido al carnicero de Weyler y ha derogado el Bando de Concentración y están dispuestos a hablar de autonomía para la isla. Además, muchos de los hombres de esta plantación, y yo mismo, hemos pasado más de un año luchando por la causa. Al menos nos merecemos que respeten esta tierra, esta plantación.

—Y dime, ¿ya has hablado con Lisel? ¿Le has contado todo? —le preguntó una vez más.

—No.

—Su padre está aquí, lo normal es que cuando mejore y no haya peligro de contagio te pida hospedarlo en la casa, con nosotros —le advirtió Josep.

—¡Eso no pasará! Mi padre se retorcería en su tumba si ese hombre pisa esta casa. —El rostro de Willhelm se tensó tanto que notó la tirantez de la cicatriz.

Lisel salió de la tina. Aquel baño le había ayudado a renovar sus exiguas fuerzas. Se envolvió en la toalla disfrutando de su suavidad. Llevaba el pelo suelto, su color rojizo era más intenso al estar mojado. Al entrar en el dormitorio se encontró con Willhelm. Ahora llevaba el pelo más corto, pero seguía luciendo aquella barba que tanto le gustaba. Lo percibió extraño, le recordó aquella sensación que le había provocado cuando lo conoció, como si ella lo atrajera, pero al mismo tiempo hubiese algo que le hacía rechazarla. Se acercó a él sin prisas, dejando que mirara su cuerpo atrapado en aquella toalla.

—¿Te llegaste a enamorar de él? —le preguntó bruscamente Willhelm. Estaba claro que se refería a Marmany.

Ella bajó la cabeza un instante antes de fijar sus ojos en él.

—Me dejé querer. —Lisel intentó abrazarse a él, pero las manos de Willhelm frenaron su cuerpo.

—¿Pero te hubieras casado con él? —insistió él mirándola fijamente.

—No. —Lisel intentaba descubrir qué escondía la mirada de Willhelm.

—¿Por qué? —quiso saber él.

—Porque en mi destino solo estabas tú. —Lisel sonrió al recordar a madame Bodleian—. Ningún hombre habría

sido capaz de acuñar monedas con mi nombre y mi rostro.
–Ella le dio un tono divertido a sus palabras.

Él sonrió.

–Sí, supongo que ninguno de tus nobles ingleses podría haberte ofrecido algo igual. –Ahora sí la acercó a él. Ella puso sus pies descalzos sobre los de él, buscando acortar la distancia entre sus bocas. Él giró con ella lentamente, disfrutando del momento–. Lisel –ella clavó su mirada violeta en él–, eres la única mujer de la que me he enamorado. No olvides eso, nunca.

Aquellas palabras, por su sencillez, le cautivaron. Ella acarició su mejilla, notó cómo a él se le erizara la piel. Willhelm sentía su cuerpo vivo, ansioso de sentir a aquella mujer. Quería amarla de nuevo, de otra forma, buscando descubrir un trocito en su piel por explorar. Se dejó caer sobre la cama con ella encima. Su boca, en un susurro, pronunció la última palabra de la noche, antes de que el resto de sentidos, de que el roce de la piel les robara la consciencia:

–Stern, *main Stern* –le susurró él.

La toalla cayó al suelo. Las manos de ella desabotonaban sin prisas la camisa de él, dejando al descubierto su torso, y aquel vello que tanto la atraía. Le fue besando la piel, las marcas de las heridas, mientras sentía cómo las manos de él se apoderaban de sus caderas, de su cintura, e iban subiendo poco a poco, dando calor a su piel, robándole la cordura. La mirada de Willhelm parecía la de un lobo en celo, y eso la excitó de una forma desconocida.

CAPÍTULO 56

El pasado

Willhelm la miraba mientras esperaba que ella acabara de alistarse.

–¿Y qué te pasa con mi padre? –Lisel se lo preguntó mientras se retocaba el cabello frente al tocador. A través del espejo observó cómo él se tensaba ante la pregunta, y no era la primera vez que reaccionaba así. Desde que había dado síntomas de mejoría le había pedido traerlo a la casa, pero Willhelm insistía en que era mejor que siguiera en el hospital. Lisel se levantó para acercarse a él–. ¿Qué ocurre? ¿Tienes algo contra él? ¿Es por el dinero que te debe? Ya está mejor y no me parece que tenga que seguir durmiendo en el hospital siendo yo su hija. Ahora está abajo, en el salón, y me gustaría poder decirle que se trasladara a la casa.

–He recibido carta de Montagut. Tu padre no vino hasta aquí por casualidad, ni porque le avisara Marmany. Tuvo que abandonar Barcelona asediado por las deudas –le explicó él–. ¿Lo sabías?

Lisel negó con la cabeza.

–¿Y no podría quedarse aquí? –preguntó–. En este lugar no tendrá oportunidad de jugar o de gastar. Aquí no tiene nada ni conoce a nadie. Solo ocuparía una habitación, incluso puedes encargarle alguna tarea. –Lisel esperó su respuesta–. No es más que un viejo, no puedo desampararle.

Willhelm esperó unos segundos antes de contestar. Había llegado el momento.

–Lisel, hay algo que debo contarte, en realidad debí contártelo hace mucho tiempo, pero ningún momento me parecía el oportuno. –Willhelm le tomó la mano.

Lisel se separó un poco de él. Su cuerpo se envaró inconscientemente.

–¿Es sobre el camafeo que guardas tan celosamente? –le preguntó ella directamente.

–¿El camafeo? –Willhelm se sorprendió por la pregunta.

–Un día te vi mirándolo. Sin duda guarda la foto de una mujer. ¿Es eso lo que no te atreves a contarme? ¿Que ya tuviste un amor? –Necesitaba saberlo.

Willhelm se acercó al armario y tomó un pequeño cofre que descansaba en el estante superior, oculto a la vista. Con la pequeña llave que llevaba prendida en su llavero lo abrió. Tomó el camafeo y se lo mostró a Lisel, sin entregárselo y sin abrirlo.

–¡Si! Ese camafeo –dijo ella aguantando la respiración–. ¿Guarda el retrato de una mujer? –Los celos empezaban a arañarle el corazón. Quizá Willhelm no la había olvidado aún.

–¡Vamos! –Willhelm la tomó de la mano y se dirigió a la puerta de la recámara.

–¿Adónde? –preguntó ella extrañada de que cortara la conversación en ese punto.

–Te explicaré a quién perteneció este camafeo, pero lo haré abajo. Frente a todos –le explicó.

A tía Cati se le iluminó la cara cuando vio a María Antonia con la bandeja de hojaldres de limón, para ella fue una gran sorpresa que hubiera trabajado en una pastelería. ¡Qué gran regalo!, pensó mientras notaba que la boca se le hacía agua. María Antonia sonrió al ver su reacción y depositó la bandeja sobre la mesa mientras Gaetana la seguía con el servicio de té, café y chocolate.

—Gaetana, cierra la puerta al salir, por favor, y procura que no nos interrumpan —pidió Willhelm al entrar en el salón llevando a Lisel de la mano. Las miradas de los presentes se clavaron en él, en los músculos de su cara y de su cuerpo y en la seriedad de su semblante.

—¿Queréis que os dejemos solos? —preguntó María Antonia pensando en que el capataz y ella estaban de más.

—No, no. Quedaos, por favor —respondió él mientras acompañaba a Lisel para que tomara asiento. Él permaneció de pie frente a ellos. Dedicó una fugaz mirada a Sagnier antes de empezar a hablar—. Todos sabéis que mi padre no era hijo natural del Viejo, ni siquiera era alemán. Él nació en Barcelona. Allí llevaba una cómoda vida, tranquila, hasta que se enamoró de una mujer tan profundamente que decidió pedir su mano. Ella también le correspondía, o al menos eso creía él. Ilusionado le compró un hermoso y significativo regalo que pensaba entregarle durante la petición de mano.

Willhelm hizo una pausa.

—¿Qué ocurrió? —Lisel rompió el silencio, intrigada por su relato.

—El día de la ceremonia de petición mi padre recibió una nota del que iba a ser su padrino. Su amigo le pidió verse para después ir juntos a la casa de su futura prometida. Mi padre acudió a aquella cita, pero su amigo nunca llegó. En su lugar aparecieron unos hombres que le propinaron una paliza brutal, tan brutal que lo dieron por muerto y lo tiraron al agua, en el puerto —continuó Willhelm, que vio cómo el color desapareció de repente del rostro de Sagnier.

—Su suerte —continuó Willhelm— fue que una de las cuadrillas que reclutaba a los borrachos por las tabernas del puerto, buscando carne fresca para las levas que enviaban a la guerra con Cuba, lo vieron, y así, tal como estaba, lo subieron al barco. El médico de a bordo, un buen hombre, fue el que lo salvó de una muerte segura. Pero mi padre fue reclutado a la fuerza y obligado a luchar. En cuanto tuvo oportunidad huyó, él nunca fue un hombre de armas. Sí, desertó –reconoció–. En su huida llegó hasta Ciudad Trinidad, donde conoció a mi abuelo. Le pidió trabajo y el Viejo supo ver enseguida que era un caballero, y tras escuchar su historia le propuso ayudarlo.

–¿Escondiéndolo? –preguntó Lisel.

–El Viejo no tenía hijos varones, solo una hija, y estaba obsesionado con la idea de que con él se perdería el apellido Baßler. No era fácil encontrar a un hombre que aceptara tomar el apellido de otro, por eso, al conocer a mi padre y su historia, le propuso adoptarlo, ofrecerle una nueva identidad y una nueva vida a cambio de que llevara su apellido, él y sus descendientes.

–¡Hombres! –exclamó María Antonia.

Willhelm emuló una sonrisa antes de continuar.

–Antes de aceptar la propuesta de mi abuelo, mi padre le pidió que le dejara ponerse en contacto con su dama, quería tener la oportunidad de explicarle qué había pasado, decirle que seguía amándola. Pero él no podía volver a España, era un desertor. A través de un intermediario supo que su amada se había casado, tan solo un mes después de que mi padre desapareciera. Se sintió traicionado, fue entonces cuando aceptó la proposición de mi abuelo y se casó con mi madre –explicó Willhelm.

–¿Y tú madre lo aceptó, a sabiendas de que estaba enamorado de otra? –preguntó Lisel.

–Mi madre no era una mujer muy agraciada –aclaró Willhelm–. La boda con mi padre era más de lo que podía esperar, supongo. Después de eso mi padre –retomó el tema– nunca intentó ponerse en contacto con su dama, pero sabía de ella por los navegantes que llegaban de Barcelona. Siempre se las apañaba para saber de ella, hasta que un día le llegó la noticia de que había muerto. Fue cuando eligió la rosa negra como emblema para El Guaurabo, en su memoria, y desde entonces hizo que cada día depositaran una rosa blanca sobre su tumba.

Lisel sintió un escalofrío. –¡Oh! –exclamó al recordar.

–Mi padre se llamaba Víctor Blanxart y la mujer de la que estuvo enamorado toda su vida era Amalia, tu madre, Lisel –Willhelm confirmó lo que Lisel empezaba a sospechar–. La rosa blanca que cada día dejan sobre la tumba de tu madre se hacía por encargo de mi padre. A su muerte, primero mi abuelo y después yo, hemos seguido haciéndolo en su nombre. ¡Y aquí está su gran amigo! –señaló a Sagnier–, con el que fundó el banco que finalmente ha llevado a la ruina.

Sagnier se levantó, aparentando indignación.

–Lo investigué bien, señor Sagnier, muy bien. Sé que fue usted el que se quedó con el dinero de sus clientes y, cuando se vio con el agua al cuello, urdió toda esa trama para culpar a mi padre del desfalco. Hizo creer a todos que mi padre se había fugado con el capital del banco.

–¡No! ¡No es cierto! Yo nunca supe qué había pasado con Víctor y fue después de su desaparición cuando descubrí cómo estaban las cuentas en el banco –se justificó Sagnier.

–¡No mienta! –Willhelm elevó la voz–. Lleva toda su vida sobreviviendo a costa de los demás. Por eso armó toda esa conspiración. Hizo que golpearan a mi padre hasta la muerte para librarse de él y justificar así la fallida del banco. Y de paso, con su matrimonio con Amalia, logró que su suegro le cubriera en el banco pensando que usted había sido la víctima de su socio. –Willhelm mantenía su mirada clavada en él, notó su miedo, el temblor en su barbilla.

–Eso fue lo que dijiste, que Víctor se había ido con el capital del banco. ¡Que te había estafado! ¡Oh! –recordó tía Cati.

Willhelm se dirigió a Lisel, le ofreció la mano para que se levantara.

–La rosa de plata que te regalé el día de nuestra boda

es la que mi padre había comprado para tu madre. Y este camafeo –Willhelm se lo entregó a Lisel– contiene el retrato de tu madre. Mi padre siempre lo conservó, aunque al parecer ella se olvidó enseguida de él.

Lisel lo tomó entre sus manos, al abrirlo reconoció los rasgos de su madre. El retrato estaba ya un tanto desgastado por el paso de los años.

–Pero tu padre no podía culpar a mi madre por casarse con otro, él no se presentó a la ceremonia de petición y por lo que dices nunca supo nada más de él –dijo Lisel–. Ella no podía saber qué había pasado.

–Lisel, tu madre se casó en menos de un mes con otro – le replicó Willhelm molesto–. No estaría muy enamorada.

–¡No! –Tía Cati se levantó nerviosa. Retorcía el pañuelo que tenía entre sus manos–. Amalia adoraba a tu padre –se dirigió a Willhelm–, se sintió muy humillada cuando él no se presentó. Imagínate, Lisel, todo estaba dispuesto para la fiesta de petición en casa de tus abuelos maternos, pero pasaban las horas y el pretendiente no llegaba. Fue la peor humillación que se podía hacer a una jovencita enamorada. ¡Delante de toda su familia y de sus invitados! ¡Tú sabes lo que significa eso!

Lisel se llevó la mano a la boca para acallar una exclamación, imaginando la decepción que debió sentir su madre.

–Tu padre nos dijo que Víctor había huido con el dinero del banco. Fue entonces cuando él –tía Cati se refirió a Sagnier– se ofreció a casarse con ella, y tu madre aceptó. Jamás volvimos a tener noticias de Víctor.

–¡Qué rápido lo olvidó! –acusó Willhelm.

–No, muchacho –negó tía Cati–, ella nunca lo olvidó, pero socialmente ya estaba marcada. La proposición de Francesc Sagnier era su única salida. Después de aquello no podía esperar recibir nuevas proposiciones de matrimonio. Eran otros tiempos, y si una muchacha era despreciada de aquel modo se la consideraba excluida para siempre de nuestra sociedad. Ningún caballero se interesaba por ella.

Sagnier se levantó para acercarse a su hija.

–Ese hombre hizo mucho daño a nuestra familia, a tu madre –se excusó–. Ella debe estar removiéndose en su tumba al saber que estás casada con el hijo de Blanxart. Su padre la dejó plantada, pero él –señaló a Willhelm–, él ha llegado más lejos, llegó a casarse contigo para vengar a su padre y mira adónde te ha arrastrado su venganza, a este agujero en el medio del mar. ¡Él no te quiere, solo buscaba vengarse de mí!

–¡No se atreva a decir eso! –le espetó Willhelm aguantándose las ganas de agarrarlo por las solapas y botarlo de su casa.

Sagnier le dio la espalda para captar de nuevo la atención de su hija.

–Yo fui el primer pretendiente de tu madre, pero Víctor Blanxart se cruzó entre nosotros, solo por divertirse de ella y así lastimarme a mí. Ese hombre me odiaba porque le paré los pies en algunos negocios fraudulentos. Por eso tuvo que desaparecer, y ahora su hijo me acusa de haberlo mandado golpear. –Sagnier hablaba deprisa, nervioso.

–¿Y a pesar de todo te casaste con mi madre? –preguntó Lisel, que empezaba a desconfiar del discurso de su padre.

–¡Sí! –Sagnier tomó a Lisel de las manos–. Yo hubiera dado mi vida por ella. Estaba muy enamorado y no me importó pasar por la vergüenza de que me hubiera dejado. Cuando pasó aquello volví a acercarme a ella y le propuse de nuevo matrimonio. Y ella me aceptó. –Forzó una sonrisa–. Él me engañó, Lisel –dijo señalando a Willhelm–. Se interesó por mi banco, por hacer negocios conmigo, e hizo que invirtiera en unas acciones de ferrocarril, a sabiendas de que eran papel mojado. Me incitó a jugar. Provocó mi ruina, solo para forzar tu casamiento con él. Se hizo con todos mis pagarés. ¡Solo buscaba venganza!

–¿Por qué no tiene el valor de reconocer la verdad? ¡Que fue usted quien encargó la paliza que le dieron a mi padre para quitarlo de en medio, para culparle del desfalco que usted había hecho y de paso para quedarse con Amalia! ¡Maldita sea! –le gritó Willhelm–. ¡Sea un hombre, aunque sea por una vez!

Sagnier se sintió el blanco de todas las miradas. Cerró los puños intentando controlar el movimiento de sus manos, pero lo que no podía frenar eran las gotas de sudor que resbalaban por su frente.

–Cati, tú sabes cómo se dieron las cosas. Lo único que hice fue salvar a Amalia de una situación muy comprometida –explicó Sagnier mirando a su cuñada.

–¡La misma tarde de la pedida nos dijiste que Víctor había huido con el dinero del banco, que no volvería nunca! ¡Lo dijiste la misma tarde! –apreció tía Cati–. ¿Cómo podías saberlo si no era porque tú ordenaste la paliza? Porque tú ya sabías que no podría volver.

María Antonia se levantó y se acercó a Sagnier. Le tomó de las manos y, a pesar de que él intentó retirarlas, ella las sujetó con fuerza. Movió la cabeza lentamente de derecha a izquierda, después fijó su mirada en él. Una mirada penetrante, inquietante, profunda.

–¡Mientes! –La voz de María Antonia provocó un escalofrío a los que la escucharon–. Eres culpable y tu destino te ha traído hasta aquí para pagar tu deuda con el pasado. Tu deuda con Víctor. –Le soltó las manos y se dirigió hacia Lisel y Willhelm. Apoyó una mano en el corazón de cada uno de ellos. Guardó silencio un instante antes de hablar.

–Vuestro destino en esta vida era ofrecer un tributo a vuestros ancestros, tú a tu madre –dijo a Lisel– y tú a tu padre –se dirigió a Willhelm–. Esta tarde habéis saldado la deuda que la vida tenía con ellos, la afrenta que ese hombre infringió por celos, por envidia. Ahora ellos, Víctor y Amalia, descansan en paz, los veo juntos por fin y vosotros debéis retomar su historia donde ellos la dejaron.

Lisel sintió una paz inmensa cuando María Antonia retiró la mano de su pecho, más aún cuando sintió la de Willhelm tomando la suya.

—Es cierto que descansan juntos —dijo Willhelm—. Hice construir un mausoleo al lado de la tumba de Amalia, aunque aún no tiene grabado su nombre. Ese fue el deseo de mi padre en su lecho de muerte. Quería pasar la eternidad junto a ella, ya que no pudo pasar la vida.

—Padre, ¿no tienes nada que decir? —Lisel se dirigió hacia él, que permanecía callado, inmóvil.

—Actué como un hombre enamorado —confesó Sagnier al fin—. Sé que no es una excusa para lo que hice, pero iba a perder al amor de mi vida. Yo me había esforzado tanto por conquistarla, por agradarla, pero cuando presenté a Víctor a tu madre pasé a un segundo plano. ¡Eso me dolió! —se dirigió a Willhelm—. Pero no os preocupéis, me iré hoy mismo de aquí, no os obligaré a soportar mi presencia.

—Es el padre de mi esposa y tal como están las cosas no puede ir a otro sitio. Deberá quedarse aquí hasta que zarpen los barcos que repatriarán a los soldados a España. Mientras tanto se hospedará en la que era la casa del administrador, con Marmany. Podrá volver a su país, pero no espere que siga costeando sus vicios —el tono de Willhelm era inflexible. Sagnier tragó saliva. Su amigo Baltrà estaba muerto y poco más le quedaba en aquel lugar, como no fuera Marmany.

Lisel aprovechó esa noche, en la intimidad de su alcoba, para hablar de nuevo con Willhelm.

—¿Te casaste conmigo por venganza, por herir a mi padre? Sé sincero, por favor —le pidió.

—Cuando te vi en la sombrerería por primera vez no sabía quién eras, pero me pareciste la mujer más hermosa que había visto jamás –le contestó él–. En ese momento ya decidí que haría lo que fuera por conquistarte y que fueras mía. Fue una sorpresa descubrir que eras la hija de Amalia y Sagnier.

–Pero después, ¿te acercaste a mi familia buscando venganza? ¿Por eso arruinaste a mi padre? –quiso saber ella.

–Sí, no te lo voy a negar, fui a Barcelona con la intención de vengar lo que le hicieron a mi padre. Pero tú no entrabas en el juego –Willhelm la agarró por la cintura para acercarla a él–, aunque, bueno, arruinar a tu familia fue el único medio que se me ocurrió para conseguirte. Ya me dejaste muy claro que jamás aceptarías ser la esposa de un hombre que se dedicaba a cultivar caña de azúcar en una isla remota, pero eso no lo hice por venganza, lo hice por conseguirte. Unos conquistan con bonitas y huecas palabras y yo soy más directo –sonrió–. Además, recuerda que te pedí en matrimonio y me rechazaste –se justificó Willhelm.

Lisel respiró profundo.

–Quizá es que no lo pediste con la suficiente insistencia –se quejó ella.

–¿Te gustan los hombres insistentes? –Él se acercó.

–¡No! –respondió ella pícara.

–Yo creo que sí –insistió él. Willhelm tiró de ella y cuando la tuvo a su alcance la cogió en brazos.

–¿Adónde me llevas? –preguntó ella agarrándose a su cuello y sonriendo.

–¡No preguntes tanto, caramba! –Willhelm le tapó la boca con los labios mientras la llevaba a la cama.

CAPÍTULO 57

Enemigos

Gerard encontró la puerta del despacho de Willhelm abierta. Entró sin tocar, intentando disimular la cojera que le provocaba todavía la herida. Los dos hombres se miraron reconociendo la poca simpatía que sentían el uno por el otro. La tensión siempre había estado presente entre ellos, desde el primer momento en que coincidieron en casa de Lisel, en Barcelona. Willhelm reconoció que él vestía una de sus camisas y pantalones. Sin duda Lisel se lo había ofrecido para que no tuviera que vestir el uniforme de los trabajadores de la plantación.

–Supongo que debería darle las gracias –dijo Gerard de Marmany recordando que aquel hombre le había salvado la vida.

Willhelm le escuchaba mientras servía un par de copas. Le ofreció una al tiempo que le invitó a sentarse.

–No las esperaba –le contestó cortante Willhelm. Sus miradas se encontraron de nuevo.

–¡Uff…! –Gerard suspiró antes de hablar–. Mi rango y mi posición me obligan a ello. Gracias en mi nombre y en el de mis hombres, por acogernos en su plantación durante todos estos meses. –Gerard tomó un trago.

–Lo habría hecho por cualquiera, si fueran los rebeldes los que hubieran estado es su situación también lo habría hecho. Estoy en contra de cualquier matanza, no hay ideología que justifique algo así. ¡Es lo que pienso! –Willhelm suponía que Gerard no sería capaz de comprender algo así.

—Créame que puedo llegar a entenderlo, aunque no sé si yo haría lo mismo en su situación –le contestó–. Me dijeron que quería hablar conmigo. ¿Quiere que volvamos a Ciudad Trinidad? –Gerard pensó que la ciudad estaría tomada por los rebeldes y el campamento habría sido arrasado.

—No, no. Eso sería un suicidio –respondió Willhelm.

—¿Entonces? ¿De qué se trata? ¿Tiene noticias de la guerra? –quiso saber Gerard.

—Se rumorea que Weyler está a punto de ser destituido y que Ramón Blanco será nombrado para poner en marcha la autonomía en Cuba –explicó Willhelm–, aunque a estas alturas dudo que nadie aquí se conforme con eso. Se ha luchado mucho, y se han perdido ya muchas vidas como para resignarse a aceptar una autonomía.

—Ya –entendió Gerard–. Seguirán hasta el final, hasta conseguir la independencia, supongo.

—Estoy seguro de ello. Por eso le he hecho llamar. Creo que lo mejor es que usted y sus soldados regresen a España. Ya no tiene caso que sigan aquí. No espere que el ejército español envíe más tropas, me consta que ya se han empezado a repatriar soldados a su país –le explicó Willhelm.

—Sí, lo sé. Pero los barcos que repatrian a los soldados salen de La Habana, y son los de la compañía Transatlántica de López, la Corona le paga una buena suma por ello –explicó Gerard.

—Cien pesetas por soldado –contestó Willhelm algo molesto–. Esa compañía, a la que la Corona le ha «regalado» tantas concesiones, cobra cien pesetas por soldado, da igual cómo lleguen, vivos o muertos. Los hacen viajar amontonados, sin importarles que los enfermos puedan contagiar a los sanos.

—Lo sé, lo sé –aceptó algo avergonzado Gerard.

—Me ofrezco a repatriarlos en uno de mis barcos –le propuso Willhelm–. El doctor me ha confirmado que el peligro de epidemia ha pasado, y que casi todos sus soldados están repuestos y en condiciones de viajar.

—Pero no podemos pagarle —objetó Gerard.

—Obvio que no pensaba cobrar nada. Lo hago como un acto humanitario. Esos hombres estarán deseosos de volver a sus casas y abrazar a sus familias. Ya no tienen nada que hacer aquí —le contestó Willhelm.

—Sí, es cierto, y supongo que usted se alegrará de verme lejos de su plantación, y de Lisel. —Gerard no pudo aguantarse las ganas de hablar de ella.

—Lisel es mi esposa —el tono de Willhelm se volvió más duro—. No le mentiré, no me alegra tenerlo aquí y no me gusta nada verlo junto a ella. Pero sí podemos hablar de Mbeng. Necesito preguntarle si ha pensado llevarla consigo. Aquí no puede quedarse.

Gerard frunció el ceño. No se había planteado nada respecto a ella. Siempre albergó la esperanza de poder estar en algún momento con Lisel, sobre todo cuando creía que Willhelm había muerto. Pero ahora todo había cambiado, la guerra estaba perdida, él no tenía ni lo puesto en esos momentos, del uniforme solo le quedaba el jipijapa, que con su escarapela rojigualda y sus divisas de empleo, era lo único que le recordaba que seguía siendo un oficial de la Corona española.

—Mbeng no puede quedarse aquí, y tal como está el país tampoco es para dejarla sola —le explicó Willhelm que, a pesar de todo, no podía olvidar que aquella muchacha se había criado en la plantación, y en cierta forma se sentía aún responsable de ella.

—Puedo proponerle que venga conmigo a España —aceptó Gerard. No dejaba de ser una bella muchacha, y bueno…

—Le ofreceré una especie de dote, para que no sea un cargo económico —ofreció Willhelm.

—Hablaré con mis hombres. ¿Ha pensado en alguna fecha para la partida? —Gerard se levantó después de apurar el trago.

—En un par de días llegará un barco con aprovisionamientos. Necesitaremos dos o tres días más para adecuarlo para el transporte de los soldados, con colchones, víveres y todo lo necesario…, calculo que a final de semana podrían embarcar.

—De acuerdo —aceptó Gerard—. Hablaré con Mbeng.

Los dos hombres se despidieron con una leve inclinación de cabeza.

Tía Cati entró de forma atropellada en la habitación de Lisel. Cuando empezó a hablar todavía no había acabado de engullir el hojaldre que estaba mordisqueando.

—¡Sobrina! —la llamó mientras acababa de tragar el dulce.

Lisel se giró hacia ella, dejando por un momento de escribir la carta que dirigía a Leonor.

—¿Qué pasa, tía? ¿Ocurre algo? —preguntó intranquila, a pesar de que ya había transcurrido casi un mes sin tener que lamentar ninguna muerte más entre los enfermos.

—No, no. —Tía Cati movió la cabeza, acabando de tragar—. Tu marido está en el despacho con tu soldadito.

—¡No es mi soldadito, no le llames así! Ya sabes lo que le molesta a Willhelm su presencia, imagina que te oye —le reprendió Lisel.

—¡Oh! Claro, ahora no podemos decir nada que pueda molestar al señor Baßler. —Rio tía Cati ante el gran cambio de su sobrina.

Lisel entornó los ojos, simulando un gran enojo, y le lanzó un cojín a su tía.

—¡Eres imposible, tía! —le dijo saliendo de la habitación.

Lisel pegó la oreja un instante a la puerta del despacho. No se oía nada. Pensó que la conversación entre ellos habría terminado y que quizá ni siquiera estuvieran allí.

Willhelm percibió una fragancia a vainilla en cuanto la puerta se abrió, pero, aun a sabiendas de que era Lisel la que entraba no levantó la vista del libro que tenía entre las manos.

—¿Qué lees? —le preguntó ella, acercándose algo molesta por la poca atención que le dirigía.

Él le mostró la portada.

—*Deberes de buena sociedad*, del Marqués de Alella —respondió él, que volvió a concentrarse en la lectura.

Lisel se sonrojó un poco al reconocer el libro que le regaló el día de su boda, recordó que su intención era la de molestarlo, la de avergonzarlo.

—¡Deja esas tonterías! —le contestó ella, sentándose a horcajadas sobre él.

Willhelm la miró por encima del libro un instante, pero volvió a la lectura. Ella, enojada, se lo arrancó de las manos.

—¡Pero, señorita Lisel, qué modales son esos! —la reprendió Willhelm, aunque la sonrisa de su cara reveló cuánto le complacía tenerla encima—. ¿Acaso puede ofrecerme una lectura más interesante? —quiso saber él.

Ella asintió, atrapando las manos del hombre y llevándolas a su cadera.

—¿Ha oído usted hablar de la lectura de la piel? —le susurró Lisel pegándose a su cuerpo.

—¡Buff…! —exclamó él al comprobar con qué poco aquella mujer era capaz de encenderlo. Se levantó y, con ella a horcajadas sobre él, subió la escalera que le separaba de su alcoba—. Pelirroja —le dijo—, no puedes ir sentándote así sobre un hombre. Lo sabes, ¿verdad? —Aunque ella no pudo contestarle, sus labios estaban correspondiendo a un beso tremendamente apasionado.

CAPÍTULO 58

Zarpando

Lisel miró orgullosa a Willhelm mientras observaba cómo se organizaba la partida de los soldados. Al pasar, muchos de ellos se despedían de ella inclinando la cabeza y dedicándole palabras de gratitud.

Apenas quedaba nada en aquellos hombres de los soldados y campesinos que habían acogido hacía unos meses. En ese tiempo los campesinos se habían hecho cargo de los cultivos y los soldados, recordando sus antiguos oficios, ayudaban a que la vida en la plantación, que seguía fortificada, fuera más llevadera. Muchos de ellos habían sido reclutados a la fuerza, pero otros se habían ofrecido voluntarios a cambio de que sus familias cobrasen las 300 pesetas que los pudientes pagaban por salvarse de la leva.

Y ahora, cuando llegaba el momento de decirles adiós, de acompañarlos hasta el barco que les transportaría hasta España, todos sentían que dejaban una parte de su corazón en aquella tierra. Lisel y tía Cati echarían de menos a aquellos hombres del regimiento de Tarragona, a los que habían tratado y conocido. Hombres como Toni, que se dedicó a entretener a los niños con sus juegos, inventando pequeñas obras infantiles que representaban en un simulado teatro; o como Miguel, cuya profesión era la de peluquero y por cuyas manos habían pasado casi todos los hombres de la plantación.

Era el momento del adiós, y aquellos hombres, a los que cariñosamente llamaban rayadillos, aunque ya no quedaba nada de su uniforme, habían dejado atrás sus rostros cadavéricos, sus vientres hinchados por el hambre y aquel aspecto de muertos en vida que tenían cuando llegaron como refugiados con el tren del azúcar. Volverían a casa fuertes, esperanzados, pero con el dolor de haber perdido a tantos en el camino, en una guerra sin sentido, como todas las guerras.

La pasarela que unía el puerto con el barco crujía por el peso de los hombres, más de 400 soldados iban a cruzarla en poco tiempo. Antes ayudaron a cargar las bodegas, a subir víveres y colchones y ropa con la que cambiarse durante la travesía. Y allí estaba su padre, que pasaba ante ellos, con la cabeza baja y portando una pequeña maleta.

—¡Padre! —le llamó Lisel.

Él se paró frente a ella, esquivando la mirada de Willhelm.

—Cuando llegue a Barcelona busque a Montagut, tiene instrucciones para ocuparse de usted. Pero olvídese del juego y las apuestas —le advirtió Willhelm—. Le acompaño al barco.

Willhelm le guiñó un ojo a Lisel antes de que los dos hombres empezaran a caminar hacia la embarcación. Sagnier tragó saliva, apenas dedicó una fugaz mirada a su hija, a sabiendas de que seguramente sería la última vez que la viera. Volvería a Barcelona, a una casa que no era suya, a una vida vacía. Sagnier comenzó a subir la pasarela sin prisas, sin volver la mirada, imaginando cómo debió ser la vida de Víctor en aquella isla.

Empezaba a pensar que aquella mujer, María Antonia, tenía razón cuando le dijo que la vida todo se lo cobraba. Y quizá fuera verdad, él consiguió a Amalia, pero la vida se la robó, y ahora el destino se ocupaba de entregar a Lisel al hijo de su enemigo. Y él… a partir de ahora viviría de la caridad del hijo de Víctor Blanxart. Un escalofrío le sacudió el cuerpo.

Gerard bajó del carruaje y ayudó a Mbeng a hacerlo. Ella lucía uno de aquellos vestidos que le comprara Willhelm en Ciudad Trinidad. El sombrero le ocultaba en parte el rostro, aunque la furia de su mirada podría haber atravesado la tela cuando al pasar junto a Lisel, Gerard le pidió que siguiera sola hasta el barco, para así tener la oportunidad de despedirse de ella con cierta intimidad.

—Willhelm —Mbeng lo detuvo cuando se dirigía hacia donde estaba Lisel—. ¡Pídeme que me quede, Will! ¡Envíala a ella a España, con su padre, con su gente! Esa mujer no es de los nuestros, no pertenece a esta isla y nunca se acostumbrará a vivir aquí.

Mbeng le tomó la mano y sus ojos se volvieron tiernos por un instante, hasta que comprobó que Willhelm ni siquiera la escuchaba. La mirada de él seguía fija en aquella maldita mujer. Se volteó a mirar. Gerard seguía junto a Lisel.

—¡Will! —Mbeng reclamó de nuevo su atención.

Willhelm observó cómo Gerard se quitaba el sombrero y, tomando la mano de Lisel, se inclinó para besarla. Aquel gesto le hirió. Le arañaba por dentro imaginar el roce de los labios de él sobre la piel de su mujer, aspirando su fragancia, acariciando su suave mano. ¡Maldito sea!, pensó.

—¡Will! —llamó de nuevo Mbeng—. Ella no te quiere, no como yo. Deja que esos dos se vayan juntos. ¡Siempre se han entendido!

—¡Ya, Mbeng! —Willhelm intentó controlar el coraje que le producían sus palabras—. Sube al barco. Aprovecha esta oportunidad.

A Mbeng le pudo la aversión por aquella mujer, sintió odio al ver que las manos de él la apartaban de su cuerpo. Él la despedía de su vida con un simple «Sube al barco», y así esperaba alejarla para siempre, para vivir feliz con aquella intrusa. Se sentía engañada por la santera que le llenó la cabeza de esperanzas, y por el árbol sagrado al que tributó su sacrificio, y aquel metiche de Iyanga... ¡Ojalá se pudra donde esté!, deseó al recordar cómo malogró su tributo a los orishas.

Willhelm le dio la espalda y siguió caminando hacia Lisel con el único propósito de separarla de Gerard, que seguía reteniendo su mano. Mbeng caminó tras él, resistiéndose a pensar que el final había llegado.

–Debes irte ya, Gerard. –Lisel quería evitar un nuevo confrontamiento entre los dos. Willhelm se acercaba.

–Cuídate, Lisel –le dijo Gerard poniéndose de nuevo el jipijapa–. Espero que estés bien. –Le costaba dejar ir su mano. Oyó de nuevo el grito de ¡todos a bordo! Ojalá fuera tan fácil soltar los amarres de los sentimientos, ojalá fuera posible decir ¡soltar amarres! y así dejar de pensar en ella, en aquella hermosa y femenina mujer. En sus manos, en sus ojos color violeta, en su sonrisa, en su magia tocando el piano, en su fragancia...

Los dos hombres se cruzaron, un leve gesto con la cabeza fue suficiente para despedirse. Tras Willhelm llegaba Mbeng. Gerard la agarró por los brazos para que no lo siguiera.

–No te pongas más en evidencia, Mbeng. Deja que él haga su vida aquí y tú la tuya en España –le dijo Gerard. Pero ella se retorcía.

–¡Will! –El grito de angustia de Lisel hizo que Willhelm se volviera rápidamente, a tiempo para ver cómo Mbeng sostenía un arma que, sin duda, había robado a Gerard del cinto.

–¡Mbeng! –Willhelm se encaró con ella–. ¡No hagas tonterías, baja el arma!

Mbeng negaba con la cabeza mientras el arma temblaba entre sus manos. Gerard esperaba el momento idóneo para abalanzarse sobre ella sin darle oportunidad de disparar. Frente a ella estaban Willhelm y, tras él, Lisel.

–¡Lisel, no te muevas, quédate detrás de mí! –le pidió Willhelm sin volverse hacia ella.

—¡Maldito seas! —gritó Mbeng—. ¡Solo te preocupas por ella! —Su rostro estaba en tensión, unas lágrimas de rabia aparecieron en sus ojos y aquella rabia le dio la fuerza que necesitaba para disparar. Aquel era su hombre, y nunca dejaría que viviera feliz con otra mujer.

¡Bang! El disparo sonó como un trueno en el silencio que se había hecho en el puerto. Hasta el mar mantenía su calma. Solo se oían los gemidos de Mbeng forcejeando con Gerard, que intentaba arrebatarle la pistola.

Sonó otro disparo. Por un instante los dos cuerpos se quedaron inmóviles. Mbeng y Gerard se miraron a los ojos, pegados como estaban, con la pistola humeante entre ellos.

Willhelm se acercó sin atreverse a separarlos. Un segundo después, Mbeng cayó de rodillas y un hilillo de sangre salió de su boca. Ella extendió su brazo intentando tocarlo. Gerard la dejó caer en el suelo con cuidado.

—¡Will...! —La voz de Mbeng apenas era audible.

—¿Por qué has hecho eso, Mbeng? —le dijo Willhelm intentando entender—. ¡Avisen al doctor! —gritó.

—Yo tenía que ser tu mujer —balbuceó Mbeng—. Yo... —Pero sus ojos se cerraron al tiempo que se apagó su voz.

—¡Will!, estás sangrando —gritó Lisel corriendo hacia él.

—Es un rasguño —dijo mirándose el brazo—. Gracias —le dijo a Gerard.

—Ahora estamos a la par —le respondió Gerard, que se alegraba de haber saldado su deuda de vida con él.

Willhelm le tendió la mano y el oficial, tras mirar un instante a Lisel, le correspondió.

CAPÍTULO 59

Carta real

La tarde se tornó algo más fresca, las cortinas de algodón de la recámara se movían al son de aquella suave brisa. Lisel abrió un poco más las contrapuertas de persiana del ventanal. Le gustaba mirar a lo lejos, contemplar el campanario, los extensos campos de caña de azúcar, escuchar el silbido de la locomotora de vapor, pero se volvió, agitada, lo que más le gustaba era sentir los pasos de Willhelm por el corredor, aquellas pisadas fuertes que lo anunciaban.

Un pellizco se le asentó en el estómago al escuchar cómo se aproximaba. En unos instantes entraría y vería su rostro tostado por el sol, disfrutaría de su mirada sobre ella, la mirada de sus azules ojos, y ella le acariciaría la cicatriz de la cara para calmarle el dolor que le producía a veces.

Cuando Willhelm entró llevaba consigo unas cuantas cartas en la mano. Él se desprendió del jipijapa y, como siempre hacía, la tomó por la cintura para alzarla y besarla. Le dio uno de esos besos que le regalaba sin prisas, de esos que se entretenían en los labios primero y en el interior de su boca después.

–Umm… –gimió ella cuando finalmente la dejó en el piso.

–Toma –Willhelm le entregó todas las cartas menos una que estaba abierta.

–¿Quién te escribe? –preguntó ella curiosa.

–Es de la Corte –respondió él señalando el sello de la Corona.

Ella se abrazó a él y aprovechó el movimiento para quitarle la carta.

—¡Es para mí! —le dijo él sonriendo mientras recuperaba la carta.

—¿Pero de la Corte? ¿Por qué te escriben? —preguntó extrañada—. Al fin y al cabo, para ellos eres un traidor.

—Al parecer nuestra querida Leonor les habló de mi acto humanitario con los refugiados y con los soldados. Y por haber hecho posible su repatriación y haberlos salvados de una muerte segura quieren recompensarme.

Mientras le hablaba, Willhelm se perdía en la mirada de aquellos ojos violetas.

—¿Recompensarte? ¿Cómo? No es que necesites más dinero o propiedades —dijo Lisel.

—No se trata de eso. Pero es algo que te gustará, y mucho. Algo que siempre has deseado —le respondió él.

—¿Qué? —preguntó impaciente Lisel.

—La reina regente me ha otorgado un título nobiliario, el título de marqués, por mis nobles actos. ¡Marqués de Blanxart, en honor al verdadero apellido de mi padre! —Él sonrió—. Es lo que has querido siempre, ¿no? Un título.

Ella negó con la cabeza, aunque recordó las predicciones de madame Bodleian, «Veo la esperanza de un amor... Sí, lograrás todos tus objetivos, tendrás una buena posición económica, incluso veo un título nobiliario».

—Creía que te haría feliz la noticia. Ya sabes que a mí estas cosas no me importan, pero a ti... —Él no entendía su reacción.

—¡No hay título que se pueda comparar con el que ya tengo! —Lisel lo miró con cierto desdén y altanería—. Olvidas que ya tengo un título —le replicó ella sonriendo—. ¡Uno mucho más importante!

Willhelm la tomó de la cintura. Quería contemplar su rostro y tratar de descubrir cuál era ese otro título que podía ser más importante que el de marquesa de Blanxart. Estaba intrigado.

–¿Cuál es? –le preguntó él curioso.
–¡Soy la reina de El Guaurabo! *Ich bin die Königin der Guaurabo!* –le repitió en alemán. Lisel le pasó las manos por el cuello y levantó el rostro esperando un beso. Willhelm la besó con fuerza, con la misma fuerza con la que, tomándola por la cintura, la levantó y empezó a girar con ella, una y otra vez, hasta que ya casi mareados él se dejó caer sobre la cama con ella encima.
–*Meine Königin Guaurabo*! –le susurró él al oído, como le gustaba hacer cuando la amaba, rozándole la piel con sus labios y con la barba, notando cómo su cuerpo se estremecía de placer. La carta de la Corte cayó de sus manos, resbalando al piso. ¡Nada, en ese momento, nada era tan importante como amar a su reina!

EPÍLOGO

Todos en la casa grande estaban alborotados, en especial tía Cati y María Antonia. Esperaban que de un momento a otro llegaran Willhelm y Lisel de su viaje de novios. Casi tres años después de estar casados, Willhelm, como le había prometido, la llevó de viaje por Europa, con lo que habían tenido ocasión de ver a sus antiguas amistades, a Leonor, a Jana, a Georgina, a lady Mersey...

—¡Ya llega el carruaje! —avisó Ikalidi entrando en el salón.

Las jarras con jugo fresco estaban preparadas, así como los aperitivos que encargó tía Cati por si querían merendar.

Como Lisel se temía, igual que hizo cuando llegó a Barcelona procedente de Londres, tía Cati salió a su encuentro y le dio un abrazo tan fuerte que le hizo tambalear.

—¡Sobrina! ¡Qué hermosa estás! ¿Cómo ha ido el viaje? ¿Qué habéis visitado? ¿Viste a Leonor?, ¿y a Jana? —Tía Cati no la soltaba.

Willhelm se acercó a ella, sonriente.

—¿Por qué no pasamos dentro y ahí su sobrina le cuenta todo? —propuso Willhelm.

Lisel sonrió, disfrutaba con aquellas nuevas atenciones que le prodigaba Willhelm, más aún que de costumbre. Le tomó la mano, él la besó y juntos entraron en la casa. Los siguientes minutos se llenaron de besos, abrazos y parlamentos cruzados. La voz de María Antonia sobresalía sobre el resto. El capataz y Josep dieron la bienvenida a Willhelm.

—Pues tuvimos oportunidad de visitar a Leonor, Jana

seguía con ella y su niña. Una niña preciosa, alegre... –explicó Lisel–. Y bueno, nos anunciaron una gran noticia antes de partir. –Lisel puso un poco de intriga a su discurso, miró a Willhelm antes de seguir hablando–. Jana y Eduard Montagut están prometidos. Él le pidió en matrimonio y ella le aceptó.

–¡Oh! –exclamó tía Cati cruzando una mirada cómplice con Josep.

–Y eso no es todo –siguió Willhelm–. Al abrir la naviera tomé bajo mi protección a un muchacho. En un principio hacía trabajos de botones, llevando documentación de la oficina a nuestros clientes, y cosas así, pero, sabiendo que su pasión era el mar y que quería llegar a ser capitán de barco me ofrecí a pagarle los estudios en la Escuela de Pilotos.

–¡Qué generoso por tu parte, Willhelm! –reconoció María Antonia.

–Sí, pero lo que quiero contaros es que en este viaje tuve la oportunidad de verle y –sonrió–, el muchacho se acercó a mí, avergonzado, como si arrastrara un gran peso encima, y me confesó algo, algo deshonroso que había hecho tiempo atrás –contó Willhelm.

–¿Qué? –A tía Cati le invadía la curiosidad.

–Me confesó que había sido él el que había asaltado a Lisel, el que le robó la limosnera, y que cuando la reconoció, en el acto de botadura de los barcos, no se atrevió a confesarlo por miedo a que lo echara. –Willhelm movió la cabeza.

–Pero creo que nunca he estado tan agradecida a alguien, a pesar del golpe que me llevé en la cabeza –añadió Lisel.

Willhelm le pasó el brazo por la cintura. María Antonia entornó los ojos al verlos.

–Bien, muchachos, por aquí también han pasado cosas –intervino María Antonia levantando su vaso y reclamando que se lo llenaran de nuevo–. Las obras de mi casa, en la plantación, están muy avanzadas. Pronto dejaremos de abusar de vuestra hospitalidad.

—Podéis estar todo el tiempo que deseéis, es más, os echaríamos muchísimo de menos si os fuerais —dijo Lisel.

—Gracias, muchachos, lo sé, lo sabemos. Nosotros también echaremos de menos vuestra compañía, pero bueno, tampoco estamos tan lejos —añadió María Antonia.

—No tenéis por qué iros —les dijo de nuevo Willhelm, que seguía con la mano en la cintura de Lisel.

—Lo sabemos, muchachos, y os aseguro que hemos estado muy cómodos aquí. Todos, mi capataz, mis hombres y yo —contestó María Antonia—. Pero es momento de volver a casa, de levantar de nuevo la plantación.

—Podéis contar con toda nuestra ayuda —ofreció Lisel mirando a Willhelm, que asintió.

—Lo sabemos, aunque hay algo que queremos hacer antes de irnos. Esperábamos vuestro regreso —avanzó María Antonia.

Todos la miraron, curiosos.

—Al capataz y a mí nos gustaría salir de El Guaurabo como marido y mujer. —María Antonia rio escandalosamente.

—¡Por fin, mujer! —exclamó el capataz besándola en público por primera vez.

—Prepararemos una gran fiesta. —Se animó tía Cati.

—Ejem... —Josep carraspeó, interrumpiendo la algarabía con su semblante serio.

—¿Qué ocurre, Josep? —preguntó Willhelm.

—Pues —Josep carraspeó de nuevo—, ya que se va a organizar la boda de María Antonia y el capataz, y aprovechando que sigue con nosotros el cura... —Josep se dirigió a tía Cati y, parándose delante de ella, le tomó la mano y se arrodilló—. Cati, ¿me harías el honor de ser mi esposa?

—¡Oh!, ¡oh! —Tía Cati miró a su sobrina y de nuevo a Josep. Las lágrimas afloraron en sus ojos. Solo fue capaz de asentir con la cabeza, el corazón le latía agitadamente.

—Doctor —reclamó Willhelm sonriendo—, no me diga que estamos ante una nueva epidemia.

Todos rieron.

—Señor Baßler —el doctor habló con un tono más serio de lo habitual—, ¿podríamos hablar en privado?

—Claro —Willhelm abrió la puerta del despacho y le cedió el paso. Hizo un gesto de extrañeza al resto—. Nos vemos en la cena —les dijo antes de cerrar la puerta.

—¿Qué pasa, sobrina? —preguntó tía Cati al ver entrar a Lisel en su recámara. Su sobrina traía un semblante risueño, lucía más hermosa que de costumbre.

—Tía, finalmente, ¿trajiste contigo aquel faldón desde España? —le preguntó.

—Te refieres al faldón con el que te cristianamos a ti? —preguntó a su vez tía Cati—. Sí. Estará en uno de esos cajones, pero ¿para qué...? ¡Oh! ¡Oh! ¡No me digas! ¡No me digas que voy a ser abuela! —Tía Cati corrió a darle uno de sus asfixiantes abrazos.

Lisel sonrió ante su alboroto.

—¿Y tu marido? ¿Qué te ha dicho? —quiso saber—. Porque ya se lo habrás dicho, me imagino.

—Sí, tía. Pero empiezo a pensar que no debería haberlo hecho hasta dentro de unos meses. Todo el tiempo está pendiente de mí —se quejó sonriendo.

—¡Ya! Y ya veo que eso te incomoda mucho, ¿verdad? —sonrió.

Lisel giró sobre sí, extendiendo los brazos.

—Tía, no sé cómo no me enamoré de él nada más verlo. Es un hombre que, que... —Le faltaban las palabras.

—Lo sé, lo sé. Yo sentí lo mismo hace muchos años. —Tía Cati la tomó de las manos.

—¿Y ahora no? —Lisel se refería a Josep.

—Sí, debo reconocer que ahora también, a pesar de mis años. Ese hombre me ha sabido enamorar con su conversación, su profundidad, su voz, su...

—Ya, tía Cati, ya —cortó su sobrina.

El toque en la puerta las sorprendió.

—Estás aquí. Deberías reposar y no andar todo el tiempo de aquí para allá —la reprendió Willhelm.

Tía Cati y Lisel se miraron con complicidad y estallaron en risas.

—Y dime, Willhelm, ¿qué quería el doctor? ¿Hay algún problema? —le preguntó Lisel mientras volvían juntos a su recámara.

—No, no. Me pidió permiso para cortejar a Ikalidi —le respondió él levantando las cejas.

Lisel rio.

—Realmente estoy preocupado. No sé qué está pasando, si es el embrujo del olor a melaza, a azúcar, tu fragancia a vainilla —la apretó contra él—, pero desde que estás aquí se han concertado tres matrimonios y esperamos un bebé.

—¿Prefieres que me vaya de la plantación? —Lisel lo miró coqueta.

—Usted ya no va a ningún lado, señorita Lisel. —Willhelm la cargó y, con ella en brazos, siguió avanzando por el pasillo. Estaba deseando seguir el rastro de su fragancia por su cuerpo.

Septiembre de mil ochocientos noventa y nueve

—¡Muchacho, nunca olvidarás este día! ¡Enhorabuena! —le dijo Josep dándole unas palmadas en la espalda a Willhelm.

María Antonia y su capataz sonreían felices al ver cómo Willhelm corría escalera arriba al oír por fin el llanto del bebé. Entró en la recámara con cuidado de no hacer ruido, no quería molestar a Lisel si descansaba, pero la encontró con el bebé entre los brazos y la expresión más bella que jamás le había visto.

—Ya ha llegado Willhelm Baßler IV —le anunció Lisel feliz.

—¿Puedo? —preguntó él acercándose a la cama. Willhelm se sentó en el borde de la cama y tomó al bebé.

—¡Es muy pequeño! —exclamó extrañado al verlo.

—¡Es un recién nacido, Willhelm! ¡Ya crecerá! —Rio Lisel al ver su expresión de miedo al cogerlo.

Willhelm entró por enésima vez a ver al bebé, que reposaba en su cuna balancín de roble. Como esperaba, Lisel estaba allí de pie, junto a él. Se acercó con cuidado.

—Lisel —le susurró—. Después del tiempo que llevamos casados y de tener un hijo en común, ¿no crees que ya es momento de que me digas que me quieres? Nunca lo has hecho —le recriminó él con dulzura.

—Sí lo hice —le respondió ella girándose hacia él.

—¿Cuándo? —Él la miró, negando con la cabeza.

—Cuando creí que te estaba enterrando. Lo dije sobre tu tumba.

—¡Caramba! —exclamó Willhelm—. ¿Y no podría escucharlo ahora en vida? —Él la abrazó. Sus labios estaban a punto de tocarse.

Lisel miraba sus ojos azules que, en algún momento, dejaron de ser fríos. Le gustaba su rostro, su voz, el tacto de su piel, la dureza de su cuerpo contra el suyo.

—Sí —dijo ella en voz bajita.

—¿Sí?, ¿qué? —preguntó él esperando.

—Sí, Willhelm. ¡Te quiero! —Lisel selló su declaración con un beso—. ¡Te quiero, Willhelm! —El color violeta de sus ojos brillaba intensamente.

—Siempre estuve seguro de que nuestro «arreglito» iba a funcionar —le dijo él antes de besarla.

El 25 de noviembre de 1897 se promulgó la constitución autonómica para las islas de Cuba y Puerto Rico.

El 1 de enero de 1898 entró en vigor la autonomía de Cuba. Días después, el 25 de enero, entró en La Habana el acorazado norteamericano *Maine*, que explotaría el 15 de febrero, lo que dio lugar al bloqueo norteamericano a Cuba.

El 27 de mayo de 1898 se concentró en Santiago de Cuba la flota del almirante Cervera, que sería destruida el 3 de julio del mismo año.

El 10 de diciembre de 1898 se firmó el Tratado de París, por el que se pondría fin al conflicto entre España y Estados Unidos. Fue entonces cuando España renunció a la soberanía de Cuba.

AGRADECIMIENTOS

Aunque el oficio de escritor es a priori un trabajo solitario tiene sin embargo un antes y un después en el que se convierte en un trabajo en equipo, al menos así es como me gusta verlo. Y es justo tener presentes a esas personas que han colaborado conmigo.

En el proceso de documentación conté con la inestimable ayuda de Aida, que me explicó y regaló los detalles que requería para crear la atmósfera de una escena que tenía en la imaginación. Alejandro compartió conmigo todo su saber sobre la cultura Ndowé, la importancia de los árboles, la naturaleza, sus costumbres y tradiciones… Gracias a Virgilio, por facilitarme la información que necesitaba sobre los barcos de la época. A Lucio, que plasmó en un mapa mi mundo imaginario, la plantación El Guaurabo, el Sendero de la Rosa… A Montse, por regalarme su apellido para uno de mis personajes, el marqués de Marmany.

Y a mis sobrinas Ekulu e Ikalidi, por ser la fuente de inspiración para dos de los personajes de *Los Trenes del Azúcar*.

Pero no puedo olvidar a esos queridos amigos a los que, cada vez que acabo un manuscrito, llamo con prisas para que lo lean y me den una primera opinión. Y parece que les gusta hacerlo porque repiten: Mari Carmen, Ángel, Maribel e Ignasi.

¡Gracias a todos los que de una forma u otra habéis hecho posible este nuevo proyecto!

ÚLTIMOS TÍTULOS PUBLICADOS EN HQN

Dulce como la miel de Susan Wiggs

Un lugar donde olvidarte de J. de la Rosa

Una boda en invierno de Brenda Novak

El hechizo de un beso de Jill Shalvis

La tentación vive arriba de M.C. Sark

Ardiendo de Mimmi Kass

Deletréame te quiero de Olga Salar

Las hijas de la novia de Susan Mallery

Los hombres de verdad no... mienten de Victoria Dahl

Lazos de familia de Susan Wiggs

La promesa más oscura de Gena Showalter

Nosotros y el destino de Claudia Velasco

Las reglas del juego de Anna Casanovas

Descubriéndote de Brenda Novak

Vainilla de Megan Hart

Bajo la luna azul de María José Tirado

www.ingramcontent.com/pod-product-compliance
Lightning Source LLC
LaVergne TN
LVHW091612070526
838199LV00044B/774